PRÊTE À TOUT ?

Du même auteur aux

Éditions Addictives

Ordonne-moi !, volumes 1 à 3
Soul Lights, volumes 1 et 2

CHLOE WILKOX

PRÊTE À TOUT ?

Éditions Addictives

Pour Chris,
mon héros.

« Je suis tombée amoureuse de lui (…) comme
on s'endort : d'abord doucement et puis tout à coup. »
Nos étoiles contraires, John Green (2012)

TABLE

I

LA MAISON DES MURMURES

1
PETITS SECRETS

Tess

– Je vois d'ici les titres de la presse *people*, me charrie Kate en se vautrant à côté de moi sur le lit. « Tess Harper, la bimbo musclée du cerveau » : je pense que la production de *Petits Secrets entre amis* va adorer, c'est tellement leur style…

– Kate, lui annoncé-je l'air grave en refermant d'un geste vif le livre auquel j'essaye désespérément de m'intéresser depuis trente minutes, je ne pense pas que j'intégrerai l'émission demain.

– Quoi ? s'exclame Kate en se redressant sur le coude. Mais Tess, on est à moins de 24 heures du premier prime ! T'as des doutes ? Tu veux laisser tomber, c'est ça ? Tu ne peux pas abandonner maintenant alors que tu as passé le barrage des présélections !

– Kate, pas de panique, tenté-je de la calmer. Je n'ai pas changé d'avis et j'espère bien faire partie des dix personnes qui intégreront demain soir la Maison des Murmures.

– Alors, quel est le problème ? me demande la sympathique assistante dont le job, durant toute cette semaine d'isolement, a été de veiller sur moi.

– Le problème, soupiré-je exagérément, c'est que j'ai peur d'être morte d'ennui d'ici demain !

Pensant qu'une fois de plus je plaisante, Kate éclate d'un grand rire soulagé.

Sauf que je ne plaisante pas : je suis réellement en train de me momifier dans cette chambre d'hôtel.

Ça fait maintenant six jours que la production du show me garde enfermée au *Peninsula Beverly Hills*, avec Kate Wilson dans le rôle de la geôlière. Cela fait partie de la procédure : les vingt candidats susceptibles de rejoindre la Maison des Murmures doivent passer une première semaine coupés du monde. C'est une manière de vérifier qu'ils sont assez solides pour supporter l'émission.

En six jours, les seuls êtres humains avec qui j'ai eu des contacts sont la psy mandatée par les studios Cooper et Kate, ma *nanny* – une étudiante de troisième cycle qui a été embauchée pour me surveiller jour et nuit. Par ailleurs, je n'ai droit ni au téléphone, ni à Internet, ni même de faire un tour dans le couloir : il ne faut surtout pas que je croise un autre candidat, ça serait considéré comme un manquement à mon contrat. Tout ce que je peux faire, c'est lire les bouquins que Kate a amenés avec elle.

Et me plaindre.

– Sérieux, enchaîné-je, c'est hyper sympa de me prêter tes livres mais, quand même, tu aurais pu choisir autre chose que…

Je regarde la couverture.

– *La Nausée*, Kate ! m'exclamé-je. *Qui* a envie de lire un livre qui s'appelle *La Nausée* ?

– Les Français. À ce qu'il paraît, ils ont deux marottes : le *french kissing* et l'œuvre de Jean-Paul Sartre.

– Pour ce qui est du *kissing*, je comprends le délire. Mais pour ce qui est de Jean-Paul Sartre, j'ai du mal à suivre.

– Ils disent que ses livres sont « philosophiques » et « existentialistes ».

– Ils sont surtout sacrément chiants, oui !

– Pas faux, glousse-t-elle. D'accord, qu'est-ce que tu voudrais lire pour ton dernier soir d'emprisonnement, ma jolie ?

– Je ne sais pas, moi ! Quelque chose avec de l'action, avec des sentiments, du suspens, des trahisons…

– Attends, me dit-elle en fonçant vers sa table de chevet, je dois avoir un exemplaire d'*Anna Karénine* dans le coin…

– Je pensais plus à *Closer*, Kate, gémis-je.

– Tu sais bien que je ne peux pas faire ça… La plupart des magazines n'arrêtent pas de parler de l'émission et de spéculer sur les futurs candidats. Allez, un peu de courage ! Demain, tout ça sera fini. Tu seras dans le jeu.

– Ou bien de retour dans le F2 de ma grand-mère… Tu ne peux pas savoir comme je souhaite être sélectionnée, Kate !

– Hey ! me gronde celle qui est devenue mon amie en m'attrapant le menton. Tu es Tess Harper, la bombe sexuelle. La prod' de *Petits Secrets* ne peut *pas* faire l'émission sans toi.

– Mouais… J'imagine que la prod' en a casté d'autres, des jolies filles un peu sexy…

– Oui, mais toi tu n'es pas « un peu » sexy, tu es ravageuse. Incendiaire ! Explosive ! s'exclame-t-elle en en faisant des tonnes.

– Tais-toi, Kate, ris-je nerveusement.

– Je sais de quoi je parle ! Avec tes mensurations de rêve et ton sens de la réplique qui tue, tu vas faire sensation. Les autres nanas n'ont aucune chance.

J'espère que Kate dit vrai – non que participer à *Petits Secrets entre amis* soit le rêve de ma vie mais l'argent que me rapporterait ce jeu télé serait le bienvenu. À part ça, l'émission en est à sa septième saison et, bien que le public reste fidèle au poste, je commence à trouver le principe un peu éculé… Dix candidats, cachant chacun un secret, sont enfermés pendant huit semaines dans une maison ; toutes les semaines, deux candidats sont nominés par les habitants de la maison et le public vote pour celui qu'il veut voir rester. Bref, rien de bien original.

C'est d'ailleurs de critiquer le show auprès du producteur exécutif qui m'a valu de réussir les présélections.

– Pourquoi devrions-nous vous choisir, mademoiselle Harper ? m'avait-il demandé.

– Parce que votre émission est ennuyeuse. C'est toujours la même chose : dix hypocrites essayant de dissimuler qui ils sont vraiment… Moi, je ne triche jamais, monsieur Pierce. Je serai 100 % cash et 100 % naturelle. Et c'est pour ça que le public va m'adorer.

Il faut croire que j'ai su me montrer persuasive. Kate est absolument certaine que je suis la chouchoute de son boss, Joshua Pierce.

Difficile à croire, vu comme le mec est aimable quand il me voit.

Dès que Pierce me parle, j'ai l'impression d'entendre une vieille porte qui grince.

En poussant un nouveau soupir, je pose *La Nausée* sur ma table de chevet. Je n'y arriverai pas, ce bouquin est trop relou.

Kate me lance un jeu de cartes, que j'intercepte au vol.

– Une petite partie ?

– Désolée, mais je n'en peux plus du gin rami.

– Ah bon ? Mais je croyais que t'adorais ça ? proteste Kate, terriblement déçue.

– Oui, ris-je, mais en six jours, je crois que j'ai eu ma dose.

Il y a vraiment des moments où Kate me fait penser à ma grand-mère !

Dans ma bouche, c'est tout sauf une injure. Ma mamie, Violetta Harper, est la femme la plus classe que je connaisse. Chez nous, à Watts, même les chefs de gangs enlèvent leur casquette quand ils la croisent. Elle a été l'une des premières blanches à s'installer dans le quartier dans les années 1960, ça inspire le respect. Et puis, elle a été la nourrice de presque tous les gamins du coin. Une véritable légende !

Madame Harper, avec son odeur de cigarillos et d'eau de Cologne.

Je pose les cartes à côté du livre et me dirige vers ma guitare.

– Ça ne te dérange pas ? demandé-je à ma *nanny*.

– Pas du tout ! Tu sais bien que j'adore t'entendre jouer.

Kate se pose sur son lit pour m'écouter.

Quelle chance j'ai eu que la prod' me laisse amener ma guitare ! Chaque candidat a droit à un objet et un seul dans la Maison des Murmures – un « fétiche » qui est censé le représenter sans pour autant dévoiler son secret. Pas facile de trouver le truc adéquat…

Ma guitare, c'est vraiment ce que j'avais de plus précieux et de plus inattendu en stock. Rien ne me prédestinait à faire de la musique – je suis plus le genre de fille qu'on s'attend à voir danser sur les tables plutôt qu'à entendre chanter dans sa chambre. C'est mon premier petit copain, Charly, qui me l'a offerte. J'avais 14 ans quand on est sortis ensemble, lui en avait 16. Je n'avais pas du tout l'intention de coucher avec lui alors, à la place, je lui ai demandé de m'apprendre à jouer. Le pauvre a tenu un an avant de décréter qu'il préférait qu'on reste amis. Pour que je ne l'oublie pas, il m'a filé sa gratte en cadeau de rupture.

Deux mois après, Charly parvenait enfin à perdre son pucelage. Onze mois après, il devenait père.

C'est comme ça que les choses se passent à Watts.

Mon autre chance, dans cette aventure, ça a été Kate. Je ne sais pas à quoi ressemblent les autres *nannies* embauchées par la prod' mais la mienne est juste mortelle. Elle est toujours de bonne humeur, bavarde mais pas trop et, cerise sur le gâteau, elle me supporte.

Ce que 90 % des nanas n'arrivent pas à faire.

C'est bien simple, les filles avec qui je bosse ont peur de ma grande gueule et les autres ont des a priori à cause de mon boulot : mannequin. Elles me prennent direct pour une pouffe sans cervelle.

Heureusement, Kate n'est pas comme ça. Bien sûr, elle a toute la panoplie de la parfaite étudiante en médias de l'UCLA : lunettes à larges montures noires, chemises d'homme, zéro *make up*. Mais elle n'est pas snob. Pas une seule seconde elle ne m'a jugée sur mon job ou sur la longueur de mes jupes. Et puis, on a un passé similaire : Kate a été abandonnée par son père quand elle était bébé, moi j'ai grandi sans parents. Malgré notre différence d'âge – Kate a 27 ans, j'en ai 23 –, le courant passe. Après une semaine à être 24 h sur 24 ensemble, c'est clair qu'elle va me manquer ! Ça met la barre haut pour les candidats de *Petits Secrets*. Ils ont intérêt à être vraiment cool s'ils veulent soutenir la comparaison.

Sinon, tant pis, il y aura du clash.

Et puis, au moins, si je tombe sur une bande d'idiots bornés qui jugent sur les apparences, aucun d'entre eux ne sera capable de deviner mon secret.

« J'ai été acceptée dans plusieurs facultés prestigieuses mais j'ai refusé de les intégrer. » Quand Kate a lu mon dossier, elle en est restée bouche bée.

– Bon sang, Tess : les sections théâtre de UCLA, de Brown, de Sarah Lawrence… Comment as-tu pu laisser passer des opportunités pareilles ?

– Bof, avais-je répondu en haussant les épaules. Je n'avais pas vraiment le fric pour ça…

– Mais ils t'offraient une bourse d'études !

– Arrête, Kate, l'avais-je grondée. Tu es naïve. Oui, ils t'offrent une bourse, avec laquelle tu payes leurs mirobolants frais d'inscription et éventuellement ta chambre sur campus. Et après ? J'aurais fait comment pour manger ? J'aurais bossé dans un fast-food, séché la moitié des cours, me serais plantée aux exams ? Je sais comment ça se passe pour les filles comme moi. On nous fait croire qu'on peut accomplir de grandes choses mais c'est faux. Quand tu viens de Watts, il n'y a qu'une seule façon de t'en sortir : la célébrité.

C'est pour ça que, plutôt que de rentrer à la fac en sortant du lycée, j'avais accepté de faire des photos de mode. Grâce à mon mètre soixante-quinze, ma crinière dorée, mes longues jambes, ma peau mate et mes yeux bleu-gris, j'avais attiré l'attention d'un chasseur de têtes. Il m'avait abordée sur la plage et vendu la belle vie : voyages, fric, vie glamour… Tu parles !

À moins d'être top model, mannequin, c'est vraiment un métier de chien. T'es mal payée, on te parle comme à une demeurée, ton agent fait des pieds et des mains pour te décrocher les pages « lingerie » dans les catalogues de VPC – quand c'est pas les pages « lingerie » d'un magazine pour messieurs…

Et puis, percer, quand on commence les photos à 18 ans, c'est carrément mission impossible – surtout quand on fait comme moi un bonnet C. Les filles avec des fesses, avec des seins, ça marchait dans les années 1990 ! Là, je passe mon temps à écouter des directeurs de casting m'expliquer que mon 88-60-88 et mes 62 kg, c'est trop, et qu'ils préféreraient une fille de 16 ans. À peine si je réussis à ramasser 1 000 dollars par mois – même pas la totalité du loyer de l'appart'.

Ah ! Qu'est-ce que j'en ai marre de ce boulot !

C'est vrai que, quand j'étais au lycée, je rêvais de devenir actrice… Mais franchement, passer cinq ans à la fac pour ensuite courir les auditions, au risque de ne gagner que des clopinettes, ce n'était pas un choix raisonnable. Violetta a 64 ans, elle a passé sa vie à trimer pour qu'on ait un toit au-dessus de nos têtes et de quoi manger dans le frigo. C'est à mon tour d'assurer.

Petits Secrets entre amis *sera un tremplin incroyable. Quand je serai connue, le travail me tombera tout cru dans la bouche.*

À cette pensée, me viennent des images de moi en train de nager dans une piscine emplie de billets de banque, en train de boire du champagne dans une limousine, d'offrir un manteau en vison à ma grand-mère…

Une sonnerie m'arrache à ma rêverie. C'est le téléphone de Kate. Je repose ma guitare et jette un coup d'œil complice à ma *nanny*.

– C'est lui ? la pressé-je, alors qu'elle sort son portable de sa poche pour lire le SMS.

Par « lui », j'entends Sven, le bel assistant du prof d'histoire des médias de UCLA. Le méga *crush* de Kate. Elle n'arrête pas de me montrer ses photos Instagram en bavant à moitié. « Et Sven ceci, et Sven cela… » Elle est insupportable avec son amoureux secret !

Et plutôt touchante, c'est vrai. Dans le genre empotée…

Trois mois qu'ils se tournent autour et elle n'a toujours pas conclu. Évidemment, depuis six jours qu'elle est enfermée avec moi, son flirt avec Mister Univers n'a pas avancé d'un iota. Manque de pot, Sven est norvégien et il doit retourner demain à Oslo pour faire renouveler son permis de travail américain.

Et pas sûr qu'il revienne un jour.

Résultat, sans qu'il se soit encore rien passé, Kate a déjà le cœur brisé par son beau gosse venu du froid.

– Ce n'est pas Sven, m'annonce-t-elle. C'est le patron. Il a un truc urgentissime à nous dire, il arrive dans trente minutes.

– Ah…

– Tu as l'air encore plus déçue que moi !

– Ben, faut dire que je me suis mise à vivre un peu par procuration… C'est pas comme s'il y avait beaucoup d'action, par ici.

– Tu verras, quand tu seras sous les feux des projecteurs, tu regretteras le bon vieux temps où tu t'ennuyais avec moi.

– Pas sûr…

– Hey ! proteste Kate.

– Je ne dis pas ça pour toi, triple idiote ! Toi, je t'adore et tu le sais très bien. Non, c'est juste que je vire à moitié claustro, là.

– Et tu crois que tu vas tenir le coup pour le tournage ? C'est éprouvant aussi, tu sais.

– Oui, mais au moins, il y aura plein de gens pour partager l'aventure avec moi.

– L'aventure… soupire Kate.

Elle me trouve naïve. Pour elle, l'émission n'est qu'un zoo où on exhibe un ramassis de crétins décérébrés. Elle pense que je n'y ai pas ma place.

– Tu vaux tellement mieux que ça, Tess. Si tu savais !

– Kate, je ne comprends pas. Pourquoi est-ce que tu bosses à la télé si tu méprises tellement ça ?

– Ce n'est pas du mépris mais du réalisme. Et c'est justement parce que j'y bosse que je sais de quoi je parle ! Ça fait trois ans que je fais ce job, Tess. Mille deux cents dollars l'émission, juste pour rester avec un candidat pendant une semaine, ça ne se refuse pas. Mais je t'assure que je n'avais jamais rencontré quelqu'un comme toi avant. Tous ces gens de la télé-réalité… Ils sont soit cyniques, soit superficiels.

– Et moi, minaudé-je, tu me trouves superficielle ?

– Toi, dit-elle avec le plus grand sérieux, tu es ma Bombe. Et j'ai envie que tu gagnes *Petits Secrets* pour quitter ce taudis où vous vivez, ta grand-mère et toi. Mais j'ai aussi peur que le système t'avale toute crue…

– Fais-moi confiance, Kate ! C'est l'inverse qui va se passer.

– Je l'espère, Tess. Je l'espère vraiment.

Ça me fait bizarre que Kate se fasse du souci pour moi. Je n'ai pas l'habitude de me faire dorloter. Petite fille, déjà, j'avais compris qu'il faudrait que je me débrouille seule dans la vie. Ma mère, Rose, était une véritable gamine, une inconsciente de première qui m'a eue à quinze ans avec un type de passage. Dès ma naissance, c'est sa mère, Violetta, qui s'est occupée de moi. Rose vivait encore avec nous mais j'ai le souvenir d'une ado qui allait et venait comme bon lui semblait. Elle m'aimait, certes… mais comme une jolie poupée avec laquelle on s'amuse. Et puis, à dix-huit ans, elle s'est de nouveau entichée d'un minable et elle a mis les voiles. En promettant bien entendu qu'elle finirait par venir me chercher.

Autant dire que j'attends toujours…

Violetta par contre, ça, c'est une sacrée bonne femme. Elle a cumulé les petits boulots pour nous faire vivre – femme de ménage, couturière, nounou – sans jamais se plaindre. Je l'adore ! Elle fume comme un pompier, ne crache pas contre un petit bourbon de temps à autre et ne mâche pas ses mots. C'est d'elle que je tiens ma langue bien pendue. Mon indépendance, elle, me vient de Rose. J'ai juré très tôt de ne jamais finir comme elle, à foutre ma vie en l'air pour le premier blaireau qui passe.

Le meilleur moyen d'éviter ça dans la vie, c'est d'être sûr de soi. Rose était splendide jeune, mais elle manquait de confiance en elle. Pour un mot doux et un peu d'amour, elle aurait fait n'importe quoi. Moi, je ne me laisse pas embobiner. Je plais, je le sais, mais ce n'est pas pour autant que je vais me laisser mettre en cage par un homme. Je prends du bon temps sans perdre de vue mon objectif : me faire un nom, gagner de l'argent et nous sortir, Violetta et moi, de ce quartier pourri.

Pauvre mamie ! Elle a trimé toutes ces années pour m'offrir une vie décente, à mon tour maintenant.

Une nouvelle fois, le téléphone de Kate sonne.

– C'est lui ? demandé-je au bord de la syncope.

Kate ne me répond pas et, en silence, lit le texto. Son expression n'est pas facile à décrypter, elle allie sourire niais et regard triste.

C'est généralement cet effet-là que fait l'amour.

Beurk. Très peu pour moi.

Mais Kate n'est pas, contrairement à moi, un cœur de pierre. Elle en est complètement mordue, de son Sven.

– Qu'est-ce qui se passe, Kitty Kat ?

Sans un mot, elle me tend le portable.

[Je termine mon sac pour demain. Aurais bien aimé te voir avant. Tu resteras le seul vrai soleil de mon séjour en Californie. J'espère pouvoir revenir bientôt. Sven]

Waouh ! Bon, OK, je retire tout ce que j'ai pu dire sur l'amour. Certains mecs ont la classe.

– Kate…

– Je sais, dit-elle. Il est…

– … magique, complété-je. Oui, je comprends mieux ton béguin, maintenant. On ne va pas se mentir, les types comme ça, ça ne court pas les rues.

– On est bien d'accord.

– Et rien ne nous dit qu'il obtiendra un nouveau visa.

– Oui, confirme-t-elle le regard humide.

– Alors la question ne se pose pas, m'exclamé-je en lui arrachant son portable des mains.

Ni une ni deux, j'envoie :

[À quelle heure décolle ton avion ? K]

Du tac au tac, le beau Sven répond :

[7 h 00]

– Tess, qu'est-ce que tu fais ?

– Il part à l'aube, Kate, l'informé-je. Tu dois absolument dîner avec lui avant. Et quand je dis « dîner », je veux dire bai...

– Tu sais bien que je ne peux pas, me coupe Kate en rougissant jusqu'aux oreilles.

– Bien sûr que si, tu peux ! Tu n'as qu'à m'enfermer à double tour, si ça peut te rassurer. Personne n'en saura rien. Tu y vas et tu manges tout ce qu'il y a au menu, y compris le dessert, *capisce* ?

– J'aimerais bien, tu le sais. Mais j'ai pris un engagement. Vis-à-vis de toi, vis-à-vis de la prod'...

– Oui ? Eh bien moi, je te libère de tout engagement pour la nuit. Et quant à la prod', on l'emmer...

Je suis coupée dans mon élan par trois coups secs frappés à la porte.

– Chut ! m'intime Kate en gloussant. Ce doit être Joshua Pierce.

Elle fonce ouvrir à son boss, toute en sourires et courbettes.

– Joshua ! Vous venez vérifier que notre candidate se porte bien ?

Le producteur exécutif, qui doit avoir dans les trente ans, entre dans la chambre en nous jetant à peine un regard. Il a beau être séduisant avec ses cheveux noirs, ses sourcils épais et sa carrure athlétique, il est vraiment trop renfrogné. À la limite du désagréable.

« Chouchoute » mes fesses : je porte ma robe porte-bonheur (mini, noire, ultra-moulante) et pourtant, c'est comme si j'étais transparente.

– Elle a l'air d'aller, Kate, marmonne-t-il. Par contre, on a un souci pour demain.

– Un souci pour demain ? Quel souci ? demande ma *nanny* en sentant venir le plan foireux.

– Le secret. Ça ne passe pas. Le service marketing a réalisé plusieurs études auprès des téléspectateurs et cette histoire de fac n'est pas jugée assez spectaculaire ou croustillante.

– Mais… Mais… C'est impossible, bafouillé-je.

– Tess, me répond Pierce avec emportement, les chiffres ne mentent pas.

– Alors ça veut dire… que je suis *out* d'office ?

– Écoutez, me dit Pierce radouci, ça m'embête autant que vous, croyez-moi. Nos panels ont très bien réagi à vos vidéos de casting. Vous faites rire les jeunes avec votre franc-parler, la ménagère vous trouve attendrissante, les hommes fantasment sur vous… Mais votre secret est trop fade, c'est comme ça.

– Il doit bien y avoir quelque chose à faire ! proteste Kate.

– Il y aurait bien une solution, suggère Pierce.

– Laquelle ?

– Ce serait de changer de secret.

– Changer de secret ? Mais comment ? Je n'ai pas des tonnes de secrets en stock, moi !

– Mais moi, j'ai eu une idée qui pourrait tout arranger. Vous jouerez la garce de l'émission. Votre secret, ce sera : « Je suis prête à tout pour réussir. »

– Même à accepter un secret à la con ? lancé-je en grimaçant.

Ce type ne peut pas être sérieux !

Je constate immédiatement que ma remarque acerbe ne passe pas *du tout*. Pierce me fusille du regard alors que Kate vole à ma rescousse.

– Joshua, plaide ma *nanny*, je ne pense pas que Tess soit partante pour se donner en spectacle.

– Vraiment, Tess ? me demande Pierce en se tournant vers moi. Après tout ce que vous avez traversé ? Les castings successifs, les entrevues avec le psychologue de l'émission, la semaine d'isolement ? Vous renonceriez à tout ce que nous pouvons vous offrir ?

Le producteur avance dans ma direction en me lançant un regard perçant qui signifie : « Je vais t'hypnotiser, tu es ma créature, plie-toi à ma volonté de grand ponte de la télé. » Je serre les dents et tente de masquer mon dégoût.

J'ai besoin de faire cette émission. Violetta en a besoin.

– Pouvez-vous me garantir, commencé-je à négocier, que si j'accepte de signer ce nouveau contrat, j'entrerai demain dans la Maison des Murmures ?

– Tess, me répond Pierce avec un sourire satisfait, je vous jure que si vous acceptez nos conditions, vous ferez partie des candidats. Et avec ce nouveau secret, je pense que vous irez au moins jusqu'en finale ! Je vous l'ai dit, le public vous adore.

– Très bien, me résigné-je. Vous pouvez me faire monter le nouveau contrat, Joshua. J'accepte.

Joshua Pierce exulte. Kate, elle, a l'air mortifié. Et moi, je rumine mon amertume derrière un masque de soumission.

T'as des raisons d'être fier, mon coco. Réussir à faire plier une fille qui n'a pas un rond et qui ne possède aucun moyen de pression sur toi, c'est vraiment du grand art! Bravo!

– C'est la bonne décision, Tess, me dit-il en se laissant raccompagner jusqu'à la porte. Je vais de ce pas détruire l'ancien contrat et vous faire porter le nouveau. Vous verrez, grâce à ça, vous irez loin dans le jeu.

J'espère que Pierce dit vrai, que « Prête à tout » peut m'amener en finale…

Parce que le jour où j'aurai du fric, je ne laisserai plus jamais personne me traiter de la sorte.

Après tout, si je réussis à conquérir le cœur des téléspectateurs, qui sait où je serai dans un an ? *Petits Secrets* est déjà une excellente opportunité de se faire de l'argent… Chaque candidat reçoit au début du jeu une cagnotte de 5 000 dollars. Tout au long de son séjour dans la Maison des Murmures, la production lui lance des défis qui lui donnent l'occasion de gagner encore plus. Lorsqu'il croit avoir deviné le secret de quelqu'un, il peut mettre en jeu une partie de sa cagnotte. S'il a deviné juste, celui qu'il a démasqué doit lui céder la somme pariée ; s'il s'est trompé, c'est l'inverse qui se passe. Je ne suis pas une tronche en maths mais 10 candidats détenant chacun 5 000 dollars, c'est 50 000 dollars qui circulent dans la maison et qu'on peut espérer rafler. Et ça, sans compter les défis!

50 000 dollars, 40 loyers, 3 ans de tranquillité. Là d'où je viens, nous sommes nombreux à être « prêts à tout » pour ça.

Sauf que je ne compte pas m'arrêter là. Télévision, vente d'interviews exclusives, livre… Il existe mille manières de se faire de l'argent une fois qu'on est passé à la télé.

– Oh ! une dernière chose, me glisse Pierce sur le pas de la porte. Votre objet fétiche, on veut également le changer.

Pierce me tend un petit sac dont je sors l'« objet fétiche » choisi par la prod'.

C'est pas vrai ! Ils sont dingues ou quoi ?

– Une… boîte de capotes ? demandé-je, éberluée.

– L'émission a un partenariat avec la marque, m'explique Pierce. Ce sont eux qui financent les cagnottes des candidats et, en contrepartie, ils ont droit à un placement produit dès le premier prime.

– Et c'est moi qui vais devoir faire le sale boulot ?

– Le sale boulot ? Donner à des milliers d'adolescentes qui vous admireront une leçon de sexualité libérée et responsable ?

– J'imagine que, pendant que vous y êtes, vous allez me demander de m'en servir dès le premier soir ? ironisé-je.

– Je ne vous force à rien, Tess, me répond Pierce d'un ton mielleux. Mais si jamais vous en avez envie, ne vous privez pas.

OK, Josh, l'ironie n'est visiblement pas ton fort. Il va falloir que je trouve un autre moyen de te faire comprendre que je plaisantais.

Ni une ni deux, j'ouvre la « précieuse » boîte qui rapporte à l'émission la modique somme de 50 000 dollars et en sors une capote. Je déchire l'emballage et me mets à gonfler le préservatif comme un ballon, que je lance en direction de Pierce.

– Je veux que vous sachiez, Josh, que ces ballons sont le seul usage que je compte faire de vos capotes à l'antenne.

– Vous réagissez comme une gamine, Tess, me répond-il, agacé.

– Et vous, comme un parfait proxénète. Ma place vaut mieux que la vôtre.

Piqué, Pierce récupère la boîte de capotes et fait mine de vouloir partir en claquant la porte.

Du bluff, rien que du bluff.

– C'est bon, Pierce, pas la peine d'en faire des caisses. Vous avez besoin d'une garce, je vous l'offre. Vous avez besoin d'un placement produit, vous l'avez. Je crois que j'en ai fait assez pour vous ce soir. À vous de faire quelque chose pour moi.

– OK, dites-moi ce que vous voulez en échange, me demande Pierce, acculé.

– Rester le plus longtemps possible dans cette foutue maison. Alors vous ne me sabotez pas au montage, vous ne me faites pas de coups tordus, et on sera bons copains vous et moi.

À ces mots, le producteur vire cramoisi.

– Je vais être très clair, siffle-t-il. Vous et moi ne sommes pas copains, nous sommes liés par un contrat que vous allez honorer, sinon je vous foutrai tellement de procès au cul que même gagner à la loterie nationale ne suffira pas à vous sortir de la merde, c'est bien clair ?

Stupéfaite par ce déferlement soudain de colère, je serre les poings le plus fort que je peux, en m'enfonçant les ongles dans la paume. Hors de question de laisser voir à Pierce les larmes qui me montent aux yeux et mes mains qui tremblent comme des feuilles !

– Très clair, monsieur Pierce.

– Bien, conclut-il, de nouveau gai comme un pinson. Vous êtes raisonnable, Tess, c'est très bien. Nous allons vivre une merveilleuse aventure, à n'en point douter !

Comment peut-on changer d'humeur aussi vite ? Ce mec est un vrai psychopathe, ma parole !

– Bonne soirée, mesdames, lance-t-il joyeusement. Je vous verrai demain sur le plateau du prime, Tess.

Sur ce, il referme la porte. Je me tourne vers Kate, qui est blême.

– Tu disais quoi, déjà ? plaisanté-je pour détendre la pauvre *nanny* bouleversée. Que tu avais un « devoir moral » envers la prod' ?

– Tess, me dit-elle en s'avançant vers moi pour me prendre dans ses bras. Oh ! je suis désolée. J'aurais dû m'interposer, te défendre mais…

– Kate, ce taré est notre boss à toutes les deux. Tu n'avais pas plus le choix que moi.

– Mais il n'a pas le droit de te traiter comme ça ! On ne va quand même pas se laisser faire aussi facilement, non ?

Mon visage s'illumine.

– Non, en effet, lui dis-je avec un sourire espiègle, on ne va pas se laisser faire aussi facilement.

Il ne manquerait plus que ça !

Accepter qu'on me marche sur les pieds ? Pas le genre de la maison.

***

– Tess, tu es absolument certaine que… Enfin… Tu sais ce que tu fais ?

Je continue d'appliquer à Kate son maquillage sans écouter ses récriminations.

– Kate, je suis naturellement douée pour ces trucs de

nanas, crois-moi.

– Je veux bien te faire confiance mais la dernière fois que je me suis maquillée, c'était en 94.

– En 94 ? Mais t'as commencé hyper jeune ! m'exclamé-je, surprise d'imaginer Kate Wilson en mini-miss.

– T'emballe pas. C'était un maquillage de tigre pour la fête de l'école…

– Ah, OK, dis-je en riant. Je vois le genre.

– Ce que je veux dire, m'explique-t-elle en choisissant ses mots un peu trop soigneusement à mon goût, c'est que je n'ai pas exactement l'exubérance de…

– … de Nicki Minaj, la coupé-je, exaspérée. Ça va, j'ai compris le message, Wilson. Pour qui tu me prends ?

Une dernière touche d'enlumineur au niveau des tempes… Une petite touche de gloss par-dessus la bouche « effet mordu » de Kate… Waouh ! Elle est sublime.

– Alors ? lui demandé-je en la plantant devant le miroir. Tu trouves ça comment ?

Kate respire, soulagée.

– Tess, c'est… parfait ! C'est même « Waouh », comme dirait quelqu'un que je connais bien, sourit-elle, attendrie, en reprenant mon plus gros tic de langage.

– Ah ! m'exclamé-je, triomphale. Tu vois ?

– C'est dingue ! C'est moi mais… en mieux.

– J'ai juste joué sur la lumière et les volumes. Je ne voulais pas te dénaturer, tu as une peau parfaite, bien préservée des ravages du soleil de L.A. Certainement tes heures enfermée à la bibliothèque…

– Il faut bien que mon bac +15 serve à quelque chose, concède-t-elle avec une grimace comique. Et pour les fringues, on fait comment ? Je ne peux pas retrouver Sven dans un resto chic avec ma robe de plage.

J'examine sa robe bain de soleil vert émeraude. Super jolie mais trop simple, en effet.

– Viens, lui dis-je en ôtant ma petite robe noire bustier. On échange.

– Tess… Tu es certaine ? Ta robe fétiche !

Kate connaît l'histoire. Cette Dior m'a été donnée par un styliste après un shooting. « Elle te servira à sortir dans les soirées chic de Hollywood et à te faire passer pour l'une des leurs, m'a-t-il dit. Je viens de Compton, je sais ce que c'est que se battre pour s'en sortir. » Depuis, je la considère comme ma robe porte-bonheur.

Mais puisque je sais déjà que je suis prise dans le show, je n'en ai pas besoin dans l'immédiat.

– Je ne pourrai pas la porter pour le prime, de toute façon, réponds-je en haussant les épaules. C'est la prod' qui va m'habiller. Elle te portera chance ce soir.

– Et toi, qu'est-ce qui te portera chance ?

– Ta robe à toi ! m'exclamé-je, en proie à une illumination.

– Celle-là ?

– Oui ! Je serai ton porte-bonheur pour ton rendez-vous et toi, tu seras le mien pour cette dernière nuit avant le grand saut dans l'inconnu.

– Ça marche, dit-elle en s'amusant de mon idée farfelue.

– Et gare à toi si tu rentres avant l'aube ! l'avertis-je pendant que nous procédons à l'échange. Ton rencard, c'est *ma* vengeance contre ce trou du cul de Pierce.

– Mais si on se fait attraper…

– … il ne nous arrivera rien du tout, la rassuré-je. L'ancien contrat a été détruit, le nouveau n'a pas encore été signé. Jusqu'à demain matin, je ne suis officiellement plus une des candidates potentielles de *Petits Secrets entre amis*. Et si je ne suis plus candidate…

– … je ne suis plus ta *nanny* ! s'exclame Kate. Oh ! Tess, tu es un génie.

– Je sais, dis-je en partant d'un rire qui imite les méchants dans *James Bond*.

– Et comment est-ce que tu vas faire pour dîner si je ne suis pas là pour aller te chercher du chinois à emporter ?

– Room service, ma vieille.

– Prends ce que tu veux. Caviar, champagne… c'est moi qui régale.

– Des œufs de poisson ? grimacé-je. Très peu pour moi. Et pour ce qui est du champagne, je veux être fraîche comme la rose demain. Ce soir, ce sera légumes vapeur et eau minérale. Régime détox.

– Tu ne vas pas trop t'ennuyer ou stresser, toute seule ? Tu sais que je ne peux pas te laisser la clef du meuble télé…

– Je vais faire quelques réussites, dis-je en brandissant le jeu de cartes. Et puis, j'ai encore *La Nausée*. En moins d'un chapitre, je dormirai à poings fermés !

Kate rit en s'examinant une nouvelle fois dans le miroir, ravie.

Bon, OK, être amoureuse, c'est peut-être « beurk » mais ça rend belle.

Et si, au passage, ça m'aide à rendre à Joshua Pierce la monnaie de sa pièce…

2
VILAIN SECRET

Tess

Trois heures plus tard, alors que j'espère que Kate en est au dessert et que le beau Sven est tout enduit de chantilly, moi, je me mets au lit avec mon ami Jean-Paul Sartre.

Moi aussi, j'aurais préféré avoir un Norvégien musclé à mes côtés plutôt qu'un philosophe français…

Espérons au moins que Kate aura conclu. Elle mérite de prendre un peu de bon temps : entre la fac et ses petits jobs, elle n'a quasiment pas de vie, la pauvre !

Une fois la lumière éteinte, je pense avec un sourire attendri à Kate. Elle ne cesse de répéter que les émissions de téléréalité sont des arnaques absolues. Ce qui l'énerve le plus, c'est qu'on parle d'« aventure ». Et pourtant ! Dans quel autre contexte que celui de *Petits Secrets* aurais-je pu devenir amie avec une fille comme Kate Wilson ?

Aucun, c'est certain.

J'aurais rencontré Kate dans la vie civile, je me serais tenue à distance. Je sais comment sont les filles. Soit elles se la jouent Amazones mais jugent les autres nanas avec encore plus de sévérité que ne le font les mecs, soit elles sont complètement cul-cul et obsédées par le prince charmant. À la fin, ça revient au même : on se fait toujours jeter par ses copines, que ce soit parce qu'elles sont jalouses ou parce qu'elles préfèrent passer du temps avec leur nouveau *boy-friend.*

C'est aussi le cas avec les mères...

Non. Je ne dois pas penser à Rose, pas maintenant. Ça va me coller une insomnie.

Pourtant, je ne peux pas m'empêcher de gamberger. Demain, je vais passer à la télé. Si ça se trouve, Rose sera devant son poste. Que va-t-elle penser ? Comment va-t-elle réagir ? Me reconnaîtra-t-elle seulement ?

Je t'emmerde, Rose Harper. Je ne fais pas ça pour avoir ta reconnaissance.

Argh! Ça y est, je suis complètement stressée. Je rallume la lampe de chevet pour aller me servir un verre d'eau.

Mouais... j'aurais préféré quelque chose d'un peu plus fort finalement...

Dans la salle de bains, j'examine mon visage soigneusement démaquillé à l'eau micellaire.

Bon, je ne suis pas mal, j'ai de la repartie et Pierce me doit une fière chandelle pour avoir accepté ses conditions merdiques. Ça ne devrait pas trop mal se passer, non ?

Je ne me suis pas retrouvée avec un groupe de gens de mon âge depuis le lycée. Entre-temps, il y a eu métamorphose : la jeune fille aux jambes trop longues qui cachait sa poitrine sous des pulls informes est devenue une jeune femme sexy, soignée, déterminée à séduire les directeurs de casting.

« Prête à tout », quoi.

Mais si, à cause de ça, les autres filles me détestaient ?

Et si l'Amérique entière me détestait ? Ah ! l'angoisse.

Tant pis pour la détox, j'ai besoin d'un remontant. Un grog, comme me le préparerait Violetta. Et puis, ce n'est pas vraiment de l'alcool, non ? C'est plus comme un… médicament. Ça tombe bien : du citron, il y en a dans la corbeille de fruits de la chambre. Pour le miel, un sachet de sucre fera l'affaire. Du rhum, il doit bien y en avoir dans le mini-bar. En plus, ça m'aidera à dormir !

Mauvaise foi, quand tu nous tiens…

Avec l'air de celle qui prépare un mauvais coup, je me dirige vers le mini-bar. Mais, déception, il est vide.

Merde.

J'avais zappé qu'avec Kate, on avait organisé une boum improvisée à deux l'autre soir. Histoire de ne pas mourir d'inaction. Et qui dit « boum » dit « vidage en règle du mini-bar »… Heureusement, je suis dans un palace ! Le room service devrait pouvoir faire quelque chose pour moi !

– Hélas non, mademoiselle, m'apprend la standardiste au téléphone. Le service en chambre se termine à minuit et il est minuit dix ! Mais si vous voulez un grog, notre bar reste à disposition jusqu'à une heure du matin.

Le bar de l'hôtel ? Pas question de mettre un orteil dehors : ça pourrait nous attirer des problèmes si je me fais pincer. En même temps…

En même temps, Pierce est déjà rentré dans sa jolie villa à l'heure qu'il est. Et les autres candidats potentiels doivent dormir sous l'œil attentif de leurs nannies.

Non, non, non, je ne peux pas courir ce risque. Sauf si…

Minuit dix. Je n'ai qu'à prendre les escaliers pour être certaine de ne croiser personne et aller discrètement vérifier l'état du bar. S'il est désert, je reste. Sinon, je remonte fissa par le même chemin.

Rapidement, je troque ma nuisette contre la robe bain-de-soleil de Kate, glisse mes pieds dans des sandales, attrape mon sac à main et me faufile telle une voleuse dans les couloirs du somptueux hôtel.

J'avais raison, c'est désert.

Personne à mon étage, personne dans les escaliers… Et personne au bar ! Rien qu'un couple qui dîne à une petite table. Eux, je suis certaine qu'ils n'ont rien à voir avec l'émission. La fille est beaucoup trop collet monté pour être une candidate de *real TV* et, de toute façon, vu comme elle dévore son compagnon des yeux, ils doivent être en plein rendez-vous galant.

Quand même, histoire de ne pas trop attirer leur attention, je m'installe au bar le plus discrètement possible.

– Bonsoir, mademoiselle. Je suis Loyd, votre mixologue. Que puis-je pour vous ?

« Mixologue », non mais je rêve ! Le jour où Loyd sera aussi sexy que Tom Cruise dans Cocktail, peut-être qu'il pourra se la péter autant, mais en attendant…

Je jette une œillade moqueuse au barman – pardon, au « mixologue » – et décide moi aussi de me la raconter.

Je vais jouer les femmes friquées, ça me distraira.

– Loyd, lui réponds-je avec un sourire distingué, je n'arrive tout bonnement pas à trouver le sommeil. Pourriez-vous, s'il vous plaît, me faire un grog, comme ceux que me prépare ma cuisinière lorsque je suis malade ?

– Vous êtes souffrante, mademoiselle ? me demande Loyd, l'air concerné.

– Du tout. J'ai simplement une petite insomnie. Une réunion d'affaire importante demain…

– En ce cas, je vous déconseille les agrumes, trop chargés en vitamine C. Puis-je vous suggérer quelque chose à base de cerise ? Ce fruit est réputé excellent contre le stress.

– Vous avez carte blanche, Loyd.

– Parfait, mademoiselle, me répond le déférant Loyd. Je vais faire mon possible pour vous satisfaire.

Loyd se met à œuvrer. J'en profite pour jeter un nouveau coup d'œil anxieux au couple qui dîne en salle et qui en est au dessert. Je constate, soulagée, qu'ils ne font absolument pas attention à moi. Pour tout dire, la blonde en tailleur n'a d'yeux que pour son interlocuteur. Elle le regarde avec une adoration béate.

J'avoue que ça me rend curieuse.

Le type qu'elle dévore des yeux me tourne le dos. Je ne peux rien voir de lui à part sa veste de costume bleu – un bleu très joli, soit dit en passant. Mince, comment est-ce qu'on appelle cette nuance, déjà ? Une styliste me l'avait dit, une fois…

Bleu de Prusse !

Rien à dire, le mec porte bien son costard. Il a un dos puissant, bien droit, et de belles épaules carrées de quarterback. Je pense néanmoins que la blonde va se faire un plaisir de le désaper…

– Et voilà, mademoiselle, me dit Loyd en posant devant moi une coupe décorée de deux cerises confites. Un neruda.

– Un neruda ? demandé-je en fixant le liquide rouge aux nuances ambrées. Qu'est-ce que c'est ?

– Un alliage de cognac et de cherry brandy. Je pense que ce sera parfait pour vous.

Je trempe mes lèvres. C'est divin ! Légèrement mousseux, pas trop sucré…

Bien mieux que le grog que j'avais commandé ou que les gin tonics que je prends quand je sors en boîte, c'est clair !

– Waouh, Loyd ! Ça déchire, m'exclamé-je en sortant complètement de mon rôle de cliente snob du *Peninsula*.

– Ravi que ça vous plaise, mademoiselle, dit-il en rosissant de plaisir. Sur quelle chambre dois-je transférer la note ?

– Euh… Je vais régler en cash, si ça ne vous dérange pas.

Heureusement que j'ai pensé à prendre mon sac à main ! J'ai vraiment failli faire une boulette. Loyd me glisse discrètement une sorte de pochette en cuir dans laquelle est rangée la facture.

20 dollars ! Eh ben, à ce prix-là, il peut être bon, son cocktail !

Heureusement que j'ai prévu de n'en boire qu'un seul…

Alors que je cherche mon portefeuille, une sonnerie de téléphone me fait sursauter. Dans ce cadre raffiné et silencieux, ça surprend ! Je jette un œil réprobateur à mes deux comparses.

La blonde, contrariée, dégaine son portable. Elle décroche, se lève, s'éloigne.

– Allô ?

Aussitôt, Costume Bleu se met à tapoter des doigts sur l'impeccable nappe beige. Je suppose qu'il est agacé de se faire planter pour un coup de fil à cette heure-ci.

J'en connais une qui vient de perdre des points…

Costume Bleu se tourne de trois quarts et, alors qu'il soupire d'exaspération, moi, je retiens mon souffle.

Waouh ! Il est canonnissime, ma parole !

Dans les 30 ans, peau mate, barbe de trois jours savamment entretenue, mâchoire carrée, traits d'une remarquable finesse, Costume Bleu vient de gagner un nouveau surnom ! Dorénavant, je l'appellerai Bombe Sexuelle.

Finalement, je vais peut-être attendre avant de régler Loyd. Qui sait si je ne vais pas rester au bar plus longtemps que prévu ? Prendre un deuxième verre, profiter du spectacle…

Il faut dire qu'en attendant que son amie revienne, Bombe Sexuelle me présente son meilleur profil. J'en profite pour le détailler. Ça vaut le coup. Même en vivant à L.A. et en fréquentant des mannequins, je n'avais jamais vu un tel spécimen d'homme. Ce type est la perfection incarnée !

De la base de son nez parfaitement droit partent deux sourcils épais. Ils donnent à ses yeux noirs une intensité remarquable – des yeux de fauve, adoucis par de longs cils. Le regard de Bombe Sexuelle est magnétique, ardent. Pourtant, le reste de son corps dégage plutôt une forme de nonchalance. Peut-être même d'arrogance…

Ce type fait tomber les femmes et il le sait.

Sa bouche est large, bien dessinée, charnue. Le genre de bouches auxquelles toutes les filles rêvent de se coller. Quant à ses cheveux brun foncé, ils sont une injure à tous les dégarnis du crâne, les clairsemés, ceux qui blanchissent, qui ont des pellicules ou le cheveu filasse. Sa tignasse épaisse, brillante, donne envie de plonger ses doigts dedans…

Et de tirer dessus pour le punir d'être aussi canon.

Il doit avoir toutes les plus belles femmes du monde à ses pieds ! Je n'ose imaginer le nombre de nanas à qui il a brisé le cœur.

Ce doit être un acteur. Ou un top model. Quelqu'un de très courtisé en tout cas.

Mais si c'était le cas, je le connaîtrais, non ? Je lis absolument tous les magazines, des plus glamour aux plus scandaleux.

Si ça se trouve, c'est un gigolo…

C'est plus fort que moi, cette idée me fait pouffer. J'ai l'air d'une idiote, en train de glousser seule à mon comptoir de bar. Ou d'une nana bourrée. Et puis, ça ne rate pas, ça attire l'attention de Bombe Sexuelle.

Mais pas comme je l'aurais voulu.

Pour quelqu'un censé passer inaperçu, on peut dire que je m'en sors vachement bien !

Maintenant qu'il me regarde, impossible de me détourner de cet homme. Je suis subjuguée par ses yeux. Des yeux de mâle alpha, complètement irrésistibles, qui semblent me déshabiller…

Grrrrr ! S'il y a bien une chose que je déteste, c'est de regarder quelque chose ou quelqu'un qui me fait envie et de savoir que je ne peux pas y toucher. Quand on est pauvre, on n'a que deux attitudes possibles face à la frustration : s'y résigner… ou se rebeller.

C'est bien entendu la deuxième option qui a généralement ma préférence.

Mais pas ce soir. Ce soir, je dormirai seule afin d'être prête pour demain et M. Gigolo, Bombe Sexuelle ou quel que soit son nom rentrera avec son rencard – pas question d'interférer. D'ailleurs, Miss BCBG revient vers lui l'air encore plus contrarié qu'à son départ.

– Colin, je suis désolée mais je dois y aller. Une urgence avec l'un de mes clients…

– Une urgence ? À cette heure-ci ?

– Le monde des affaires ne s'arrête pas de tourner la nuit, hélas, soupire la blonde.

– Oui, mais les cabinets d'avocats n'ouvrent pas avant 9 heures, non ?

– Pas quand on défend les intérêts des PDG des plus grosses multinationales, sourit-elle. Tu m'en veux ? Tu veux que je reste ?

– Non, pas de souci.

– Je vais demander la note.

– Laisse, Amanda… C'est pour moi, rétorque Bombe Sexuelle en posant sa main sur celle de la blonde. Va, file sauver ton gros bonnet. On se voit bientôt.

Si c'est vraiment un gigolo, il a dû recevoir une avance sur salaire… Ou alors il n'est pas très doué en affaires.

– Je t'appelle, dit la blonde un battant des cils comme si elle était en pleine crise d'épilepsie.

– On dîne rapidement, promet ledit Colin en se levant.

Maintenant que Bombe Sexuelle est debout, je peux apprécier le spectacle de son mètre quatre-vingt-dix et de son maintien élégant. Pourtant, il y a en lui quelque chose de sauvage. Ce mélange de distinction et d'animalité lui donne un charisme renversant. Galant, il prend sa blonde dans ses bras, mais pas trop fort ni de façon trop pressante. Puis il la regarde s'éloigner avec une expression douce et protectrice avant de héler le serveur.

– S'il vous plaît ! Je voudrais l'addition et…

Il semble hésiter.

– … un Macallan 25 ans d'âge, s'il vous plaît.

– Je vous apporte l'addition tout de suite, monsieur. Mais pour le scotch, je dois malheureusement vous orienter vers le comptoir. Le service en salle est terminé.

– Le bar ? demande M. Gigolo en pointant dans ma direction.

– Loyd va s'occuper de vous, confirme le serveur. Loyd ! Un Macallan 25 pour monsieur !

D'une démarche assurée et virile, Bombe Sexuelle avance vers moi. J'espère un instant qu'il va me faire le coup du « ce tabouret est libre ? » mais hélas ! il laisse un siège entre nous.

Zut…

– Loyd ? Un autre neruda s'il vous plaît, commandé-je au barman.

Oui, je sais, je devrais remonter dormir. Mais…

– Tout de suite, mademoiselle.

Le son de ma voix attire l'attention de Bombe Sexuelle, qui pose une nouvelle fois ses yeux sur moi. Ce qu'il voit a l'air de lui plaire car lui qui, il y a un instant, semblait si absorbé dans ses pensées, esquisse un sourire. Un sourire absolument… ravageur. Qui dévoile une rangée de dents parfaites alors que d'infimes plis naissent au coin de ses yeux malicieux et qu'une légère fossette se dessine sur sa joue.

– « Je veux faire de toi ce que fait le printemps aux cerisiers », déclare-t-il à brûle-pourpoint.

– Pardon ? demandé-je en écarquillant les yeux.

J'ai beau n'avoir rien compris à ce que Bombe Sexuelle vient de me lancer, j'ai saisi l'idée principale.

Un parfait inconnu, dans un hôtel la nuit, vient s'asseoir au même comptoir que moi en déclarant qu'il a envie de me coller des montées de sève ? Il veut ma main dans la gueule ou quoi ?

Canon ou pas, il y a des limites à ne pas franchir !

– C'est un vers de Neruda, me dit l'inconnu effronté sans ciller. Le poète Pablo Neruda. Celui qui a, selon toute probabilité, donné son nom au cocktail que vous venez de commander. Mais vous n'êtes pas sans ignorer ça, je suppose.

Je me sens rougir, complètement déstabilisée.

Merde, c'était une référence d'intello.

Merde, merde, merde. Il doit me prendre pour une demeurée totale.

– J'avoue ne pas trop m'intéresser à la poésie, réponds-je avec un petit air hautain censé m'aider à sauver la face. Aux cocktails, en revanche… dis-je en levant le verre que Loyd vient de me servir dans la direction de mon inconnu.

Heureusement, il rit à ma plaisanterie – un rire irrésistible, sexy et pourtant légèrement distant. Il agrippe son verre, le lève à ma santé puis, après m'avoir demandé mon consentement d'un discret signe de tête, vient s'asseoir à côté de moi.

Bombe sexuelle peut-être, mais surtout gentleman.

– Colin, dit-il en me tendant la main. Et vous êtes…

– Enchantée, dis-je en saisissant sa main, bien résolue à conserver mon anonymat. Je suis proprement enchantée, Colin.

Une nouvelle fois, Colin rit. Je ne peux m'empêcher d'esquisser à mon tour un sourire. Entendre ce son me flatte mais, surtout, me trouble. Il y a du mystère dans le rire de ce beau brun ténébreux. Mon petit doigt me dit qu'il ne le réserve que pour les grandes occasions.

– Vous ne voulez donc pas me donner votre nom ? s'enquiert-il, amusé.

– Pas sans savoir ce que vous comptez faire avec.

– On ne peut pas faire grand-chose avec un nom, remarque-t-il.

– On peut pister quelqu'un, suggéré-je.

– Vous pister ? Et quel intérêt aurais-je à faire ça ?

– Je ne sais pas. C'est généralement ce que font les hommes après m'avoir rencontrée, réponds-je, faussement ingénue.

Colin secoue la tête en souriant en coin, de plus en plus intrigué.

– Vous vous flattez, mademoiselle Sans Nom. Quoi qu'il se passe, je ne compte pas vous traquer, je vous rassure.

– « Quoi qu'il se passe » ? Maintenant, c'est vous qui vous flattez, Colin, rétorqué-je sur le mode du flirt tout en croquant dans la cerise de mon neruda.

Mon petit manège « chaud/froid » semble faire son effet. Le beau Colin tourne son buste vers moi. Je sais qu'en langage corporel, cette position veut dire « je te veux ». D'ailleurs, Colin me scrute maintenant avec une telle intensité que je me sens presque intimidée. Puis il approche son visage du mien, au ralenti.

C'est pas vrai ! Il va m'embrasser ? Comme ça, d'entrée de jeu ?

Peut-être me suis-je montrée trop… « prête à tout » ?

Je ne vais quand même pas me laisser faire… Si ?

– Qu'est-ce que vous faites, Colin ? protesté-je sans aucune conviction alors que mes lèvres s'entrouvrent.

– Je ne sais pas, dit-il en continuant de scruter mon visage. Vous n'avez peut-être pas de nom mais vous avez… quelque chose.

– Écoutez, quoi que vous ayez en tête, je ne suis pas…

Colin ne me laisse pas finir ma phrase. Il m'attrape par le menton, tire ma lèvre inférieure entre son pouce et son index et… enlève un machin pris entre mes dents.

– Vous aviez un petit bout de cerise. Là, ça va mieux.

Je me sens piquer un fard.

C'est pas vrai, quelle idiote je fais !

Je ne sais pas ce qui est le pire : avoir eu un truc coincé dans les dents, avoir imaginé que Bombe Sexuelle allait me rouler une pelle après trois sourires et deux minutes de conversation, ou qu'il ait deviné que je me serais laissée faire.

Vexée comme un pou, je réagis comme je sais si bien le faire – c'est-à-dire impulsivement. Comme une gosse capricieuse, je balance la deuxième cerise confite de mon neruda dans le scotch hors de prix de Bombe Sexuelle.

– Hey ! proteste-t-il. Un si bon scotch ! Mais vous êtes une véritable terroriste !

– Ça expliquerait peut-être pourquoi je ne veux pas vous donner mon nom…

– En effet, rit-il en secouant la cerise pleine de scotch pour la prendre entre ses lèvres pulpeuses.

Ouh la, voilà une vision qui me donne chaud, d'un coup.

Son émail étincelle alors qu'il croque le fruit confit.

Et, bien entendu, il ne garde rien de coincé entre les incisives, lui.

– Délicieux, ponctue-t-il.

Le moins qu'on puisse dire, c'est que ce type ne manque pas d'aplomb ni d'assurance. J'ai bien envie de voir jusqu'où il peut être bousculé sans perdre de sa superbe…

– Puisque j'ai ruiné votre scotch, je vous en paye un autre, offré-je en véritable dominatrice.

– Je ne peux pas accepter, proteste Colin.

– Bien sûr que si, dis-je en posant un billet de vingt sur le comptoir.

– Hors de question, dit-il en repoussant mon argent. Un Macallan à 80 dollars le verre, j'aurais l'impression de vous extorquer.

– Waouh ! 80 dollars le verre ?

– « Waouh », comme vous dites. Loyd, remettez-nous la même chose, commande-t-il en désignant nos verres.

Je rougis, humiliée par mon pauvre billet qui ne tient pas la route, par la manière dont Bombe Sexuelle a épinglé mon tic de langage, par la façon dont l'arroseur s'est retrouvé arrosé.

– Vous êtes bien dispendieux, pour un gigolo, glissé-je, déterminée à voir si je peux ébranler l'édifice.

Œil pour œil…

– « Gigolo » ? demande-t-il en haussant un sourcil sans se démonter.

– Oui, ça fait partie de ma théorie à votre sujet.

– Vous avez une théorie à mon sujet ? Intéressant…

– Vous ne l'avez même pas encore entendue !

– Ce n'est pas votre théorie qui me paraît intéressante, c'est le fait que vous en ayez élaboré une sur moi, glisse-t-il avec nonchalance.

Bon sang, il n'est pas facile à déstabiliser, celui-là.

– Je vous ai observé, Colin, reprends-je. Vous dînez avec des femmes d'affaires dans les restaurants d'hôtels, vêtu d'un costume tapageur, avec votre belle gueule comme seule argument, vous ne portez pas d'alliance, vous êtes un escort boy, ça se voit.

– C'est vous qui dites ça ? glisse-t-il dans un sourire. Vous, qui vous laissez accoster en pleine nuit dans un bar d'hôtel ? Vous, la fille qui ne donne pas son nom ?

– Hey ! protesté-je. Je rêve ou vous êtes en train de me traiter de…

Je n'ai pas le temps de finir ma phrase. Colin pose un doigt autoritaire sur ma bouche pour m'empêcher de prononcer le mot fatidique.

… pute ?

– Mademoiselle Sans Nom, ce n'est pas ce que je sous-entendais. Enfin… si, peut-être, bafouille-t-il.

La pulpe du doigt de Colin glisse sur ma bouche et se retire. Complètement troublée par ce contact, je n'ose plus parler ni bouger.

Je veux juste qu'il me touche encore.

Heureusement, je ne suis pas la seule à être désarçonnée. Enfin, le colosse tremble sur son pied d'argile !

– Ce que je veux dire, c'est que je n'aurais pas dû le sous-entendre, m'explique-t-il. Je vous prie de m'excuser. À ma décharge, j'ai passé une sale soirée – pour tout vous dire, j'ai passé une sale année, voire une sale décennie. Mais ce n'était pas une raison pour vous rendre la monnaie de votre pièce.

– La monnaie de ma pièce ? tiqué-je.

– Eh bien oui ! C'est vous qui avez commencé, en me traitant d'escort boy en costume tapageur…

Ce qu'il vient de dire ne ressemble pas à un reproche, juste à un constat. Une manière d'admettre qu'on a tous les deux dépassé les bornes et qu'il est temps de rentrer les crocs.

Il a raison. Dès que j'ai envie de séduire un type, à la place, je lui rentre dedans, je ne sais pas pourquoi.

– Vous voulez en parler ?

– De quoi ? De mon costume tapageur ?

– De votre sale soirée. Ou de votre sale décennie, comme vous voudrez.

– Commençons déjà par la soirée, on verra si on a le temps pour le reste, dit-il en choquant son verre contre le mien.

– D'accord. C'était à cause de votre… compagne ?

– Amanda ? relève-t-il, amusé. Celle qui était avec moi ? Ce n'est pas ma compagne.

– Votre copine alors ?

– J'ai passé l'âge d'avoir des « copines », dit-il alors que l'ambiance entre nous est maintenant parfaitement détendue.

– Votre plan cul ? le provoqué-je gentiment.

– Je ne raconte pas ma vie sexuelle aux gens dont je ne connais pas le nom, rétorque-t-il, énigmatique. Mais je veux bien faire une exception, à condition que vous me donniez au moins la première lettre.

– Vous changez de sujet, relevé-je, triomphale. J'avais vu juste, Amanda est votre copine de baise !

À ces mots, le regard de Colin se durcit. Je comprends que j'ai encore fait une gaffe et qu'on ne blague plus.

– Une nouvelle fois, mademoiselle Sans Nom, vous allez trop loin. Amanda est une personne très bien, qui compte beaucoup pour moi. Je n'ai aucune envie que vous parliez d'elle comme ça.

– Vous la défendez bien, votre petite amie, réponds-je en boudant, énervée de m'être une nouvelle fois fait rabrouer.

– Je vous l'ai dit, rétorque-t-il en se tournant vers moi et en me fixant avec intensité, ce n'est pas ma petite amie.

Mes yeux plongent dans les siens. Pas sa petite amie ? Est-ce une manière de me dire qu'il est libre ? Je n'arrive pas à savoir. Je sens bien que Colin a envie de rester ici, avec moi, plutôt que de rentrer chez lui. Mais pour quelles raisons ? Ce n'est pas comme s'il me draguait ouvertement. Alors pourquoi est-ce que je me sens aussi troublée ? Aussi aimantée ?

Comme le dirait ma grand-mère : « Il faut être deux pour danser le tango. »

Mais est-ce que Colin a autant envie de « danser le tango » avec moi que j'en ai envie avec lui ? Normalement, je suis forte pour savoir si je plais ou pas à un mec. Là, ce type brouille tous mes radars.

Je remarque soudain que Loyd a coupé la musique jazz qui nous accompagnait depuis le début.

– Mademoiselle, monsieur, nous allons fermer le bar. Je suis désolé, je vais devoir vous demander de finir vos verres et de vous diriger vers la sortie, il est plus d'une heure.

– Déjà ? m'exclamé-je.

Je vois Colin sortir de sa poche une liasse de billets et régler ses consommations ainsi que les miennes.

– Non, Colin, je vous en prie… protesté-je.

– Ça me fait plaisir, mademoiselle Sans Nom, m'assure-t-il.

– Moi pas ! déclaré-je avec véhémence.

Colin me regarde, un peu surpris.

– Pourquoi donc ? Vous m'avez fait rire, ce dont j'avais besoin. Vous m'avez bousculé, ce qui est rare. Et puis, vous m'avez exposé votre théorie sur moi, glisse-t-il en souriant.

Vous auriez même joué les psychologues si Loyd vous en avait laissé le temps. Le moins que je puisse faire, c'est de vous offrir les consommations, ponctue-t-il en s'emparant de la note.

Forcément, on est dans un palace de Berverly Hills, c'est comme ça que les gens qui en ont les moyens se comportent entre eux.

J'ai remarqué que les femmes riches n'ont aucun problème à se faire payer des dîners, du champagne ou des voyages. Elles ont tellement l'habitude de gagner de l'argent que le fait qu'on leur en donne ne les humilie pas. Mais les filles comme moi, qui n'ont rien, ont toujours l'impression que le fric sert à les acheter.

Soudain, je me sens furieuse contre ce Colin, contre sa liasse de billets, contre l'image qu'il a de moi. Celle d'une femme qui traîne à Beverly Hills, d'une femme qui n'a que ça à faire que de recueillir dans les bars les confidences d'inconnus, d'une femme habituée à ce qu'on dégaine sans ciller 60 dollars pour lui payer sa note.

S'il avait su à quel point cette image est éloignée de la réalité, jamais il ne m'aurait adressé la parole.

J'ai envie de lui crier qu'avec 60 dollars, je pourrais payer la facture d'électricité du mois dernier – celle pour laquelle je ne cesse de recevoir des relances. Avec 60 dollars, je nous nourrirai Violetta et moi pendant quatre jours ! Mais au lieu de hurler, je grince :

– Je ne peux pas accepter d'argent d'un homme qui a sous-entendu que j'étais une prostituée. J'espère que vous comprendrez.

– Pas vraiment, avoue-t-il, décontenancé. Je me suis excusé

pour mon sous-entendu grossier et je pensais que vous m'aviez pardonné.

– Ça, c'est typique des mecs comme vous ! m'énervé-je. Vous pensez que des excuses suffisent à ce qu'on efface votre ardoise, mais ce n'est pas toujours le cas !

– Typique des « mecs comme moi » ? Vous voulez dire… des escort boys ? suggère-t-il avec malice.

– Vous savez très bien ce que j'ai voulu dire. Les types qui pensent qu'il suffit de dégainer leur portefeuille pour obtenir ce qu'ils veulent.

– Et qu'est-ce que je veux, exactement ? me demande-t-il, exaspéré. Je serais curieux de le savoir.

Me sauter.

En suis-je certaine ?

Le pire, c'est que non. Je ne sais absolument pas ce que veut Colin. Il est venu me parler, certes. Il s'est montré charmant, quand je lui en ai laissé l'occasion. Il a ri à mes plaisanteries. Il a failli s'ouvrir. Mais il ne m'a pas fait comprendre qu'il me voulait dans son lit.

Est-ce pour ça que je suis aussi furieuse contre lui ?

– Je suis déçu par votre silence, conclut Colin. Je m'attendais à une nouvelle théorie passionnante à mon sujet. Un peu plus et vous aviez matière à écrire une thèse entière !

« Thèse »… A-t-il utilisé ce mot parce qu'il a deviné que je n'avais pas fait d'études ? Parce que je ne connaissais pas son fichu poète, tout à l'heure ? Est-ce que ça se voit tant que ça, que je suis inculte ? De tristesse, de colère, les larmes me montent aux yeux. Colin s'en rend compte.

– Laissez-moi vous inviter, se radoucit-il. Juste cette fois, juste cette nuit. Puisque nous ne nous reverrons jamais et que je vous ai visiblement contrariée. J'ai une dette envers vous.

– Très bien, cédé-je, reconnaissante qu'il m'offre cette porte de sortie. Comme vous le voudrez.

Cinq minutes plus tard, nous sommes engagés dans le couloir qui mène au hall. Alors que nous marchons, Colin le premier brise le silence.

– Moi aussi, j'ai une théorie sur vous. Voudriez-vous l'entendre ?

– Allez-y, l'autorisé-je, méfiante.

– Vous êtes une femme intelligente. Vous avez de la repartie, vous possédez un esprit vif et critique, vous savez faire entendre votre point de vue. Et parce que vous êtes intelligente, vous êtes également lucide. Vous vous rendez compte que vous êtes indiscutablement belle et que n'importe quel homme serait fou de ne pas vous désirer.

Je me fige, perturbée par ce qu'il vient de dire. Est-ce qu'il est en train d'admettre que… je lui plais ?

– Mais vous agissez aussi en imbécile. Parce que vous ne vous rendez pas compte d'une chose : un homme peut désirer une femme pour son esprit autant que pour sa beauté.

– Et vous, pour quelle raison me désirez-vous ? demandé-je en baissant les yeux, soudain intimidée par sa remarque qui fait mouche et qui, d'une certaine manière, me flatte.

– Moi ? s'étonne-t-il. Qui a dit que je vous désirais ?

M. Mufle, visiblement très fier de m'avoir séchée, reprend sa marche. Pugnace, je trotte jusqu'à son niveau.

– Vous venez de dire que n'importe quel homme serait fou de ne pas me désirer.

– Peut-être suis-je fou.

– Ou peut-être n'êtes-vous pas un homme ?

Colin s'immobilise. Son regard me lance des éclairs.

– Bonne nuit, mademoiselle Sans Nom. Je pense que je trouverai la sortie tout seul.

Parfait ! Au moment où cette bombe commençait à manifester son intérêt pour moi, je trouve le moyen de la faire exploser.

D'un autre côté, c'est de sa faute ! À quoi ça rime, de me dire que je suis attirante et de me prouver qu'il m'a cernée, si c'est pour me ridiculiser ? *Qui* agit de la sorte ?

Moi. J'agis toujours de la sorte. Mon attitude de ce soir en est une nouvelle fois la preuve.

Soudain, mon visage s'éclaire.

Bon sang, mais c'est bien sûr !

Ce mec n'a rien d'un devin, s'il a réussi à me capter aussi rapidement, c'est parce que lui et moi, on est pareils !

Il faut que je l'empêche de partir. Que je trouve un moyen de lui dire que…

– Colin, l'interpellé-je, j'ai une dernière théorie sur vous. Pour compléter ma thèse.

– Allez-y, maugrée-t-il en faisant volte-face. Je vous écoute.

– Ma théorie, c'est que derrière votre belle assurance, vous êtes un trouillard.

– Ah oui ? me lance-t-il, crispé. Et de quoi aurais-je la « trouille » ? De vous, j'imagine ? De votre repartie acerbe ?

– Non, de vous-même. C'est pour ça que, même lorsque vous dites quelque chose de gentil, vous trouvez le moyen de le tourner de façon désagréable. Vous ne voulez pas que quelqu'un s'approche trop près.

– Je n'ai pas peur que vous vous approchiez, se défend-il,

visiblement troublé.

Menteur.

– En ce cas, prouvez-le ! le provoqué-je.

– Eh bien, approchez ! réplique-t-il en me gratifiant d'un sourire plein d'assurance et de défi.

Lentement, j'avance vers lui, sans savoir à quelle sauce je vais être mangée. C'est probablement la rencontre de bar la plus étrange que j'aie jamais vécue.

Mais aussi la plus envoûtante.

Au moment où j'arrive à son niveau, Colin s'empare de ma main et, d'un geste brusque, m'attire à lui.

– Colin, qu'est-ce que…

Les lèvres de mon irrésistible inconnu fondent sur les miennes pour me faire taire. Mon cœur fait un immense bond dans ma poitrine. J'ai tellement attendu ce moment ! Je n'ai plus qu'une seule envie : me laisser guider par cet homme qui m'ensorcelle.

Son corps plaque le mien contre un mur du couloir. Ses mains se saisissent de mes poignets et relèvent mes bras au-dessus de ma tête avec douceur et fermeté. Son torse se plaque contre ma poitrine. Je sens son souffle alors que sa langue s'enfonce dans ma bouche et commence à danser avec la mienne un slow langoureux, diabolique. Je suis complètement étourdie. C'est tellement bon, tellement torride, tellement… inattendu ! Mais déjà, les lèvres de Colin se dérobent, ma bouche avide les cherche et ne trouve que du vide.

– Vous voyez ? me glisse-t-il. Je n'ai pas peur.

– Si ce que vous affirmez est vrai, vous n'avez qu'à monter avec moi, proposé-je hors d'haleine. J'ai une chambre au quatrième. Nous y serons plus à l'aise que dans ce couloir, qu'en dites-vous ?

– Je ne pense pas que ce soit une bonne idée, lâche-t-il avec ce sourire craquant qui laisse croire qu'il pense tout le contraire.

– Laissez-moi vous inviter, Colin, insisté-je en reprenant ses exactes paroles au bar. Juste cette fois, juste cette nuit. Puisque nous ne nous reverrons jamais et que je vous ai visiblement énervé…

– C'est vrai que, désormais, c'est vous qui avez une dette envers moi, complète-t-il en effleurant ma bouche de ses lèvres chaudes.

– Je saurai m'en acquitter, promets-je.

– Je n'en doute pas. Mais je ne peux pas.

– Pourquoi ?

– Parce que tout cela est absurde ! Vous passez votre temps à me repousser.

– … vous aussi.

– Vous n'avez pas vraiment l'air de m'apprécier.

– … vous non plus.

– Je ne suis même pas certain que vous en ayez envie !

– Mais vous, vous en brûlez d'envie, dis-je en laissant ma main descendre jusqu'à la couture de son pantalon.

– Je ne connais même pas votre nom, gémit-il, à bout d'arguments.

– Ce n'est pas grave, susurré-je. Moi, je connais le vôtre.

Fiévreusement, il passe sa main dans mes cheveux détachés et empoigne ma nuque avec autorité. Son regard passionné se plante dans le mien. Il glisse son autre main sous ma cuisse et la relève, puis il écrase son bassin contre le mien pour me faire sentir son désir d'homme.

– C'est vraiment ce que vous voulez ?

– C'est ce dont j'ai besoin.

– « Vouloir » et « avoir besoin », ce n'est pas la même chose.

– Je ne vois pas la différence.

– Vous êtes exaspérante. Et je voudrais connaître votre nom.

– Je peux tout vous donner, mais pas ça.

– Alors, en ce cas, m'intime-t-il, répétez le mien.

– Pourquoi ?

– Je veux juste m'assurer que tu t'en souviens encore, murmure-t-il à mon oreille d'une voix pleine de promesses. Parce que ce nom, je vais te le faire gémir toute la nuit.

Je tressaille. Ces mots me provoquent de délicieux frissons dans toute la nuque. Je dois me mordre la lèvre pour ne pas soupirer un « Colin » extatique…

Mais son arrogance mérite d'être punie. Hors de question que je lui donne aussi facilement ce qu'il veut !

Et pourtant, difficile de lui résister. Son passage au tutoiement m'a fait complètement chavirer. C'était si brusque, si intime ! Sans compter qu'il y a entre nous quelque chose de magnétique. Quand il m'a embrassée, je l'ai tout de suite senti : nos corps sont faits pour s'entendre, nos peaux pour se caresser. Pourquoi résister ?

Parce que s'abandonner serait dangereux. C'est comme ça qu'on finit par être blessé.

Pourtant, quand Colin vient chercher une nouvelle fois ma bouche, il la trouve alanguie. Je me sens sous l'effet d'un sortilège délicieux. Sa langue passe sans difficulté le barrage de mes dents et s'enfonce profondément en moi pour me donner un baiser impétueux, autoritaire, plein de fougue – et ça, c'est typiquement le genre de chose qui me fait perdre le contrôle. Ma cuisse relevée vient se coincer au niveau de sa hanche. Il soulève ma deuxième jambe et, sans difficultés, me hisse dans les airs. Ravie, je me laisse constituer prisonnière, piégée entre son corps puissant et le mur du couloir. Un vide lancinant hurle au creux de mes reins. En deux baisers seulement, Colin a fait de moi sa chose. Je n'ai plus qu'une idée en tête : lui appartenir.

– Si on montait ? gémis-je avec ce qu'il me reste de volonté – c'est-à-dire pas grand-chose.

Si quelqu'un de la prod' me voit, ce sera la catastrophe.

– Nous allons monter, me promet le démoniaque Colin avec son sourire irrésistible. Sois patiente.

Ce type est aussi têtu que moi, ma parole !

De sa main qui ne me porte pas, il fait glisser lentement la bretelle de ma robe de plage le long de mon épaule nue. Il embrasse, lèche et mordille chaque millimètre de peau qu'il découvre. Je me sens adorée, adulée par ce dieu vivant au corps diaboliquement sexy. Mes mains se resserrent sur ses épaules larges, solides ; elles passent sous sa veste de costard hors de prix pour sentir ses muscles rouler sous sa chemise et sous sa peau. Mon ventre se contracte. Je sens mes tétons se dresser, durcir, supplier pour une caresse. Colin, comme pour répondre à ce vœu silencieux, empoigne l'un de mes seins avant d'en pincer l'extrémité entre son pouce et son index. Cette fois, je ne peux plus me retenir, je gémis. Je sens ma culotte devenir humide. Ça me décontenance un peu. D'habitude, mon corps ne réagit pas avec autant de rapidité. Colin redresse la tête et je vois à son air insolent, satisfait, qu'il sait qu'il est en train de me faire décoller. Ici, au beau milieu du couloir, à moins de cinq mètres du hall d'un hôtel de luxe où les clients bien élevés ne sont pas *du tout* censés jouer à ce genre de jeux à deux.

Le salaud. Il a tout pouvoir sur moi, il le sait et il jubile.

Dans quoi me suis-je lancée ? Ooooh…

Une nouvelle fois, Colin a donné un coup de reins entre mes cuisses, histoire que j'aie un avant-goût de ce qui m'attend une fois dans la chambre.

Parce qu'il compte bien m'y emmener un jour, non ?

Comme s'il lisait dans mes pensées, il me repose au sol.

Cool. Je vais pouvoir marcher dignement jusqu'aux escaliers.

Enfin, dignement…

Je commence à avancer en rajustant mes habits mais la main de Colin s'empare de mon poignet et, d'un geste vif, m'attire à lui.

– Où vas-tu ? me demande-t-il en plantant dans les miens ses yeux noirs qui me subjuguent. Les ascenseurs, c'est par là, dit-il en pointant la direction du hall.

– Les escaliers sont plus près, tenté-je de me justifier en montant du doigt l'autre direction.

Il y a un groom dans les ascenseurs. C'est déjà bien assez que Loyd m'ait vue me donner en spectacle au bar !

Alors que réapparaît son demi-sourire énigmatique et follement sexy, Colin s'approche de moi.

– Tu veux qu'on fasse ça dans les escaliers ? me demande-t-il d'une façon absolument indécente et ravageuse.

Je tente de lui répondre que ce n'est pas ça, que j'ai mes raisons, mais tout ce qui sort de ma gorge, c'est un gémissement plus proche de l'encouragement que de la protestation.

Dans l'état où je suis, même les escaliers m'iraient très bien.

Doucement, Colin me fait faire un demi-tour sur moi-même, puis il agrippe avec fermeté mes hanches et m'attire contre lui. Mon dos se colle contre son large torse d'athlète.

– Tu ne veux quand même pas faire ça ici ? À quelques mètres du vestibule ? Dans un couloir où n'importe qui pourrait nous surprendre ? susurre-t-il avant de mordiller mon lobe, de le suçoter, tout ça de la plus délicieuse des manières.

Son petit jeu suggestif fonctionne à merveille. L'urgence, le côté « juste pour cette nuit », la peur d'être surprise… Je suis en feu. Mon souffle devient haletant. Alors que Colin respire au creux de mon oreille, je sens ses pectoraux se soulever contre le haut de mes omoplates. J'ai l'impression d'être minuscule, entre les bras de ce géant, complètement à sa merci. C'est quelque chose que je connais mal. Normalement, je tente d'avoir le dessus quand je suis avec un homme. Là, je me sens dépassée. C'est à la fois enivrant, intense, ardent, intimidant.

Et magique.

Colin passe une main par-dessus mon épaule, la laisse glisser contre mon sein, puis contre mon flanc, puis contre ma hanche, puis sur mon ventre… De plus en plus bas… Il finit par agripper l'ourlet de ma robe et par retrousser cette dernière avant d'agripper l'intérieur de ma cuisse… Et c'est parti en sens inverse ! Lentement, en prenant le temps de pétrir ma peau, Colin remonte. Arrivé à mon entrecuisse, il écarte ma culotte de deux doigts habiles pour que son majeur s'immisce. Bien entendu, je halète comme une dingue, à moitié parce que je n'en peux plus et à moitié parce que j'en veux plus.

Quand son majeur se pose sur ma fente, je ressens une décharge de plaisir si forte que je manque de crier. Heureusement, Colin – qui, une fois de plus, possède une longueur d'avance – prévient tout débordement de ma part en plaquant son autre main contre ma bouche. Puis il pose la pulpe de son doigt sur mon clitoris. C'est si bon que je me mets à pousser des gémissements, heureusement étouffés par sa paume. D'un geste brusque, mon dos se cambre. Je ne bouge plus d'un iota, paralysée par ce qu'il est en train de me faire.

J'en pleurerais presque de rage quand, au bout de quelques secondes, il retire sa main de ma culotte. Mais je n'en ai pas le temps. Avant que j'aie compris ce qui m'arrive, Colin fait glisser mon sous-vêtement le long de mes jambes, s'accroupit et dégage mes pieds. J'ai à peine le temps de me retourner que le petit bout de dentelle a déjà disparu dans la poche de sa veste. Colin me jette un regard noir velours. Ses yeux brillent d'une lueur électrisante. Il porte le bout de son majeur à ses lèvres et le goûte.

– Délicieuse, conclut-il comme pour lui-même. Viens, montons, suggère-t-il avant de commencer à m'entraîner en direction des ascenseurs.

– Colin, qu'est-ce que tu fais ?

– Tu étais sérieuse quand tu parlais de prendre les escaliers ? me demande-t-il en haussant un sourcil amusé. Parce que je n'ai rien contre, mais ce n'est pas très confortable… plaisante-t-il.

– Non, je veux qu'on aille dans ma chambre, murmuré-je en le tirant de mon côté.

– Alors prenons le chemin le plus court, me répond-il de sa voix grave en me tirant vers le sien.

– Tu as peur de ne plus avoir de souffle si tu grimpes à pied, c'est ça ? le taquiné-je.

– La seule chose qui m'ait coupé le souffle dans cet hôtel, pour l'instant, c'est toi. Ça ne m'était pas arrivé depuis… longtemps. Mais ça n'empêche que je préfère quand même prendre l'ascenseur. Juste pour le plaisir de te voir traverser le hall du *Peninsula* en étant le seul à savoir que tu ne portes rien sous ta robe.

À ces mots, je m'embrase. Colin n'est pas seulement beau, sexy, troublant, sensuel, il est aussi audacieux, sûr de lui, imaginatif. C'est un cocktail explosif chez un homme. Un cocktail irrésistiblement attirant, donc dangereux.

Nous deux, c'est juste pour une nuit et basta.

Ceci dit, autant en profiter…

Provocante, je passe devant lui et commence à avancer vers le vestibule en ondulant, consciente que le tissu de ma robe de plage est extrêmement fin.

J'espère qu'il voit tout en transparence.

Je devine ses yeux braqués sur mon cul. Son regard est un incroyable aphrodisiaque. Je crois que jamais je ne me suis sentie aussi désirée qu'en ce moment.

Dans l'ascenseur, je suis troublée par la conscience de ma nudité, de mes yeux brillants, de mes joues rougies par l'excitation qui n'ont pas pu échapper à l'attention du groom. Ce dernier, discret, nous tourne soigneusement le dos pour regarder vers la porte de l'ascenseur alors que Colin, le regard dirigé droit devant lui, se tient à côté de moi. Comme si de rien n'était.

Quel sang froid !

Je me sens beaucoup plus exposée que lui dans cette

situation, beaucoup plus vulnérable. Un doute m'assaille. Est-ce bien raisonnable de passer la nuit avec un homme qui, en moins de deux heures, a déjà réussi à me faire oublier tous mes principes ? Garder le contrôle de la situation, faire passer ma réussite avant les hommes, ne pas me laisser baratiner ?

Du sexe. Ce n'est rien que du sexe.

Et pourtant, en cet instant, je souffre de l'apparente indifférence de Colin. C'est alors que, toujours sans me regarder, il effleure timidement le bout de mes doigts avant de s'emparer tendrement de ma main. Comme pour me dire qu'il est là, avec moi. Que, dans ce jeu qu'il a instigué, je ne suis pas une adversaire mais sa complice. Lorsque les portes de l'ascenseur s'ouvrent, il m'entraîne joyeusement à l'extérieur.

Je le laisse me tirer en riant et me mets à courir derrière lui dans les couloirs du quatrième étage. Nous avons l'air de deux amoureux échevelés, pressés de se retrouver seuls. Arrivée devant ma porte, je cherche ma clé magnétique en gloussant. Il en profite pour me plaquer conte le mur mais, cette fois, pas pour m'embrasser ou pour me caresser. Il se contente, du revers de la main, de toucher ma joue, avant de replacer quelques mèches de mes cheveux.

– Bon sang, ce que tu es belle ! Tu es mille fois trop belle pour moi… continue-t-il, subjugué.

Ses yeux ne mentent pas. Son expression est absolument sincère. Quelque chose dans mon cœur se fissure. En cet instant, le visage de Colin est un livre ouvert. Le plus beau, le plus sexy, le plus charismatique des hommes que j'aie jamais rencontrés, me pense trop belle pour lui… !

C'est une chose dont j'ai l'habitude avec les mecs, bien sûr…

Mais pas de cette façon-là. Pas avec cette douceur-là.

Lorsque nous entrons dans la chambre, je suis flageolante, et pas seulement de désir. Pendant un instant, je me sens même empotée.

Qu'est-ce qui m'arrive ?

Je suis émue, voilà ce qui m'arrive.

J'ai mis Colin au défi de me laisser approcher, et maintenant c'est moi qui ai peur qu'il se tienne trop près de moi, qu'il me découvre.

Alors que nous sommes encore dans l'entrée, il fond sur moi pour m'embrasser.

– Non, attends, Colin, pas comme ça…

Il s'interrompt, surpris, et m'interroge du regard.

– Comme ça, dis-je en me laissant tomber à genoux pour faire diversion.

Du sexe. Rien que du sexe.

Diversion réussie. Il prend une profonde inspiration et rejette la tête en arrière alors que je commence à défaire sa ceinture, puis le bouton de son pantalon. En voyant son sexe raide apparaître, parfaitement dessiné sous le tissu moulant de son boxer gris chiné, je sens le désir m'assaillir de nouveau.

Large. Long. Divinement proportionné.

Brûlante, je descends son boxer d'un geste assuré pour m'emparer de son pénis, que je lèche en remontant. Colin soupire alors que son bassin se contracte et que ses mains s'enfoncent dans mes cheveux. Je fais pénétrer son gland dans ma bouche, lentement, en l'entourant de ma langue humide. Colin gémit.

Centimètre par centimètre, je le laisse descendre dans ma

gorge, le plus loin que je peux – son calibre est tellement large que ma bouche ne peut pas tout prendre. Je commence à aller et venir, en douceur. Colin pousse de longs soupirs de plaisir, tellement profonds que je ne doute pas de son extase. Prise au jeu, j'accélère la cadence.

Au bout de quelques minutes, la respiration de Colin devient saccadée.

– Attends, dit-il en se soustrayant brusquement à mes lèvres avides. On peut faire un peu durer le plaisir, non ?

– Nous n'avons qu'une nuit, l'avertis-je. Pas plus.

– J'avais saisi, me dit-il avec un demi-sourire indéchiffrable. C'est justement pour ça que je veux faire en sorte de me souvenir de tout.

De nouveau, toutes mes défenses tombent. Je laisse Colin s'agenouiller face à moi. En souplesse, il fait passer ma robe au-dessus de ma tête, avant de m'étreindre et de m'embrasser à pleine bouche.

– Allonge-toi, m'ordonne-t-il tout en accompagnant mon mouvement.

Mon dos nu entre en contact avec l'épaisse moquette de la chambre. Colin, au-dessus de moi, enlève sa veste et la jette dans un coin de la pièce. Mes doigts, impatients de découvrir son corps, s'empressent de déboutonner sa chemise blanche. Les pans de cette dernière s'ouvrent, découvrant des pectoraux puissants, des abdominaux parfaitement dessinés, un ventre plat et un nombril ovale sous lequel de doux poils sombres semblent dessiner une flèche jusqu'à l'objet de ma concupiscence. Il fait glisser la chemise le long de ses épaules de quarterback et, d'un geste nonchalant, l'envoie rejoindre la veste. Ses lèvres se posent au creux de mon cou, puis sur mon plexus solaire, puis entre mes seins. Quand sa bouche arrive à mon nombril, sa langue en trace le pourtour… avant de poursuivre sa descente impitoyable. Lorsqu'elle atteint son objectif, j'écarte mes cuisses en gémissant.

Sa bouche sur ma vulve, sa langue qui titille mon clitoris, ses lèvres qui aspirent mon sexe… Je ne suis plus qu'un torrent de plaisir, de halètements, de gémissements qui se découpent avec netteté dans le silence de l'hôtel. Je suis ici, sur cette moquette, mais aussi ailleurs – dans un cosmos rose pâle, bleu clair, scintillant. Et, alors que je ne suis plus en position d'exiger quoi que ce soit, Colin décide de me donner enfin ce que je veux. En remontant tel un fauve indomptable le long de mon corps, il me demande :

– Tu as des préservatifs ?

– Oui, dis-je en désignant d'un geste vague ma table de chevet.

Merci monsieur Pierce, vous m'avez finalement rendu un fier service.

Colin se lève et se dirige vers la boîte. Tique-t-il en constatant qu'une des capotes manque ? En tout cas, il ne se laisse pas démonter. Il se défait du reste de ses fringues et enfile la protection avant de revenir vers moi, le sexe dressé, fier. Affamée, je l'attends, j'attends qu'il étende son corps viril sur le mien, j'attends de pouvoir empoigner ses fesses bombées et de le pousser en moi. Sauf que je n'en ai pas le temps. Colin, comme pour répondre à mon désir sauvage, s'agenouille de nouveau face à moi, ouvre mes cuisses et enfonce son sexe dans le mien. Je pousse un cri d'extase.

Il commence à bouger, lentement mais profondément. En douceur, Colin tient sa promesse : me faire monter…

me faire grimper… bien au-delà du quatrième étage de l'hôtel *Peninsula*. Ses coups de reins sont souples et pourtant impétueux. Ils lui arrachent des grognements satisfaits. Cet homme sait ce qu'il veut et joue de mon corps comme d'un instrument de musique pour l'obtenir. En agrippant mon bassin, il pivote, de façon à se retrouver à son tour sur le dos et que je le chevauche. Je ne me fais pas prier. Je me mets à onduler sur lui, complètement possédée.

Colin empoigne mes fesses, imprime son rythme, tout en me regardant projeter en arrière mes épaules. Une de ses mains s'occupe de caresser ma poitrine, l'autre est affairée à tenir fermement ma taille. Il veut m'empêcher d'aller trop vite. Régulièrement, il me maintient quelques fractions de seconde dans les airs avant de donner un coup de reins puissant pour me remplir de lui. Je chavire, mes yeux se mouillent de larmes d'extase… Et d'un coup, je commence à jouir, la tête toujours rejetée en arrière.

Au-dessus de moi, le plafond tourne. À moins que ce ne soit ma tête ? Je suis complètement perdue, il n'y a plus d'espace ni de temps, juste la réalité du corps de Colin et de l'effet qu'il fait au mien. Les râles de plaisir se bousculent dans ma gorge et s'en échappent en saccades désorganisées. À l'ultime instant, mes cuisses se serrent autour de sa taille, tous mes muscles se figent et le plaisir déferle, comme une vague puissante. Je m'entends pousser un cri de surprise, d'incompréhension, de joie pure. Jamais ça n'a été comme ça.

Je voudrais tant le lui dire : « Jamais ça n'a été comme ça, n'arrête pas, n'arrête jamais, reste avec moi. »

Je baisse la tête vers Colin pour lui offrir mes yeux brillants et étonnés. Dès qu'il croise mon regard, il perd à son tour le contrôle. Ses pupilles se dilatent dans une expression de surprise. Il donne un ultime coup de reins puis se fige, au creux de moi. Tout en poussant un profond gémissement, il ne me quitte pas des yeux. Autour de nous, le monde s'est arrêté, le temps s'est arrêté… Et puis nos corps se délient, la tension retombe.

Et Tess « Bulldozer » Harper, la reine des cœurs de pierre, peut reprendre le dessus.

Sans aucun ménagement, je descends de mon étalon d'un soir pour m'empêcher de l'embrasser tendrement, de lui susurrer que c'était dingue, que jamais auparavant je n'avais fait l'amour comme ça.

– Tu devrais y aller, dis-je à la place.

– Tu n'es pas sérieuse ? me demande Colin, profondément choqué, en m'agrippant par la taille pour me ramener contre lui.

Yeux dans les yeux, je pourrais lui céder… Mais avec un effort de volonté inouï, j'arrive à camper sur mes positions.

– Tu connaissais les règles, Colin.

– Je sais, tu m'avais prévenu, dit-il avec une étincelle de malice dans le regard. Mais nous n'avons même pas encore vraiment commencé !

– Ah bon ? demandé-je, amusée. Ce qui s'est passé m'avait pourtant l'air tout à fait réel, vu d'ici.

– C'était… tout sauf réel. C'était même plutôt surnaturel, je dirais.

– Oui ? Eh bien, c'est fini maintenant.

– Pas encore, me dit-il en se redressant et en me soulevant dans les airs comme si je ne pesais rien.

Il me porte à travers la chambre avant de me lancer sur le

premier lit qui vient – le mien, fort heureusement. Colin jette un coup d'œil intrigué vers le deuxième plumard, puis vers nos affaires, à Kate et moi, éparpillées dans toute la chambre… Mais très vite, je constate qu'il cesse de s'interroger. Ses yeux se posent à nouveau sur moi alors que son sexe de dieu vivant recommence à durcir.

– Tu n'as toujours pas gémi mon nom. Une idée pour rectifier ça ?

***

Soixante minutes et deux capotes plus tard, je suis totalement lessivée. Mon insatiable étalon a replié son bras contre moi dans un geste protecteur. Ma tête repose sur le torse musclé qui m'a fait commettre tant de folies cette nuit. Je pourrais presque m'endormir là, dans ses bras. Me laisser aller au désir qu'il reste. Mais les hommes ne restent jamais après, pas vrai ? Ils n'ont qu'une seule envie, c'est de déguerpir.

Tant mieux. De toute façon, Kate ne va pas tarder à rentrer, il ne faut pas qu'elle le trouve ici.

– Colin ?

– Hum ? me demande mon mystérieux inconnu d'une voix endormie.

– Il faut que tu y ailles.

Colin se redresse.

– Alors ça y est, tu me fiches à la porte, mademoiselle Sans Nom ? me demande-t-il en haussant un sourcil.

– Je suis désolée mais je bosse dans quelques heures, bafouillé-je en inventant au fur et à mesure. Et je n'arrive pas à dormir avec quelqu'un.

– Je vois…

Je n'arrive pas à savoir s'il est amusé ou vexé.

– Tu vois quoi ?

– Tu es ce genre de fille.

– Tu veux dire une fille facile ? sifflé-je.

– Non, une fille qui sait ce qu'elle veut, dit-il en déposant un baiser sur mes lèvres. Très bien, je cède. Je rentre chez moi.

– Tu exagères de me culpabiliser, dis-je avec un sourire inquiet. Je suis certaine qu'au fond, ça t'arrange. Tu as eu ce que tu voulais, non ?

– Encore ce refrain… dit-il en enfilant son pantalon avec un sourire sarcastique au charme exaspérant. D'ailleurs, tu ne m'as pas répondu, tout à l'heure. Qu'est-ce je veux exactement ?

– Du sexe. De l'aventure.

– C'est vrai. Et j'ai été plus que servi de ce côté-là.

– De la tranquillité. Une nuit sans conséquences…

Colin se fige, me jette un regard attendri.

– Tu te trompes tellement… soupire-t-il.

Puis il se dirige vers sa chemise et sa veste, abandonnées dans l'entrée.

– Tu veux dire qu'un homme comme toi cherche le grand amour ? ironisé-je.

– Parce que toi pas, peut-être ? rétorque-t-il en se laissant tomber sur le lit pour remettre ses chaussures. Oui, je cherche l'amour, comme tout le monde. Je veux être chamboulé, bouleversé, exalté…

– Waouh ! ris-je. Je pensais avoir passé la nuit avec un mâle alpha mais, en fait, tu as des rêves de jeune fille.

– J'assume, dit-il en haussant les épaules. À moins que tu ne trouves que ça nuit à ma virilité ?

Pas une seule seconde, beau gosse. Ta virilité est… indiscutable.

Il se relève, remet sa chemise puis sa veste de costume, passe sa main dans ses cheveux soyeux. Il est tellement sexy ! Si je m'écoutais…

Le regard de Colin se pose sur ma table de chevet. Il contemple le livre que Kate m'a prêté puis se retourne vers moi avec un regard envoûtant, lumineux. Il se penche vers moi pour me donner un baiser langoureux.

– Dommage, me murmure-t-il à l'oreille. J'aurais aisément pu tomber amoureux d'une terroriste qui fait l'amour comme une déesse et lit Jean-Paul Sartre à ses heures perdues.

Je rougis de plaisir, de trouble, de gêne, et m'apprête à avouer que le livre n'est pas à moi… mais trop tard, Colin est déjà à la porte, la main sur la poignée. Et, avant que j'aie eu le temps de protester, mon sensuel inconnu sort de ma chambre.

Et de ma vie.

3
SECRET DE POLICHINELLE

Colin

Dans la salle d'attente de l'hôpital où j'attends de donner mon sang, je n'arrête pas de penser à elle. J'ai l'impression que son odeur est partout sur moi ; une odeur entêtante, animale, mais aussi sucrée – comme elle.

Mon inconnue. Qui parle comme une tigresse, fait l'amour comme une déesse et vous jette après.

Je ne peux m'empêcher de sourire. Je n'ai pas l'habitude qu'une fille me traite comme ça – m'attire dans sa chambre, me fasse perdre la tête puis me demande de décamper à l'aube.

Peut-être que ce n'est pas une terroriste, après tout ?

Peut-être que c'est... un vampire !

Seul sur mon fauteuil, je laisse échapper un rire. Les autres personnes venues donner leur sang au Cedars-Sinai me jettent un drôle de regard.

Je dois avoir l'air cinglé. Ou ivre.

J'ai beau avoir pris une douche, m'être rasé, avoir enfilé

une chemise Hugo Boss qui sortait du pressing et avoir passé la journée au bureau comme si de rien n'était, au fond de moi, je me sens comme un clochard.

Manque de sommeil et gueule de bois.

Et surtout, l'esprit ailleurs… Coincé dans une chambre du *Peninsula* avec un sosie de Gisèle Bundchen à 25 ans qui soupire mon nom mais refuse de me donner le sien.

Honteux soudain, je me rappelle avec quelle facilité je me suis confié à elle avant de quitter sa chambre.

– Colin, tu veux du sexe, de l'aventure.

– C'est vrai. Et j'ai été plus que servi de ce côté-là.

– … de la tranquillité, une nuit sans conséquences…

– Tu te trompes tellement !

– Tu veux dire qu'un homme comme toi cherche le grand amour ?

– Parce que toi pas, peut-être ? Oui, je cherche l'amour, comme tout le monde. Je veux être chamboulé, bouleversé, exalté…

Est-ce la vérité ? Depuis ma rupture avec Meredith, je n'ai fait que multiplier les aventures sans intérêt.

Pourtant, oui, je rêve d'aimer à en perdre la tête.

Je veux d'une fille qui me subjugue, qui me fasse rire, qui me bouscule. Une âme sœur qui pourra m'épauler dans mon travail, qui partagera mes rêves. Je veux vivre une histoire aussi belle, aussi hors norme que celle de mes parents.

Mais est-ce qu'un amour aussi fort n'est pas condamné à trouver une issue fatale ?

Avec tristesse, je pense à ma mère, au lymphome qui l'a emportée il y a huit ans. Puis, tout de suite après, je pense à mon père, au désespoir qu'il a ressenti en perdant sa moitié.

Un désespoir qui l'a poussé à commettre l'irréparable et à nous laisser orphelins, mes sœurs et moi.

Quatre ans plus tard, c'était au tour de ma sœur aînée, Natalie, et de son mari de trouver la mort dans un accident de planeur.

Si l'hôpital de campagne où ils ont été soignés en urgence avait eu à sa disposition assez de sang, ils auraient pu survivre.

Sauf que c'est ainsi, chez les Cooper, la chance est rarement au rendez-vous et l'amour finit toujours en tragédie.

Excepté pour Miléna.

Mon autre grande sœur, et associée, semble avoir échappé à la malédiction. Elle est mariée depuis quinze ans avec un type super, elle a trois beaux enfants, elle arrive à concilier une carrière brillante avec une histoire d'amour épanouie… Mais je dois bien admettre que sa relation avec Will ne me fait pas rêver. Bien sûr, ils sont complices, ils forment un beau couple, mais où est la passion ?

Instantanément, l'image de mon inconnue réapparaît. Qui est-elle ? Que faisait-elle à L.A. ? Visiblement, elle ne voyageait pas seule. Il y avait un deuxième lit dans la chambre et, vu l'état de celle-ci – un chaos de fringues, de maquillage, de chaussures –, elle était accompagnée d'une autre femme. Voyage d'affaires ? Mon inconnue n'avait pourtant pas ce style rigide et glacial de la *business woman* chevronnée.

Non, Amanda, je ne te vise pas du tout…

Elle transpirait la liberté, avec sa robe de plage, ses longs cheveux miel qui tombaient comme une cascade folle, sa peau dorée, son absence de maquillage. Mais elle avait aussi l'air d'une femme qui décide, qui sait se faire entendre, malgré un certain manque de confiance en elle – un trait de caractère sans doute imputable à sa jeunesse. Quel âge peut-elle bien avoir ? 25 ans, 26 au maximum.

Pourtant, elle doit très bien gagner sa vie vu les hôtels qu'elle fréquente.

Trop jeune pour avoir fait de longues études, donc, mais ça ne l'a pas empêchée de réussir. Il faut dire qu'elle est intuitive, cultivée – il y avait quand même un livre de Jean-Paul Sartre sur sa table de chevet ! On sent à sa façon de parler et à son rapport à l'argent qu'elle vient d'un milieu populaire. Quel peut bien être son métier ? Elle ne m'a laissé aucun indice, rien que ce jeu de cartes posé sur la table…

Une joueuse de poker professionnelle ?

Franchement, ça se tient. Mystère, aventure, don pour le bluff, mon inconnue ferait une redoutable adversaire.

Si je jouais contre elle, serais-je capable de gagner ?

Une chose est certaine, j'aurais du mal à me concentrer sur ma main…

Peut-être qu'elle était à L.A. pour un tournoi ? Il faudrait que je vérifie si jamais il y en a un en ville en ce moment…

Non, je ne dois pas commencer à jouer ce jeu-là.

Mon inconnue s'est montrée très claire : une nuit et basta.

En plus, j'ai promis avant le premier verre de ne pas la traquer.

Fort de ma résolution, je souris à Ian, l'un des infirmiers de l'hôpital qui vient de passer la tête dans la salle d'attente.

– Colin ? C'est à toi.

Depuis trois ans que je donne mon sang, j'ai appris à connaître pas mal de monde au Cedars-Sinai, mais il n'y a que de Ian que je sois devenu proche. Nous avons tous deux le même âge et il nous arrive d'échanger sur nos misères de trentenaires célibataires autour d'une bière. Ian est infirmier pour gagner sa vie même si sa vraie passion, c'est le théâtre. Il joue parfois à L.A. mais ce n'est pas facile de se faire un nom dans une ville où les acteurs sont légion. Quant au cinéma grand public, ça ne l'intéresse pas.

C'est d'ailleurs une chose que nous partageons. Je suis l'un des rares producteurs de L.A. qui se fiche de Hollywood. Moi, mon domaine, c'est les documentaires. Je veux faire voyager les gens, leur permettre de découvrir le monde même s'ils n'ont pas les moyens de prendre l'avion. Les informer, aussi. La télévision est la nouvelle religion, l'opium du peuple ; les informations ne livrent que des vérités partisanes. Les gens ont besoin d'autres supports pour comprendre le monde. D'ailleurs, ils sont demandeurs ; il n'y a qu'à voir le succès des derniers films que j'ai produits : écologie, scandales politiques, Amérique post-11 septembre, hackers... Le public se passionne de plus en plus pour ces sujets.

Ce qui me permet de contribuer au succès des studios Cooper sans m'occuper de la section divertissement.

Les émissions, c'est Miléna qui s'en charge. Enfin... en ce qui concerne les talk-shows et la *real TV*, parce que je m'occupe tout de même des programmes éducatifs. Mais je ne suis pas qualifié pour faire ce que fait ma sœur. Je manque d'intérêt pour ça. Or, Miléna est d'accord avec moi, la passion et la sincérité sont la clé de notre succès.

– Bon, me demande Ian en souriant, on remplit le questionnaire et je te prends 400 ml, ça te va ?

– Seulement 400 ?

– Je peux être honnête ? Tu as l'air crevé. Je n'ai pas envie que tu me fasses un malaise vagal sur le fauteuil.

– C'est vrai que je n'ai pas beaucoup dormi.

– Insomnie ?

– On peut dire ça.

– Tu as pris des somnifères ?

– Non.

– Très bien, dit Ian en cochant le questionnaire. D'autres médicaments peut-être ? Paracétamol ?

– Non, aucun médicament depuis deux semaines, comme d'hab'.

– Parfait. Sexe ?

J'ai un moment d'hésitation.

– Oh oh ! s'exclame Ian. Sexe !

– Protégé, précisé-je, un peu gêné.

– Amanda ?

– Non, pas Amanda, réponds-je en ne pouvant m'empêcher de sourire.

– Je pensais pourtant que vous deux…

– Il ne se passe rien. Elle aimerait bien, je crois, mais moi, je ne suis pas certain.

– Je vois ça, oui, me dit Ian avec un clin d'œil complice. Elle te court après depuis que son divorce a été prononcé, sans succès, et voilà qu'à la première occasion, tu couches avec une autre ! Je ne comprends pas que tu te poses encore la question de savoir si elle te plaît ou non, la réponse me semble évidente.

– Ce n'est pas si simple… protesté-je mollement. Zach l'aime bien.

– En ce cas, il n'a qu'à coucher avec elle, plaisante Ian.

Je ris. L'idée de mon neveu de 17 ans, Zach, au lit avec

Amanda, 33 ans et deux divorces au compteur, est complètement saugrenue.

– Zach a déjà une petite copine, je te rappelle. Ce qu'il lui faut, c'est une famille soudée.

– Vous êtes déjà une famille soudée. Il t'adore, tu ferais n'importe quoi pour lui et Miléna vous rend visite dès que son emploi du temps de ministre le permet.

– En ce cas, il lui faut une famille complète. Vivre seul avec son oncle ne doit pas être marrant tous les jours… Surtout pour un gamin qui n'a plus de parents.

Avec tristesse, je pense à Natalie. Elle et moi avions tant en commun ! C'est elle qui m'a emmené voir mon tout premier documentaire quand j'avais 12 ans. Elle-même était réalisatrice. Une femme libre, qui parcourait le monde avec sa famille. Je l'admirais infiniment. Je crois que, parce qu'elle était l'aînée de la fratrie, elle m'a transmis bon nombre de ses valeurs. C'est pour ça que j'ai voulu que Zach vienne vivre avec moi après son décès. Je pense réussir à l'élever comme elle l'aurait souhaité.

– Bon, pour le don, aujourd'hui, ça ne va pas être possible. Je suis désolé mais si tu as contracté une infection cette nuit, elle ne sera pas visible aux tests avant trois semaines. Par contre, puisque tu t'es déplacé jusque-là… autant débriefer de ta nuit ! Quelque chose de sérieux ?

– Non, juste un coup d'un soir, dis-je avec une voix qui se veut la plus neutre possible. Une nana rencontrée hier au *Peninsula* alors que je buvais un verre. Elle n'a même pas voulu me donner son nom.

– C'est hyper sexy ! manque de s'étrangler Ian.

– C'est surtout déstabilisant.

– … donc sexy, admets-le. Particulièrement pour un homme comme toi.

Mais qu'est-ce qu'ils ont tous, depuis 24 heures, à faire des généralités sur « les hommes comme moi » ?

– Tu brasses quotidiennement des millions de dollars, reprend Ian. Tu es célèbre, admiré et respecté, courtisé par toutes les Amanda Perkins de ce monde… mais tu ne te laisses pas facilement ébranler.

– Sans doute parce que je n'aime pas ça.

– Non, mais tu en as besoin.

Je repense aux paroles de mon inconnue.

– Vous êtes certaine que c'est ce que vous voulez ?

– C'est ce dont j'ai besoin.

Je me souviens de son parfum de cerise quand elle m'a susurré ça, de la façon dont son assurance m'a fait perdre tout contrôle.

Ian a-t-il raison ? Est-ce ce genre de femme qu'il me faut ?

– De toute façon, la question ne se pose pas. Mon inconnue ne m'a laissé aucun moyen de la retrouver.

– Dommage. Cette histoire commençait bien.

– Et toi alors ? demandé-je pour changer de sujet.

– Moi ? Je perds chaque jour un peu plus la foi. Je te jure, je désespère tellement que je suis à deux doigts de virer Tinder de mon téléphone !

– Ça ne marche pas bien, cette appli ?

– Non, c'est du pur zapping. Tu trouves des filles mignonnes, c'est pas le souci, mais… Les sites de rencontre, c'est pourri, il n'y a aucune magie ! On se voit, on sait déjà pourquoi on est là. Ça casse tout le mystère.

Comme je le comprends ! Le mystère a du bon, cette nuit me l'a prouvé.

– Tu n'as jamais conclu, alors ? me renseigné-je. Avec Tinder ?

– Ah si ! Je m'envoie en l'air tout le temps ! Mais le cœur n'y est pas, me confie Ian d'un air mélancolique.

– Tu as beau jeu de jouer les poètes alors que tu te comportes en Don Juan, ris-je.

– Ah, mais je te rassure, les filles sont comme moi ! Tinder, c'est super égalitaire, tout le monde couche, tout le monde s'ennuie, personne ne veut se revoir…

– Je préfère ça, ironisé-je. Ça fait rêver, ton truc. Bon, et ici, tu ne rencontres personne ?

– Eh bien, figure-toi que ce matin, une fille m'a donné son numéro !

– Et alors ? Elle était comment ?

– C'était une goth, répond Ian d'une voix mécanique.

– Une « goth » ?

– Une gothique, quoi. Habillée tout en noir. Avec un pentacle autour du cou. Probablement fan des Cure ou – pire encore ! – de heavy metal.

– Les Cure ? Les gens écoutent toujours ça ?

– Il y a un vrai *revival* goth, mon vieux, me dit Ian d'un ton savant. Depuis la sortie de *Twilight*, c'est la grosse folie : monde occulte, musique sombre, vampires, c'est le nouveau délire.

– Marrant, relevé-je, je pensais aux vampires pas plus tard que tout à l'heure… Mais au fait, comment tu sais ça, toi ? Tu l'as lu dans *Variety* ?

– Pourquoi, ça t'intéresse ?

– Ça ferait un bon documentaire, pensé-je à voix haute.

– Dans ce cas, il faudra que tu me fasses témoigner.

– Pourquoi ? Tu es gothique, toi aussi, à tes heures perdues ?

– Non, mais la salle d'attente est souvent pleine de filles de ce genre.

Je lui jette un regard interrogatif.

– Elles viennent toutes faire des dons, m'explique Ian.

– Elles pensent que leur meilleure chance de croiser un jour Pattinson, c'est de traîner à la banque du sang ?

– … et à la place, elles tombent sur moi.

– Crois-moi, Ian, le rassuré-je, tes gothiques y gagnent au change. Robert n'a d'yeux que pour FKA Twigs, de toute façon.

Je quitte l'hôpital à 18 heures mais ne peux m'empêcher de faire un petit saut aux bureaux.

Les studios Cooper, fondés par Alvin et Carrie Cooper et perpétués par leurs enfants.

C'est Miléna qui, en reprenant l'entreprise familiale alors que j'étais encore étudiant, lui a permis de prospérer ainsi. En sortant de la fac, je ne voulais pas m'associer à elle. C'était important pour moi de réussir seul, même si j'avais aussi envie d'honorer l'héritage laissé par nos parents. Alors, j'ai d'abord créé une structure indépendante, qui fonctionnait avec trois bouts de ficelle. Pendant deux ans, j'ai soutenu une journaliste un peu tête brûlée qui voulait créer un documentaire en cinq volets sur l'histoire du capitalisme, depuis ses origines jusqu'à la crise de 2008. Le succès de cette série nous a complètement surpris. Elle a été achetée par vingt-huit pays, a remporté tous les plus grands prix des festivals internationaux… C'est là que j'ai accepté de faire fusionner ma structure avec celle de Miléna. Nous fonctionnons encore avec une certaine autonomie mais nous sommes complémentaires.

Comme moi, ma sœur est un bourreau de travail. C'est également une excellente manageuse, elle respecte son équipe et la soutient tout en gérant ses programmes d'une main de fer. Je m'étonne d'ailleurs de ne pas la trouver à son bureau quand je passe la voir. Dans quelques heures seulement aura lieu le premier prime de son « bébé », *Petits Secrets*. De la *trash TV* dans le plus pur style Los Angeles – pas du tout mon style, donc. Mais elle, elle adore cette émission ; elle la trouve très distrayante.

Elle doit avoir raison, vu le succès de Petits Secrets.

Je gagne donc mon bureau, au sixième étage et me mets au travail. En ce moment, je suis sur deux projets : un doc sur un sushiman d'exception à Tokyo et une émission qui suivrait pendant un an le travail d'un journaliste russe menacé par le pouvoir. Évidemment, tout le monde veut bosser sur le premier projet et il y a déjà plusieurs chaînes intéressées. Mais pour le deuxième, qui me tient pourtant particulièrement à cœur, je peine. Sujet sensible, tournage risqué… Avant de monter une équipe technique, je dois m'assurer de leur sécurité sur place.

Heureusement, plusieurs coups de fil plus tard, j'ai obtenu des garanties de la part de l'ambassade américaine à Moscou. Un dernier mail à mes contacts sur place, histoire de les tenir au courant de l'avancée du projet, et je peux fermer mon ordinateur portable. Je me dirige vers le parking, saute dans ma Jaguar et rejoins la US 101, direction Bel Air. Arrivé à la maison, je remonte l'allée, me gare dans le garage et entre dans la maison… où je peux sans difficulté retracer le parcours de Zach depuis sa sortie de cours.

C'est pas vrai d'être aussi bordélique !

Dans l'entrée, son sac à dos. Dans le couloir, ses baskets. Dans la cuisine, un pot de glace ouvert sur le plan de travail, des épluchures de fruits, une bouteille de lait, des épices renversées… Le blender a été abandonné là, avec un fond d'une mixture épaisse. Par curiosité, je goûte. C'est délicieux, bien sûr. Une fois de plus, mon cher neveu s'est concocté un goûter du tonnerre… avant de tout laisser en chantier et d'aller vaquer à ses occupations.

Qui, à mon avis, n'incluent ni ses devoirs ni ses dossiers de candidature pour la fac l'année prochaine.

– Zach ? appelé-je en rangeant le lait, les épices, et en balançant les épluchures et la glace foutue. Zach ?

– Ici, oncle Colin !

Sa voix provient du salon.

Encore devant la télé, bien entendu.

Je commence à avancer, déterminé à lui passer un savon, puis je me radoucis soudain. Natalie n'aurait pas laissé passer ça, c'est certain – Zach a la fâcheuse habitude de mettre la pagaille derrière lui en se disant que la femme de ménage ou moi fera le sale boulot à sa place. Pourtant, c'est un chouette gosse, malin comme tout. Mais il n'est ni très ordonné, ni très investi dans ses études.

– Tu n'as pas des devoirs à faire, plutôt ? grommelé-je en entrant dans le salon.

– Finis, répond-il, absorbé par l'écran.

– Tu parles ! Tu n'as même pas ouvert ton sac à dos.

– Je les ai faits ce midi, en prévision de la soirée.

– La soirée ? Quelle soirée ? Tu as prévu de sortir ? En pleine semaine ? Tu connais les règles.

Mon neveu roule ses adorables yeux bruns comme si j'étais le dernier des demeurés.

– Ne me dis pas que tu as oublié, oncle Colin ? C'est ce soir la première de *Petits Secrets entre amis* !

– Ah, cette « chose », souris-je.

– Une « chose » suivie par vingt-deux millions de téléspectateurs, récite Zach. Et sur laquelle tante Miléna ne va pas manquer de me demander mon avis. Tu veux que je la déçoive ?

– Non, me résigné-je, je n'ai pas plus que toi envie de contrarier ta tante.

– Dans ce cas, tu devrais te mettre à l'aise, le prime commence dans vingt minutes.

– Je ne pense pas te suivre sur ce coup, *kiddo*.

– Pas le choix. Miléna va aussi vouloir ton avis, et comme tu n'as pas plus que moi envie de la contrarier…

Je ris en lui ébouriffant les cheveux.

– OK, tu as gagné gamin. Le temps d'enfiler quelque chose de plus confortable et de commander des sushis.

– Pas la peine. J'ai fait un risotto aux cèpes, il n'y a qu'à le réchauffer.

Seigneur, ce gosse ! C'est une véritable tornade, certes, mais c'est aussi un ange.

Et un vrai cordon-bleu.

– Zach, je ne sais pas ce que je ferais sans toi, soupiré-je.

– Tu prendrais 20 kg à force de manger de la *junk food*, tu perdrais tes abdos en béton, les filles ne s'intéresseraient plus à toi… D'ailleurs, en parlant de ça, me demande Zach avec un air gourmand, l'hôtel, c'était comment ?

– Pardon ?

Je rougis jusqu'aux oreilles.

Comment est-ce qu'il a su ?

– L'hôtel *Peninsula*, insiste Zach. Tu y étais bien, hier soir ?

– Oui, réponds-je d'un air suspicieux.

Que sait-il exactement de ma nuit ?

– Alors, poursuit-il, c'était bon ?

Cette fois, je manque de m'étouffer.

OK, il sait tout.

– En tout cas, à ce qu'il paraît, le chef déboîte. J'espère qu'Amanda a kiffé le dîner. Tu savais que c'était le seul resto de toute la Californie du Sud à avoir conservé dix-huit années de suite ses cinq étoiles ?

Ouf ! Zach voulait parler de la cuisine !

Forcément. Après tout, c'est son obsession numéro un.

– C'était délicieux, Zach. Et tu me dois un dollar.

Je désigne du doigt le pot où mon neveu doit glisser un dollar à chaque fois qu'il parle mal.

– Mais… Mais… Qu'est-ce que j'ai dit ?

– Tu as dit « kiffer ». Et tu as employé le verbe « déchirer » dans une phrase qui ne parlait absolument pas de papier.

– Mais c'est hyper injuste, putain ! s'exclame-t-il juste avant de couvrir sa bouche de ses mains et de rouler des yeux catastrophés. Zut, ajoute-t-il désolé, j'ai encore dit le mot en « P ».

– Deux. Deux dollars, Zach.

– Sérieux, c'est abusé.

– « Sérieusement, j'ai l'impression d'être victime d'un

abus », le reprends-je. Et d'ailleurs, ces dollars me reviennent de droit. Après tout, c'est moi qui te donne ton argent de poche.

Zach mime la vexation mais son regard pétille. Il me balance un coussin que j'esquive et qui s'écrase contre le mur.

– Et qui va ramasser ça ? lui crié-je en me dirigeant vers la cuisine.

– La femme de ménage !

– Dans tes rêves, morveux ! ris-je.

J'allume la gazinière pour faire réchauffer le risotto à feu doux. Hmmmm ! Ça sent divinement bon. J'enlève ma veste Armani, ma cravate, dénoue le premier bouton de ma chemise, vire chaussures et chaussettes puis me sers un verre de vin.

Il va falloir que je déblaye un peu ce chantier avant qu'Hilda ne vienne demain matin…

Avec un ado à la maison, faire venir une femme de ménage trois heures par jour n'est pas du luxe !

Je me sers un verre de Tenuta dell'Ornellaia Bolgheri 2005, hume ses arômes de chocolat et de mûre, admire sa robe rubis profond.

– Oncle Colin, ça commence !

– J'arrive !

Encore cinq bonnes minutes avant que le risotto soit chaud. Cinq minutes de répit loin de cette ânerie de *Petits Secrets*. J'entends au loin la voix de l'insupportable présentateur rappeler le principe : « Ils sont cinq garçons et cinq filles et, pendant huit semaines, ils vont vivre une incroyable aventure. » Je m'assieds sur un des tabourets design de la cuisine et laisse toute la fatigue de la journée refluer en rêvassant.

À elle. Encore à elle.

– Colin ! m'appelle Zach. Ça y est, ils entrent dans la maison.

Hystérique, le présentateur martèle le nom des dix candidats sélectionnés, qui feindront tous la surprise alors qu'ils ont été avertis la veille.

Mais sans savoir que les autres l'ont été aussi.

– J'arrive, soupiré-je en attrapant deux assiettes et des couverts dans un placard.

Alors que les candidats font leur entrée sur le plateau, Zach joue à son jeu favori : leur imaginer des secrets farfelus.

– Melvin ! crie le présentateur alors qu'un brun à la peau pâle et à l'air taciturne fait son entrée.

– Pas trop content d'être là, le Melvin, constaté-je.

– Lui, glousse Zach, son secret, c'est qu'il a les plans de la maison tatoués dans le dos pour s'évader à la première occasion.

– Karmen ! beugle l'hystérique de la télé alors qu'une brune vulgaire fait son entrée à grand renfort de grimaces agressives.

– Salut, l'Amérique ! Moi, c'est Karmen avec un K, braille-t-elle dans le micro qu'on lui tend avant de rejoindre son fauteuil.

– Elle ? demandé-je à Zach.

– Elle, c'est *la* Kardashian cachée, dit malicieusement Zach. La seule à laquelle personne ne se soit jamais intéressé.

– Devin ! annonce le présentateur alors que le bellâtre du show déboule sur le plateau.

– Lui, son secret, c'est qu'il est accro aux stéroïdes depuis l'âge de dix ans, persifle mon neveu.

Tout en riant, je continue de m'activer pour le dîner. Installer un dessous-de-plat, sortir les serviettes, apporter la bouteille de San Pellegrino et celle de Bolgheri, éteindre la gazinière, transporter la cocotte en fonte. Le présentateur, de plus en plus incontrôlable, égrène les noms en roulant des yeux fous. Jess ! Alex ! Beverly ! Amber ! Mason ! À chaque entrée, les candidats caricaturaux choisis par ma très chère sœur se font tailler un costard par Zach.

C'est bien, le gamin est futé, ce genre d'émissions ne le berne pas.

Rien ne me terrifie plus que d'imaginer Zach vouloir participer à ce genre de programmes. Avec son manque d'intérêt pour le lycée et son talent pour la cuisine, j'ai toujours peur de le retrouver un jour au casting de « 1, 2, 3 Kitchen » !

Qu'est-ce qui pousse les gens à se ridiculiser de la sorte ? Ils n'ont donc aucun amour-propre ?

Miléna répète à l'envi qu'elle choisit ses candidats car ils ont de la « personnalité ». Franchement, est-ce que c'est parce qu'une personne braille fort, se balade quasi nue à longueur de journée et s'envoie en l'air devant les caméras qu'elle a de la personnalité ?

Ce serait même plutôt l'inverse, non ?

À l'annonce de la dernière candidate, Tess, je remarque que les yeux de Zach s'écarquillent comme si Cupidon en personne venait de lui décocher une flèche.

– Oncle Colin, je crois qu'on a une candidate dont le secret est : « Je suis allergique aux vêtements. » Tu crois que tante Miléna pourrait me la présenter ? Simple curiosité scientifique.

Ah! les ados... Leurs hormones en fusion... Leur infinie délicatesse avec les dames...

– Hey! m'exclamé-je sans daigner regarder l'écran. T'as pas une petite amie ? Tu sais bien, Kim, environ 1,65 mètre, métisse, jolie comme un cœur, brillante, folle amoureuse de toi... ?

– Si, marmonne Zach. Enfin, non. Enfin... je n'ai pas envie d'en parler!

Je contemple mon neveu, surpris, pendant que la candidate couine en fond sonore.

Que se passe-t-il ?

Zach et Kim sortent ensemble depuis deux ans et s'entendent bien mieux que la plupart des couples que je connais.

Y aurait-il de l'eau dans le gaz ?

– Je voudrais remercier la chaîne de me laisser ma chance, déblatère la candidate pendant que je m'interroge. Vivre cette aventure avec les neuf autres c'est... c'est... Waouh! je ne trouve pas mes mots.

D'un coup, mon sang se glace.

Cette voix. Je connais cette voix.

Lentement, je me retourne vers l'écran et commence à détailler la bimbo, de bas en haut, sans y croire. Ses compensées, puis ses jambes fuselées, puis son ventre plat fièrement exhibé, sa poitrine provocante, sa peau dorée, sa bouche charnue peinturlurée de la même couleur que son haut qui lui arrive au-dessus du nombril, ses pommettes, ses yeux bleu-gris tellement fardés qu'on dirait deux coquards.

Ces jambes, que j'ai écartées avec adoration.

Ce ventre, que j'ai léché toute la nuit.

Cette poitrine, dont j'ai contemplé le dessin parfait avec extase.

Cette peau, que j'ai mordue comme le plus délicieux des fruits.

Cette bouche, que j'ai embrassée avec fièvre.

Ces pommettes, qui lui donnaient encore dans le sommeil un air félin.

Ces yeux, dans lesquels j'ai bien failli me noyer.

Merde.

– Je reviens, articulé-je d'une voix qui se veut naturelle. Commence à manger, ça va refroidir.

– Où tu vas ? me demande Zach.

Je n'ai pas la force de lui répondre. Droit comme un « i », je me dirige vers mon bureau et m'enferme le temps de reprendre mes esprits.

Quel con ! Quel sombre con je fais !

Au moins, maintenant, je connais le nom de mon inconnue.

Tess.

Et je sais que la femme qui m'obsède depuis 24 heures incarne à peu près tout ce que je déteste.

Une candidate de Petits Secrets.

4
ARME SECRÈTE

Tess

Allongée sur mon lit, je fais semblant de dormir. Je n'ose pas ouvrir les yeux, la présence des caméras m'intimide. Alors je fais l'autruche. J'espère qu'en fermant les yeux, plus personne ne me verra.

C'est d'une logique imparable.

Les autres filles discutent entre elles. Moi, je ferai plus ample connaissance demain. D'autant que si Amber et Jess m'ont l'air cool, Beverly et Karmen ne m'inspirent pas une tendresse absolue. Surtout Karmen.

Contrat ou pas, ça ne va pas être facile de détrôner la reine des garces.

Pour faire plaisir à Pierce et faire comprendre à Karmen qu'il n'y a qu'une seule *bitch in town*, il va falloir que je récupère un peu de poil de la bête. En premier lieu, dormir. Une fois que j'aurai fait une nuit de huit heures, je devrais trouver sans problème le moyen de clouer le bec à cette chipie.

Seul souci : je suis tellement tendue que l'insomnie me guette, malgré la fatigue.

Si seulement Bombe Sexuelle était là pour s'occuper de moi, j'aurais plus de facilité à trouver le sommeil…

En enfouissant ma tête dans mon oreiller, je tente de masquer mon sourire. Je n'arrive pas à m'enlever la nuit dernière de la tête. Mon corps est encore électrisé par celui de Colin, par sa voix, par la douceur de ses mains sur moi et par l'intensité de ses coups de reins.

Quand je pense que, pour ce type, j'ai failli compromettre mon avenir ! Ce n'est tellement pas mon genre de faire une chose aussi stupide…

Si quelqu'un de la prod' s'était rendu compte que j'avais fait le mur et, pire encore, que j'avais ramené un mec du bar jusque dans ma chambre, j'aurais pu dire adieu à *Petits Secrets*. Heureusement, même Kate ne s'est doutée de rien.

Ma *nanny* est entrée de sa propre nuit tellement émerveillée qu'elle n'a pas remarqué mes draps froissés, mes yeux cernés, mes cheveux emmêlés, mon air extatique. Il était 6 heures. Ensuite, tout est allé très vite. À 11 heures, nous avons grimpé dans une limo aux vitres teintées qui nous a conduites aux studios Cooper. Une assistante ultra-speed nous a cueillies à notre descente de voiture et a congédié Kate en une phrase.

– Mademoiselle Wilson, votre mission s'arrête ici. Je vous laisse passer au bureau des ressources humaines pour prendre votre chèque.

– Si vite ? ai-je protesté.

L'assistante m'a jeté un regard plein de mépris.

– Vous voulez qu'on retarde le show de 24 heures ? Histoire

que vous ayez le temps de vous faire vos adieux ?

Toi, si tu continues de me parler comme ça, tu vas te prendre mon cappuccino en pleine figure.

Kate, sentant que je commençais à bouillir, m'a prise en vitesse dans ses bras.

– File, ma belle, m'a-t-elle murmuré. Va leur en mettre plein la vue, ramasse le pognon et on se revoit dans huit semaines.

– On se reverra, Kate ? Tu promets ?

– Juré. Et ailleurs que dans une chambre d'hôtel !

Je me suis retournée une dernière fois alors que l'assistante odieuse commençait à me tirer vers l'intérieur des bâtiments.

– Kate, n'oublie pas de vérifier que ma grand-mère va bien et de lui donner de mes nouvelles. Violetta Harper ! Je t'ai marqué son numéro dans un des bouquins.

– Ça roule, ma belle ! Amuse-toi bien, Violetta et moi on viendra te chercher à la sortie !

– On dirait que je vais en taule, ai-je gloussé à l'attention de l'assistante.

Cette dernière a fait mine de ne pas entendre.

– Remarquez, ai-je ajouté en plissant les yeux pour me donner un air effrayant, j'ai déjà fait de la taule. C'est ça mon grand secret. Avouez que c'est la première fois que vous passez du temps en tête-à-tête avec une meurtrière !

J'ai senti l'assistante se raidir mais elle a continué à m'ignorer et à me traîner dans le dédale de couloirs jusqu'à une sorte de loge.

Ensuite, j'ai attendu. Attendu, attendu, tout en rêvassant à Colin. Et, quand j'en ai eu marre d'attendre, j'ai attendu encore. J'ai bu environ soixante-dix cafés – ce qui explique peut-être aussi mon insomnie. J'ai mangé mes ongles, puisqu'on ne m'a rien proposé d'autre. Puis j'ai regretté – je vais avoir l'air d'une paysanne à la télé.

Finalement, une armée de femmes en noir est entrée dans la salle vide. Elles tiraient des malles, des portants pleins de fringues, elles portaient des mallettes de maquillage, des laques, des fers à lisser, des fers à friser. L'une d'entre elles, munie d'un talkie, m'a demandé :

– Vous êtes prête à tout ?

– C'est-à-dire ? lui ai-je répondu, suspicieuse.

– La loge de « Prête à tout », c'est bien ici ? a-t-elle répété, exaspérée.

J'ai rougi violemment – du malentendu, de ce secret que la prod' a voulu me coller sur le dos, de cette identité dans laquelle j'ai du mal à me reconnaître. Et pourtant, c'est bien moi : Tess Harper, prête à avaler toutes les couleuvres.

Quelque chose me dit qu'en voulant me sortir de Watts, j'ai plongé à pieds joints dans une autre sorte de ghetto.

– Tess, ai-je répondu. Vous pouvez m'appeler Tess.

L'armée des femmes en noir a commencé à s'affairer autour de moi. Elles étaient cinq, d'âges variables mais toutes construites sur le même modèle : ultra-speed, oreillette d'iPhone vissée à l'oreille, visage fermé, maigrichonne et pas franchement loquace. La boss au talkie a consulté sa tablette avec un air concentré puis s'est dirigée vers l'un des portants pour en extraire un *crop top* fuchsia et une culotte taille haute en satin blanc. Oui, oui, j'ai bien dit une culotte.

– Enfilez ça.

Hagarde, j'ai cherché du regard un paravent. La boss a levé

les yeux au ciel.

– Planquez-vous derrière un des portants, qu'on en finisse !

Non mais ! Même une candidate de *real TV* a droit à un peu d'intimité !

Une fois habillée – façon de parler –, une des femmes en noir a commencé à s'occuper de mon *make-up* pendant que deux autres, sadiques, se sont amusées à (dans l'ordre) :

- me crêper les cheveux ;
- me les lisser avec des rouleaux ;
- me faire des torsades au fer ;
- me les raidir au Babyliss ;
- bomber les racines avec de la laque ;
- les aplatir avec du gel.

Décidez-vous, à la fin !

Une fois la séance de torture terminée, je n'ai pas osé me regarder dans la glace. Tout ça, c'était… *too much*.

Soudain, un assistant de production est passé me chercher. Nous avons marché durant des kilomètres dans des couloirs avant qu'enfin, une porte s'ouvre et que je sois propulsée dans une grande pièce où mes yeux ont eu du mal à se faire à la lumière aveuglante tandis qu'une voix hurlait mon prénom.

C'est parti !

Les premières minutes sur le plateau ont été extrêmement gênantes. Pour me donner une contenance, j'ai piqué le micro du présentateur histoire de faire un petit discours de remerciement, mais ça a été pire que tout. J'avais l'air d'une vraie cruche. Penaude, j'ai gagné mon fauteuil pendant que les neuf autres candidats me fixaient.

Le prime est passé comme un rêve. Une sorte de songe surréaliste, lent et pas très agréable. L'animateur nous posait des questions sans nous laisser le temps de répondre. Puis il annonçait un petit reportage sur chaque candidat et le public, qui avait les yeux braqués sur nous et des visages avides, se détournait soudain pour fixer les écrans alors que les caméras filmaient nos réactions. Quand est venu mon tour, j'avais l'impression d'être totalement à la masse, partiellement assommée par la fatigue et l'émotion.

Enfin, on est rentrés dans la Maison des Murmures – en fait de maison, un immense hangar contenant une enfilade de studios de télévision aménagés comme les pièces d'un appartement design.

– Mais y a pas de piscine ? a protesté Karmen avec un K.

– On y aura accès dès que l'un d'entre nous aura réussi son premier défi, a expliqué le grand blond sympa prénommé Devin.

Bien. Qui dit « piscine » dit « jardin ». Qui dit « jardin » dit « lumière du jour ».

Spontanément, on s'est tous dirigés vers la pièce à vivre et on s'est assis timidement autour d'une table. Le Maître des Secrets a annoncé, via les haut-parleurs situés dans la « maison », que des pizzas nous seraient bientôt livrées dans le sas.

– Bon, eh bien, en attendant, voyons ce que nous réserve le frigo ! s'est exclamé Devin.

Il en a sorti deux bouteilles de chardonnay.

– Apéro les gars ? a-t-il proposé avec un clin d'œil.

Nous avons tous accepté en souriant d'un air timide. Heureusement, après un verre de chardonnay, les langues ont commencé à se délier ! C'est là que le Maître des Secrets a annoncé que nos affaires et les pizzas avaient été livrées et que nous pouvions d'ores et déjà aller les chercher, puis nous montrer chacun notre « objet fétiche ».

J'avoue, je n'ai pas fait super gaffe aux « fétiches » des garçons. Mais j'ai bien aimé celui de Jess, un lecteur MP3 avec ses cent chansons préférées dessus.

– Oh ! si ça se trouve, il y a une chaîne hi-fi ici, me suis-je enthousiasmée avant de bondir pour brancher son lecteur.

Heureusement, la prod' avait tout prévu ! Jess et moi, on a commencé à danser ensemble en riant.

Amber, elle, avait amené un médaillon en ambre.

– C'est ma grand-mère qui me l'a offert quand j'étais petite, nous a-t-elle expliqué.

C'est idiot mais ça m'a fait penser à Violetta, et ça m'a touchée. Dès cet instant, je me suis dit que j'allais bien aimer Amber.

Karmen avec un K a reniflé d'un air méprisant avant de faire une grimace atterrée.

– C'est trop moche, ton truc. En plus, ça vaut que dalle. Un bijou qui vaut que dalle, non mais sérieux, quoi !

Beverly, elle, a dégainé une figurine Barbie.

– Parce que c'est mon idole, a-t-elle expliqué en caressant la crinière platine de sa poupée.

Inutile de préciser que, comme son idole, Beverly est composée à 90 % de plastique.

Karmen, avec un K comme kasse-couilles, s'est levée pour aller éteindre la musique.

– Ça défonce la tête, ton truc, a-t-elle aboyé en direction de Jess qui s'est ratatinée de terreur. Moi, a-t-elle poursuivi, je voulais amener mon Smartphone parce qu'il y a *ma vie entière* dedans. Mais la prod' a pas voulu alors je me suis rabattue sur une photo de mon chien, Lullaby. Regardez, c'est un des plus petits chihuahuas du monde !

J'ai regardé, consternée, la photo du clébard rachitique moulé dans un petit manteau rose.

– C'est marrant, Karmen, je t'aurais plutôt imaginée avec un pitbull… n'ai-je pu m'empêcher de lâcher.

Karmen, avec un K comme Klash, a bien failli me tuer d'un regard pendant que les autres gloussaient.

– Et toi, Miss, m'a demandé Devin pour changer de sujet, c'est quoi ton objet fétiche ?

Cauchemar.

En affectant la décontraction, j'ai balancé la boîte de capotes sur la table. Tout de suite, mes nouveaux colocataires se sont esclaffés et les mecs ont commencé à me charrier, façon blagues de vestiaires. « Ah, ben OK, j'vois l'genre », « Direct, la Miss », « Ton secret, c'est que t'as une MST ? »

– Sérieux, a repris Alex, pourquoi une boîte de capotes ?

– Parce que je suis une éternelle optimiste. J'espérais que la prod' aurait casté des mecs un peu plus potables que vous, les gars.

Et vlan !

Toute la tablée m'a regardée, interloquée.

Peut-être que j'y suis allée un peu fort…

C'est Jess qui, la première, est partie d'un grand éclat de rire, bien vite rejointe par Amber.

– Ah ah ah ! Comme elle vous a cassés les mecs !

Alex, beau joueur, s'est lui aussi mis à se marrer tout en tapant dans le dos de Devin et de Mason.

– T'as pas la langue dans ta poche, toi. C'est bien, j'avais peur d'être coincé avec des potiches mais vous m'avez l'air d'avoir du caractère, les filles.

– Par contre, a gloussé Devin, je constate que la boîte est ouverte… Et qu'il manque quatre préservatifs ! Et beh !

– Que veux-tu ? répliqué-je en haussant les épaules. La journée a été longue et le staff de l'émission était sympa…

– Ah ah ! s'est esclaffé Mason, de mieux en mieux ! Bon, et résultat, vu que tu nous trouves cheums, on va en faire quoi, de tes capotes ?

Une étincelle de malice est passée dans mes yeux. Ni une ni deux, j'ai déchiré un emballage et foncé aux robinets.

– Des bombes à eau ! ai-je lancé en riant.

Et c'est comme ça que j'ai déclenché la première bataille d'eau de *Petits Secrets*, qui s'est achevée dans la bonne humeur générale.

Bah quoi ? Ils n'avaient qu'à nous laisser accéder direct à la piscine.

5
TOP SECRET

Colin

Installé à mon bureau, au rez-de-chaussée de la villa, j'essaye de travailler mais sans succès. J'ai pourtant mis les partitas pour violon de Bach, qui m'aident toujours à me concentrer, mais rien n'y fait. Je n'arrête pas de quitter ma table, d'aller me poster à la fenêtre. Alors que je contemple le terrain de ma propriété, je pense à cette fille, Tess. Je suis tellement furieux. Hier encore, je l'imaginais en agent secret ou en joueuse de poker, alors qu'elle incarne tout ce que j'exècre : une aspirante starlette, une bimbo, une candidate de télé-réalité.

Comment la femme si attirante, si mystérieuse, que j'ai rencontrée au *Peninsula* peut-elle être la même que j'ai vue hier soir à la télé ? Comment cette sublime créature qui n'avait peur de rien ni personne, pas même de moi, peut-elle s'avérer être une petite dinde écervelée ?

Et comment ai-je pu ne pas m'en apercevoir ? Quel imbécile je fais !

Lors de la nuit passée ensemble, j'ai ressenti des sentiments violents comme je n'en avais pas éprouvé depuis des années.

Que je n'avais jamais éprouvé avant, à vrai dire.

Cette femme a su lire en moi. Elle a deviné en quelques heures à peine que je portais une armure qu'elle a su briser. Elle m'a rendu dingue – jamais avant je n'avais vécu une nuit aussi intense.

Mais tout ça n'était qu'une illusion.

Bon sang, si ça se savait ! De quoi aurais-je l'air ? Le producteur qui couche avec une des candidates de son propre show ! Est-ce que c'est même légal ?

Personne ne doit jamais savoir.

Et elle, savait-elle qui j'étais ? Les candidats sont censés être isolés pendant sept jours avant d'intégrer l'émission. Que faisait-elle au bar de l'hôtel où je dînais ?

Et si notre rencontre n'était pas un hasard ? Si cette fille avait tout planifié ?

La sonnerie de mon portable m'arrache à mes spéculations.

Miléna. Est-ce qu'elle sait ?

– Hello, sœurette, décroché-je en essayant d'avoir l'air de bonne humeur.

– Alors, t'as regardé ?

– Quoi donc ?

– Ne joue pas les imbéciles, Colin, me sermonne-t-elle. Je sais très bien que tu as regardé *Petits Secrets* avec Zach. Il a *live twitté* la soirée.

– « Live » quoi ?

– *Live twit*… Laisse béton.

Quand ma sœur parle en verlan du haut de ses 40 ans, j'ai bien envie de la forcer à mettre 1 dollar dans le pot à grossièretés.

– Bon, alors, qu'est-ce que tu en as pensé ?

– Absolument rien. Ce n'est pas ça, le but de l'émission ? Faire subir un lavage de cerveau aux téléspectateurs ?

– Petit frère, tu es un vrai peine-à-jouir… soupire Miléna.

Je souris. Il n'y a bien qu'elle pour oser me parler comme ça.

– Qu'est-ce que tu veux que je te dise, Miléna ? Le nouveau décor est bien. Les candidats sont télégéniques.

– Attends, ils sont plus que ça ! Cette Karmen est une vraie garce, l'écervelée est parfaite, le prince charmant va faire rêver toutes les téléspectatrices de plus de 12 ans et la dernière, Tess…

– Quoi, Tess ? répliqué-je avec le cœur qui bat la chamade.

– Ah, tu l'as donc remarquée… relève Miléna d'un ton satisfait. Je pense que cette fille va nous garantir une audience de dingue. C'est un diamant brut. Un cœur en or, une langue bien pendue…

– … un look de strip-teaseuse, complété-je.

– Oui, rit Miléna, elle a plus le style Hollywood Boulevard que Bel Air. Mais je t'assure qu'elle est futée et super vive. Tu devrais voir son casting !

– Merci, grommelé-je, mais je crois que je vais m'en passer.

– Espèce de ronchon. En tout cas, le public l'adore. Tu as jeté un coup d'œil aux réseaux sociaux ? Tout le monde ne parle que de la vanne qu'elle a lancée aux mecs pendant le dîner. C'était quoi déjà ?

– Je n'en sais rien Miléna, réponds-je, exaspéré. J'ai juste suivi l'entrée dans la maison, après je suis allé à mon bureau.

– Attends, je t'envoie le lien YouTube de la séquence. On en est déjà à 350 000 vues !

– Je regarderai, oui. Si ça peut te faire plaisir. Par contre, je dois travailler, là, Miléna, coupé-je ma sœur survoltée.

– Un documentaire sur les traditions de la fête de l'artichaut dans les montagnes siciliennes ?

– D'une, j'ai déjà produit ce documentaire… qui a eu son petit succès. De deux… tu viens dîner demain soir ? tenté-je pour m'en sortir.

– Demain soir… Ça va être chaud, j'ai mille rendez-vous et j'ai l'impression que je n'ai pas vu Will et les enfants depuis un siècle.

– Fais comme tu peux. Mais surtout, appelle-moi.

Une heure plus tard, je suis au volant de ma Jaguar direction Woodland Hills. J'ai rendez-vous avec un jeune réalisateur qui m'a pitché une idée de programme éducatif. J'ai financé le pilote et, maintenant, je dois valider le résultat. Ce genre de séries de doc ne coûte pas cher et peut rapporter gros sur la durée. Ce serait pour moi un excellent moyen de faire entrer de l'argent dans la section « divertissements » de la société sans trop déroger à mes principes.

Sauf que, durant les vingt minutes de projection, je ne peux dissimuler mon ennui. Le thème est pourtant intéressant mais le résultat n'est ni *catchy*, ni ludique, ni vraiment clair. Je sors de la réunion lessivé, un peu découragé. C'est vraiment une sale journée !

La faute de cette Tess.

J'ai beau tenter de la chasser de mon esprit, elle continue

de surgir dans ma mémoire. Je suis tellement furieux de m'être planté à ce point que ça m'obsède.

En plus, vu l'heure, je vais me taper des bouchons d'enfer.

En effet, ça ne rate pas. 18 heures un vendredi soir : l'autoroute est complètement bloquée.

L.A., je t'aime, mais parfois tu me tues.

Mon portable vibre. C'est Miléna, qui m'appelle de son téléphone perso.

Tiens ? Ma workaholic de sœur qui quitte le bureau avant 22 heures ? Que se passe-t-il ?

A-t-elle appris l'énorme connerie que j'ai faite ? M'appelle-t-elle pour me refiler le numéro de son avocat ?

Je décroche et, tout de suite, la voix tonitruante de Miléna me lance :

– Houston ?

– On a un problème ? deviné-je, mal à l'aise.

– Ouais. Et pas qu'un peu.

– Dis-moi tout, lancé-je, résigné.

– C'est Tess.

Bien entendu.

– Que se passe-t-il ?

– Elle a commencé à réagir bizarrement après le repas de midi. Elle disait qu'elle voulait sortir, que c'était important.

– Et alors ? m'enquiers-je, de plus en plus inquiet.

– Ben, Joshua, mon nouveau prod' exé, a dit non.

– Vous ne laissez pas sortir les candidats ?

– C'est le jeu, Colin ! Et puis, c'est courant, un petit coup de flip comme ça. Quelqu'un lui a conseillé de se reposer.

– OK… Et… ?

– Elle l'a pas fait. Elle s'est mise à tambouriner à la porte du sas en nous traitant de salauds, d'ordures, etc. Un des candidats a essayé de la raisonner, elle l'a frappé… Bref, on l'a fait sortir.

– Et qu'est-ce qu'elle voulait ? demandé-je, certain cette fois que je vais devoir répondre de mon erreur.

– Aucune idée. C'est justement pour ça que je t'appelle. Je suis coincée par… un truc. Je me demandais si tu ne pouvais pas y aller…

– Pardon ?

– Je ne te demande jamais rien. Là, je ne peux pas, je suis sur quelque chose d'important, vraiment. Je t'en prie.

– Et ton prod' exé ?

– Je préfère que ce soit toi. Je bosse avec ce type depuis seulement trois mois et j'ai une toute nouvelle équipe pour cette édition, je ne les connais pas encore assez bien pour leur faire gérer un problème. C'est un truc important, là. Il faut voir ce qu'elle a. Négocier avec le mec qu'elle a frappé, tout ça. C'est *touchy*.

– Mais tu veux quoi ?

– Je veux qu'on règle cette histoire et qu'elle réintègre l'émission. Je dois y aller, petit frère. Tu la trouveras dans mon bureau. Je t'appelle ce soir. *Ciao ciao !*

Et elle me raccroche au nez.

Bon sang, sœurette, ne me fais pas ça !

Bon, pas le choix, je vais devoir y aller.

Et puis, ça vaut peut-être mieux. Qui sait de quoi cette Tess est capable.

Est-ce que c'est ça, le secret de Tess ? « J'ai couché avec

le producteur de l'émission dans l'espoir de le faire chanter ? »

Non, là, je vire carrément parano.

Deux secondes plus tard, mon téléphone vibre. C'est un mail de Miléna, où elle me transfère toutes les infos sur la candidate et le lien YouTube qu'elle m'avait promis.

« Nom : Tess Harper

Âge : 23 ans »

Hein ? 23 ans ? Mais c'est une… gamine ! Elle a bien plus l'âge d'être la copine de Zach que la mienne !

De mieux en mieux…

« Secret : Je suis prête à tout pour réussir. »

Mon Dieu ! C'est encore pire que ce que je pensais…

Prête à tout ? Comme à coucher avec le producteur pour ensuite faire un scandale à l'antenne ?

Ni une ni deux, je prends la première sortie pour rejoindre la US 134 et file vers Burbank, où est tournée l'émission. Avec cette question qui tourne en boucle dans mon crâne : comment vais-je bien pouvoir me sortir ce pétrin ?

II

NUÉE DE PAPILLONS

6
LA REINE DES GARCES

Colin

Heureusement, la circulation est plus fluide sur la US 134 que sur l'autoroute. Je tente de rester concentré sur ma conduite et prends bien soin de ne pas dépasser la limite de vitesse.

Bon sang ! Quel imbécile je fais.

Lorsque nous nous sommes associés il y a quatre ans, Miléna et moi avons décidé de nous répartir le travail : deux pôles, deux équipes, deux approches. Nous pensions que ça augmenterait notre polyvalence. Nous avions entièrement confiance dans les choix de l'autre : à moi les programmes didactiques, à Miléna les divertissements.

Si nous avions procédé différemment, j'aurais visionné les vidéos du casting de *Petits Secrets* afin de donner mon avis sur les présélections. J'aurais connu le visage de Tess Harper. Je n'aurais pas été dupé.

Comment ai-je pu coucher avec cette bimbo ?

Je sais bien que rien ne sert de refaire l'histoire : ce qui est fait est fait. Aujourd'hui, tout ce qui compte, c'est que les studios Cooper et ma remarquable sœur ne pâtissent pas de mon erreur. Mais je ne peux pas m'empêcher de m'en vouloir.

Tout reprendre à zéro ne me fait pas peur. Si jamais cette Tess Harper essaye de salir la réputation de l'entreprise, je démissionnerai de la présidence du conseil d'administration et de la codirection des programmes. Je tiendrai une conférence de presse pour expliquer ce qui s'est passé entre nous ; la presse fera ses choux gras de ce petit scandale pendant quelques semaines ; nos rivaux à Miléna et moi se réjouiront… Puis tout le monde passera à autre chose.

Les gens à L.A. ont la mémoire courte.

Je remonterai une autre société de production. Peut-être même que je m'essayerai à la réalisation, qui sait ? Les documentaires sont ma passion et rien ni personne ne m'empêchera d'en faire, d'une façon ou d'une autre. Tess Harper ne peut rien contre ça, quelle que soit la force de la tempête qui va nous frapper dans les heures qui viennent.

Ça ne m'empêche pas de vouloir affronter cette femme. De vouloir la regarder dans les yeux.

Moi qui ai eu la naïveté de croire que notre nuit ensemble était spéciale !

Je me demande ce qu'elle me veut. Probablement me soutirer de l'argent.

J'arrive aux studios et me gare sur ma place de parking. Je commence à avancer dans le dédale des couloirs, prends l'ascenseur et me dirige vers le bureau de Miléna, où ma sœur m'a dit que l'un de ses assistants et Tess Harper attendaient mon arrivée. Je contemple un instant la plaque dorée sur la porte.

Miléna Cooper

Codirectrice des programmes

Directrice générale – Cooper Production

Je prends une profonde inspiration et pousse la porte, prêt à me confronter enfin à Tess Harper… mais une fois le seuil franchi, je me fige.

Pierce ? Qu'est-ce qu'il fiche ici ?

Je reste planté là, à regarder Joshua Pierce, un vieux copain de fac, sans comprendre. Lui et moi partagions la même chambre à UCLA. On s'est perdu de vue après le suicide de mon père, quand j'ai demandé un transfert sur la côte est histoire de changer d'air. En rentrant à L.A. un an plus tard, tout avait changé. *J'avais* changé. J'ai commencé à travailler comme un forcené et ne lui ai plus jamais donné signe de vie, je ne sais pas trop pourquoi. Sans doute parce que mon amitié avec Josh a toujours été… un peu trop compliquée à mon goût.

– Josh ? C'est bien toi ?

Mon ancien colocataire se lève et avance vers moi en souriant.

– Colin Cooper…

Il me prend dans ses bras, me serre chaleureusement.

– Qu'est-ce que tu fiches ici ? lui demandé-je, un peu déconcerté.

– Je me doutais que tu serais surpris ! Visiblement, Miléna, en m'embauchant, n'avait pas fait le lien entre nous, relève-t-il avec une jubilation étrange.

– Miléna t'a embauché ? Pourquoi ne m'en avoir rien dit ? Tu aurais dû passer me voir ! Mon bureau est seulement trois étages au-dessus.

– Je voulais te surprendre.

Du Joshua tout craché… Impossible de savoir ce qui se passe dans sa tête, la plupart du temps.

– Ça fait combien de temps ? m'enquiers-je.

– J'ai commencé il y a trois mois comme producteur exécutif de *Petits Secrets*. Un *scout* m'a débauché de chez Bergman & Tahler où j'étais premier assistant de prod'.

– Eh bien, bienvenue à bord ! le félicité-je, un peu gêné de devoir mettre fin à ces retrouvailles mais pressé de m'occuper de ce qui m'amène. Est-ce que tu saurais où se trouve…

Je n'ai pas le temps de finir ma phrase qu'une voix mécanique, blême, que je reconnais immédiatement, me répond :

– Ici.

Lentement, je me tourne vers elle, assise dans un coin. Tess, avec son rouge à lèvres criard, sa robe trop courte, ses chaussures vulgos. Mais, pendant un quart de seconde, je ne vois pas tout ça. Je ne prête attention qu'à ses immenses yeux gris.

– La question, c'est plutôt : qu'est-ce que *vous* faites ici, Colin, me dit-elle d'une voix menaçante en se levant.

Toujours aussi aimable à ce que je vois, Miss Sans Nom…

Je sens qu'elle ne va pas tarder à m'exposer ses desiderata. Je dois faire sortir Josh de la pièce au plus vite, histoire qu'on négocie en privé.

– Josh, lui demandé-je sans pouvoir détacher mes yeux de Tess Harper, on a certainement besoin de toi ailleurs. Laisse-nous, s'il te plaît.

J'aurais pu me montrer plus diplomate sauf qu'en cet instant, je n'ai pas toutes mes capacités. En fait de robe, Tess porte une sorte de tee-shirt turquoise qui lui arrive au ras des fesses. En haut, l'encolure ample dévoile une épaule dorée que j'ai envie de mordre. Le bas, par contre, la moule parfaitement. Ses cuisses fuselées, que n'importe quel homme rêverait d'écarter, me font de l'œil.

Même habillée en strip-teaseuse de restoroute, cette femme conserve une aura incroyable. Je comprends que je n'aie pas deviné son âge lors de notre rencontre : sa voix grave, sexy, légèrement éraillée, lui donne l'air plus mûr.

– Hors de question, me répond Josh, me faisant un instant oublier Tess.

– Pardon ?

J'ai dû mal entendre.

– Colin, je sais que tu veux aider mais je suis le producteur exécutif de ce show. C'est à *moi* de gérer ce genre de dossiers sensibles.

OK, je vois le genre…

Déjà à la fac, Pierce entrait en rivalité avec moi pour un oui pour un non. Mais dans ce contexte, on frise le délire !

Et je n'ai pas que ça à faire de gérer ses problèmes d'ego ce soir.

– Joshua, tu sembles perdre de vue que je suis le président de cette société, rétorqué-je avec calme et fermeté.

– Je sais, mais moi, je connais bien les candidats de l'émission. Tess et moi sommes même devenus… bons amis.

« Bons amis » ? Qu'est-ce que ça veut dire, ça ?

– Justement, Josh, on n'est pas ici pour discuter entre copains. Je suis là pour affaires. Par ailleurs, quand je te donne une instruction, j'attends de toi que tu la suives. Je te demande donc une nouvelle fois de nous laisser, s'il te plaît.

Malgré l'étincelle de défi qui passe dans son regard, Josh obéit. Il referme derrière lui la porte et, de nouveau, je me tourne vers Tess. Mon « inconnue », qui me contemple avec des yeux écarquillés.

– Alors comme ça, Pierce et vous êtes « bons amis » ? Quel genre de « bons amis » ?

Tess ne répond rien. Elle continue de me fixer de ses yeux gris étonnés.

Qu'est-ce qu'elle veut de moi, à la fin ?

– Vous avez couché avec lui également ? Histoire d'avoir des moyens de pression sur nous tous ? la provoqué-je pour la forcer à dévoiler son jeu.

– Coucher avec… lui ? Vous vous foutez de ma gueule, j'espère ? demande-t-elle, furieuse. Et puis d'abord, qu'est-ce que vous fichez là, vous ?

– Vous avez exigé de voir l'un des deux responsables de la production ? Eh bien, me voilà, en chair et en os.

– *Vous* ?

– J'imagine que vous auriez préféré traiter avec Miléna ? De femme à femme ? Vous pensez qu'elle aurait été plus tendre que moi ? Vous avez tort.

J'avance vers elle en tirant une chaise pour moi.

– Asseyez-vous, lui ordonné-je.

Tess me lance un regard défiant mais obtempère. Je m'installe face à elle, yeux dans les yeux.

L'heure de vérité.

– Bon, qu'est-ce que vous voulez ? De l'argent ?

– De l'argent ? siffle-t-elle avec mépris. Vous ne pouvez pas être sérieux.

– Quoi, alors ?

– Pour commencer, j'aimerais comprendre ce que c'est que ce délire.

– Je vous l'ai déjà dit : vous avez demandé un responsable, me voilà. Maintenant, parlons des conséquences de votre esclandre.

– Je n'arrive pas à y croire, dit-elle en se massant les tempes avec un air douloureux. Vous voulez dire que vous êtes… un Cooper ? L'autre Grand Manitou ?

– Pas la peine de jouer les innocentes, Tess, je n'ai pas le temps pour ces petits jeux. Inscrivez votre montant sur ce bloc et nous réglerons ça. Mais ensuite, vous retournez à l'intérieur, et on n'en parle plus. Plus jamais.

– Je ne sais pas ce que vous vous imaginez, Colin, mais ce n'est certainement pas de l'argent qui me fera oublier vos méthodes infectes.

– Alors qu'est-ce que vous voulez à la fin ? m'emporté-je

– Déjà, comprendre à quoi *vous*, vous jouez. Ça vous arrive souvent, de coucher avec les candidates de votre émission sans leur dire qui vous êtes ?

Je souris pour masquer ma rage mais mes yeux lancent des éclairs. S'il y a bien une chose que je déteste, c'est qu'on tente de me manipuler en inversant les rôles.

– Je vous rappelle que c'est vous, ma chère, qui avez refusé de me donner votre nom. Maintenant que je sais qui vous êtes, Tess Harper, je vous propose de régler tout ça dans la courtoisie.

– « Dans la courtoisie » ? Tout ce que je demande depuis des heures, c'est d'avoir des nouvelles de Violetta ! gémit-elle. C'est tout !

– Violetta ? demandé-je, déstabilisé. Qui est Violetta ?

– Ma grand-mère. On m'a avertie ce midi qu'elle était hospitalisée et, depuis, personne ne veut me laisser la voir, ni même me dire ce qui lui est arrivé et comment elle va.

Je regarde Tess dans les yeux une nouvelle fois. J'observe son regard gris, normalement si résolu mais qui, à cet instant, semble désespéré.

Se pourrait-il qu'elle dise la vérité ?

Je chasse cette idée. Elle est réconfortante, certes, mais pas très plausible.

Sentant que j'en ai pour un moment à démêler ce sac de nœuds, je soupire.

– Bon, allez-y Tess, je vous écoute. Expliquez-moi ce qui s'est passé depuis ce midi.

***

Quinze minutes plus tard, j'y vois enfin plus clair : Tess a été avertie par une note glissée dans son déjeuner que sa grand-mère, Violetta Harper, était hospitalisée depuis cinq jours. Là où le bât blesse, c'est que la loi nous oblige à avertir *immédiatement* les candidats en cas d'incident avec leur famille.

Je comprends mieux les raisons de son esclandre.

Enfin… De là à frapper un candidat…

Toujours est-il que, contrairement à ce que j'avais cru, son scandale à l'antenne n'a rien à voir avec notre nuit ensemble. D'ailleurs, Tess me maintient que notre rencontre au *Peninsula* est une pure coïncidence. Elle dit avoir trouvé ce soir-là un moyen de sortir de sa chambre le temps d'un petit verre. Elle avait une insomnie et espérait se détendre un peu avant le grand jour…

– Ensuite, vous m'avez accostée et, une chose en amenant une autre…

– Vous voulez dire que vous m'avez invité à monter comme ça, sans savoir qui j'étais ?

– Juste pour votre belle gueule et votre costume tapageur, oui. Et vous, vous dites m'avoir suivie sans savoir… Vous êtes certain que ce n'était pas prémédité ? me demande-t-elle, suspicieuse.

– Dois-je vous rappeler que vous ne m'avez pas vraiment laissé le choix ? répliqué-je en tentant de masquer mon sourire. Vous êtes assez… obstinée. Et très persuasive.

– C'est vrai, confirme-t-elle avec une moue désinvolte qui me rend complètement dingue.

C'est moi ou le bureau de ma sœur vient de devenir l'une des premières victimes du réchauffement climatique ?

– Bon, reprends-je pour chasser mon trouble. Et qui vous a avertie, pour Violetta ? Pierce ? Un de ses assistants ?

– Pourquoi vous voulez savoir ça ? me demande Tess, méfiante.

– Parce que cette personne sait forcément ce qu'il en est ! Elle est donc la plus à même de nous donner des nouvelles de votre grand-mère.

Tess, tu ne me facilites pas le travail.

– On m'a avertie avec un mot…, m'explique-t-elle en allant fouiller dans son soutien-gorge pigeonnant.

Elle en extrait un papier plié pendant que je déglutis avec difficulté.

Non, tu ne me facilites vraiment pas le travail…

Elle se penche pour me tendre le papier. L'encolure ample

de son tee-shirt m'offre une vue plongeante sur sa poitrine parfaite. Je me concentre pour la regarder dans les yeux.

Dans les yeux, j'ai dit !

Difficile de rester concentré. Avec ce bout de tissu turquoise qui pendouille en haut et qui serre en bas, elle fait vraiment tout pour ne laisser aucun mystère sur son anatomie. Mais pas question de me laisser distraire par cette sublime créature. J'ai déjà couché avec elle une fois et cru qu'elle allait s'en servir contre moi, je ne me laisserai pas prendre au piège une deuxième fois. Stoïque, j'attrape le papier en tentant de ne pas prêter attention au contact troublant de ses doigts sur ma main.

« La prod ne veut pas te le dire : ta grand-mère est à l'hôpital depuis la semaine dernière. DSL. K. »

– Où avez-vous trouvé ça ? lui demandé-je en désignant le papier légèrement huileux.

– Dans mon… Dans mon burger.

– Pardon ?

– Oui. On nous a livré des burgers à midi et le mot était glissé dans le mien.

De mieux en mieux…

– Qui est ce « K. » ? m'enquiers-je.

– Aucune idée.

Tess me regarde droit dans les yeux, le menton dressé, défiante. Un vrai sphinx. Pourtant, je devine sans mal qu'elle me ment. Le ton du mot est familier : la personne qui lui a écrit la connaît, et elle la connaît aussi.

Qui est-ce que ça peut bien être ? Et pourquoi refuser de me le dire, vu que cette personne est visiblement la seule à avoir fait correctement son travail ?

Je m'occuperai de ça plus tard, j'ai plus urgent à gérer. Car c'est écrit ici, noir sur blanc : « La prod' ne veut pas te le dire ». Cela signifie donc qu'une ou plusieurs personnes dans l'équipe de ma sœur ont volontairement dissimulé une information capitale. Et ça, c'est un *sacré* problème. Enfin… Si c'est vrai, du moins !

Quand je pense que si Tess portait plainte contre les studios pour non-respect de son contrat, cela nous coûterait des dizaines de milliers de dollars ! Et elle aurait bien raison de le faire…

– Attendez-moi ici, mademoiselle Harper. Je vais découvrir le fin mot de cette histoire.

– Par pitié, donnez-moi des nouvelles de Violetta, me supplie-t-elle

– Bien entendu, la rassuré-je sur le pas de la porte. C'est ma priorité. Je vous jure que, dans moins d'une heure, vous saurez où se trouve votre grand-mère et comment elle se sent.

7
SHERLOCK COOPER

Colin

« Dans moins d'une heure, vous saurez où se trouve votre grand-mère et comment elle se sent »... Plus facile à dire qu'à faire ! Je suis allé voir un par un tous les premiers assistants, les deuxièmes assistants, les stagiaires des premiers assistants et les assistants des deuxièmes assistants : personne n'a été en mesure de me répondre.

Primo, la grand-mère de Tess Harper est-elle réellement à l'hôpital ?

Secundo, si c'est le cas, comment la contacter et découvrir dans quel état elle est ?

Tertio, pourquoi la candidate n'a-t-elle pas eu l'info en temps et en heure ? Est-ce vrai que la prod' l'a volontairement tenue dans l'ignorance ?

Question subsidiaire : y a-t-il parmi les stagiaires, les assistants, les éclairagistes, les caméramans, les stylistes, bref, la quarantaine d'employés que mobilise *Petits Secrets*, quelqu'un dont l'initiale est K. et qui a glissé cette note dans le burger de Tess ?

Si une personne peut assurément répondre à mes trois premières questions, c'est ce fameux « K ». Sauf que je n'ai trouvé ni Kevin ni Konrad ni Karen ni Kimberly dans l'équipe. Je pense un instant à une mauvaise blague d'une des candidates, Karmen, qui apparemment ne porte pas Tess dans son cœur, mais très vite, Karmen est innocentée : il n'y a pour l'instant ni papier ni stylos à l'intérieur de la Maison des Murmures. Je laisse donc momentanément tomber la piste de « K » et me mets en quête d'un nouveau moyen pour apporter au plus vite des réponses à Mlle Harper.

À reculons, je frappe à la porte du bureau de Josh. Je me suis souvenu, en l'entendant pinailler tout à l'heure, pourquoi j'avais fini par couper les ponts. À l'époque, je trouvais déjà que Josh était quelqu'un de toxique. Pas dans le sens où il vous fait des crasses, mais à coups de petites réflexions insidieuses. Ce n'est peut-être pas de la malveillance de sa part, juste un profond mal-être, une sorte de ressentiment permanent, de fond d'aigreur qui vous sape le moral et vous tire vers le bas.

Mais bon, il est le bras droit de ma sœur, il doit être mis au courant de ce qui se passe. Et puis, un peu d'aide ne peut pas faire de mal. Je dois résoudre ce mystère au plus vite.

– Joshua ? C'est Colin.

– Entre, me propose-t-il d'un ton affable.

Josh est décidément bien cyclothymique…

Mais au moins, il n'a pas l'air d'humeur à s'opposer à moi comme tout à l'heure dans le bureau.

– Bon, j'ai compris ce qui clochait avec Mlle Harper, lui expliqué-je. Il s'avère qu'elle a eu une crise de nerfs après avoir été avertie que sa grand-mère était à l'hôpital. Tu sais quelque chose à ce sujet ?

– Sa grand-mère ? À l'hôpital ? Qui lui a dit ça ?

– Je vois que tu n'en sais pas plus que moi, soupiré-je. Bon, puisque personne n'est au courant, je suppose qu'il doit s'agir d'une sorte de blague de mauvais goût. Il faudra à terme trouver le responsable. En attendant, pour écarter tout risque, je dois quand même vérifier l'info. Peux-tu me sortir ce que tu as comme éléments sur la candidate ?

– Oui, tout de suite. Et je peux t'aider à trouver qui a raconté ce bobard à Tess, si tu me dis comment elle a été mise au courant !

– Assurons-nous d'abord qu'il s'agit bien d'un bobard.

– Comment est-ce que tu comptes t'y prendre… ? me demande Joshua avec une mine renfrognée qui semble traduire son scepticisme.

– Je vais essayer de contacter d'autres proches de Tess ou d'appeler les hôpitaux non loin de leurs domiciles. Si ça échoue, je demanderai au service juridique de mettre un enquêteur sur le coup.

– Le service juridique ? Tu prends cette histoire vraiment très au sérieux, dis donc.

– Autant qu'elle doit l'être, oui. Pas toi ? lui demandé-je, désagréablement surpris par sa désinvolture.

– Comme tu le faisais remarquer, c'est certainement n'importe quoi…

– … et c'est peut-être quelque chose de grave. On ne peut pas savoir avant d'avoir retrouvé Violetta Harper. Mais pendant que je me charge de ça, tu peux m'aider sur un point : ça fait près de cinq heures qu'on n'a pas vu Miss Harper à l'écran. J'imagine que ça pose un problème…

– Pour l'instant, on a laissé entendre qu'elle s'était isolée dans la salle de repos, là où il n'y a pas de caméras, le temps de se reprendre.

– Depuis cinq heures ? Après avoir crié comme un putois et frappé l'un des candidats ? Ce scénario fait plus *Shining* que *Petits Secrets*. Il faut qu'on trouve quelque chose d'un peu plus… télégénique. Peux-tu me faire une liste de propositions et me l'envoyer par mail ?

– Écoute, ce n'est déjà pas si mal qu'on ait trouvé une explication ! s'emporte Josh. Après tout, c'est de sa faute à elle. Et puis, je ne peux quand même pas faire de miracles !

– Non, mais tu peux par contre faire ton travail de producteur exécutif, répliqué-je, stupéfait par ce changement d'humeur.

Je ne comprends pas comment fait Miléna pour travailler avec un type aussi caractériel.

Bon, j'ai eu ce que je voulais, à savoir le dossier de Tess. Il vaut mieux que je quitte le bureau de Josh avant de devenir désagréable.

Dans le couloir, je croise l'une des assistantes à qui j'ai parlé un peu plus tôt.

– Caitlin ?

– Oui, monsieur Cooper ? Je peux faire quelque chose pour vous, monsieur Cooper ?

– Un simple renseignement. Il y a bien, dans l'émission, des défis lancés aux candidats ?

– Tout à fait, monsieur Cooper, me répond Caitlin.

– En ce cas, prenez ceci, lui dis-je en griffonnant à la va-vite mes instructions signées sur un bout de papier, et portez-les en cabine de montage puis en studio de postproduction. Demandez ensuite à ce qu'on avertisse M. Pierce.

– Qu'est-ce que c'est ?

– Il faut que le Maître des Secrets annonce à l'antenne que Tess Harper est actuellement dans la pièce sans caméra, où lui a été lancé son premier défi : préparer une surprise pour se faire pardonner son attitude d'après le déjeuner. 1 000 dollars sont en jeu.

– Mais… monsieur Cooper… Je l'ai vue à l'instant. Elle est dans votre bureau… proteste l'assistante de production.

– Caitlin, dites-moi, vous travaillez pour moi ou pour le FBI ?

– Pour… pour vous, monsieur Cooper.

– Parfait. En ce cas, faites ce que je dis au lieu de jouer les enquêtrices. Et prévenez bien tout le monde que c'est un ordre direct.

– Très bien, monsieur Cooper.

Je me dirige d'un pas décidé vers mon bureau pendant que Caitlin me regarde m'éloigner en gloussant comme une adolescente.

Les yeux probablement braqués sur mes fesses. Je pourrais presque les sentir…

Vivement lundi, que je retrouve mon équipe et laisse Miléna gérer la sienne !

8
LE ROI DES CONNARDS

Tess

Colin est installé derrière le bureau de Miléna Cooper, pendu au téléphone.

Miléna Cooper. Sa femme.

Quel enfoiré, j'y crois pas !

Depuis que Colin m'a passé Mme Lockwood, notre voisine, au téléphone, j'ai l'esprit un peu plus tranquille. Violetta a certes fait une chute dans les escaliers, elle s'est certes tordu la cheville, mais au moins, elle va bien. Les médecins ont écarté la possibilité d'une attaque. Par contre, toujours d'après Bethany Lockwood, son humeur a pris un coup. S'il y a bien une chose que ne supporte pas Violetta, c'est de se sentir diminuée. Or, avec son entorse, elle ne peut visiblement pas bouger depuis cinq jours. Il faut à tout prix que je lui parle, que je lui remonte le moral ! Enfin, me voilà quand même rassurée…

Ça me permet de fulminer en paix.

Pendant que Colin parle aux médecins de l'hôpital où

Violetta a été admise pour les convaincre de me la passer, je lui jette des regards noirs, en tâchant d'ignorer les flashs de notre nuit qui me reviennent à chaque fois que mes yeux se posent sur sa bouche charnue ou qu'ils balayent ses épaules d'athlète. Quand je pense que ce type était censé être un coup d'un soir ! Qu'il devait rester un inconnu ! Et voilà que je découvre que mon avenir entier repose sur lui !

Que se passerait-il s'il refusait de me faire réintégrer le show ? Comment ferais-je pour régler les frais médicaux de Violetta et lui faire mener la belle vie que je lui ai promise ?

J'espère qu'au moins, j'ai réussi à protéger le secret de « K »... Si Kate se fait virer par ma faute, je ne me le pardonnerai pas. Je me rassure en me disant que Colin Cooper a beaucoup trop d'employés pour s'amuser à traquer une intérimaire qui joue de temps à autre les *nannies* pour les studios... Et puis, après tout, Kate n'a fait que son travail : me protéger et respecter le contrat que j'ai signé avec les Cooper.

N'empêche, je n'arrive toujours pas à y croire ! Quand j'ai vu Colin débarquer plus tôt dans ce même bureau, j'ai pensé à un mauvais tour de la prod' pour pimenter le show – un peu comme quand un flic débarque dans un enterrement de vie de jeune fille et qu'en fait, il s'agit du strip-teaseur. Mais non, ce n'est pas une mise en scène. Colin, le dieu du sexe, est bien Colin Cooper, le coproducteur de *Petits Secrets*.

Et le mari de Miléna Cooper.

Le salaud. Il s'était bien gardé de me parler de son épouse, à l'hôtel... Où il était d'ailleurs en plein dîner romantique avec une *autre* femme – cette espèce d'Amanda BCBG super irritante. Mais à bien y penser, il me l'avait dit, qu'Amanda n'était ni sa petite amie, ni sa compagne…

Il ne m'a jamais dit, par contre, qu'il était marié à une autre.

Bref, je me suis fait avoir comme une bleue.

Les hommes sont vraiment des porcs, même quand ils ont une gueule d'ange.

J'ai rencontré plusieurs fois Mme Cooper. C'est une très belle femme, assez piquante, avec un air de Catherine Zeta Jones, mais qui a environ dix ans de plus que Colin. Est-ce lui, le père des trois enfants que j'ai pu voir en photo sur le bureau de Miléna ? J'ai du mal à y croire !

Pourtant, ces trois petits mecs à croquer ressemblent indéniablement à leur père.

Bon, récapitulons tout ce qui m'est arrivé depuis que j'ai rencontré ce type.

1 : J'ai couché avec un homme marié.

2 : J'ai compromis ma place au sein de l'émission.

3 : Violetta a été hospitalisée.

Pour faire court : ça va de plus en plus mal. Aucun doute, Colin me porte la poisse. Il est mon chat noir, mon vendredi 13, mon miroir brisé.

Et aussi le fruit défendu dont je reprendrais volontiers une bouchée…

Non, plutôt crever.

Au prix d'un effort surhumain, je détourne les yeux pour cesser de détailler cette perfection d'homme. *Exit*, les cheveux bruns dans lesquels j'ai envie de laisser filer mes doigts ; *out*, les yeux de fauve indomptable bordés de longs cils rêveurs ; *finito*, le nez de statue grecque et la mâchoire carrée. Ce type est une ordure, il ne mérite pas mon attention.

Sauf que, même en ne le matant plus, sa voix continue de me parvenir. Chaude, virile, faite pour susurrer des insanités…

– Très bien, oui. Je comprends. Merci, Docteur. Au revoir, dit Colin en raccrochant de sa communication avec l'hôpital où Violetta a été admise.

– Quoi ? m'écrié-je. Vous ne me la passez pas ?

– Je suis désolé, mademoiselle Harper. Le médecin ne peut pas donner d'informations par téléphone. Mais il a confirmé à demi-mot ce que vous a expliqué votre voisine. Tranquillisez-vous, tout semble aller pour le mieux.

– « À demi-mot » ? Ce n'est pas suffisant ! J'ai besoin d'être 100 % sûre que Violetta va bien. S'il vous plaît, rappelez-le, lui demandé-je. Ou mieux, conduisez-moi à l'hôpital,

– Tess… pardon, mademoiselle Harper, se reprend-il. C'est impossible, voyons ! Il est 19 h 30, les visites sont bientôt terminées.

– Il faut que je la voie ! Vous ne comprenez pas, je n'ai qu'elle au monde. Et, en ce moment même, elle doit croire que je l'ai abandonnée…

Ma voix se brise, au point que M. Vie Parfaite, avec sa femme et ses trois enfants, semble touché par ma situation.

– Je comprends qu'elle soit votre priorité. Et je vous promets que vous pourrez la voir demain à la première heure. Je vais de ce pas résilier votre contrat. Une voiture vous reconduira ce soir chez vous et passera dans la matinée pour vous emmener à l'hôpital…

– Quoi ? protesté-je. Mais je ne veux pas quitter l'émission !

Je ne peux pas me le permettre.

Cinq jours et quatre nuits à l'hôpital, même avec une bonne assurance, ça va chercher dans les combien ?

– Mademoiselle Harper, je ne sais vraiment pas comment vous aider, me raisonne Colin. Nous avons pour l'instant annoncé que vous prépariez une surprise pour les occupants de la maison, mais il faut que vous soyez de retour à l'antenne au plus tard demain à la première heure. Nous ne pouvons *pas* attendre la fin de matinée.

– C'est pour ça qu'au lieu de débattre, vous feriez mieux de m'emmener voir Violetta tout de suite, rétorqué-je. Comme ça, je reprendrai ma place dans l'émission dès ce soir.

– Je vous l'ai dit, c'est impossible ! Les visites se terminent dans trente minutes, l'hôpital est à près d'une heure de route et nos contrats ne nous permettent de toute façon pas de laisser les candidats aller et venir à leur guise. C'est une question d'assurances.

– J'emmerde vos assurances. Après tout, vous me devez bien ça. Pas seulement pour avoir omis de m'informer de l'état de Violetta mais aussi pour… vous savez…

Pour avoir couché avec moi alors que vous êtes marié et père de famille.

– Oui, « je sais », me répond-il d'un air contrarié. Je sais aussi que, jusqu'à preuve du contraire, vous étiez plutôt consentante pour ce « vous savez » quoi là.

Pas faux. Un point pour lui.

– OK, très bien… Mais ça ne vous empêche pas de me prouver que sous ce costume trois-pièces, vous avez un cœur qui bat !

À défaut d'avoir une morale.

– Bon, écoutez, voilà ce que je vous propose, concède-t-il. J'ai un ami qui travaille à Cedars-Sinai. Il connaît peut-être quelqu'un qui connaît quelqu'un… Bref, je veux bien essayer de faire en sorte que vous voyiez votre grand-mère ce soir, puis vous laisser reprendre votre place dans la maison, si c'est ce que vous désirez. Mais une fois que c'est fait, je retourne à ma vie et on fait en sorte de ne plus jamais se recroiser. Ça vous va ?

Parce qu'il croit que j'ai envie de le revoir, peut-être ?

– Tout ce que vous voudrez, monsieur Cooper, grincé-je.

– Justement, je ne veux rien de vous. Juste en finir avec cette affaire et rentrer chez moi.

Dans ta villa avec piscine, auprès de ta petite femme. Ça va, j'ai compris, pas la peine d'en rajouter…

***

– OK, Ian, super. Merci beaucoup. Oui, je comprends bien. Oui, je n'y manquerai pas.

Colin raccroche.

– Mon ami Ian a parlé avec le Dr Kaspiyski, de l'hôpital St. Francis. Votre grand-mère est complètement hors de danger et vous pourrez lui rendre visite ce soir ; elle va vous recevoir.

Folle de joie, avant d'avoir eu le temps de réaliser ce que je suis en train de faire, je me jette à son cou.

Hey ! Pas touche ! Ce type est un connard. Un connard canonissime, certes, mais un connard quand même.

D'ailleurs, Colin détache mes bras d'autour de son cou et me repousse, visiblement gêné mais aussi… troublé ?

Bien fait. Du trouble à la frustration, il n'y a qu'un

pas. Que je serais ravie de t'aider à franchir, Cooper...

– Je vous préviens, dit-il en tâchant de se reprendre et en rajustant sa veste de costard, le temps que nous arrivions, il sera pas loin de 21 heures. Votre grand-mère risque d'être très fatiguée.

– Ou alors, elle aura monté un club de rami clandestin et sera en pleine partie. Vous ne connaissez pas ma grand-mère...

Colin sourit à cette idée.

OK, il faut bien admettre que son sourire est craquant.

Nous avons tous les deux l'air de bien meilleure humeur, depuis quelques minutes. Moi, parce que je vais voir Violetta. Et lui, sans doute parce que nous avons trouvé une solution pour l'émission. Ça lui évite de se retrouver avec seulement neuf candidats et un show écourté d'une semaine...

Dans le hall des studios, il me demande d'attacher mes cheveux et de les planquer sous un foulard. Personne ne doit me reconnaître durant notre escapade. Il me tend ses lunettes de soleil.

– Ça me va comment ? demandé-je une fois « déguisée ».

– On ne voit plus vos yeux, bougonne-t-il en m'attrapant par le bras pour m'entraîner vers l'extérieur. Je ne sais pas si c'est une bonne ou une mauvaise chose.

– Pourquoi ça ?

– Parce que les yeux sont le miroir de l'âme et que je ne sais toujours pas si je peux vous faire confiance.

Alors ça, c'est l'hôpital qui se fout de la charité !

Mais je n'ai pas le temps de trouver une réplique qui tue que ma mâchoire manque de se décrocher.

– Waouh ! Ça, c'est de la caisse, dis-je en apercevant sa

voiture garée juste devant les studios.

Colin me jette un regard exaspéré.

Pardon, Milord, je voulais dire : « Votre voiture est exquise. »

Je décide de lui rabattre son caquet.

– C'est un Roadster de la deuxième série des E-Type, non ? Vu la couleur, je dirais qu'il date de 1970 ou de 1971. Il me semble qu'il n'y a eu de carrosseries « sable » sur ce modèle que durant ces deux années.

– Eh bien ! déclare Colin après un long sifflement admiratif. C'est ce qu'on appelle rouler des mécaniques !

Eh oui, Colin, je suis épatante.

Je ne peux m'empêcher de sourire, à la fois flattée du compliment et amusée par le jeu de mots.

– Elle est de 1969, précise-t-il alors que nous grimpons dans ce joli bébé au moteur ronronnant, mais il s'agit d'un prototype.

– 69, année érotique... Je ne sais pas pourquoi, ça ne m'étonne pas de vous, ironisé-je.

– Vous savez, vous seriez bien plus sympathique si vous évitiez ce genre de réflexions vulgaires, rétorque-t-il...

– Je n'essaye pas d'être sympathique, juste de fermer votre clapet de millionnaire arrogant.

– De *milliardaire* arrogant, me corrige-t-il avec désinvolture. Et comment vous vous y connaissez autant, en voitures ?

– Ma grand-mère, dis-je en crânant. Violetta Harper a eu pas moins de quatre maris. Le troisième, mon favori, était garagiste. Il m'a appris deux ou trois trucs.

– Quatre maris ? dit Colin après un nouveau sifflement.

Eh bien ! Je pense que je vais trouver ça passionnant finalement, cette petite virée pour rencontrer votre famille.

Un silence s'installe, durant lequel je pose les pieds sur le tableau de bord et me détend. Après tout, je suis peut-être assise à côté du roi des connards, mais je suis dans une belle voiture, dans une ville que j'adore et Violetta va bien. Il n'y a pas de quoi tirer la gueule.

– Vous devriez éviter Downtown L.A. à cette heure-ci, suggéré-je.

– Nous n'avons pas trop le choix, soupire-t-il alors que nous nous engouffrons dans les premiers bouchons. Profitez-en pour regarder la fin du coucher de soleil. Ou pour réfléchir à la « surprise » que vous allez préparer à vos colocataires.

– Alors justement, à ce propos, j'espérais que vous me fourniriez une idée clef en main. Après tout, c'est vous, le cerveau des opérations.

– Je ne vous le fais pas dire…, grommèle-t-il.

– Hey ! protesté-je. Je voulais juste dire que c'est *vous*, le spécialiste de la télé. C'est pas parce que vous me rendez service sur ce coup-là que vous pouvez vous permettre d'être injurieux.

– Alors creusez-vous la tête, un peu ! s'emporte Colin. Vous voulez que je vous traite autrement que comme une jolie fille évaporée ? Faites un effort ! Vous avez bien un talent, quelque chose qui vous distingue des autres ?

– À part mon don pour coucher avec des connards ? le rabroué-je.

C'est plus fort que lui, ma vanne le fait sourire.

Enlève-moi tout de suite ce sourire mystérieux et

craquant de ton visage, Colin. Tes tentatives pour m'attendrir ne marchent pas.

– Je joue de la guitare, grogné-je.

– Sérieusement ? me demande-t-il en me jetant un regard amusé.

– Ben quoi ? aboyé-je. Ça vous pose un problème ?

– Aucun. Je ne vous imaginais simplement pas jouer d'un instrument. Les filles de votre âge n'écoutent-elles pas de la musique faite sur ordinateur ? House, R'n'B, trap, ce genre de trucs ?

– Alors d'une, sachez que les machines qui servent à faire ce genre de musiques *sont* des instruments. Bienvenu dans l'ère du numérique, Colin, grincé-je en m'enfonçant dans mon siège. De deux, j'ai pas dit que j'écoutais de la musique de vieux, juste que j'en faisais – et plutôt pas mal en plus. De trois, ça n'a rien de surprenant, c'est simplement que vous êtes bourré d'a priori.

De nouveau, ce sourire…

– Pardonnez-moi, Tess, dit-il en essayant en vain de conserver une expression neutre. C'est que je vous trouve vraiment difficile à cerner.

– C'est un problème ?

– Ah, mais pas du tout ! plaisante-t-il en portant sa main à son cœur pour mimer la bonne foi. C'est un délice. Vous vous faites passer pour une terroriste existentialiste alors qu'en réalité, vous êtes une candidate de *real TV*. Vous cassez la figure à l'un de vos camarades pour ensuite jouer les victimes. Je vous arrange le coup pour votre grand-mère et, malgré ça, vous me traitez de connard trente minutes après. Vous nous kidnappez, ma Jaguar et moi, alors que vos talents de mécano vous auraient permis de voler la voiture et de laisser le conducteur tranquille… Je trouve ça parfaitement rafraîchissant, je vous assure. C'est juste que j'ai un peu de mal à suivre.

– C'est parce que vous êtes lent, déclaré-je avec un air supérieur.

– Ou alors, c'est vous qui n'êtes pas très cohérente.

– Qu'est-ce que vous y connaissez, vous, en cohérence ? Dois-je vous rappeler que je vous ai rencontré dans un hôtel où vous dîniez avec une certaine Amanda alors que votre femme…

– Ma « femme » ? me coupe-t-il.

– Miléna, dis-je en agitant frénétiquement mon annulaire comme dans un clip de Beyoncé.

Colin éclate de rire. C'est un son sexy, un peu voilé, qui n'a rien de moqueur mais qui trahit un profond amusement.

– Miléna n'est pas mon épouse, mademoiselle Harper. C'est ma sœur.

Je rougis en me ratatinant dans le siège. Sa sœur, bien sûr ! Ça explique qu'ils aient tous les deux les cheveux noirs, la peau mate, les traits fins…

– Vous pensiez réellement que j'étais le genre de salaud qui a une femme et qui, en plus de dîner avec des avocates blondes dans des hôtels 5 étoiles, s'autorise des petits à-côtés ? me demande Colin en levant un sourcil amusé.

– Tout laissait penser que…, commencé-je à me justifier.

Mais Colin m'interrompt en poussant une nouvelle fois l'un de ses longs sifflements caustiques.

– Eh bien, Tess ! Vous êtes bourrée d'a priori, ma parole !

Oh ! c'est pas vrai. Ce qu'il m'énerve à avoir réponse à tout !

– Bon, finit-il par déclarer, la bonne nouvelle, c'est que le fait que vous jouiez de la guitare va nous aider à vous faire réintégrer l'émission en douceur. On n'aura qu'à dire que vous prépariez une chanson d'excuse pour vos camarades.

– Je veux bien, objecté-je, mais est-ce que vous avez une guitare sous la main ? Parce que je vous signale que ça va être difficile pour moi de pondre quoi que ce soit sans un minimum de matos.

– Vous avez dit que vous n'étiez pas mauvaise ; c'est le moment de le prouver. On sera arrivés à l'hôpital dans une vingtaine de minutes. Le temps de vous assurer que tout va bien, on sera de retour à 22 heures aux studios et là, on vous trouvera une guitare. Ensuite, je vous donne 15 minutes pour vous roder et hop ! on vous fait rentrer dans la maison. À 22 h 15 un vendredi, j'imagine que vos neuf comparses seront en train de faire la fête, non ?

– Et moi, je suis censée arriver et leur casser leur groove avec une chanson folk ? Quelque chose de bien mélancolique où je martèle que je suis « *sorry guys, oh oh, so sorry* » ? chanté-je pour illustrer mon propos.

– Eh bien, quoi ? Ce n'est pas mal du tout, ce que vous venez de fredonner, là. C'est mélodieux, simple, ça vient du cœur…

– Waouh ! On peut dire que vous avez le sens de la teuf, vous.

– J'ai envie de vous les faire avaler, vos « waouh », grince-t-il. C'est insupportable.

– Bah oui, forcément, les gens enthousiastes, ça vous énerve. C'est pas producteur que vous auriez dû faire, c'est croque-mort. Sérieux, si je leur coupe la sono en pleine soirée

Margaritas pour leur chanter un truc aussi glauque, je pense qu'ils vont définitivement me haïr.

Un silence.

– Pourquoi est-ce que vous souriez, encore ? aboyé-je.

– Pour rien. Passez-moi mon portable, s'il vous plaît, il est dans la poche de ma veste, à l'arrière. Je dois téléphoner chez moi pour prévenir que je vais être en retard.

– Amanda vous attend ? Elle vous a cuisiné un bon petit plat ? sifflé-je.

Je me mords la lèvre inférieure.

Ça va pas de lui parler comme ça ? De quoi j'ai l'air maintenant ?

D'une belle garce.

Ou pire : d'une grosse jalouse.

En tout cas, Colin ne daigne même pas répondre et continue, imperturbable, à s'occuper de son coup de fil.

– Allô ? Zach, c'est oncle Colin. Oui, juste pour te dire que j'ai eu une urgence au boulot. Ne m'attends pas pour dîner, non. Ah ! mince. Ça a l'air délicieux, en effet. J'aurais adoré, *kiddo*, mais je ne pense pas être là à temps. Tu devrais inviter Kim à dîner, qu'est-ce que tu en penses ? Hum. Hum... OK, Zach, je ne m'en mêle pas. Désolé de te faire faux bond, je t'assure. Demain, je t'emmène dîner chez *Lucques* pour me faire pardonner ? Mais si, on aura une table ! Tu sais bien qu'ils me dorlotent. Allez, je t'embrasse. Passe une bonne soirée, *kiddo*.

« *Kiddo* » ? « Oncle Colin » ? Qu'est-ce que c'est encore que ça ? Colin bosse avec sa sœur et vit avec le fils de cette dernière ? Cette famille est décidément *très* bizarre.

– Qui est Zach ? l'interrogé-je d'un air gourmand.

– Mon neveu, répond distraitement Colin.

– Et qui est Kim ?

– Sa copine, continue Colin sur le même mode.

– Quel âge ont-ils ?

– Zach a 17 ans et Kim en a 18.

– Waouh ! Quelle cougar, cette Kim ! Et Zach vit chez vous ?

– Il vit chez moi, confirme-t-il.

Je ne me laisserai pas décourager par ses réponses laconiques. Je sens qu'il y a là-dessous un mystère, et je suis décidée à le percer !

– Miléna en avait assez de trois chez elle, c'est ça ? Elle vous a refilé l'aîné ?

– Comment savez-vous que Miléna à trois fils ? me demande-t-il, désagréablement surpris.

– J'ai vu la photo des terreurs sur son bureau. Qu'est-ce qui s'est passé ? Elle a renié Zach ? Il lui avait emprunté sa Mercedes sans demander l'autorisation, alors elle l'a fichu à la porte ? Ou elle n'a pas supporté que son bébé fricote avec la vilaine Kim et elle vous l'a envoyé pour une rééducation ?

– Non, me répond Colin d'un ton grinçant. Zach n'est pas le fils de Miléna, c'est celui de Natalie, mon autre sœur. Ma *défunte* sœur, précise-t-il.

Merde. Merde, merde, et re-merde.

Je me décompose.

– Colin, commencé-je à m'excuser, je suis désolée. Je n'aurais pas dû parler comme ça de Zach et de Miléna, ni vous harceler de questions. C'est juste que… Dès qu'on en vient à la famille, j'ai tendance à être un peu conne, vous voyez ? C'est plus fort que moi.

Comment lui dire que, pour moi, un ado qui vit avec

quelqu'un d'autre que ses parents a forcément été abandonné ? Comme moi, que ma mère a laissée aux bons soins de ma grand-mère quand j'avais trois ans ?

– Ce n'est rien, dit Colin en se radoucissant. Bien sûr, vous m'auriez dit ça il y a trois ans, quand Natalie venait juste de… Là, oui, j'aurais probablement été hors de moi. Mais c'est passé, maintenant.

– Vous voulez dire que vous n'êtes plus triste ? lui demandé-je, surprise.

– Triste ? me demande-t-il en poussant un petit rire mélancolique. Si, je suis très triste, Tess. Mais je ne suis plus en colère, c'est ça que je voulais dire. Natalie est morte dans un accident de planeur, avec son mari. Les premiers temps, j'en ai voulu à la terre entière : au mari de Nat' qui pilotait ce jour-là, au constructeur de la machine, aux pompiers, aux médecins… À Nat' elle-même. La colère, c'est parfois le seul carburant qu'on ait quand un drame nous frappe – le seul capable de nous faire avancer quand tout le reste a lâché.

Colin fixe la route et moi, je le fixe lui, la gorge serrée. Je comprends tellement ce qu'il vient de dire !

Je ne m'étais donc pas trompée au Peninsula : nous nous ressemblons bien plus que les apparences ne le laissent croire.

– Ma mère… commencé-je à lui raconter pour lui parler de *ma* colère. Elle m'a eu très jeune, à 15 ans, et elle n'a pas réussi à le supporter. Elle m'a laissée à sa propre mère et a foutu le camp pour refaire sa vie. Ça fait vingt ans que Violetta et moi sommes sans nouvelles. Elle nous a abandonnées, toutes les deux. C'est pour ça que je tiens tellement à ma grand-mère, vous comprenez ?

– Oui, me répond Colin en tournant ses beaux yeux de velours vers moi. Je comprends, Tess.

Sa voix est chaude, douce, pleine de compassion.

– Je vous dis tout ça, c'est pour que vous sachiez pour quelle raison vous plantez votre neveu ce soir, expliqué-je maladroitement. Vous le faites pour m'aider à m'occuper à mon tour d'une femme qui a sacrifié sa vie pour moi. Ce que j'essaye de vous dire, c'est que je vous en suis extrêmement reconnaissante. Et je sais que Violetta le sera aussi. C'est chic de votre part.

Colin se remet à fixer la route.

– Ça me fait plaisir de pouvoir vous aider, Violetta et vous, murmure-t-il d'un ton où perce l'émotion. Sincèrement.

9

ÇA SE PASSE COMME ÇA CHEZ LES HARPER

Tess

Une fois passé Downtown L.A., la circulation est plus fluide. Le seul souci, c'est que dès que Colin s'engage dans Vernon, il a l'air complètement paumé. À chaque croisement, il hésite. Or, le temps presse : il est tard et Violetta m'attend.

– Vous être perdu.

– C'est faux.

– Si, c'est vrai, vous êtes perdu.

– Non, je ne le suis pas, Tess. Nous voulons aller au sud. Le sud, c'est par là, dit-il en pointant la direction.

– Alors, en ce cas, roulez, lui conseillé-je.

– Pourquoi ?

– Parce que si vous restez trop longtemps à l'arrêt, votre Jaguar va finir en pièces détachées. Je ne me le pardonnerais pas.

– C'est gentil de votre part.

– Ce n'est pas pour vous, c'est pour la caisse. Elle est vraiment trop canon.

– Vous êtes d'une amabilité, c'est fou. De toute façon, pas la peine de vous inquiéter, je ne laisserai personne toucher à ma Jaguar.

– Cooper, vous avez beau être baraqué, vous ne pourriez pas grand-chose contre un gang de Huntington Park ou de South Gate.

– Je vous l'ai dit tout à l'heure, Tess : pendant longtemps, j'ai été en colère.

– Et… ?

– Les premiers temps, je me suis attaqué à ce problème en pratiquant le Vale Tudo.

– « Vale Tudo » ? Qu'est-ce que c'est que ça ?

– Googlez, me conseille Colin en me tendant son Smartphone après avoir tapé son code.

Je m'exécute et commence à lire la succincte fiche Wikipédia en écarquillant les yeux.

« Le Vale Tudo est un sport dc combat librc nć au Brésil au XXe siècle. Les combats, qui se déroulent dans des cages, ne sont régis que par deux règles :

- interdiction de mettre les doigts dans les yeux ;
- interdiction de frapper la colonne vertébrale. »

– Vous ne pouvez pas être sérieux, Colin, lui dis-je en lui rendant son portable.

Et pourtant, quelque chose me dit que si.

Pour toute réponse, Colin m'offre son irrésistible sourire énigmatique.

Bordel.

Le fait d'imaginer Colin Cooper torse nu, dans une cage, en train de jouer des poings, me donne follement envie de me jeter sur lui et de lui arracher ses fringues.

Toi Tarzan, moi Tess.

– À quoi pensez-vous ? me demande-t-il.

– Oh, à rien… Pourquoi ?

– Vous étiez en train de sourire. J'aime bien quand vous souriez.

Une nuée inopinée de papillons se met à battre des ailes dans mon ventre.

– C'est vrai ? lui demandé-je en rosissant de plaisir tout en m'en voulant d'être aussi sensible à son avis sur moi.

– Tout à fait, opine-t-il. Ça vous va bien mieux que quand vous râlez et me pourrissez la vie.

Couchés, les papillons. Et que je ne vous y reprenne plus !

***

Une fois à l'accueil de l'hôpital St. Francis, je me laisse guider par Colin. Il semble savoir ce qu'il fait et, de toute façon, les infirmières n'ont qu'une seule envie : satisfaire le moindre désir de cette bombe sexuelle.

– Le Dr Kaspiyski est demandé à l'accueil. Je répète : Dr Kaspiyski pour l'accueil, clame au micro une nurse lubrique qui bat des cils en regardant Colin. (Puis, une fois sa mission accomplie :) Puis-je faire autre chose pour vous, monsieur Cooper ? Peut-être vous rapporter un café ? Celui de la machine est abominable mais nous avons un percolateur dans la salle des infirmières.

– C'est vraiment très aimable à vous… Linda, lui répond Colin après avoir plissé des yeux pour lire le nom inscrit sur son badge.

– De rien, monsieur Cooper, glousse la nurse en s'éloignant pour remplir sa mission. Au fait, comment le prenez-vous, votre café ?

– Tess, me demande Colin, combien de sucres dans le café que l'adorable Linda, ici présente, a gentiment proposé de vous rapporter de la salle des infirmières ?

Linda se décompose alors que je jubile.

Eh ouais, ma vieille, non seulement la bombe me cède le café avec lequel tu espérais l'amadouer, mais en plus, je couche avec.

Je veux dire... J'ai déjà couché avec lui. Une fois. Et c'était déjà une de trop !

Tu peux l'avoir, Linda. Si tu savais comme je m'en fiche !

– Un sucre. Et beaucoup de lait. Merci Lina, réponds-je en écorchant volontairement son prénom.

Quoi ? Je ne suis pas jalouse, juste de mauvaise humeur.

– Mademoiselle Harper, monsieur Cooper ? s'enquiert un petit homme chauve et jovial qui doit être le Dr Kaspiyski. Veuillez me suivre, s'il vous plaît, Mme Harper vous attend.

– Allez-y, Tess, me propose Colin. J'attends votre café.

Et la jolie nurse qui va avec ?

– Vous n'aurez que quinze minutes, mademoiselle, m'avertit le docteur pendant que je lui emboîte le pas. Je sais que c'est peu mais ce n'est vraiment pas orthodoxe d'autoriser une visite à cette heure... Si ce n'avait été dans des circonstances aussi extraordinaires que celles qui nous concernent, et sans la générosité de M. Cooper...

– Sa générosité ? demandé-je en ôtant mes lunettes noires et en haussant un sourcil étonné.

– Eh bien… oui…, rougit le docteur. Sa donation à notre programme « Rire et Guérir » est vraiment la bienvenue. Nous avons de plus en plus de mal à trouver des clowns formés pour intervenir en pédiatrie, tout cela est si cher ! Et M. Hasting m'a averti que M. Cooper comptait faire… un geste ?

– Oui, bien sûr, réponds-je, troublée. J'avais oublié, c'est tout.

Colin fait-il une donation à St. Francis uniquement pour que je puisse voir ma grand-mère ?

Non, c'est impossible. OK, il est riche, OK, il me doit une fière chandelle, mais de là à…

Je percerai ce mystère tout à l'heure. Pour l'instant, ma priorité, c'est Violetta.

J'enlève le foulard qui dissimule mes cheveux et toque trois petits coups à la porte. La voix gouailleuse, inimitable de ma grand-mère claironne :

– Qui que vous soyez, fichez le camp ! Sauf si c'est toi, Ryan Gosling.

– Ce n'est que moi, mamie, dis-je en riant alors que j'entre dans la chambre.

– Tess, mon petit chou ! Ce Dr Kaspiyski m'avait avertie que tu viendrais, mais je lui ai dit qu'il avait perdu la tête. Je lui ai expliqué : « Ma petite-fille est à la télévision, Docteur. Et elle n'a pas le don d'ubiquité ! »

– Quand il s'agit de ma mamie chérie, je suis capable de tout.

– Tout de même, ma petite-fille, un coup de fil aurait suffi, me gronde Violetta. Ce long trajet, ces embêtements ! Alors que je vais parfaitement bien !

– Parfaitement bien ? demandé-je en jetant un regard sceptique vers sa jambe.

Violetta porte une chemise de nuit en coton rose bonbon et son pied est bandé. Je lui trouve les traits tirés. Son beau visage en forme de cœur, encore espiègle malgré les années de labeur, est plus marqué que d'habitude. Ses yeux – des yeux vert d'eau, à la fois translucides et pénétrants – paraissent pour une fois délavés. Ses racines, qu'elle prend bien soin de teindre régulièrement en blond cendré, sont aujourd'hui grisonnantes.

– Ça ? Ce n'est qu'une entorse, rétorque-t-elle. Normalement, je devrais déjà être rentrée mais je pense que le Dr Kaspiyski veut me garder ici parce qu'il en pince pour moi. Pas vrai, Docteur ? crie-t-elle avant d'ajouter, sur un ton de confidence : Le Dr Kaspiyski écoute souvent aux portes.

– Alors profitons-en pour lui demander quand est-ce qu'ils vont te laisser sortir, glissé-je sur un ton de conspiratrice.

– Bethany vient me chercher après-demain, m'informe Violetta. Tu vois ? Tu n'as vraiment pas à t'en faire. Cette vieille chipie va s'occuper de moi. Contrairement à toi, elle n'a que ça à faire.

– Tu veux que je revienne à la maison ?

– Et que tu abandonnes ton Grand Projet ? Pas question, ma petite-fille ! Tu ne devrais même pas être ici. Je te l'ai dit, un petit coup de fil aurait suffi.

– Mamie, ils ne me laissent pas télépho…

– Tatata, me coupe ma grand-mère, tu n'as pas à te justifier. Embrasse ta vieille mémé et retourne immédiatement là-bas ! Montre à l'Amérique que tu es la plus méritante, la plus jolie, la plus gentille des petites-filles en ce monde. Gagne ce jeu, et pour fêter ça, on se fera une croisière aux Bahamas toi et moi. Ho ho ! s'exclame-t-elle en remarquant soudain Colin. Qui est ce beau jeune homme qui m'apporte un café ?

En effet, après avoir frappé deux petits coups secs, Colin entre dans la chambre, mon café à la main.

– Madame Harper, réplique Colin, cérémonieux, je suis monsieur Cooper, l'un des producteurs de l'émission. C'est moi qui ai conduit Tess ce soir.

– Eh bien, eh bien, commente Violetta en jetant à Colin une œillade effrontée, je vois qu'on est en charmante compagnie, ma Tess… Merci, monsieur Cooper, d'avoir joué les chauffeurs pour ma petite-fille. Et pour ce café.

– Pour votre petite-fille, c'est tout naturel, madame. Mais pour le café, je crains qu'il ne vous soit pas destiné. Le Dr Kaspiyski a été très clair sur le fait que…

– … le Dr Kaspiyski ne jure que par les anti-inflammatoires et les antidouleurs, quand un bon *irish coffee* et un cigarillo feraient tout aussi bien l'affaire, tempête Violetta. Je serais restée coincée moins longtemps ici s'il ne m'avait pas privée de tous mes petits plaisirs.

– En ce cas, madame, je ne vous prive pas plus longtemps du plaisir de discuter avec Tess. Mademoiselle Harper ? Je vous attends dehors, m'avertit Colin en se retirant.

– Il est à croquer celui-là, me dit Violetta une fois qu'il a quitté la chambre.

– Il est à claquer, tu veux dire ? Ses manières de bourge, son arrogance, son air supérieur…

– Je vais te dire, ma petite-fille, avec un physique comme le sien, il peut se permettre d'être arrogant. Quant à ses manières, quelque chose me dit qu'il a voulu faire bonne impression à la vieille Violetta…

– Sans vouloir te vexer, mamie, m'est avis qu'il n'en avait rien à faire. Je connais Colin, c'est un sale con, snob, qui se croit supérieur à tout le monde.

– « Colin » ? relève Violetta avec un air amusé.

– Eh bien, quoi ?

– Rien, rien... C'est juste que M. Cooper a un bien joli prénom, qui roule divinement dans ta bouche. Mais après tout, qu'est-ce que j'en sais ? Je ne suis qu'une vieille chouette qui n'a que sa longue expérience de la vie et des hommes à faire valoir...

Ah là là, mamie, je t'adore, mais parfois tu m'agaces.

– En tout cas, pour un « sale snob », ce M. Cooper s'est montré très prévenant. Et c'est bien normal car personne ne peut résister à ma petite Tess. C'est tout ce que je dis.

– Je me demande d'où je tiens ça, répliqué-je en l'embrassant sur la joue. Bon, tu es certaine que tout va bien aller ?

– Mais oui, enfin ! Va, file, vis ta vie. Je prendrai de tes nouvelles en allumant le poste ou en lisant *People*. Bien entendu, un petit coup de fil de temps à autre me ferait plaisir, mais...

– Mamie, je t'ai *déjà* expliqué cent fois : on ne peut pas téléphoner depuis la Maison des Murmures.

– Foutaises ! Ne t'ai-je pas appris que quand on veut, on peut ?

– Oui mais là... protesté-je.

– Tu m'avais affirmé ne pas pouvoir sortir non plus, tranche Violetta, et pourtant te voilà. Alors tu vois ? Qui a raison, une fois de plus ?

Inutile d'insister. Quand ma grand-mère a une idée en tête, elle ne l'a pas ailleurs.

– Toi, dis-je en l'embrassant. Tu es la sagesse incarnée. On se revoit dans huit semaines, mamie, promets-je. Pour une virée aux Bahamas.

– J'y compte bien ! me dit Violetta en m'étreignant de sa manière bourrue et pleine de tendresse.

***

Je retrouve Colin sur le parking de l'hôpital. Désinvolte, il m'attend en prenant appui, jambes croisées, sur le capot de sa Jaguar. Bien que la nuit soit tombée depuis maintenant une heure, il tient sa veste de costume à son bras.

– Vous n'avez pas froid ? lui demandé-je.

– Moi non, mais vous oui. Couvrez-vous un peu, m'ordonne-t-il en me tendant sa veste Dior. Ce n'est pas une tenue, ça.

– Ah bon ? Et qu'est-ce que c'est, alors ? dis-je en tirant sur ma robe *loose* pourtant tout à fait décente – je veux dire par là qu'elle arrive *sous* mes fesses.

– Un tee-shirt. Avec des sandales. Entre ces deux pôles, je ne sais pas si vous êtes au courant mais on devrait normalement trouver un pantalon.

– Vous n'avez qu'à me passer le vôtre, lui proposé-je en enfilant sa veste. Vu que vous semblez décidé à me relooker.

– Je l'aurais volontiers fait s'il n'y avait pas eu autant de policiers dans les parages. Mais là, j'aurais peur de me faire coffrer pour exhibitionnisme à votre place, dit-il en grimpant dans sa voiture.

– C'est vrai que c'est blindé de flics, ce soir, remarqué-je en m'installant à mon tour dans la Jag'. Qu'est-ce qui se passe ?

– D'après ce que j'ai entendu dire par un groupe d'ambulanciers en pause cigarette, il y a eu une fusillade dans le coin.

– Des dégâts ? demandé-je, inquiète.

– Un gosse a été touché, m'annonce Colin, l'air grave.

– Oh, le pauvre ! J'espère qu'il va s'en sortir !

– Moi aussi, Tess, me dit Colin d'une voix sombre. Moi aussi.

J'ai beau avoir grandi dans le coin, je ne m'y suis jamais faite. À la violence des gangs, j'entends. Comme si ça ne leur suffisait pas de se canarder entre eux, d'inonder les rues de crack, d'encourager les gamines à se prostituer, il faut en plus qu'ils fassent tomber des enfants sous leurs balles.

Bande de pourritures.

Vivement que Violetta et moi, on se casse de ce quartier pourri.

– Vous avez l'air pensive, remarque Colin. C'est à cause du gamin ?

– Oui, avoué-je. Ça me tue. Ça fait des décennies que c'est la même histoire et que rien ne change alors que le maire a promis qu'il débloquerait…

Mon amorce de diatribe est interrompue par un barrage de flics.

– Qu'est-ce qui se passe ? s'enquiert Colin en tendant ses papiers à l'agent qui avance vers nous.

– Z'avez pas entendu ? Il y a eu une fusillade, tout le périmètre est bouclé jusqu'à nouvel ordre.

– Nous devons rejoindre Burbank, commence à expliquer Colin.

– Ah ouais ? demande le flic. Eh ben, à mon avis, vous n'y arriverez pas ce soir.

– C'est ridicule, m'emporté-je. On est dans un pays libre ! On devrait pouvoir aller où on veut !

La vérité, c'est que je n'en mène pas large. Il est déjà 21 h 10. Plus tôt je réintègre la Maison des Murmures, mieux c'est. Sans compter que j'ai encore une chanson à écrire... Les frais d'hôpitaux de Violetta ne vont pas se payer tout seuls !

– Pas la peine de vous énerver, ma petite dame. Ça fera pas avancer vot' affaire. Allez, vous m'avez l'air d'honnêtes citoyens : circulez, ce sera mieux pour tout le monde.

– Sinon quoi ? sifflé-je.

– Sinon, je vous embarque, M'am. Je vous jure, ça m'embêterait.

– Tess, laissez M. l'agent faire son travail. Ce n'est pas grave, dit-il en faisant demi-tour.

– Pas grave ? Mais comment est-ce qu'on va faire, Colin ? Vous vous rendez compte de ce que ça signifie, si on ne peut pas reprendre la route avant demain matin ?

– Ça signifie juste qu'on va se trouver un petit hôtel confortable où passer la nuit. On se réveillera tôt, on arrivera aux studios avant 7 heures, vous nous pondrez une petite mélodie sympa en buvant votre café et vous réintégrerez l'émission. Ça ne sert à rien de paniquer.

– Mais... protesté-je, complètement affolée.

– Tess, la route est bloquée. Ça risque de durer des heures. C'est comme ça. La meilleure chose à faire, c'est d'attendre demain.

Il réagit drôlement sereinement, le producteur qui engage des millions de dollars sur un show que je suis en train de foutre en l'air.

J'ai dans l'idée que c'est parce qu'il n'est pas mécontent de passer la nuit avec moi…

Pour être honnête, l'idée de reprendre notre corps-à-corps là où nous l'avions laissé me démange aussi…

… mais pas comme ça.

La première fois, c'était impromptu, excitant, sexy. Là, ça aurait l'air franchement cliché et un peu glauque.

– Colin, si vous croyez un instant que je vais coucher avec vous dans un motel minable…

– Comment ?

Il se tourne vers moi, me fusille du regard, puis décide de se garer pour me mettre les points sur les « i ».

– Tess, écoutez-moi attentivement. Ce qui s'est passé entre nous n'aurait jamais dû se produire et ne se reproduira pas. Quand nous avons passé cette nuit ensemble, nous ignorions tous deux qui était l'autre, mais maintenant…

– Je ne suis toujours pas convaincue, l'interromps-je. Que vous ne saviez pas. Que c'était un accident.

– Oui ? Eh bien, je vous assure pourtant qu'accident, c'est le terme approprié. En plus, vous êtes vraiment gonflée. Moi aussi, je pourrais mettre en doute votre parole, mais j'ai décidé de vous faire confiance. « Confiance », c'est un concept intéressant. Vous devriez essayer, à l'occasion.

Vlan ! Prends ça dans les dents, Harper.

– OK, OK, je m'excuse… maugréé-je.

– Excuses acceptées. Et maintenant, sauriez-vous où nous pourrions passer la nuit ?

– L'appartement que j'occupe avec ma grand-mère est de l'autre côté du barrage. Mais si vous descendez en direction de Gardena, il y a un motel, le *Sea Rock Inn*, qui n'est pas mal du tout. C'est propre, les chambres sont grandes, la literie correcte, et il y a même une piscine qui est nettoyée tous les jours.

– J'imagine que ça fera l'affaire, oui, soupire Colin. Prenez le volant, ce sera plus simple. Moi, je dois téléphoner à Miléna pour l'avertir.

– Vous me laisseriez conduire votre joli bébé ? m'exclamé-je, folle de joie.

– Pourquoi pas ? Après tout, vous vous y connaissez sans doute mieux que moi en voitures, et en plus, vous connaissez le chemin.

– Avouez, dis-je en me hissant vers le siège conducteur, que vous faites ça pour me faire plaisir. Vous vous en voulez de m'avoir rabrouée une fois de plus.

Colin reste un instant pétrifié alors que je suis littéralement en train de lui grimper dessus pour prendre le volant.

– Allez-y, l'encouragé-je, glissez-vous sous moi pour prendre ma place.

Il pose ses mains larges et viriles sur mes hanches pour se faufiler… et les retire tout de suite, comme si ce contact le brûlait. Finalement, il descend de la voiture pour en faire le tour, nonchalamment.

Ha ha ! J'en étais sûre ! Il a peur de me toucher. Il est plus troublé qu'il ne le laisse entendre !

– Alors, Colin, on n'est pas capable de faire des cabrioles avec moi ? me moqué-je alors qu'il s'installe côté passager.

– C'est que ce n'est plus de mon âge, Tess, dit-il en s'amusant de mon double sens. Je suis un vieux monsieur, vous savez, ajoute-t-il pour souligner l'écart entre nous.

– Vieux comment ? m'enquiers-je en démarrant.

– J’ai 29 ans, si vous voulez tout savoir.

– Ah oui ! ironisé-je. Vous êtes carrément un vieux machin, c’est clair !

– J’ai 29 ans et, disons, une certaine expérience de la vie.

– Parce que vous dirigez une grosse boîte et tout ?

– Entre autres, oui.

– Parce que vous venez d’un milieu de bourges ?

– Non, ça, ça m’a plutôt préservé, je l’avoue.

– Parce que vous vous tapez des kilos de gonzesses ?

– Non, Tess, réplique-t-il en levant les yeux au ciel, exaspéré. Parce que j’élève seul un ado. Parce que 8 000 employés dépendent de moi. Parce que depuis que j’ai 20 ans, je dois faire face à un certain nombre de responsabilités qui…

Mais Colin ne finit pas sa phrase. Il me laisse m’engager dans le parking du *Sea Rock Inn*, un de ces motels où des chambres en rez-de-jardin se succèdent et bordent une piscine à l’eau vaguement trouble. Il contemple ce décor désolé, miteux, d’un air effaré.

Bienvenu dans mon monde, Colin.

***

Après avoir :

- téléphoné à sa sœur ;

- acheté aux distributeurs des tonnes de cochonneries qui nous serviront de dîner ;

- refusé de piquer une tête avec moi ;

Colin s’apprête à entrer dans sa chambre, qui jouxte la mienne.

– Vous êtes certain que la piscine ne vous tente pas ?

– Certain, Tess. Une bonne douche et je me mets au lit. Vous devriez en faire de même, la journée a été longue et riche en émotions. Nous partons demain à 5 heures pour que vous réintégriez la maison avant la reprise du tournage à 7 heures.

Heureusement que la loi oblige la production à couper les caméras entre 5 et 7 heures ! Ça me permettra de me glisser discrètement dans mon lit sans que le public le remarque.

– Pouvez-vous me réveiller vers 4 h 40 ? demandé-je à Colin.

– Je n'y manquerai pas. Bonne nuit, Tess, dit-il en ouvrant la porte de sa chambre.

– Colin ? l'interpellé-je.

– Oui ?

– Le Dr Kaspiyski m'a dit quelque chose d'étrange, tout à l'heure. À propos d'une donation que vous auriez faite à l'hôpital pour que je puisse voir Violetta…

Colin lâche la poignée de sa porte, visiblement gêné.

– Pour être parfaitement honnête avec vous, Tess, quand mon ami Ian a négocié avec le Dr Kaspiyski, il avait pour instruction de tout mettre en œuvre pour le convaincre. Il a donc proposé cette donation, sachant que je n'aurais rien contre. Ma mère a été longtemps malade et, en lui rendant régulièrement visite, j'ai vu bon nombre de gamins qui étaient eux-mêmes hospitalisés pour de terribles maladies. Disons qu'en signant un chèque pour les aider, je vous ai aussi donné un coup de pouce, dit-il avec modestie. D'une pierre deux coups.

– Comme le parfait businessman que vous êtes, lui dis-je en souriant, reconnaissante.

– Exactement. « Businessman » et pas « bienfaiteur », ne

vous faites pas d'illusions à mon sujet, dit-il en affectant le plus grand sérieux.

– Cela va de soi, répliqué-je sur le même ton. Et votre maman, elle va mieux à présent ?

– Elle est décédée il y a huit ans, me répond Colin avec un masque de neutralité.

– Oh, je suis désolée, Colin.

– Pourquoi ? Ce n'est pas votre faute.

– Je le sais, dis-je en touchant son bras. Mais tout de même, je suis désolée que vous ayez dû vivre ça. Perdre votre mère, votre sœur. Peut-être que vous aviez raison, tout à l'heure dans la voiture, vous avez une expérience de la vie que je ne possède pas. Et c'est une expérience cruelle, injuste. Je trouve que vous vous en êtes bien sorti malgré tout.

– « Malgré tout » ? reprend-il en se moquant gentiment de ma maladresse.

– Ce que je veux dire, c'est que vous auriez pu devenir très… dur. Et vous l'êtes, d'une certaine façon. Mais vous avez un cœur ; vous avez aidé plusieurs enfants et deux inconnues aujourd'hui. Vous êtes quelqu'un de bien, dis-je en me penchant vers lui pour l'embrasser sur la joue – rien de sexuel, juste un baiser réconfortant.

– Merci, Tess, me dit-il alors que ses yeux noirs semblent plus vibrants que jamais. Vous m'avez aidé, vous aussi.

– Moi ? lui demandé-je, étonnée. Quand ça ?

– À l'instant, dit-il avec tendresse en refermant la porte sur lui. Bonne nuit, Tess.

Et encore ces foutus papillons dans le ventre…

***

Dix minutes plus tard, je tourne comme un lion en cage dans ma chambre. Je me repasse toute la soirée comme un film : les réflexions de Violetta, mon irrépressible attirance pour Colin, la panique qu'il a visiblement ressentie au moment de se glisser sous moi dans la voiture. Ma main sur son bras, mon baiser sur sa joue, son regard perçant et enflammé au moment où il a refermé la porte.

Qu'est-il en train de faire, de son côté ? Pense-t-il à moi ?

Sa proximité me brûle. Mon envie de le toucher m'obsède. Tout à l'heure, je me suis même surprise à poser une main sur la cloison qui nous sépare, comme pour me rapprocher de lui… Bref, je suis en train de virer complètement cruche, gravement gnangnan, et ça ne me plaît pas du tout.

Histoire de changer de régime, je fonce dans la salle de bains et m'empare du verre à dents que je colle contre le mur en espérant entendre quelque chose, comme dans les pires romans d'espionnage. Je crois distinguer le bruit de l'eau qui coule.

L'eau de la douche. Sur son corps nu. Et glissant de savon.

C'est moi ou il fait vraiment très chaud, pour un mois d'avril ?

C'est trop pour moi, je dois tenter le tout pour le tout. Une occasion pareille ne se présentera plus. Je vais entrer dans cette chambre et me le taper une deuxième fois, histoire de pouvoir classer cette affaire. La fois précédente, c'était magique à cause de l'ambiance, du mystère, des cocktails de Loyd… Mais là, dans un motel médiocre, entre deux journées stressantes, alors qu'on est tous les deux crevés et bougons, ça me permettra de réaliser que Colin Cooper n'est pas différent des autres hommes.

Je fonce devant le miroir, me mordille les lèvres et me pince les joues histoire de leur donner des couleurs. Je détache mes cheveux et les fais rapidement bouffer. Je m'assure que mon 90 C pigeonne dans mon soutien-gorge avant de changer d'avis et de tout bonnement virer mon La Perla. Ça y est, je suis prête. Je sors de ma chambre et vais frapper à la porte de Colin.

– Colin ?

Mais le beau brun, sous la douche, ne m'entend pas. Timidement, je tourne la poignée.

– Colin… ?

La porte s'ouvre. J'entre et la referme derrière moi. De la salle de bains s'échappe de la vapeur. J'enlève mes mules compensées et avance doucement vers mon objectif. Je m'installe dans l'encadrement de la porte et savoure le spectacle.

Dans la cabine de douche, Colin est en train de laver ses cheveux. Il me tourne le dos – qu'il a sublime, bien entendu. La mousse de son shampoing coule le long de sa nuque solide, de ses trapèzes musclés, de ses dorsaux puissants, jusqu'à ses fesses rondes et fermes à souhait. De convoitise, je me mordille la lèvre inférieure quand, soudain, il fait volte-face, me présentant un côté recto plutôt… impressionnant.

Et je ne parle pas que de ses abdos en béton ou de ses pec' en acier.

– Tess ? constate-t-il sans une once de gêne. Qu'est-ce que vous faites ici ?

– Je n'arrivais pas à dormir, réponds-je sans me démonter.

– Alors vous vous êtes dit qu'une bonne douche vous y aiderait, c'est ça ? ironise Colin, toujours sans chercher à me dissimuler sa superbe anatomie. Celle de votre chambre ne distribuait pas assez d'eau froide pour régler votre problème ?

– Une fois de plus, vous avez deviné juste, monsieur le producteur. Ce n'est pas fatigant, à force, d'avoir toujours raison ? me moqué-je en ouvrant la cabine de douche et en posant un pied à l'intérieur.

Colin se saisit de mon poignet et plonge ses yeux profonds dans les miens. Je me fige, troublée. Je n'arrive pas à savoir s'il veut m'attirer à lui ou au contraire me repousser.

Peut-être qu'il ne le sait pas non plus.

– Vous vous apprêtez à commettre une erreur, Tess. Et vous le savez aussi bien que moi.

– C'était une erreur la première fois car nous ne savions pas dans quoi nous nous lancions. Mais ce coup-ci, les choses sont claires. Vous savez qui je suis, je sais qui vous êtes, nous sommes au courant que cette virée et ses détails doivent à tout prix rester secrets…

– Je sais qui vous êtes, oui, réplique-t-il dans un souffle, et je ne veux pas…

– Quoi ? Coucher avec une écervelée ? Une pétasse de la télé-réalité ?

– … abuser de vous, Tess, dit-il en relâchant son étreinte.

Vos gueules, les papillons.

– Vous êtes jeune, reprend-il, vous avez signé un contrat avec la société de production que je dirige…

– Je suis complètement aimantée par toi, Colin, le coupé-je en posant mon second pied dans la cabine de douche. Et je crois que tu l'es par moi.

L'eau chaude coule en trombe et m'éclabousse. Ma robe

tee-shirt turquoise devient maculée de petites taches plus sombres.

– Je peux difficilement te cacher l'effet que tu me fais, Tess, plaisante-t-il avec son ton pince-sans-rire absolument irritant et irrésistible. Je n'ai pas la tenue adéquate pour ça.

– L'ascendant que tu as sur moi, Colin… Ce n'est pas ta position de Président des studios Cooper qui te le donne, ou le fait que tu as six ans de plus que moi, c'est l'effet que tu me fais. Tu me rends complètement dingue. Mais tu veux connaître ma théorie ?

– Tu sais bien, sourit-il avec tendresse, que je suis féru des théories de Tess Harper à mon sujet.

– Ma théorie, c'est que j'ai autant d'ascendant sur toi que tu en as sur moi. Moi aussi, je te rends dingue.

Colin me regarde avec un air indéchiffrable. Me trouve-t-il trop cash ? Trop sûre de moi ?

– Je suis plus solide que tu ne le penses, Colin, poursuis-je. Plus intelligente, aussi.

– Je sais que tu es intelligente, je commence à te connaître. Mais ce potentiel, tu le gaspilles.

– Une fois de plus : je suis plus futée que tu ne le croies. Tout ce que je fais, je le fais pour une raison. Je suis ici, sous cette douche où je commence à être trempée, pour une raison. C'est parce que je te veux, Colin. Là, maintenant, cette nuit. Pas pour vivre un de ces contes de fées débiles où la fille de Watts épousera le prince des beaux quartiers, mais parce que la journée a été intense et que tu étais là, pour moi, malgré tout. Et qu'en cet instant, j'ai besoin que quelqu'un me touche, me caresse, me fasse oublier tout ce stress. On a tous besoin de ça, de temps à autre, et tu le sais aussi bien que moi.

Je sais bien que si j'avançais encore d'un millimètre, Colin ne répondrait plus de rien. Comme il l'a souligné avec humour, il peut difficilement me cacher son… trouble. Mais je veux le laisser venir à moi.

L'eau continue de ruisseler sur lui et de m'éclabousser. Il me regarde avec une intensité dingue. Il est en train de lutter, j'en suis certaine, de se poser la question de ce qu'il doit faire. Il sonde mon regard pour y trouver la réponse. Et d'un coup, il se laisse aller.

– Tu es vraiment une drôle de fille, Tess Harper, dit-il en m'attrapant la main.

Il me tire vers lui. L'eau ruisselle sur mon visage, que Colin caresse tout en approchant ses lèvres charnues des miennes. Mon cœur bat la chamade. Mes jambes tremblent. Ma robe tee-shirt détrempée colle à ma peau. Mon souffle s'accélère, mes pupilles se dilatent.

Enfin, les lèvres de Colin Cooper se pressent contre les miennes.

C'est un baiser ardent, passionné. Le baiser d'un homme qui a beaucoup lutté et attendu longtemps. Colin n'a plus envie de résister. Quant à moi, je suis tout bonnement brûlante. Ce quart d'heure à jouer au chat et à la souris avec un Colin Cooper aussi nu qu'une sculpture antique a nettement fait grimper la température de notre hammam improvisé.

Quand nos langues se joignent, c'est pour danser un slow enfiévré. Nos bustes et nos bassins se collent. Nos corps s'emboîtent à la perfection. Il n'y a pas une seule de mes courbes que n'épouse pas le corps de Colin. Je ne m'attendais pas à une telle fusion. J'avais oublié ce que sa peau fait à la mienne.

C'est comme dans ce poème qu'il m'avait cité le soir

de notre rencontre.

Qu'est-ce que c'était, déjà ? Ah, oui : « Faire avec toi ce que le printemps fait aux cerisiers. »

C'est exactement ça qu'il se passe. Alors que mes mains se perdent dans les cheveux de Colin, agrippent sa nuque puissante, pendant que ses paumes pétrissent ma chute de reins et que sa bouche cherche mon cou, j'ai l'impression de m'épanouir, de fleurir. Tout le stress de la journée s'envole. Fini la mauvaise nouvelle annoncée par Kate ce midi. Oubliée, la gifle impulsive donnée à Quentin. Je ne ressens même plus la fatigue du trajet jusqu'à St. Francis. En quelques secondes, Colin a tout effacé.

Et c'est bien ce qui m'inquiète…

Mais avec ce sublime mec à portée de main, ce n'est certainement pas le moment de me torturer les méninges.

Je pense que je vais remettre la réflexion à plus tard…

D'un geste souple, tout en enveloppant mon corps pour amortir le choc, Colin me plaque contre la paroi carrelée de la douche. Cette surface lisse, froide, dure, dans cette atmosphère moite… ça me donne des idées indécentes. D'autant que mon Apollon est en tenue d'Adam et que son sexe puissant, violemment bandé, appuie contre mon ventre.

Je n'ai plus aucune patience. Le vide hurle en moi. Je veux que Colin le comble. Fébrile, j'attrape son membre dont la largeur me surprend une nouvelle fois et le dirige vers mon sexe avide de le recevoir.

– Qu'est-ce que tu fais ? murmure Colin de sa voix voilée au creux de mon oreille.

Il en profite au passage pour titiller mon lobe du bout de sa langue, puis le serre délicatement entre ses deux rangées de dents parfaites. Ça me fait un tel effet que je ne suis pas certaine de réussir à lui répondre.

– Je… Je…

– Oui ? insiste-t-il, amusé de voir l'effet qu'il me fait.

– Je te veux en moi.

Il me fait pivoter et me plaque de nouveau contre le carrelage dur et humide de la douche, mais cette fois de face. Je gémis de contentement. En haletant, Colin relève ma robe et baisse ma culotte.

Oui, c'est ça… Prends-moi. Je t'en supplie…

À mon grand désarroi, mon irrésistible milliardaire semble se raviser. Toujours en me tenant à sa merci entre lui et le mur, il tente de reprendre son souffle et de retrouver ses esprits. Quant à moi, mon cœur cogne dans ma poitrine avec un bruit qui me semble assourdissant. Je tourne mon visage vers le sien.

– Ce n'est pas prudent, me glisse-t-il sensuellement.

– Je prends la pilule depuis que j'ai 14 ans, Colin. Je n'ai aucune envie de me retrouver enceinte.

– Oui, mais tu sais bien qu'il y a d'autres risques.

J'ai beau savoir qu'il a raison, je me mords les lèvres pour ne pas gémir de frustration. Le feu entre mes cuisses est bien trop grand pour que j'aie la moindre once de lucidité. Moi qui suis pourtant toujours si raisonnable en matière de protection, je perds complètement la tête dans les bras de cet homme.

– Rassure-toi, souffle-t-il. Il existe mille autres manières de te faire jouir et je compte bien utiliser chacune d'entre elles, dit-il en laissant ses lèvres jouer avec mon lobe.

– Nous n'avons qu'une nuit, protesté-je.

– J'ai déjà entendu ça… Et pourtant, nous voilà, plaisante-t-il.

Non, Colin. Tu n'as pas le droit de faire ça. Pas le droit de blaguer sur un possible futur. Je sais que tu ne le penses pas.

D'ailleurs, moi non plus, je n'y pense pas.

Colin glisse son bras autour de mes hanches et, lentement, passe sa main entre mes cuisses. Au moment où son majeur commence à remonter le long de ma fente, je suis néanmoins convaincue que je vais le laisser user sur moi de ses mille manières, quitte à déroger aux principes du *one night stand.*

J'avais oublié l'inimitable doigté de Colin Cooper.

Cet homme est bien mieux que tous les gadgets vibrants avec lesquels j'ai pu égayer mes nuits solitaires. Contrairement aux petits canards qu'on trouve dans les réunions Tupperware nouvelle génération, il sait exactement quand et comment changer d'intensité. Au début, il ne fait que m'effleurer, de bas en haut : je halète et me cambre. Puis il commence à appuyer un peu plus fort en tournant autour de mon clitoris : je gémis et plaque mes fesses contre son bassin. Colin tire sur l'encolure de ma robe pour embrasser mon épaule et le creux de mon cou alors que ses caresses s'intensifient et se rapprochent du point critique. Les soupirs que je laisse échapper sont autant de supplications.

Il se met à stimuler mon clitoris, ce qui m'arrache des râles de plaisir. J'ai l'impression qu'il est en symbiose avec moi, qu'il sait exactement comment me prendre. Dès que j'ai envie qu'il me touche à un endroit, sa main s'y trouve dans l'instant. Elle effleure mon ventre, griffe le haut de ma cuisse, empoigne mon sein, pince mon téton ; elle agrippe mes cheveux, tire légèrement dessus… Ce que me fait Colin est plus délicieux que le plus délicieux des corps à corps, et pourtant, je sais que ce n'est que le hors-d'œuvre.

Il nous reste 999 délices à explorer.

Mon orgasme ne tarde pas à pointer le bout de son nez. Colin le devine, à mesure que je me tends au bout de ses doigts.

– Attends, dit-il, je veux te regarder…

Il m'attrape par la main et me fait esquisser un demi-tour sur moi-même, comme si nous étions en train de danser sans musique. Alors que mes yeux redécouvrent son visage, j'ai un choc. La finesse de ses traits opposée à la virilité de sa mâchoire, la sauvagerie de ses yeux noirs que contredit la douceur de ses lèvres, tout chez lui me fait chavirer.

Lui n'a d'yeux que pour moi. Il me fixe de ses pupilles intenses, vibrantes, alors que son doigt habile décide de faire céder le barrage en moi et de laisser déferler mon orgasme. Mes prunelles s'écarquillent de surprise alors que le plaisir commence à couler hors de moi dans un gémissement animal que je ne me connaissais pas. Ma tête se renverse en arrière mais Colin empoigne mes cheveux pour nous remettre yeux dans les yeux.

– Ne me fuis pas, m'ordonne-t-il d'une voix qui trahit son excitation et qui me fait complètement perdre la tête.

Je lui donne mes yeux gris étonnés. Je lui donne ma respiration haletante. Je lui donne ma fragilité et mon envie d'être à lui. De rester dans ce motel, dans cette chambre, sous cette douche, à jamais.

Je récupère doucement, mon corps encore parcouru d'un crépitement électrique. Blottie contre Colin, telle une enfant épuisée, je me laisse déshabiller. Ma robe passe par-dessus ma tête, avec difficulté tant elle est devenue pour moi une seconde peau. Je pousse un rire amusé et laisse Colin m'attirer sous le jet d'eau chaude qui tombe sur mon corps, sur nos deux corps enlacés. Je laisse aller ma tête au creux de son cou et soupire d'aise.

Rapidement, je récupère toutes mes capacités et me rends compte que Colin, bien qu'il n'en laisse rien paraître, est quelque peu… frustré. Et son *énorme* frustration passe d'autant moins inaperçue que je suis collée à lui.

– Monsieur Cooper, y a-t-il quelque chose que je puisse faire pour remédier à votre… état ?

– Mademoiselle Harper, j'ai peur qu'aussi longtemps que je vous aie sous les yeux, cet état soit quasi permanent.

– « Quasi » ?

– Disons qu'il pourrait y avoir des phases d'accalmie entre deux satisfactions… Cinq minutes de repos par-ci par-là, avant que ça ne me reprenne…

– Espèce de vantard, soufflé-je en souriant au creux de son oreille tout en attrapant le gel douche.

Je mets un peu de liquide crémeux dans ma main et commence à le faire mousser sur le torse de M. Parfait. Mes mains parcourent ses pectoraux lisses et remontent vers ses épaules dont chaque muscle semble dur et réactif sous mes doigts. Je laisse mes paumes glisser le long de ses bras puissants et, finalement, venir se poser sur ses tablettes de chocolat saillantes.

Combien d'heures de muscu par semaine est-ce que ça a le temps de faire, un célèbre producteur overbooké ?

– Tu fais du sport ? m'enquiers-je.

– Et toi ?

– Oui.

– Moi pas. C'est juste que j'ai un super métabolisme, se

vante-t-il pour plaisanter.

Je ne peux m'empêcher de rire à sa plaisanterie mais, en représailles, je commence à éloigner mes mains de son ventre plat et dur comme l'acier.

– Et là, et là… Pas si vite…, proteste-t-il.

Obéissantes, mes mains retournent à leur place et commencent même à descendre, de plus en plus bas, jusqu'à sa verge sur laquelle elles coulissent, glissantes et humides. Je le caresse d'un mouvement d'abord lent, ample. Colin est en complète extase. Il a le souffle court, les yeux qui se ferment parfois dans une expression d'abandon avant de se rouvrir pour me fixer d'un air gourmand. Progressivement, j'accélère mes mouvements, lui arrachant des grognements de satisfaction. D'un coup, Colin s'empare de mes mains et m'empêche d'aller jusqu'au bout. Je commence à protester mais me tais bien vite. Mon amant me plaque dos à lui et laisse aller ses mains pleines de savon sur ma poitrine, encore ultra sensible de mon précédent orgasme.

Et toujours ce sexe raide qui appuie contre mes fesses et me donne les envies les plus folles…

Sa manière de toucher l'arrondi de mes seins m'électrise, sa façon de caresser mes mamelons me fait fondre de plaisir et, lorsqu'il tire sur mes tétons, je glapis, au bord de la jouissance. En moins de deux minutes, je suis de nouveau excitée comme jamais.

Et de nouveau frustrée de ne pas l'avoir en moi.

Heureusement, Colin me soulève et me fait sortir de la cabine de douche. Il me pose sur le sol, enroule mon corps dans une des deux serviettes et sèche mes cheveux avec l'autre, puis il me porte jusqu'à la chambre. Arrivé au lit, il m'allonge dessus et s'empare de son portefeuille, sur la table de chevet, dont il sort un emballage noir et doré que je reconnais tout de suite.

– Tu as des capotes ? lui demandé-je, étonnée.

– Je n'en ai qu'une, me dit-il à regret.

Assis sur le rebord du lit, il déchire l'emballage. Je me mets sur mes genoux et passe mes bras autour de lui. J'en profite pour sentir sa peau encore mouillée.

– Attends, laisse-moi faire…

Colin me cède la capote, que je déroule sur son membre soyeux avec lenteur et sensualité. Une fois que c'est fait, il m'attire contre lui et me fait pivoter de manière à ce que, buste contre buste, je le chevauche. Une nouvelle fois, nos bouches se joignent, et c'est sans effort que son sexe s'immisce dans mon intimité, m'écartelant avec douceur. Je commence à aller et venir sur lui alors que nos longs soupirs se joignent. Colin m'aide en soulevant mes hanches quand c'est nécessaire, tout en se pliant au rythme que j'imprime. Je nous entraîne dans une longue valse, un mouvement étourdissant, sensuel, progressif. J'entends Colin m'encourager à l'oreille, me dire de continuer, que je le rends dingue, mais je l'entends de loin, enveloppée que je suis dans la brume du plaisir. Mon deuxième orgasme fait irruption, plus intense que le premier – plus brusque aussi. Je tente en vain de retenir un cri alors que mes poings se resserrent sur les cheveux de Colin.

En me sentant me contracter autour de lui, Colin jouit à son tour, quasiment en même temps que moi. Lui ne se retient pas. Il pousse un râle déchirant qui semble exprimer soulagement, étonnement et joie pure.

– Comment est-ce que ça peut être aussi bon ? demande-t-il, incrédule, une fois les spasmes apaisés

Je sais que ce n'est pas à moi que s'adresse la question, qu'il n'espère aucune réponse. Je le sais parce que c'est ce que je me demande aussi.

En reprenant notre souffle, nous nous embrassons dix fois, cent fois, passant progressivement de la position assise à la position couchée. Puis, sans même m'en rendre compte, mes mains sur ses épaules, ma respiration synchronisée avec la sienne, je commence à m'endormir. C'est alors que Colin, la voix somnolente, me susurre à l'oreille quelques paroles qui font bondir mon cœur et qui déclenchent un nouvel envol de papillons. Je reste interdite, incapable de répondre à ce bel aveu. Après quelques secondes, Colin ajoute : « Bonne nuit, Tess », et c'est enlacés que nous nous endormons.

10
DOUCHE FROIDE

Tess

– Tess ?

– Hmmmm... proteste ma voix endormie.

– Tess, il est l'heure. Réveille-t... euh, pardon, vous. Il faut qu'on y aille.

– Quoi ? dis-je en ouvrant péniblement un œil.

Colin est devant moi, déjà habillé.

– Il est 4 h 50, Tess. Nous devons y aller. Pour le jeu.

Il me tend ma robe tee-shirt, miraculeusement sèche.

– J'ai utilisé le sèche-cheveux de la salle de bains, m'explique Colin devant mon air étonné. Enfilez-la et passons dans votre chambre récupérer le reste de vos affaires, si vous en avez d'autres. Nous rentrons à Burbank.

Devant mon silence ahuri, Colin m'interroge :

– C'est toujours ce que vous voulez, non ?

– Oui, dis-je en enfilant ma robe, gênée d'être nue devant cet homme qui me vouvoie et me parle comme à une collaboratrice ou, pire, à une subalterne.

Nerveusement, je cherche ma culotte au pied du lit, sous le lit… Colin la sort de la poche de sa veste et me la tend.

– Merci, dis-je en m'en emparant d'un geste sec.

Sérieusement, Colin ? Pas une caresse, pas un geste tendre ?

Après m'avoir laissé entendre, en pleine action, que cette nuit serait certainement suivie d'autres…

C'est trop fort ! Je ne lui avais rien demandé, moi !

Si ce trou du cul pense que je vais me lancer dans une liaison au long cours avec quelqu'un qui me traite comme ça…

Furibarde, j'enfile mes mules et sors en trombe de sa chambre pour récupérer mon soutien-gorge dans la mienne.

– C'est bon, on peut y aller, grommelé-je.

– Tout va bien ? s'enquiert Colin après s'être installé dans la Jaguar capotée.

– Oui, grincé-je, c'est juste que j'ai un peu froid, dis-je en actionnant le chauffage.

– Tenez, dit-il en ôtant sa veste. Mettez ça. Ça va mieux ?

– Non.

– Ah ? Et qu'est-ce qui ne va pas ? dit-il en mettant le contact.

Tu me vouvoies. Tu te comportes comme s'il ne s'était rien passé cette nuit. Comme si je n'avais pas dormi dans tes bras, comme si tu ne m'avais pas susurré des mots tendres en sombrant dans le sommeil. Voilà ce qui ne va pas. Connard.

– Je ne vaux rien avant le petit déj', m'entends-je répondre.

– Vous êtes le genre de personne incapable de démarrer

sans un grand café, hein ? Ne vous en faites pas, on va bien trouver un Starbucks en chemin.

***

Quinze minutes de silence hostile plus tard, pelotonnée sur le siège passager en cuir chocolat, pendant que j'attends Colin qui est au Starbucks en train de me commander un Medium Roast XXL et un muffin, je plonge machinalement mes mains dans les poches de sa veste. Je sens sous mes doigts son portable.

Kate. Je devrais la remercier de m'avoir avertie pour ma grand-mère.

Je sors le téléphone, tape le code que Colin a composé hier devant moi et, à toute allure, pianote :

[Violetta va bien. Ai pu la voir. Merci de ton mot. Ne réponds pas sur ce tel. On se voit dans 8 semaines. xoxo Tess]

Certes, ça ne se fait pas de piquer son téléphone à quelqu'un. OK, c'est une violation de la vie privée. Mais je pense que question goujaterie, ce matin, M. Tête à Claques a mis la barre très haut.

J'expédie le message puis en efface toute trace mais, au moment où je m'apprête à remettre le portable à sa place comme si de rien n'était, Colin ouvre la porte de la voiture. Je sursaute et laisse tomber le Smartphone sur mes genoux.

– Qu'est-ce que vous faites ? me demande-t-il avec fureur.

– Moi ? Rien.

– Qu'est-ce que vous faisiez, là, à l'instant ? Avec mon portable ?

– Ah, ça ? Je regardais l'heure, c'est tout, mens-je en lui

tendant son téléphone et en attrapant en retour les cafés.

Mais Colin ne me croit pas. Son humeur est aussi sombre que ses magnifiques yeux noirs. Il prend place, démarre et se met en route.

– Merci pour le café, lui dis-je avec une voix de petite fille prise en faute.

En guise de réponse, Colin allume l'autoradio.

– Je savais que je n'aurais jamais dû vous faire confiance, finit-il par pester au bout de quelques minutes. On ne peut pas se fier à une personne qui est « prête à tout pour réussir ».

Je lui jette un regard choqué, blessé. Me mettre dans la gueule que je suis « prête à tout », alors que c'est le producteur exécutif de *son* émission qui a décidé que je jouerais ce rôle ? Sérieusement ? Comme si ça ne suffisait pas, Colin ajoute :

– Quand je pense que, même en connaissant votre secret, je me suis quand même fait avoir ! Il n'y a pas à dire, vous êtes vraiment très forte ; Miléna a eu du nez. Et vous irez loin.

OK, je n'aurais pas dû fouiller dans ses poches, lui piquer son portable et me servir de son code d'activation que j'avais par mégarde mémorisé. Mais là, Colin Cooper va un poil trop loin. Furax, je me plonge dans un silence obstiné.

D'ailleurs, aucun de nous ne desserre plus les dents de tout le reste du voyage. Par contre, nos yeux, qui ne peuvent s'empêcher de se croiser, lancent des éclairs. Mille fois, j'ouvre la bouche pour engueuler Colin, et mille fois, je renonce. Heureusement, les routes sont désertes et nous arrivons à Burbank après seulement quarante minutes de supplice.

Sur le parking, je descends de la voiture et claque la

portière, puis je commence à tracer vers les studios.

– Pas la peine de me suivre, lui crié-je. Je connais le chemin. Et ma place ! ajouté-je, exaspérée.

– Attendez, me crie Colin. Tess, attendez !

Je fais volte-face et lève mes yeux vers lui avec une lueur d'espoir. Va-t-il dire quelque chose pour rattraper le coup ? S'excuser de s'être montré aussi injuste et m'expliquer sa froideur au réveil ?

– Vous savez ce que vous allez faire ? Pour la chanson ? s'enquiert-il en avançant vers moi.

Mais c'est pas vrai ! Il se fout de ma gueule, ma parole !

Non, je n'ai rien trouvé, gros malin. Je te signale que cette nuit, au lieu d'écrire une sérénade pour une bande d'hypocrites, j'étais en train de coucher avec l'un d'entre eux.

– Je peux vous faire porter une guitare en loge dans le quart d'heure mais il faut que vous trouviez quelque chose, sans quoi je ne pourrai pas vous laisser regagner la Maison des Murmures…

Cette fois, c'en est trop.

– Vous ne pourrez pas me laisser regagner la maison ? sifflé-je. Je pense que vous n'avez pas le choix !

Ça y est, mon Hulk intérieur est de sortie.

– Pardon ? me demande-t-il, le visage convulsé de rage.

– Vous pensez que je ne sais pas ce qui se passera, si j'engage des poursuites pour m'avoir caché l'hospitalisation de ma grand-mère ? Et si je révèle à la presse que vous avez couché avec moi ? Je vous l'ai dit hier, Colin : je suis plus futée que vous ne l'imaginez.

– Et moi, rétorque-t-il, ivre de rage, je vous ai répondu que j'avais pleinement conscience de votre intelligence. Il faut croire que j'avais tort. Vous êtes simplement une idiote dotée d'un instinct de survie à toute épreuve.

– Personne ne me traite d'idiote, grincé-je en serrant les poings, au comble de la fureur.

– Vous préférez « garce » ?

Ma main tremble. Je suis à deux doigts de le gifler, mais je me retiens. Je ne lui ferai pas ce plaisir, ça foutrait en l'air l'avantage que j'ai sur lui. Pour l'instant, c'est lui et son équipe qui sont légalement en tort.

– Commencez à organiser mon retour dans le jeu, lui intimé-je. J'ai gagné, Colin, je rentre dans la Maison, que vous le vouliez ou non.

Fou de rage, il m'attrape par le bras et me traîne dans les couloirs, jusqu'à la loge où j'étais il y a seulement trois jours.

– Attendez ici qu'on vienne vous chercher.

– Où vous allez ?

– Moi ? dit-il avec un sourire cruel. Je rentre chez moi. C'est ici que nos chemins se séparent, Tess. Aucun regret, j'imagine ?

Un par un, je sens les papillons dans mon ventre rendre l'âme.

– Aucun.

Colin fait demi-tour pour quitter la pièce. À le voir s'éloigner, je panique.

C'est fini. C'est vraiment fini, je ne le reverrai plus jamais.

J'aurais dû prévoir que ça se finirait ainsi. Tout le monde sait que la plupart des papillons décèdent en 24 heures.

Colin et moi, c'était déjà cuit quand nous nous sommes

endormis enlacés hier et qu'il m'a glissé ces mots :

– Tess ?

– Hmmm… Quoi ?

– Je suis… vraiment content que tu te sois échappée de ta chambre, cette nuit-là, au Peninsula. Je suis content que tu sois entrée dans ma vie.

– Ne vous en faites pas pour la chanson, monsieur le producteur ! lui lancé-je, menaçante, pour…

L'agresser ? Le retenir ?

– Je vais trouver un moyen de me faire pardonner auprès des téléspectateurs d'avoir fait cet esclandre, poursuis-je. Et aussi de vous avoir traité de « connard » en de nombreuses occasions.

Il se retourne une ultime fois pour me jeter un regard plein de dédain.

– Pas la peine de vous en faire pour moi, Tess. Je me fiche éperdument de vos excuses ou de ce que vous pouvez penser de ma personne. Bonne continuation dans l'aventure, vous méritez amplement de gagner ce jeu.

Et sur ce, il claque la porte.

Dès que je me retrouve seule, mon regard se braque sur le lino au sol. Mes yeux se mouillent de grosses larmes rondes. Durant un instant, je ne trouve pas mon souffle.

Puis soudain, une longue plainte s'échappe de ma gorge, qui se transforme vite en sanglots incontrôlables.

C'est quand même triste, une hécatombe de papillons.

III

DEUX MONDES

11

« K » SORT DE L'OMBRE

Colin

C'est pas vrai ! Quel imbécile je fais !

Une fois de plus, c'est arrivé. Bien que je me sois promis de ne plus jamais me laisser prendre à ses filets, j'ai recouché avec Tess Harper.

Crétin. Crétin. Crétin.

Qu'est-ce qui m'a pris ? Cette fille est un danger ambulant, elle passe d'un extrême à l'autre en quelques secondes, c'est une vraie montagne russe émotionnelle. Un coup, j'ai l'impression que c'est la femme la plus sincère et la plus touchante au monde. L'autre coup, elle me pique mon téléphone pour faire je ne sais quoi et me menace ensuite de foutre ma carrière en l'air. Pourquoi est-ce que je me suis fourré dans cette galère une nouvelle fois ?

Je sais très bien pourquoi.

Tess Harper n'est pas seulement sublime, avec son visage de déesse et son corps digne d'un mannequin de chez Victoria's

Secret. Ce n'est pas uniquement une amante hors pair. C'est aussi la femme la plus magnétique, la plus troublante, la plus énigmatique que j'aie jamais rencontrée. Son mélange de franchise et de secrets, d'assurance et de doutes, son sens de la repartie… Tout chez elle me déstabilise, m'irrite, mais parfois…

… parfois aussi, me plaît.

C'est plus fort que moi : elle m'attire. Et je n'arrive pas à lui résister. Qu'est-ce que j'espérais ? Que la candidate d'un jeu où tous les coups sont permis la jouerait fair-play dans la vraie vie ? Qu'il suffirait de la sortir de la Maison des Murmures pour qu'elle décide de s'abonner au *Time Magazine* et qu'elle renonce à devenir une starlette de la télé ? Je ris de ma naïveté, de mon imbécillité et de ma foutue libido.

Ça ne peut pas se reproduire. Je dois la sortir de ma tête. Plus vite Tess Harper sera de retour dans cette fichue maison, plus vite je pourrai retourner à ma vie.

Je me dirige vers le bureau de Joshua pour lui demander de faire porter une guitare à Tess mais ce dernier n'est pas là. Je jette un coup d'œil à ma montre : 5 h 45.

Super. Je pense que je vais devoir me débrouiller seul sur ce coup.

Je m'empare du téléphone fixe du producteur exécutif pour appeler le standard, tout en me demandant quel usage Tess compte faire de cet instrument. Est-ce qu'elle va obéir à la consigne ? Régler ses comptes avec ses colocataires et moi, à l'antenne et en chanson ? Tout mettre en œuvre pour rafler les 1 000 dollars tout en se mettant les autres candidats et le public dans la poche ?

J'ai un moment d'hésitation avant de taper le numéro du standard. Mon portable en profite pour se mettre à vibrer dans la poche arrière de mon pantalon. Je regarde l'écran : c'est Ian. Il sait que je me lève généralement tôt et m'appelle parfois en sortant de garde.

– Salut, Ian.

– Salut mec. Dis-moi, je quitte l'hôpital, là : ça te dirait pas d'aller prendre un petit déj' ?

Je pense un instant à la perspective alléchante d'une montagne de pancakes et d'un café noir chez *Du-par's*.

Impossible. Je dois régler cette histoire avec Tess.

– Je suis désolé, Ian : ça ne va pas être possible pour moi aujourd'hui.

– Tu es… en charmante compagnie, c'est ça ? me demande mon ami en baissant d'un ton.

– Pas le moins du monde, réponds-je, irrité.

Ian interprète mal ma mauvaise humeur.

– Tu penses encore à elle, avoue. L'inconnue du *Peninsula*. Si ça te met à ce point de mauvais poil, tu devrais essayer de la retrouver.

– On n'est pas dans *Cendrillon*, Ian, rétorqué-je. Je ne vais pas retourner toute la ville pour la débusquer.

D'autant qu'elle se trouve à moins de 500 mètres de moi, que je n'ai rien d'un prince charmant, et qu'elle-même est tout sauf une princesse en détresse.

– Bon, je vois que tu t'es levé du pied gauche, me réprimande Ian. Dès que tu te détends, tu me fais signe ?

– Tu as raison, je suis désolé : la nuit a été rude, une galère avec le travail.

– Tu bosses trop, ça fait des années que je te le dis.

En ce moment, bof-bof.

Ian et moi parlons encore quelques minutes puis raccrochons sur une note apaisée, avec la promesse de se voir bientôt. Je contacte ensuite l'accueil mais personne ne me répond. Je passe la tête dans le couloir en espérant tomber sur quelqu'un. Au bout de quelques minutes, je vois l'une des monteuses passer.

– Bonjour monsieur Cooper ! me lance-t-elle, enjouée.

– Bonjour… Sara, c'est ça ? m'enquiers-je en cherchant à me rappeler son prénom.

– C'est bien ça, Sara Henessy, me dit-elle avec un sourire flatté, visiblement heureuse que je me souvienne d'elle.

– Vous êtes bien matinale, remarqué-je.

– Pour tout vous dire, je m'apprêtais à aller en salle de repos piquer un roupillon. J'ai monté toute la nuit pour la matinale de 10 h 15.

– Et les autres ? Où sont-ils ?

– Les autres ? Quels autres ?

– Eh bien, les cadres, par exemple. Joshua Pierce en tête.

– À part votre sœur, rit-elle, on voit rarement les chefs arriver avant 9 h 30 à cet étage. Ce n'est pas le cas, au 6e ?

– Si, avoué-je. Malgré les rumeurs qui courent à mon sujet, je ne suis pas un monstre : je n'oblige pas mes collaborateurs à renoncer au sommeil et à leur vie privée… même si j'adorerais ça, dans le fond.

– Oh, monsieur Cooper, rit la jeune femme en battant des cils, personne ici ne pense que vous êtes un monstre.

Tout le monde flirte avec tout le monde au 4e étage, ou quoi ? Ma sœur met des philtres d'amour dans le café ?

– Sara, soyez gentille et prévenez-moi dès que Mme Cooper arrive. Je serai à mon bureau, déclaré-je d'un ton neutre histoire de recadrer Sara Henessy.

– C'est que… C'est samedi aujourd'hui, monsieur Cooper, m'informe la monteuse. Et le samedi, à part l'équipe technique, personne n'est là.

Bon sang ! J'avais complètement zappé que c'était le week-end ! Il faut que je téléphone à Miléna. À 6 heures, un samedi d'avril, ma sœur doit être en pleine salutation au soleil : elle ne peut pas se passer de ses cinq heures de yoga hebdomadaires. Rapidement, je prends congé de Sara : je dois terminer d'honorer mes engagements envers Tess, rentrer chez moi, retourner à ma vie. Réserver chez *Lucques* pour Zach et moi. Après tout, c'est samedi !

« Bonjour, vous êtes bien sur la messagerie de Miléna Cooper, je ne puis vous répondre pour l'instant : merci de m'indiquer le motif de votre appel ainsi que vos coordonnées complètes et je vous rappellerai. »

– Mila, c'est moi. Je te préviens, je vais te harceler jusqu'à ce que tu laisses tes chakras tranquilles et que tu décroches ce téléphone. Il y a urgence.

Je raccroche et rappelle. Une fois, deux fois… La troisième fois, Miléna répond, la voix ensommeillée.

– Mmmm… Allô ?

– Allô Mila, c'est Colin.

– Gnnnniiii… geint ma grande sœur. Colin, on est samedi !

– Samedi, c'est bien le jour où tu vas à l'ashram aux aurores ?

– Ce n'est pas un ashram, Colin ; on n'est pas en 1973. C'est un club de gym de luxe où je pratique l'ashtanga Yoga. Ça n'a rien d'une petite fantaisie New Age !

– Et tu sèches ton cours d'Ashtan-machin-chose ? Ce n'est pas ton genre.

– Je n'ai pas entendu mon réveil, me répond-elle avec un peu d'humeur. Ça arrive.

Pas à ma grande sœur.

Bizarre… Y aurait-il quelque chose qui cloche avec Miléna ? Entre ça et le fait qu'elle m'ait délégué l'un de ses dossiers brûlants…

Note pour plus tard : ne plus jamais associer Tess à l'adjectif « brûlant » ou à un quelconque mot qui puisse me rappeler nos deux nuits ensemble.

– L'oiseau a-t-il rejoint le nid ? s'enquiert justement ma grande sœur.

– Presque, la rassuré-je. On a quitté Watts, on est arrivés aux studios il y a 20 minutes. Il me faut maintenant une guitare pour qu'elle écrive sa chansonnette et qu'elle rentre dans la maison.

– Il me semble qu'on a sa guitare quelque part. Envoie un mail à la cellule technique : ils sont hyper-réactifs et savent ce qu'ils ont à faire. Le tournage reprend à 7 heures : la candidate doit absolument être dans son lit comme si de rien n'était à ce moment-là. C'est notre seul moyen de nous épargner un cérémonial de retour invraisemblable.

– C'est dans 55 minutes !

– Raison de plus pour te dépêcher. On ne peut pas se permettre de la faire rentrer après, sinon il faudra annoncer pourquoi, trouver un scénar… Tous mes producteurs sont en week-end, je ne me vois pas les tirer du lit pour ça.

– Miléna, je ne suis pas certain que Tess – je veux dire Miss Harper – réussisse à écrire une chanson en moins d'une heure.

– Tatata, me coupe ma sœur. Contrairement à moi, tu ne connais pas cette fille : tu ne sais pas de quoi elle est capable.

Ma pauvre sœur, si tu savais !

– C'est une battante, Colin. Je sais que tu as du mal à le croire mais la plupart des gens qui réussissent notre casting ont du talent…

– Je sais, Miléna, concédé-je. Cette fille est intelligente et elle a de la ressource mais…

– Tu es certain que tout va bien, petit frère ? me charrie Miléna. Tu viens presque de reconnaître qu'il fallait faire confiance à la candidate, sur ce coup !

Je blêmis. Est-ce que Mila se doute de quelque chose ?

– Concernant la grand-mère, demandé-je abruptement pour faire diversion, qu'est-ce qu'on fait ? Après tout, le mot qu'a trouvé Tess dans son burger commençait par : « La prod ne veut pas te dire… »

– J'y ai beaucoup réfléchi depuis hier soir et ça ne colle pas, Colin. Personne de mon équipe ne ferait ce genre de choses.

– C'est vrai que la télé-réalité est un milieu très clean, ironisé-je.

– Peut-être pas, et peut-être qu'il nous arrive de manipuler un peu la réalité pour la rendre plus trépidante ou plus glam'…

– La « réalité » ? Tu veux plutôt dire les candidats, interromps-je ma sœur.

– Tu peux penser ce que tu veux, Colin, s'agace Miléna, mais moi je sais que ma *team* est réglo : ils jouent peut-être avec certaines règles mais ils n'iraient pas jusqu'à contourner la loi !

– Visiblement, quelqu'un a franchi la ligne rouge, ce coup-ci, grande sœur.

Et « K » sait de qui il s'agit.

– Tu sais comme moi qu'il va falloir prévenir les ressources humaines, commanditer une enquête interne ; c'est la procédure. Des têtes vont tomber.

– Ça va foutre une super ambiance dans l'équipe, en début de saison. La galère, putain… Comme si j'avais besoin de ça en ce moment ! gémit Miléna.

– Écoute, puisque je suis au bureau pour encadrer le retour de Tess, ça ne me gêne pas de fouiner un peu pour essayer de voir ce qui s'est passé. Histoire qu'on ait quelques éléments avant de prévenir les RH. Peut-être qu'on peut encore limiter la casse. Ça te va ?

– Si tu trouves le responsable et règles ça *discrétos*, tu me sauves la vie, petit frère. N'hésite pas à passer en revue les mails de toute l'équipe. Je te revaudrai ça.

– Ça marche. Je t'embrasse, Mila. Prends soin de toi, on se parle demain.

Bon. Avant d'éplucher la correspondance professionnelle de dizaine d'employés, il faut que j'envoie d'urgence ce mail à la cellule technique. Pas question de perdre du temps en grimpant jusqu'au 6e étage. Je fais volte-face et entre de nouveau dans le bureau de Josh. Je m'installe à son ordinateur, tape mes identifiants qui me donnent accès à tout le réseau, ouvre Outlook…

Tiens, en voilà un qui a oublié de se déconnecter avant de partir en week-end…

Je m'apprête à fermer sa boîte pour ouvrir la mienne quand je remarque un e-mail daté de la veille, avec un objet qui m'interpelle.

De : Kate Wilson <wilson.kate@ucla.edu.>
À : Josh Pierce <joshua.pierce@studioscooper.com>
Objet : URGENT TESS HARPER

Un rapide coup d'œil me permet de constater que d'autres messages du même genre n'ont cessé d'arriver depuis trois jours. « TESS HARPER : IMPORTANT », « TESS HARPER : URGENT »... Tous ont été envoyés par cette Kate Wilson.

Je repense au petit mot que Tess a trouvé dans son burger :

« La prod ne veut pas te le dire : ta grand-mère est à l'hôpital depuis la semaine dernière. DSL. K. »

« Kate Wilson ». « K.W ». « K ».

On dirait bien que dans mon malheur, j'ai eu de la chance…

Peut-être que cette affaire va se régler plus rapidement que je ne le pensais ? Josh était très certainement la dernière personne que j'aurais soupçonnée d'une telle faute professionnelle.

Au nom de notre ancienne amitié, j'espère sincèrement me tromper.

J'ouvre le premier e-mail et commence à le lire.

12
CE N'EST PAS FACILE DE DEMANDER PARDON

Tess

Il est temps de sécher mes larmes de gamine ridicule : Colin n'est pas revenu et il ne reviendra pas. À la place, j'ai eu droit à un technicien barbu d'environ 50 ans arborant fièrement un tee-shirt Slayer. Il m'a recommandé de dire, une fois de retour dans la maison, que j'avais eu une crise de claustrophobie. Ensuite, il m'a laissé dix minutes en tête à tête avec ma guitare, avec comme instruction de « pondre quelque chose de bien ».

C'est certainement ce qu'on a dit à John Lennon juste avant qu'il trouve les premiers accords d'Imagine : « John, ponds-nous quelque chose de bien. »

J'ai dû me creuser les méninges pour trouver une idée mais je crois que finalement je ne m'en suis pas trop mal sortie.

On verra ça dans quelques instants, de toute façon.

Après le départ du barbu et mes dix minutes de préparation, une styliste est venue me voir. Elle m'a sommée d'enfiler une nuisette transparente, m'a soigneusement démaquillée et m'a discrètement conduite à la Maison des Murmures pour me faire regagner mon lit sans réveiller les autres filles. Je me suis endormie illico, épuisée par ma nuit de sexe sauvage et par ma dispute nucléaire de ce matin. Je n'ai rouvert les yeux qu'à 11 heures, la boule au ventre.

Il est maintenant 11 h 30 et je n'ai toujours pas réussi à sortir de ma chambre. Je suis terrifiée par la manière dont les autres vont me regarder. Malheureusement pour moi, Devin finit par entrer dans la chambre. Il semble déterminé à m'extraire de mon lit.

– Tess ? Est-ce que ça va ?

– Pas top, lui avoué-je avec un sourire contrit.

– Écoute, je ne sais pas ce qui t'a pris hier et ce n'est probablement pas mes affaires mais tous les autres sont en train de finir de petit déjeuner. Tu devrais te joindre à nous.

– Devin, c'est gentil… Mais je ne vais pas y arriver.

– Tu ne vas pas pouvoir te cacher là à jamais, ma jolie. Allez, viens, m'encourage le blond musclé au large sourire. Suis-moi.

J'obéis à Devin et pénètre dans la pièce commune. Mon arrivée provoque un silence de mort.

– Beverly, braille soudain Karmen, tu ne trouves pas que ça pue, par ici ?

– Oh non, Karmen, bafouille Beverly avec son sourire de labrador, au contraire : ça sent le café chaud.

– T'es vraiment trop bête, peste Karmen en levant les yeux au ciel.

Puis, la méchante de service fonce vers la chambre d'où

j'émerge à peine et en profite au passage pour me bousculer.

– Dégage de mon chemin, la psycho, ou je te jure que je te casse la gueule.

– Non mais t'es pas sérieuse, j'espère ? demandé-je à Karmen. Elle est pas sérieuse, elle ?

– Ne cède pas à sa provoc' à la con, me glisse Devin. Viens, je vais te servir un café.

Il a raison, je dois garder mon calme, je dois garder mon calme, je dois…

Je me raccroche aux instructions de Devin comme à une bouée de sauvetage.

Au moins, ici, j'ai un allié.

Je m'installe à la table alors que Devin m'apporte un mug fumant et me lance un regard qui veut dire : « Courage ». Les autres quittent un par un la cuisine en me jetant des regards noirs. Bientôt, Devin et moi sommes seuls.

– Bon, ma jolie, déclare mon nouvel ami, on va parler un peu, toi et moi. Qu'est-ce qui t'a pris hier ?

– Je suis désolée, Dev' : j'ai pété les plombs. Le stress, la fatigue… J'ai piqué une crise de… de claustrophobie, mens-je comme on me l'a recommandé. Ça m'arrive parfois. Je sais que j'ai grave abusé mais je n'ai pas réussi à me contrôler.

– C'est pas à moi qu'il faut dire ça mais à Quentin. Le pauvre n'a rien compris à ce qui se passait. Ensuite, tu t'excuses auprès des autres pour le raffut. Ils sont gentils, je t'assure – à part Karmen, qui est une vraie garce.

Le beau Devin, avec ses grands yeux bleus rêveurs et sa fossette craquante sur le menton, a visiblement décidé de devenir mon conseiller en communication.

Je ne pense pas avoir mérité tant de gentillesse mais

je ne vais pas me plaindre : un soutien, c'est toujours bon à prendre.

– Merci, Dev', lui dis-je, débordante de reconnaissance. Dis-moi, demandé-je en mimant la suspicion, ton secret, ça ne serait pas que tu es psy, par hasard ?

– Ah ah ! Tu es encore très loin de la vérité, me dit-il. Ça va, c'est pas demain la veille que tu vas me démasquer : on peut rester copains.

– J'adorerais, Dev'. Sincèrement.

Je prends sa main dans la mienne. Finalement, je suis peut-être mieux ici que dehors. Au moins, dans cette maison, je peux me focaliser sur le jeu, sur les amis que j'ai à me faire, et oublier une bonne fois pour toutes Colin Cooper.

Le corps de Colin, ruisselant d'eau.

La bouche de Colin, effleurant la mienne.

La voix de Colin, quand il a murmuré dans la pénombre qu'il était heureux de m'avoir rencontrée.

Je ne sais pas comment arrêter de ressasser tout ça. Ce n'était qu'un flirt, deux petites baises de rien du tout. Entre nous, il n'y a que le sexe qui fonctionne. En dehors de ça, jusqu'à présent, on a passé notre temps à s'engueuler ou à se faire des crasses : c'est bête mais c'est comme ça.

Pourtant, c'est difficile. Ça ne m'était jamais arrivé de vivre une telle osmose physique. Sérieusement, ce mec me rend dingue. En plus, il est beau comme un dieu : plus jamais je ne rencontrerai un canon comme ça… Et puis par moments, j'ai l'impression qu'on se comprend vraiment. Je ne sais pas pourquoi ça finit toujours par partir en vrille entre nous ! Ce n'est pas ce que je veux…

Mais qu'est-ce que je veux, exactement ?

Je chasse cette question insoluble et commence à débarrasser la table. Une fois que j'aurai mis un peu d'ordre dans la cuisine, j'irai faire ma toilette.

Mieux vaut s'excuser et faire des hugs aux autres avec l'haleine fraîche.

Avant que j'aie eu le temps d'atteindre le lave-vaisselle, une musique d'alerte retentit dans toute la maison, signalant que le Maître des Secrets a une annonce à nous faire. Nous obéissons aux instructions que nous connaissons par cœur : nous réunir immédiatement dans le salon.

Canapé d'angle, méridienne, fauteuils blancs : chacun se trouve une place. Une fois que nous sommes installés, le Maître des Secrets prend la parole.

– Bonjour à tous, tempête sa voix à travers les haut-parleurs. Comme vous le savez, l'une de nos candidates s'est mal conduite hier. Nous vous avions annoncé que Tess, après s'être battue avec Quentin, devait préparer une surprise pour tous les habitants de la Maison des Murmures. Nous allons maintenant voir comment elle a choisi de faire ses excuses. Tess, ton matériel t'attend dans le sas.

Je trotte le cœur battant vers le sas pour récupérer ma guitare. J'ai peur : peur de perdre ma place dans la maison, peur de perdre la face devant les autres, peur de passer pour une idiote sentimentale devant tout le pays. Pendant ce temps, le Maître des Secrets continue son speech.

– Habitants de la maison, ce sera à vous, pour une fois, de décider si le défi est réussi ou non. Si Tess échoue, 1 000 dollars seront retirés de sa cagnotte.

Aïe. Voilà une super occasion pour eux de se venger.

– Mais si elle gagne, poursuit le Maître, elle recevra

1 000 dollars en plus et vous tous serez récompensés pour votre magnanimité : le Maître des Secrets a parlé.

La communication cesse alors que j'entre dans le salon en portant mon étui à guitare. Mes « colocataires » m'observent, intrigués. Karmen et Quentin s'échangent un regard narquois.

C'est pas gagné…

– Qu'est-ce que c'est que ça ? rit méchamment Karmen. On va se faire une soirée feu de camp ? On est chez les scouts ou quoi ?

Imperturbable, je sors l'instrument de musique et m'installe.

– Je vous préviens, si elle se met à chanter, moi je me casse, se moque encore Karmen. Déjà qu'elle nous a ruiné l'après-midi d'hier, elle va pas en plus nous faire pleuvoir dans le salon.

– Tais-toi, Karmen, lui intime Devin. Allez, Tess, on t'écoute, ajoute-t-il pour m'encourager.

Je prends une profonde inspiration. Je sais que je m'apprête à chanter pour ma place dans la maison, pour m'attirer de nouveau les bonnes grâces du public. Mais aussi…

… mais aussi pour Colin, même si je ne devrais pas penser à lui.

Après tout, cette chanson d'excuses, c'est lui qui me l'a demandé. Et peut-être que si j'avais été plus douée pour exprimer mes regrets suite à l'affaire du téléphone, on n'en serait pas là, lui et moi.

Bien entendu, je n'ai pas eu le temps de composer quelque chose, mais je me suis dit qu'une reprise ferait tout aussi bien l'affaire. D'autant que j'ai même ajouté un petit couplet à ma sauce.

Spéciale dédicace pour Colin.

Rapidement, je gratte un *la* mineur, un *ré* mineur, un *sol*, un *do*, un *mi* : les cinq accords qui composent les couplets de la chanson d'Elton John, *Sorry Seems To Be The Hardest Word*.

Ma voix commence à sortir, d'abord timide, tremblante :

What have I gotta do to make you love me ? What have I gotta do to make you care ?

« Que dois-je faire pour que tu m'aimes ? Que dois-je faire pour que tu t'intéresses à moi ? »

Mais rapidement me revient en mémoire le conseil que m'avait donné Charly lors de mes premières leçons : « Tu as une voix magnifique, Tess, mais tu as tellement peur du ridicule que tu l'étouffes. Le chant, ça part du ventre, juste là. Si tu ne te montres pas courageuse, si tu n'y mets pas assez de tripes, tu ne peux pas chanter. »

Je décide de prendre mon courage à deux mains et de me lâcher. De prétendre que je suis seule dans ma chambre. D'oublier les neuf paires d'yeux braquées sur moi et les millions de téléspectateurs derrière leur écran. D'occulter les vidéos qui vont circuler sur le Net et les éventuels articles railleurs des magazines people. Plus important que tout : je tente de ne pas penser au fait que Colin verra sans doute tout ça.

Tout en gardant à l'esprit qu'au fond, je ne chante que pour lui.

What do I do to make you want me ? What have I got to do to be heard ? What do I say when it's all over ? And sorry seems to be the hardest word ?

« Que dois-je faire pour que tu me désires ? Que dois-

je faire pour être entendue ? Que dois-je dire maintenant que tout est fini entre nous ? Et que s'excuser semble si difficile ? »

Ça va de mieux en mieux. Sur le refrain, je me détends tout à fait et chante de tout mon cœur. Quand arrive le couplet spécialement écrit pour Colin, une part de moi prie pour qu'il ne l'entende jamais. L'autre espère au contraire qu'il est en studio en ce moment même et qu'il peut m'entendre sur l'un des moniteurs.

What do I do when you think I used you ? How can I let you know you are wrong ? How do I say that I just want you ? When both our angers grow so strong ?

« Que dois-je faire quand tu penses que je t'ai utilisé ? Comment te faire savoir que tu te trompes ? Comment te dire que je ne veux que toi ? Alors que nos colères deviennent si fortes ? »

Je conclus ma chanson et repose ma guitare. Je reste les yeux baissés, quelques secondes, et ne les relève qu'au moment où se fait entendre un concert d'applaudissements. Jessica, Devin et Melvin sont en train de frapper dans leurs mains.

Par contre, Amber, Alex, Quentin, Mason, Karmen et Beverly restent de marbre.

– Ne faites pas semblant, les gronde Devin. Elle a réussi son challenge, vous le savez aussi bien que moi !

– Pas si vite, proteste Karmen. On doit voter.

– OK, balance le beau gosse musclé, on vote. Qui trouve que Tess a trouvé une manière surprenante et sincère d'exprimer ses regrets et qu'elle mérite donc qu'on lui pardonne ?

Sans surprise, Devin, Jessica et Melvin lèvent la main, et

je leur en suis incroyablement reconnaissante. Mais à mon grand étonnement, ils sont bien vite rejoints par Amber, Alex… et même par Beverly ! Karmen manque de s'étouffer de rage en voyant que sa Barbie change de camp.

– Bah quoi ? demande la poupée blonde à la *bitch* brune. Le Maître des Secrets a dit que si on se montrait magnétiques, on aurait une récompense.

– « Magnanime », Beverly, souffle Karmen, exaspérée. Le mot qu'il a employé était « magnanime ».

– Ouais, en gros, fallait voter pour elle, quoi, rétorque Beverly en haussant les épaules, la main toujours levée.

Je suis triste de ne pas avoir le vote de Quentin, même si bien sûr je le comprends. Il faudra que je trouve un moyen de lui présenter mes excuses, au calme.

– Habitants de la Maison des Murmures, gronde le Maître des Secrets, vous avez parlé. Tess s'est fait pardonner en musique et gagne grâce à vous 1 000 dollars, qui vont directement dans sa cagnotte. Quant à vous, le Maître des Secrets tient à vous féliciter pour votre esprit de camaraderie. Vous aurez désormais accès à une nouvelle zone de la maison : la piscine.

À cet instant, l'une des parois amovibles du jardin s'ouvre sur une splendide piscine.

– À la flotte ! s'écrie Alex fou de joie avant de courir vers le jardin et de faire la bombe. Wouhou ! Venez, elle est trop bonne !

Ni une ni deux, il est rejoint par Devin puis par Amber, qui sans hésiter sautent habillés dans l'eau.

C'est ma chance. Je ne dois pas rester à l'écart.

Je cours moi aussi et plonge sans réfléchir. Quand je

remonte à la surface, Devin m'éclabousse. Je ris et lance sur lui un assaut pour le couler, soutenue par Amber. Je commence à me sentir mieux. J'ai envie de croire que tout va bien aller.

Que si je réussis à ne pas penser à Colin, tout va bien aller.

***

Quelques heures plus tard, alors que le reste de la maison est en plein défi « mimes », Devin et moi sommes mandatés pour faire des mojitos.

– Tu fais ça hyper bien, remarqué-je.

– Avant de venir ici, je bossais dans un bar.

– Ah ouais ? Où ça ?

– Euh, à Hollywood, bafouille-t-il.

– T'as pas plus vague, comme info ? ris-je. Je te signale que je connais la ville comme ma poche : je suis une véritable *angelena.*

– C'est vrai ? s'étonne Devin. Tu viens d'où ?

– De Watts.

– Waouh, tu es une authentique *bad girl*, pas vrai ?

Je souris.

– Qu'est-ce qui me vaut ce sourire radieux, ma jolie ?

– Riens, c'est juste que tu as dit « waouh ». C'est un truc que je dis souvent, moi aussi.

– Comme tout le monde, non ? me charrie Devin.

– Pas forcément… Un ami m'a reproché d'abuser des « waouh », récemment.

– Ah oui ? Eh bien ton ami est un crétin : tes « waouh »

sont *swag*, beauté, me dit Devin avant de m'embrasser sur la joue tout en laissant sa main s'attarder au creux de mes reins.

Alerte rouge. Il flirte avec moi ou quoi ?

– Devin, le repoussé-je en douceur, je ne peux pas... Je veux dire : il y a quelqu'un dehors... Enfin non, pas vraiment, mais...

– Il y a quelqu'un ou pas ? me demande Devin en riant.

– Disons que c'est... compliqué. Mais j'ai vraiment besoin d'un ami, ici, Devin. Je ne comprends rien à ces faux-semblants, à ces accords, à ces stratégies pour cacher qui on est vraiment. J'ai l'impression d'être en plein *Hunger Games* !

– Sauf que tu es bien plus belle que Jennifer Lawrence.

– Je suis surtout bien moins armée.

– Tu te sous-estimes, Tess : tu as tout ce qu'il faut pour t'en sortir.

– Tu dis ça parce que j'ai une grande gueule... Je t'assure qu'au moment de revenir dans le jeu, ce matin, je me sentais perdue. Sans toi, je n'y serais pas arrivée.

– OK, me dit Devin en m'enlaçant affectueusement. Alors mettons que ce jeu, ce soit *Hunger Games* : je suis d'accord pour forger une alliance avec toi, Katnis Everdeen. Mais surtout, « rappelle-toi...

– ... qui est le véritable ennemi », récité-je de mémoire en riant.

– Tu dois te méfier de Karmen, elle va essayer de te faire nominer demain.

– Elle devrait y arriver sans mal : tu as vu comme les autres m'ont regardée de travers tout l'après-midi ? Il n'y a que toi, Jess et Amber qui m'ayez réellement pardonné.

– Karmen essaye de faire de toi le bouc émissaire, c'est

clair, mais il te reste la soirée entière pour rattraper le coup. Déjà, l'apéro mimes, c'est cool parce qu'on joue en équipe : ça va t'aider à te rapprocher de certains habitants de la maison. Ensuite, ces succulents mojitos vont nous permettre de nous mettre plein de monde dans la poche. L'essentiel, c'est que tu ailles vers Quentin. Essaye de te faire pardonner ton coup d'éclat. Moi, je te couvre, comme on dit.

– Pourquoi tu fais ça pour moi, Devin ?

– Parce que j'ai envie que tu restes le plus longtemps possible dans la maison. Je ne veux pas que tu partes tout de suite et que tu ailles retrouver ce type avec qui c'est « compliqué ».

– Devin… protesté-je.

– Ne dis rien, Tess, m'intime Devin en posant un doigt sur ma bouche. Tu ne sais pas comment les choses vont évoluer entre nous. Huit semaines, c'est long.

13
PAS MON GENRE

Colin

Quand je franchis la porte de ma villa, il est 19 heures. Je suis finalement allé boire un coup avec Ian. Après une matinée d'enfer, je me suis dit que j'avais moi aussi besoin de prendre l'air. Aux studios, je devenais dingue : entre ce que j'ai découvert sur mon ancien copain de fac et la chanson de Tess…

C'est la chanson qui a été le pire : je n'ai pas arrêté de relancer la vidéo YouTube, de compter les pouces verts et les pouces rouges, de dénombrer les vues. J'ai même réussi, pour une fois, à me servir de Twitter – c'est dire à quel point j'étais motivé ! Je voulais savoir ce qui se disait sur la prestation de Tess. Je dois dire que je n'ai pas été déçu.

Sonia Fuller@SonicSonia – 12 sec : Trop k-non Tess et je kif trop sa voix aussi ouf, la meuf elle chante kom Adele ! #PSEA

TimR@timmer – 16 sec : Pt1 la voix kel a Tess faut dire kel a du coffre lol #PSEA

Alina Joy@alinajoy – 21 sec : C pas #PSEA kel aurait dû faire, Tess, c'est @TheVoiceOfficial

Il y en avait des kilomètres, de cet acabit-là. J'ai mis des heures à décrypter le sens des « # », « @ » et autres abréviations type PTDR. De ce que j'ai compris, tout le monde a été aussi ému que moi de la performance de Tess. Même Elton John s'est fendu de son petit éloge en 140 signes.

EltonJohn@eltonofficial – 2 h : OK, je démissionne#Émotion #Perfection#PSEA#SSTBTHW#TessIsTheRealDeal

Mais toutes ces infos n'ont pas répondu à ma principale question : est-ce que Tess était sincère ? Dois-je croire les paroles qu'elle a ajoutées au texte original de la chanson ?

« Que dois-je faire quand tu penses que je t'ai utilisé ? Comment te faire savoir que tu te trompes ? »

J'ai tenté d'avoir l'avis de Ian, sans bien sûr lui donner tous les éléments.

– Mettons qu'une nana avec qui tu as eu une aventure fasse ensuite un truc vraiment impardonnable.

– C'est une sorte d'hypothèse ? m'a charrié Ian en m'interrompant. C'est pas pour toi mais pour un ami qui te ressemble beaucoup ?

– C'est ça, ai-je souri. Donc : la fille fait un truc impardonnable. Mais ensuite, sans qu'il y ait de raison puisque de toute façon vous ne vous reverrez jamais, elle trouve un moyen de s'excuser. Tu accepterais de lui pardonner ?

– Ses excuses sont gratuites ? Elle n'a rien à y gagner ?

– Rien, non.

– Et ton… « ami » : lui-même est certain de ne jamais avoir eu tort de toute sa vie ?

– Pas vraiment, non.

– Alors en ce cas, ton « ami » a sa réponse : il sait que l'erreur est humaine. Avoir le courage et l'intelligence de reconnaître qu'on s'est trompé et demander pardon pour ça, c'est déjà énorme.

Quand Ian m'a dit ça, ça m'a achevé. Après tout, moi aussi j'ai mes torts dans la dispute de ce matin. Je me suis comporté en goujat, au réveil. Je voulais tracer une frontière nette, montrer à Tess que malgré deux nuits extrêmement… intenses, nous n'avions aucun avenir ensemble. Nous sommes de deux mondes trop différents. Elle a ses projets, j'ai les miens…

J'aurais dû me douter que faire comme si de rien n'était blesserait Tess. Elle m'a parlé de sa situation familiale : je sais à quel point être abandonnée de nouveau est sa hantise. Mais j'étais complètement paniqué par le fait d'avoir une nouvelle fois perdu le contrôle. Vu ma position de producteur du show, cette fille est tout ce que je devrais éviter. En plus, elle n'est même pas mon genre. Je déteste ses « waouh » en pagaille, sa façon de se laisser déborder par ses émotions, ses semelles compensées, sa grande gueule et ses sautes d'humeur…

Mais j'aime qu'elle me fasse rire, qu'elle me désarçonne, qu'elle joue les vamps puis les gamines dans la même seconde. J'adore qu'elle se préoccupe autant du bien-être des autres. Sa *nanny*, Kate Wilson, par exemple, qu'elle a refusé de nommer quand je l'ai interrogée sur le mot glissé dans son burger, de peur de lui attirer des ennuis.

Il va d'ailleurs falloir que je m'occupe du cas de Josh.

Je n'arrive pas à croire qu'un de nos producteurs, qui plus est un ancien ami, ait pu se montrer à ce point stupide ! Depuis le premier jour de l'hospitalisation de Violetta Harper, il était au courant, et il a quand même choisi de garder cette info pour lui ! Tout ça pour ne pas risquer que l'un de ses précieux candidats quitte le jeu ! C'est bien plus qu'une faute, cela aurait pu nous coûter des centaines de milliers de dollars : c'est un total manque d'éthique. Nous devons nous séparer de lui dès demain. Il faudra que je voie avec les ressources humaines si nous avons quelqu'un susceptible d'assumer ses fonctions au pied levé. Miléna a l'air débordé en ce moment, je doute qu'elle puisse se passer d'un bras droit…

Je verrai ça lundi. Le début du week-end a été assez mouvementé comme ça.

Ce n'est pas la peine non plus d'avertir tout de suite ma sœur : après tout, elle est épuisée, et c'est samedi aujourd'hui : je préfère la laisser se reposer.

Moi aussi, il faut que je me détende. Sinon je vais faire un ulcère avant mes 30 ans.

Au pied de l'escalier, je me débarrasse de mes chaussures. Je me dirige vers la cuisine, d'où s'échappe une alléchante odeur d'épices, et trouve Zach aux fourneaux.

– Qu'est-ce que tu fais, *kiddo* ?

– Je prépare un tajine.

– Zach, protesté-je, je t'avais dit que je t'emmenais dîner chez *Lucques* ce soir ! Pour me faire pardonner de t'avoir laissé hier !

– Changement de programme, oncle Colin. Je suis désolé, j'ai complètement oublié de te prévenir, mais tante Miléna vient dîner.

– Miléna ? Mais… Je ne comprends pas : quand je lui ai proposé hier, elle m'a dit qu'elle ne pouvait pas, qu'elle avait trop de boulot… !

– Il faut croire qu'elle a réussi à se libérer. En plus, elle a trouvé une *sitter*, ce qui veut dire que, pour une fois, oncle Will sera lui aussi de la partie : c'est cool, non ?

Ma sœur qui annule ses engagements professionnels pour venir dîner chez moi ? Et qui prend une baby-sitter plutôt que de confier ses trois terreurs à son mari ou de les laisser ruiner mon salon ? C'est vraiment étrange.

Je suis de plus en plus inquiet pour Mila. Elle ne se comporte pas comme d'habitude. Et avec ce dîner de famille improvisé, je ne peux m'empêcher de craindre qu'elle ait quelque chose de grave à nous annoncer.

Ceci dit, si on va par là, moi aussi, j'ai un truc grave à lui annoncer…

Ce soir n'est pas le moment. Et après tout, pour ce qui est de Mila, je m'en fais probablement pour rien. Nous sommes juste une famille américaine typique, désireuse de se réunir un samedi soir pour partager un bon repas.

Méthode Coué. Pure méthode Coué.

– Est-ce que Kim vient ? m'enquiers-je.

– Je t'ai dit que je ne voulais pas parler de Kim en ce moment, se renfrogne Zach. Tu avais promis !

– Tu es certain que tu veux garder tout ça pour toi ? Je sais que je ne suis pas l'as des as avec les filles et il n'y a aucune raison pour que tu veuilles de mes conseils, mais je peux aussi t'écouter, tu sais. Sans commenter ni donner mon avis.

– C'est gentil, oncle Colin, me dit Zach radoucit.

Mais mon neveu a le don de ne pas se laisser déborder par ses émotions.

Ça doit être de famille.

Il retourne vite à son tajine. Je comprends qu'il vaut mieux que je le laisse tranquille.

Il sait qu'il peut me parler s'il le désire, c'est l'essentiel. Je ne veux pas lui mettre la pression.

Au moment où je tourne les talons et me dirige vers les escaliers pour aller prendre ma douche, Zach commence à me raconter.

– Kim part à Londres en septembre. Elle a réussi à entrer dans une école d'art là-bas.

– Une école d'art ? Laquelle ? demandé-je en me tournant vers lui.

Lentement... Pas de gestes brusques... Il ne faut pas effrayer l'adolescent qui communique.

Il parle, c'est déjà un miracle.

– Saint Martin quelque chose... C'est visiblement son rêve depuis qu'elle est en troisième.

– La Saint Martins School of Art ? Zach, c'est l'une des meilleures écoles qui soit ! Tu dois être fier d'e...

Oh. Oh zut ! Je comprends mieux : Kim part vivre en Europe à la rentrée !

– *Kiddo*, dis-je en avançant pour le prendre dans mes bras, je suis désolé.

– Ça fait mal, me confie-t-il en se laissant étreindre.

– Le premier amour, c'est toujours le plus douloureux. Après, on s'habitue.

– Mais je ne veux pas m'habituer ! s'exclame Zach au bord des larmes. Je veux Kim et c'est tout ! Je l'aime, oncle Colin. Je l'aime tellement...

– Je sais. Mais si tu l'aimes, tu dois la laisser partir. Tu n'as pas le droit de l'empêcher de réaliser ses rêves. Il vous reste encore quatre longs mois, temporisé-je. Et tu pourras la voir durant les vacances scolaires…

– Elle n'en aura plus rien à faire de moi une fois là-bas ! Elle va vivre entourée de gens qui partagent sa passion et moi je serai l'ex-petit copain plouc coincé ici, croulant sous… sous la médiocrité !

Mes yeux s'écarquillent. Zach est donc si insatisfait de sa vie ?

Comment un ado de 17 ans peut-il trouver son existence médiocre ?

– Qu'est-ce que tu racontes, Zach ? demandé-je, choqué de découvrir mon neveu aussi malheureux.

– Faut pas se voiler la face, oncle Colin. Je ne suis pas ce qu'on appelle une flèche. Avec mes notes, j'intégrerai dans le meilleur des cas une fac d'État dans laquelle je passerai une licence qui me servira à rien. Je trouverai un job minable payé au salaire minimum. Ma vie sera finie avant même d'avoir commencé. La seule chose pour laquelle je sois vraiment doué, c'est la cuisine.

– Zach, nous en avons déjà parlé, soupiré-je. Je ne veux pas que tu entres en apprentissage tout de suite. Pas avant d'avoir un diplôme universitaire, c'est trop risqué.

– Mais oncle Colin ! Il n'y a qu'à voir tous les jeunes chefs qui ont fait fortune, ici, à L.A. !

– Et tu as tout le temps d'aller grossir leurs rangs. Dans trois ans, quand tu seras prêt à supporter les horaires décalés, la chaleur, le stress d'une cuisine, on en rediscutera. Je veux que tu études avant d'envisager d'autres possibilités : critique gastronomique, éditeur de livres de cuisine, ce sont aussi d'excellents métiers, et qui requièrent un diplôme universitaire.

– Oncle Colin, je ne peux pas être heureux comme ça !

– Tu n'en sais rien, Zach ! m'emporté-je. Tu n'as que 17 ans. Et si dans deux ans, tu en as marre de la cuisine ? Que tu veux changer de voie mais que tu n'as reçu aucune éducation supérieure ?

– Oncle Colin… proteste-t-il.

– Non, Zach, je ne veux plus en entendre parler. Tu vas remplir tes dossiers pour la fac et pondre ces fichues dissertations d'entrée. Tu feras des études, un point c'est tout. Si dans quelques années tu as toujours envie de t'orienter vers la cuisine, il y aura mille manières de…

Mais Zach ne m'écoute plus. Après m'avoir lancé un regard furieux, il retourne à son tajine.

Je sais que tu m'en veux, kiddo. Mais je fais ça pour ton bien.

Un jour, tu comprendras.

***

Je sors de la douche et enfile un pantalon en lin *casual*, un tee-shirt, ainsi qu'un blazer en coton. Il fait 21 degrés dehors : nous dînerons dans le patio. Je vais dresser une belle table. Le repas se passera sans heurts.

Même si Zach m'en veut.

Je retourne à la cuisine pour récupérer la nappe en coton d'Égypte et le chemin de table que Zach a choisis chez Frette le week-end dernier.

– Amanda a téléphoné pendant que tu étais sous la douche, me dit mon neveu d'une petite voix désolée qui me laisse penser qu'on n'est plus fâchés. Je lui ai proposé de venir, elle est en route.

Amanda ? À mon repas de famille, ce soir ? Alors que j'ai encore l'odeur de Tess sur moi ?

Mais non, enfin, c'est une illusion ! Je sors de la douche.

Pourtant, je sens le parfum de Tess autour de moi. Il m'obsède, me fait tourner la tête, me rappelle sa robe mouillée qui lui collait à la peau, ses cheveux trempés, son souffle haletant…

– Oncle Colin ? Ohé, oncle Colin ?

– Hein ? Quoi ?

– Je te demandais si j'avais bien fait. Vu que ça fait deux nuits en quatre jours que tu découches…

– Deux nuits ? Quatre jours ? Amanda ? répété-je, éberlué.

– Oui, oncle Colin, reprend Zach en riant. Je sais bien ce que tu fais lorsque tu ne rentres pas dormir. Je suis assez vieux pour savoir ce qui se passe entre un homme et une femme qui s'apprécient ; moi-même, à mes heures, j'ai pu expérimenter…

– … Ça va, ça va, j'ai compris le message ! crié-je en plaquant mes mains sur mes oreilles. Je ne veux pas en savoir plus. Tant que tu prends tes précautions…

– Ce que je voulais te dire, poursuit Zach, c'est que j'aime beaucoup Amanda : tu n'as pas à me cacher que tu la fréquentes.

Je n'ai pas le temps de rétablir la vérité qu'on sonne à la porte.

– Tiens, ça doit être elle ! s'écrie mon neveu avant de se précipiter à la porte pour lui ouvrir. Hello Amy ! dit-il en débarrassant mon amie de ses affaires. Oh ! Qu'est-ce que c'est que ça ?

– Des tournesols pour votre salon et un Chaupin 1998 pour ton tajine.

– Confisqué ! m'exclamé-je en interceptant la bouteille de Châteauneuf-du-Pape. Comment vas-tu, Amanda ? m'enquiers-je alors qu'elle me tend sa joue.

Je me pousse pour laisser entrer Amanda, sa coupe à 500 dollars et ses Louboutin.

– Je vais chercher un vase, lui dit Zach en brandissant le bouquet.

– Quand est-ce que vous allez vous décider à prendre une gouvernante ? s'exaspère la blonde BCBG.

– Histoire que Zach l'exploite ? Hors de question.

Amanda et moi allons nous installer dans le jardin, sur l'un des fauteuils en rotin qui bordent la piscine, là où nous attend une bouteille de Cristal Roederer.

– Tu m'as manqué, me confie Amanda. Et Zach aussi. J'ai été heureuse qu'il m'invite. Tu sais à quel point c'est important pour moi qu'il accepte que j'entre dans ta vie.

Le souci, Amanda, c'est justement que Zach l'accepte tout à fait. Moi, par contre...

J'ai connu Amanda Perkins il y a deux ans, lorsqu'elle était encore Mme Amanda Bloom. J'avais besoin des lumières d'un avocat spécialisé en propriété intellectuelle pour l'un de mes réalisateurs qui se trouvait victime d'un plagiat. Amanda était la plus chère, j'en ai déduit qu'elle était la meilleure : je ne m'étais pas trompé.

Amanda a eu dès notre rencontre un petit béguin sans conséquence pour moi. Mais depuis qu'elle a repris son nom de jeune fille et viré son deuxième mari, il s'est intensifié. Je sais qu'elle envisage une relation avec moi, quelque chose de sérieux.

Comme tout dans la vie d'Amanda.

Il ne faut pas se méprendre : Amanda est très belle, douce, cultivée, classe, mais... j'ai besoin de plus. Je suis *certain* qu'il existe plus. Je rêve de chimie, d'étincelles, de magie et pas d'un partenariat domestique avec une femme tout droit sortie d'un catalogue Ligne Roset. Je ne sais pas pourquoi, me viennent des images de Tess. Tess qui rit, Tess qui pleure, Tess qui dit toujours ce qui lui passe par la tête. Tess qui a l'odeur la plus enivrante, la plus entêtante qui soit.

Mais également Tess qui m'insupporte, Tess qui met ses pieds sur mon tableau de bord, Tess qui jure comme un charretier...

Je chasse la pensée de son rire rauque et spontané, de sa voix de sirène, de ses yeux gris clair dans lesquels j'ai parfois l'impression de me noyer. Je reviens à la situation qui m'occupe, à savoir Amanda.

– ... En tout cas, Colin, c'est absolument fantastique que *La Terre et la Glace* ait été nominé aux TV Awards. Je pense que ce documentaire va vraiment aider les gens à ouvrir les yeux sur le drame du réchauffement climatique. Toute l'équipe mérite d'être récompensée.

– Amanda, serais-tu disponible pour m'accompagner à la cérémonie de remise des prix ? lui proposé-je à brûle-pourpoint.

Je n'ai pas à me sentir coupable : Amanda est une femme superbe, nous avons les mêmes centres d'intérêt et sommes tous les deux célibataires. Il n'y a rien de mal à passer une soirée ensemble ! D'ailleurs, je ne me prenais pas autant la tête avant que Tess ne débarque dans ma vie. Si, il y a seulement quatre jours, Amanda n'avait pas décroché son téléphone et si, ensuite, je n'avais pas abordé cette sublime inconnue, qui sait où nous en serions à l'heure actuelle ?

– Rien ne pourrait me faire plus plaisir, me répond-elle, enchantée, en pressant ma main dans la sienne, ce qui a pour effet de faire tinter ses fins bracelets en or.

Soudain, il me semble entendre le rire de Miléna qui éclate depuis le salon.

– Mais oui ! m'exclamé-je en entrant dans la maison, Amanda à ma suite. C'est bien toi ! dis-je en me penchant vers ma sœur déjà assise sur le canapé pour l'embrasser.

Elle a les traits tirés. Et pourtant, elle est joyeuse.

Je dois me faire des idées.

Je n'ai qu'une seule hantise, c'est que l'un de nous hérite de la maladie de ma mère.

Zach ne pourrait supporter un nouveau drame, un nouveau deuil.

Je serre la main de Will.

– Qu'est-ce que vous regardez ? m'enquiers-je.

– La quotidienne de *Petits Secrets*, me répond Will. Tu connais notre Mila : son bébé avant tout !

– Oh la la, c'est vrai que ça a recommencé ! s'exclame Amanda. Miléna, vous ne m'en voudrez pas si je sèche ? Vous me connaissez, ajoute-t-elle en grimaçant : si ça passe à la télé mais que ce n'est ni noir et blanc, ni sous-titré, c'est que ce n'est pas pour moi.

– Amanda, serait-ce mon frère qui commence à déteindre sur vous ? la charrie Miléna.

– C'est possible… C'est même fort probable, rit joyeusement Amanda en retournant dans le jardin.

Cette façon qu'a Amanda de sous-entendre à ma trop curieuse sœur que nous formons un couple m'agace. Plutôt que de la suivre, je prends place dans un des fauteuils.

Peut-être vais-je apercevoir Tess ?

Je ne sais pas pourquoi, à cette perspective, mon cœur se met à cogner dans ma poitrine.

Je dois être inquiet à l'idée qu'un membre de ma famille ne devine quelque chose.

Je me concentre donc pour garder face à l'écran une expression neutre.

« Tess, ostracisée par ses camarades, saura-t-elle éviter la nomination de demain ? » interroge la voix off.

S'ensuit un montage de Karmen en train de faire des grimaces dans le dos de Tess, de dire à son entrée dans la cuisine qu'elle « pue ». Une autre fille avoue face caméra que Tess la met mal à l'aise. Deux des candidats se moquent d'elle dans son dos. Tout ça est extrêmement cruel et me serre le cœur.

– Ils sont vraiment dégueu avec elle, commente Zach comme pour faire écho à mes pensées.

« Son salut pourrait bien venir de Devin », continue la voix off.

Un bellâtre blond du genre surfer fait son apparition dans le confessionnal.

– Tess est vraiment… extra, confie-t-il. Et elle a une putain de repartie ! J'avoue que son intelligence m'intimide vachement.

Qu'est-ce que tu y connais, toi, en intelligence ?

Suite à cette déclaration percutante, on voit ledit Devin, les bras passés autour de Tess, déclarer à cette dernière :

– J'ai envie que tu restes le plus longtemps possible dans

la maison. Tu ne sais pas comment les choses vont évoluer entre nous.

Puis, environ dix fois d'affilée, on le voit se pencher au ralenti sur la joue de Tess, qui se laisse embrasser.

– Ouais, c'est clair que je sens un truc, reprend Devin en interview dans le confessionnal. Elle m'a prévenu qu'il y avait quelqu'un dehors mais je pense que sa relation n'a aucun avenir. On sent que ce type l'a vraiment fait souffrir… ajoute le surfer ridicule d'un air méditatif. Je pense qu'au fond, Tess sait que c'est un salaud.

Je serre les mâchoires.

« On sent que ce type l'a vraiment fait souffrir… Tess sait que c'est un salaud. »

Tess parlait-elle de moi ? Est-ce vraiment comme ça qu'elle me perçoit ?

En silence, je subis une séquence au bord de la piscine entre Tess et Devin.

– Non mais attends, c'est clair que t'es trop faite pour avoir des gosses.

– Tu crois ? dit Tess en rejetant la tête en arrière et en laissant éclater son rire spontané qui me rend dingue.

– C'est clair ! T'as vachement de fantaisie et puis t'as des bonnes valeurs. Franchement, dit-il après un instant de réflexion, t'imagines comme ils seraient beaux, nos gamins, si on en faisait, toi et moi ?

Non mais je rêve ! Parler de faire des enfants à une femme qu'on connaît depuis moins d'une semaine ? Mais c'est le plus vieux tour du monde !

Quel blaireau, ce Devin…

– Tess devrait sortir avec Devin, remarque Zach.

– Je ne vois pas pourquoi tu dis ça, grincé-je.

– Il est ultra populaire dans la maison et il a l'air de vraiment bien l'aimer.

– Dieu t'entende, soupire Miléna. Ce serait tellement bon pour l'audimat, un couple pareil !

– Il n'y a pas que l'audimat qui compte ! m'emporté-je. Votre favorite a l'air d'être malmenée par tous les autres candidats ! Elle doit être affreusement mal, dans cette maison de fous !

Tous trois me jettent un regard étonné. Je fais comme si de rien n'était et supporte stoïquement les deux dernières minutes d'émission, au cours desquelles est d'ailleurs rediffusée la reprise d'Elton John. Puis nous passons à l'apéro, où j'essaye de me montrer joyeux même si je me sens préoccupé par les images que j'ai vues et par les commentaires de Zach. Est-ce que Devin a vu juste ? Est-ce que j'ai trop fait souffrir Tess ? Et est-ce que ce serait vraiment mieux pour elle de sortir avec Devin ?

Tess avec lui, moi avec Amanda… Il faut bien reconnaître que, sur le papier, ça semble parfait.

Toujours songeur même une fois à table, la conversation que tiennent mes invités me parvient comme une sorte de murmure. Ce qui me fait revenir parmi eux, c'est la sonnerie du portable de Miléna et ce qu'elle raconte à son interlocuteur.

– OK, merci, Josh. T'assures, je saurai m'en souvenir.

Pierce, félicité ? Il faudrait quand même que j'avertisse Miléna de ce qu'il a fait avant qu'elle lui donne une promotion et les clefs de la maison…

Ma sœur raccroche. Elle est pâle comme la mort.

– Encore une urgence… Il faut que j'y aille, dit-elle en se levant.

– Mila, dit Will en posant une main sur son épaule, tu es certaine que Joshua Pierce ne peut pas gérer ? Après tout, il est là pour ça, non ?

– Qu'est-ce qui se passe ? m'enquiers-je, un peu inquiet.

– Rien, évacue Miléna. Will a raison : Josh peut gérer ce coup-ci, ajoute-t-elle en se rasseyant à contrecœur. On a quelque chose d'important à vous annoncer, les gars.

Ça y est, punaise, je le savais : ma sœur est malade. La seule famille qu'il me reste. Elle a un lymphome. Comme mama…

– Je suis enceinte ! s'écrie Miléna. De jumeaux !

– Quoi ? nous exclamons-nous, Zach et moi, en chœur. Mais comment est-ce possible ?

– J'ai eu la même réaction que vous, sourit Miléna. J'ai un peu passé l'âge, je l'avoue : avec un aîné qui entre au lycée et mes 41 ans à l'horizon, je pensais ce chapitre de ma vie clos…

– Je vais avoir deux cousins de plus ! Ou peut-être même deux cousines ! l'interrompt Zach avant de se précipiter sur elle pour la féliciter.

Je m'apprête à en faire de même quand je constate que ma sœur semble malgré tout extrêmement préoccupée. Est-ce dû à sa grossesse ? Ou à l'appel de Josh ?

– Mila, ça ne va pas ? m'enquiers-je.

– Ne t'en fais pas, dit-elle. C'est juste un peu de fatigue. Et en plus, avec ce qui vient d'arriver à Tess Harper…

– C'est clair que notre chère Miléna, reprend Will, avec ses 40 ans dont 17 à fumer, son addiction au café et son hyperactivité légendaire, n'est pas censée faire le moindre effort ou se confronter à des situations stressantes durant toute la grossesse…

Mais je n'écoute rien de ce que dit mon beau-frère. Ma langue dans ma bouche me semble gonflée. Mes oreilles bourdonnent.

– Qu'est-ce qui s'est passé ? demandé-je à ma sœur en interrompant Will. Avec Tess ?

– Tu as entendu ce que je viens de dire ? tempête ce dernier en me fusillant du regard.

– Miléna, répété-je en tâchant de ne pas paniquer, briefe-moi, s'il te plaît.

– Comme je te le disais, c'est… C'est Tess Harper, m'explique ma sœur, surprise par la violence de ma réaction. Elle vient de tomber dans la piscine, elle s'est cogné la tête. Et pour l'instant, elle est dans les vapes. Le médecin est avec elle, mais…

– Quoi ? m'écrié-je en bondissant de mon siège. Qu'est-ce que tu dis ?

C'est pas vrai. Non, non, non !

– Je sais, moi aussi je flippe. Ce genre de chutes peut causer de sacrés dégâts neuros…

« Dégâts neuros » ?

C'est pas vrai, ce doit être un cauchemar.

– Restez ici, tous, leur ordonné-je. Je fonce aux studios m'occuper de ça.

– Colin, ce n'est pas la peine, commence à protester Miléna. Will a raison : Josh peut…

Mais je ne l'écoute pas. Je suis déjà dans l'entrée de la maison en train d'attraper les clefs de la Jaguar.

Tess. Bon sang, c'est pas vrai !

Vite. Vite, vite... !

Est-ce qu'elle a été, comme moi, distraite toute la journée à cause de notre nuit trop courte ? De notre violente dispute de ce matin ? Est-ce que c'est pour ça qu'elle a fait cette chute et s'est cogné la tête ?

Elle ne sait même pas que j'ai entendu sa chanson et que je lui ai pardonné.

Elle ne sait même pas que moi aussi, je m'en veux.

Je sors la voiture du garage et démarre en trombe. Jamais je n'ai été aussi concentré, aussi clairvoyant qu'en cet instant.

S'il lui est arrivé quoi que ce soit, je ne m'en remettrai pas.

14
LA GARÇONNIÈRE

Tess

Le médecin me laisse après un énième avertissement :

– Bon, rien de grave : une nuit loin des caméras et vous serez comme neuve. Mais à l'avenir, il faut être plus prudente, mademoiselle.

– Oui oui, Dr Sullivan, promis.

Je me sens coupable, honteuse, idiote.

Et en plus, avec mon énorme bosse, j'ai l'air d'Elephant Man.

Je n'arrive pas à croire que vingt millions de mes compatriotes m'aient vue faire une chute aussi stupide ! Ça ne va pas jouer en ma faveur, pour les éliminatoires. Demain, deux candidats seront nominés dans la journée ; l'un d'entre eux sortira le soir suite au vote du public. Et quelque chose me dit que je vais être désignée par mes colocataires…

La seule façon d'être sauvée, c'est que l'Amérique me choisisse. Or, pour l'instant, j'ai l'impression que je ne me suis pas montrée sous mon meilleur jour… Surtout qu'avec mes deux sorties, j'ai rarement été à l'écran.

Comment faire si je suis éliminée ? Certes, j'aurai quand même les 6 000 dollars de ma cagnotte. Ça me permettra de régler les factures en retard, de payer l'hôpital Saint Francis et de voir venir le temps de trouver un job… Mais on sera quand même loin de la vie de château que je peux espérer en restant jusqu'au bout.

Qu'est-ce que je vais faire ?

J'ai déjà poussé la chansonnette pour attendrir tout le monde. Peut-être que maintenant il faut que je me lance dans une démonstration de claquettes ? Un spectacle de GRS ?

Pour ce qui est du numéro d'équilibriste, j'ai déjà donné. Sans grand succès.

Pfff, j'en ai marre de ce cirque. Ça fait quelques jours à peine que tout a commencé et pour l'instant je n'ai fait que m'en prendre plein la gueule. Pierce, Karmen, Quentin, et bien entendu, le pire de tous, Col…

– Colin ??

Grâce au reflet dans le miroir, je vois ma bombe sexuelle au cœur de pierre faire irruption dans la pièce.

– Tess, oh, bon sang. Tu n'as rien ? me demande-t-il en fonçant sur moi pour m'étreindre.

Tiens, on recommence à se tutoyer, nous deux ?

– Je… Je vais bien, Colin, réponds-je un peu surprise.

Mmmm, qu'est-ce qu'on est bien dans ses bras !

Je devrais peut-être faire semblant d'aller un peu plus mal que ça. Pour qu'il me serre encore, rien qu'un peu.

– Bon sang, Tess, j'ai eu si peur, soupire-t-il, soulagé.

C'est qu'il a vraiment eu la trouille, on dirait !

Je ne peux m'empêcher de savourer son ton inquiet. Lui qui se comportait ce matin encore comme s'il n'en avait absolument rien à faire de moi… !

Colin se décolle, examine mon visage, constate l'ampleur des dégâts.

– Ça fait mal ? demande-t-il en approchant ses doigts de ma bosse.

– Je n'ai jamais eu aussi mal de toute ma vie, grimacé-je.

– Sur une échelle de 1 à 10 ? s'enquiert-il, inquiet. Où est-ce que tu situerais la douleur ?

– À 10.

– C'est peut-être plus grave qu'il n'y paraît. Je vais rappeler le docteur. Si tu n'avais rien, ton crâne ne te ferait pas autant souffrir.

– Ah, mais mon front, ça va ! C'est ma dignité qui souffre ! lui avoué-je en riant.

– Tess ! me gronde-t-il. Tu ne devrais pas jouer avec mes nerfs comme ça ! J'ai eu vraiment peur, tu sais. J'ai passé le trajet à me demander ce que je ferais si…

– … si quoi ?

– Rien. J'ai imaginé le pire, comme toujours – c'est une mauvaise habitude, chez moi. Heureusement, tu n'as rien de grave.

– Les Japonais considèrent au contraire que perdre sa dignité est la chose la plus grave qui puisse leur arriver.

Il secoue la tête en me gratifiant d'un de ses sourires ultra-sexy.

– N'importe quoi… Et d'abord, comment est-ce que tu t'y connais autant, en culture japonaise ?

– J'ai un compte chez *Planet Sushi.*

Cette fois, nous éclatons de rire en chœur.

– En parlant de sushis, dis-je en reprenant mon souffle, j'ai vraiment, vraiment faim. Je me suis cassé la gueule au moment où les autres allumaient le barbecue : je suis passée à côté de la côte de bœuf du siècle.

– Lève-toi, je t'emmène manger. Ta cascade m'a aussi fait manquer un fameux dîner.

– Mais je…

– Mais tu quoi ?

– Tu n'as pas peur qu'on me reconnaisse, dehors ?

– J'avais oublié que tu étais une terroriste recherchée… C'est pas grave, on va s'arranger.

– Ça veut dire qu'on n'est plus fâchés ? risqué-je.

– Non, ça veut dire qu'on a tous les deux faim. Mais on pourra se réconcilier durant le dîner.

Colin n'a vraiment plus l'air en colère. Est-ce à cause de la grosse frayeur que je lui ai faite ? Ou est-ce parce qu'il m'a entendue chanter ce matin et qu'il a capté le message ?

Peu importe. Tout ce qui compte, c'est qu'il soit là.

Non pas que j'aie besoin de lui ou quoi que ce soit. C'est juste que j'ai très faim et que son invitation tombe à pic.

Mauvaise foi, mauvaise foi…

– Suis-moi, me dit Colin en me prenant la main. On va aller à mon bureau, on trouvera bien quelque chose à grignoter là-bas.

Je tente de masquer ma déception. Pas seulement parce que nous nous sommes déjà nourris à des distributeurs hier au motel mais aussi parce que j'aurais bien aimé un vrai dîner de réconciliation. Avec entrée, plat…

Mais pas dessert. Plus jamais de dessert. Dessert égal danger.

Quand Colin m'a laissée ce matin, ça m'a fait un mal de chien. Je ne veux jamais revivre ça. Simplement, j'ai passé la journée à rêver de rattraper le coup… Ce dîner, c'est l'occasion de me rapprocher de lui. Qui sait ? Peut-être deviendrons-nous amis ? Après tout, il a prouvé ce soir qu'il était là pour moi.

Non, c'est insensé : je le désire trop. Je n'y arriverai jamais.

Et pourtant, quel autre choix ai-je ? Colin m'a bien fait sentir ce matin qu'il regrettait d'avoir recouché avec moi. Si je veux conserver de bons rapports avec lui, je dois renoncer à…

… ses bras puissants. Ses lèvres sensuelles. Ses coups de reins qui me mettent en transe.

Je secoue la tête pour chasser les images de notre dernier corps-à-corps en date pendant que Colin appelle l'ascenseur. Nous montons : il tape son code secret – que je prends bien garde de ne pas mémoriser, ce coup-ci – puis appuie sur le bouton du 7e étage.

Ne pas repenser à l'ascenseur du Peninsula, ne pas repenser à l'ascenseur du Peninsula, ne pas…

Je jette un coup d'œil discret vers Colin : il a l'air tendu, gêné. A-t-il en tête la même chose que moi ?

Ma robe de plage transparente, mon absence de culotte, notre trouble partagé pendant que nous grimpions vers ma chambre ?

– Je n'aime pas me retrouver dans un ascenseur avec toi, m'avoue brusquement Colin. Ça ravive trop de souvenirs.

– Je sais, soufflé-je en regardant mes pieds.

Je dois faire un effort surhumain pour ne pas relever la tête, pour ne pas chercher son regard. Je crois que si nos yeux se croisaient, en cet instant, je ne répondrais plus de rien : je me jetterais sur lui pour l'embrasser…

… et une nouvelle fois, je gâcherais tout.

Heureusement, un léger « DING » se fait entendre.

Sauvés par le gong.

La porte de l'ascenseur s'ouvre mais, à mon grand étonnement, au lieu d'arriver dans un énième couloir identique aux autres, Colin et moi nous retrouvons de plain-pied dans un appartement. Plus exactement : dans le salon cosy d'un appartement, avec mobilier design, cheminée, baie vitrée et tout et tout.

– Waouh ! Dément ! Qu'est-ce que c'est que cet endroit ?

– Mon bureau.

– Non, sérieux, dis-moi. C'est ta garçonnière ?

– « Sérieux », Tess : c'est mon bureau. Cet appartement, mes parents l'ont fait construire quand ils ont fondé les studios. C'est là qu'ils vivaient avant de nous avoir, mes sœurs et moi. Natalie et son mari en ont profité un temps. J'ai fini par l'occuper quand j'ai fondé la section documentaire de la boîte. Je pensais vivre ici de façon permanente – à l'époque, je ne me consacrais qu'au travail. Mais Natalie est morte peu de temps après, je voulais la garde de Zach… J'ai dû trouver quelque chose d'un peu plus… familial.

– Tu ne vis plus ici, alors ?

– Non, j'ai une maison à Mulholland, avec jardin et piscine. C'est mieux pour le gosse. Maintenant, je travaille ici. Mes collaborateurs occupent l'étage du dessous. Mais on se réunit souvent dans le salon ou sur la terrasse pour *brainstormer*. Je te fais visiter ?

Colin me fait faire le tour du propriétaire : un grand salon, une cuisine confortable et suréquipée, une chambre par laquelle on accède à la salle de bains.

– Tu vois ? Rien d'extravagant. L'appartement doit faire dans les 90 m^2, ce qui est bien suffisant pour un homme seul.

– C'est bien ce qu'il me semblait, répété-je en riant : c'est une garçonnière.

– Pour être honnête, tu es la première femme que j'emmène ici. Enfin, je veux dire… Il est déjà arrivé que des femmes viennent ici – des femmes avec qui je travaille. Et je ne « t'emmène » pas ici pour… tu sais… Mais normalement, c'est un lieu dédié au travail et pas au…

– … plaisir ? ne puis-je m'empêcher de compléter.

– C'est ça oui : au plaisir, me répond Colin, le souffle court.

Ses yeux de velours plongent dans les miens. L'air autour de nous devient électrique. Mes pupilles se dilatent. Mon cœur bat plus vite. Par réflexe, je me mets à mordiller ma lèvre inférieure.

Alerte rouge. Alerte rouge.

Je dois dire quelque chose, et vite.

– Et où donc ranges-tu ta Batmobile et ton armure secrète, Colin Cooper ?

Une blague faite pour casser l'ambiance mais qui a pour effet de me valoir un nouveau sourire ultra-craquant. En tentant de garder la tête froide, j'avance jusqu'à la baie vitrée et l'ouvre.

– Pas mal, la terrasse ! m'exclamé-je.

– On pourra dîner ici, si tu veux. Il fait bon, ce soir.

– Qu'est-ce qu'on va manger ? demandé-je, l'air gourmand.

– Bonne question…

Il se dirige vers la cuisine. Je lui emboîte le pas. Il ouvre l'énorme frigo chromé : désespérément vide, à part une bouteille de champagne.

– C'est déjà ça… dit-il en me la tendant. Sers-nous un verre pendant que je cherche une idée de génie.

J'ouvre les placards et sors deux verres, puis je me hisse jusqu'au plan de travail et, une fois assise, fais sauter le bouchon.

– À quoi est-ce qu'on trinque ? lui demandé-je en lui tendant son verre.

– Je propose un toast : à Tess Harper, casse-cou, bordélique, grande gueule… mais fort heureusement, saine et sauve, dit-il d'une voix sexy et pleine de malice. Par ailleurs, ne peut-il s'empêcher d'ajouter, tu aurais quand même pu prendre des flûtes plutôt que des verres à eau…

Il choque son verre contre le mien puis me lance un regard magnétique. Ses yeux s'attardent sur mes lèvres.

Oh ! Non, pas ça.

Maintenant, je n'ai plus qu'une seule envie : qu'il m'embrasse. Je bondis du plan de travail et tente de faire comme si de rien n'était.

– Moi aussi, je propose un toast. À Colin Cooper, parfois mufle, souvent snob, toujours agaçant… mais sur qui on peut compter en cas de coup dur.

Nos verres s'entrechoquent une nouvelle fois puis Colin se remet à ouvrir les placards en quête d'un dîner miracle. Une boîte de macaronis & cheese entamée, des olives à la grecque, des tomates en conserve… Colin finit par sortir un bocal où flottent deux sortes de boules blanches qui ressemblent à ces desserts à la noix de coco qu'on trouve dans les restos chinois.

– *Truffo bianco*... Truffe blanche, traduit pour moi Colin. On est sur la bonne voie.

– Ça se mange comment, ce truc ?

– Il suffit d'en râper un peu sur n'importe quel plat pour transformer un repas en festin. Ah ! s'exclame-t-il en brandissant un sachet de spaghettis. J'ai trouvé notre bonheur !

Puis il me regarde, l'air déconfit.

– Je te préviens, aux fourneaux, je suis une catastrophe. Même les pâtes, c'est un peu trop élaboré pour mes talents.

– Tu as de l'huile d'olive ? demandé-je, décidée à prendre les choses en main.

– Oui. Elle vient directement d'un petit producteur toscan, précise-t-il en me tendant le bidon.

– Un cube de bouillon, peut-être ?

– Ici.

– OK, je m'occupe des pâtes, et toi de râper la truffe : deal ?

– Deal.

Quinze minutes plus tard, nous sommes sur la terrasse avec nos spaghettis *al truffo bianco*.

– Un verre de vin ? me propose Colin.

– Ah non, surtout pas : le vin, je déteste ça. Je trouve que le rouge, ça râpe, et que le blanc, ça brûle la gorge. Je ne comprends pas que tout le monde en fasse tout un plat.

– Tiens, goûte ça, me dit Colin en me tendant un verre au pied délicat. C'est un Château Rayas de 1999, je ne pense pas qu'il te brûle quoi que ce soit.

Je trempe mes lèvres, méfiante, mais effectivement Colin

a raison : c'est un régal !

– Un peu de truffe, maintenant…

Il me tend un fin copeau de ce qui ressemble, en consistance, à de la noix. Je croque.

– Et maintenant, une autre gorgée de vin, m'encourage-t-il.

– Hummmm… C'est trop bon… !

– Dis-moi ce que tu sens.

– La terre, un peu. Quelque chose de huileux.

– Ça, c'est la truffe.

– Et puis un goût amer et doux en même temps, comme de l'amande fraîche.

– Ça, c'est le vin. Tu as raison, il a des nuances d'amande jeune. Tu as un sacré palais, Tess.

– J'aime bien la bonne bouffe, avoué-je, mais j'ai rarement l'occasion de faire ce genre de festins. À côté de chez moi, pour faire les courses, il y a que des superettes et je te jure qu'elles n'ont pas de *truffo bianco* en stock. En plus, la cuisine de notre maison est minus, je finis souvent au KFC… Et toi ? demandé-je. Comment ça se fait que tu t'y connaisses autant et que pourtant tu ne saches même pas faire cuire des pâtes ?

– J'ai grandi avec une cuillère en argent dans la bouche, me rappelle Colin. Et celle-ci était souvent garnie par le cinq-étoiles du coin.

Je ris.

– Dans notre famille, il n'y a que Zach qui sache cuisiner. D'ailleurs, il me concocte souvent des super plats.

– Où est-ce qu'il a appris ?

– Aucune idée. Chez lui, c'est naturel. Il a un véritable don… déclare-t-il avant de se rembrunir.

– Qu'est-ce qui se passe ?

J'ai encore fait une gaffe ?

– Ce n'est rien. Je pensais juste à Zach. On a eu une sorte de dispute aujourd'hui. À propos de ce qu'il va faire une fois le lycée fini. Il aimerait travailler dans un restaurant mais je ne suis pas pour. Les études, à mon sens, c'est primordial.

Je rougis violemment en pensant aux trois facs que j'ai refusé d'intégrer. Colin, sentant mon embarras, essaye de se rattraper.

– Je ne voulais pas dire que c'est mal de ne pas faire d'études, Tess. Quand on n'a pas le choix, on ne l'a pas. Zach, lui, n'a pas à se soucier de ça : je peux largement subvenir à ses besoins durant sa scolarité. Ne pas aller à la fac quand on le peut, c'est une vraie ânerie, tu ne trouves pas ?

Je rougis encore plus violemment. Que penserait Colin s'il savait que j'ai refusé d'intégrer UCLA ou, pire, Sarah Lawrence ?

Il me prendrait pour la reine des connes.

– Il ne va pas te manquer ? demandé-je pour changer de conversation. Quand il vivra sur le campus ?

– Tout dépend. Si je ne dois le voir que durant les vacances scolaires, mais que je sais qu'il est à l'autre bout du pays en train de préparer son avenir, je serais heureux pour lui. Ceci dit, il est plus probable qu'il atterrisse dans un *community college* quelconque, pas loin de la maison… Tu dois me trouver snob, s'excuse Colin en me resservant des pâtes et du vin. Je m'en veux de parler comme ça.

– Non, au contraire, le rassuré-je. J'aime bien que tu me dises ce que tu penses, pour une fois. Je préfère quand on a des rapports comme ça : cash.

– Cash ? me demande Colin en souriant.

– Honnêtes, quoi.

– Et ça te va si je te dis, en toute franchise, que tu es très belle ce soir ?

– Malgré ma bosse ? bafouillé-je en me faisant toute petite sur ma chaise en teck.

– *Surtout* avec ta bosse. Ça te rend moins symétrique, plaisante-t-il. C'est ennuyeux, la symétrie.

– Attention, monsieur Cooper : vous êtes en train de devenir dangereusement léger et spontané. Je vais finir par croire que j'ai une mauvaise influence sur vous.

Colin fronce les sourcils. Ce que je viens de dire semble le rendre méditatif.

– Je rigolais, Colin, dis-je en roulant des yeux.

– Peut-être, mais ça n'empêche qu'il y a du vrai dans ce que tu dis…

– Tu veux mon avis ? Tu réfléchis trop.

– Mieux vaut trop que pas assez, philosophe le milliardaire.

Attends, je dois me sentir visée, là ?

– Je croyais qu'on avait dépassé ce genre d'attaques, lui réponds-je sèchement.

– Je ne disais pas ça pour toi, Tess, me répond le beau gosse d'un air désespéré. On ne peut pas enterrer la hache de guerre ? Juste pour ce soir ?

– Figure-toi que tes réflexions sur la fac *et* ça, ça fait beaucoup à encaisser, pour un dîner de réconciliation.

– Une fois de plus, tu t'emportes sans réfléchir…

– « Réfléchir », « réfléchir » : tu n'as que ce mot à la bouche ! Peut-être que je ne pense pas assez, mais moi au moins je ne suis pas chiante !

C'est la goutte d'eau qui fait déborder le vase de Colin.

– Pas chiante ? Tu es certaine ? Parce que je t'assure que

là, tu te comportes en sacrée emmerdeuse.

– Ah oui ?

– Oui ! Avec toi, tout est toujours noir ou blanc. On passe d'un extrême à l'autre. Du rire aux larmes, de la réconciliation à la dispute... J'en ai marre ! Peut-être que ce genre d'excès, ça marche dans ton monde de carton-pâte, mais dans le mien on évite de tout dramatiser pour rien.

– Mon « monde de carton-pâte » ? sifflé-je. Waouh, quelle mauvaise foi ! Tu penses que ton monde est plus réel que le mien ? Tu as vu la gueule de ton bureau ? Ta voiture, ton costard, ton champagne et tes truffes ? Tu ne sais même pas faire cuire des pâtes, Colin ! manqué-je de m'étouffer.

– Oui, je ne sais pas faire des pâtes. Et je ne tape pas sur un inconnu au premier coup de nerfs. Et je ne passe pas mon temps à m'attirer des ennuis. Et je ne m'embrouille pas avec la terre entière...

– Alors je vais te dire, monsieur le milliardaire, le coupé-je, je ne m'attire pas des embrouilles par choix. Figure-toi que quand on est né du mauvais côté de la barrière, on n'a pas d'autre solution que de se mettre en danger pour réussir !

Colin ne réplique rien et me contemple, troublé. L'argument semble avoir fait mouche.

– Tu as raison, Tess, admet-il.

– Sur le fait que tu es affreusement chiant ? ne puis-je m'empêcher de continuer à grommeler.

– Mais c'est pas vrai ! s'étrangle-t-il, exaspéré. Tu ne lâches jamais l'affaire, pas vrai ? Tu as raison, dit-il en appuyant chaque mot, sur le fait que je ne sais rien de ta manière de vivre et de tes difficultés. Je suis désolé si je t'ai vexée en parlant des études de Zach ou en ayant une réflexion maladroite. Ça ne te visait aucunement. Je n'ai pas de mépris pour toi. Pour tout dire, j'aurais plutôt tendance à admirer ta... ta détermination.

– Merci, soufflé-je.

– Par contre, dit-il en finissant son verre cul sec, je ne suis pas « chiant ».

– Mon œil, plaisanté-je avec un sourire en coin faussement boudeur.

– Je t'assure que non : je peux même être spontané et surprenant.

– J'aimerais bien voir ça... continué-je de le charrier tout en vidant moi aussi mon verre.

Colin se lève, fait le tour de la table en teck.

– Tu l'auras voulu, dit-il en tirant ma chaise.

Avant que j'aie eu le temps de comprendre ce qui m'arrive, Colin me hisse vers lui et m'embrasse.

Oh mon Dieu, oh mon Dieu, oh mon Dieu...

Sauf que Dieu n'a rien à voir là-dedans : le baiser du beau Colin est plutôt du genre démoniaque. Et comme l'enfer, il est terriblement... chaud.

Non, je dois être forte : si on remet ça, on va encore foutre en l'air le fragile équilibre qu'on a plus ou moins réussi à installer ce soir...

Et pourtant, impossible de ne pas répondre : un feu violent brûle au creux de mes reins. Mes lèvres sont ouvertes et ma langue cherche celle de Colin alors que mes doigts s'enfoncent dans ses épaules musclées avec une rage désespérée.

Je suis dingue de lui. C'est plus fort que moi : je suis complètement accro à ce mec.

Le sourire de Colin, la voix de Colin, le corps de Colin, les coups de reins de Colin : tout ça me provoque des décharges d'adrénaline trop fortes pour que je puisse m'en passer.

– Tu as cette fameuse capote de secours que tu gardes toujours dans ton portefeuille ? m'enquiers-je à son oreille.

– Oui, j'ai pensé à la remplacer ce matin. En fait, j'ai même pensé à en prendre trois… au cas où…

– Au cas où quoi ?

– Au cas où je retomberais sur toi.

Enflammées par ses paroles, mes lèvres partent à la recherche de celles de Colin – mon milliardaire « chiant », qui soudain ne me semble plus du tout ennuyeux…

Je crois que je pourrais prendre goût au Colin Cooper spontané et surprenant.

Sa bouche danse avec la mienne. Sa manière de m'embrasser est langoureuse, sensuelle. Je savoure la sensation de nos langues emmêlées, le frisson de ses mains qui descendent le long de mes épaules, caressent mes bras, se lovent au creux de mes reins. Sa bouche impérieuse me soumet. Mon cœur bat la chamade. Je suis étourdie, prête à tout pour lui. Il me rend complètement dingue.

Dingue de son corps.

Notre baiser devient plus sauvage. Ses dents s'en mêlent, mordillent ma lèvre inférieure, la tirent. Je me mets à mordre, à suçoter moi aussi. Puis je me retourne et me plaque dos à lui. Il fait glisser la bretelle de ma robe. Sa langue se met à explorer mon cou, et mon épaule, et mon lobe, et ma nuque. Un feu naît au creux de mes reins. Colin pose une main sur l'un de mes seins, que je sens instantanément durcir.

– Ton corps est tellement réactif, Tess.

– C'est toi qui le fais réagir, tu le sais bien.

Je me cambre, frotte mes fesses contre sa virilité bandée.

– Et moi ? minaudé-je. Je te fais réagir ?

– À ton avis ? me répond Colin au creux de l'oreille.

Son souffle provoque mille frissons qui parcourent mon crâne. Il attrape l'une de mes mains et la pose sur son entrejambe gonflé. Sentir son excitation décuple la mienne. Je pousse un soupir profond.

– Déshabille-toi, me suggère Colin.

– Comment ça ? demandé-je en jouant les ingénues bien que son accès d'autorité me donne encore plus envie de lui.

– Tu m'as très bien compris, Tess Harper, me susurre-t-il. Je veux te voir te déshabiller pour moi.

Obéissante, je me décolle de lui et avance de quelques pas. Un peu grisée par le vin, par le désir, par cette soirée, je chancelle sur mes stilettos. Je me retourne pour faire face à Colin. Les deux bretelles de ma robe ont glissé le long de mes épaules.

– Derrière tes manières de gentleman se cache un vrai *bad boy*, Cooper, dis-je en défaisant la fermeture éclair qui se trouve dans mon dos.

– Tu ne le savais pas ? s'amuse Colin en me gratifiant d'un sourire sexy qui fait effectivement très « mauvais garçon ».

– Tu es au courant qu'en théorie, les filles bien n'obéissent pas aux *bad boys*… ?

– Si tu savais comme j'en ai soupé, des filles bien. Je te préfère mille fois toi, ma *bad girl*.

À qui me préfère-t-il ? À ses autres maîtresses ?

Ce soir, beau gosse, je vais toutes te les faire oublier.

J'ai envie de faire en sorte que Colin se souvienne longtemps de cette nuit. J'ai envie de supplanter toutes les femmes qu'il a connues.

Tout en me mordillant la lèvre inférieure, je commence à me balancer sensuellement en me défaisant de ma robe. Je m'en extrais en me trémoussant de façon sexy. J'ai l'impression d'avoir rêvé ce moment depuis des jours. Une fois qu'il ne me reste que mon string et mes chaussures, je commence à effleurer ma poitrine en jetant à Colin un regard digne de l'héroïne de *Showgirls*. Mon milliardaire s'approche de moi de sa démarche virile et interrompt mon numéro de meneuse de revue *hot*. Il me prend le menton et lève mes yeux interrogatifs vers ses prunelles d'un noir profond.

– Pas comme ça, me dit-il. Je ne veux pas que tu joues les *play girls* ou que tu me fasses un strip-tease de danseuse pro. C'est *toi* que je veux regarder. Telle que tu es vraiment.

Je m'interromps. Mes yeux se troublent.

Moi ? Telle que je suis vraiment ? Mais je n'ai aucune idée de comment faire ça !

J'ai passé tellement de temps, en tant que mannequin, à correspondre aux fantasmes des directeurs de casting et autres photographes que j'en ai oublié qui je suis.

– Je ne sais pas qui est cette fille, Colin. Je ne le sais plus, soufflé-je avec tristesse.

– Peut-être que je peux t'aider à t'en souvenir ?

Colin m'embrasse avec fougue et tendresse.

– Déjà, je suis certain que cette femme-là ne porte pas de string, sourit Colin en faisant glisser mon sous-vêtement le long de mes cuisses.

Je dégage mes jambes.

– Et je suis également certain qu'elle ne garde pas ses talons pendant l'amour, ajoute-t-il en se baissant pour défaire les lanières de mes chaussures. Voilà, c'est mieux, constate-t-il une fois que je suis en tenue d'Ève.

Le désir fait étinceler son regard de jais. Je ne pensais pas pouvoir être plus nue que ça, mais Colin, en me détaillant comme il le fait, continue de me déshabiller. Je me sens sans défense, vulnérable.

Ce n'est pas la première fois qu'il me fait cet effet-là. Et le pire, c'est que j'y prends goût.

Il m'attire à lui et me donne un baiser tendre, romantique, qui se transforme progressivement en une étreinte impérieuse. Peu à peu, je m'oublie : mes bras s'enroulent autour du cou de mon amant, mes mains s'enfoncent dans ses cheveux, mes doigts griffent ses épaules et son dos, ma bouche et mes cuisses s'ouvrent. Le feu dans mes reins repart de plus belle.

Comme si je ne pesais rien, Colin me soulève du sol. J'enroule mes jambes autour de sa taille. Il me porte à l'intérieur de l'appartement. Une fois dans le salon, il me pose sur le rebord de la table de réunion. Ça fait quelques jours que mon milliardaire joue à souffler le chaud et le froid : ce soir, il a visiblement opté pour le chaud.

– Tes collaborateurs ne vont pas t'en vouloir de détourner le matériel de travail ? lui susurré-je.

– Pas si c'est pour la bonne cause, me dit-il en laissant son blazer en coton tomber au sol.

– Et de quelle cause s'agit-il, exactement ?

– Te faire jouir comme tu n'as jamais joui avant.

Ma respiration se bloque. Un frisson me parcourt. Le projet est alléchant. Je n'ose cependant pas avertir mon ténébreux amant qu'à ce jeu il est son propre rival : il m'a déjà fait prendre mon pied comme aucun mec avant lui.

Tout à son objectif, il écarte mes cuisses et vient poser un pouce humide sur mon clitoris. Je ne résiste pas : ma tête se renverse en arrière et je glapis. Colin savoure l'effet qu'il a sur moi. Il joue quelques minutes avec ma vulve en m'écoutant gémir puis, en me lançant un sourire ravageur, il introduit son majeur en moi. La sensation est fulgurante. Trempée, je commence à soupirer et à onduler pendant qu'il fait aller et venir son doigt dans mon intimité.

Affamée, gémissante, je mords ma lèvre alors que mon milliardaire introduit un deuxième doigt et augmente l'intensité, la profondeur de son va-et-vient. Le plaisir devient plus intense. Je ne sais même pas comment je trouve la force de l'interrompre. J'y parviens cependant, le temps de lui enlever son tee-shirt. Mes mains s'attardent sur sa peau, dont le grain à la fois doux et viril me fait perdre la tête. Une fois torse nu, Colin recommence à me prodiguer sa caresse experte et à me faire geindre de plaisir – un plaisir redoublé par le spectacle de son large torse et de ses abdominaux parfaits.

– Tu me rends dingue, gémis-je en m'attaquant à sa braguette.

– Je te retourne le compliment, ma belle.

J'ai la tête qui tourne. J'ai envie de lui donner autant de plaisir qu'il m'en procure. J'empoigne son sexe raide et commence à le caresser, lentement, par-dessus le tissu de son pantalon. Mais rapidement, j'abandonne : ce que me fait Colin est trop bon, je suis incapable de me concentrer sur autre chose que ma propre jouissance.

Son autre main caresse le reste de mon corps – creux des

reins, dos, épaules, nuque. Sa bouche se pose dans mon cou, sur ma poitrine. En emprisonnant l'un de mes tétons entre deux dents, il tire : je réponds par un cri d'extase. C'en est trop : je le veux en moi. Un vide hurle dans mon ventre, que lui seul peut combler.

– Viens, lui glissé-je à l'oreille.

Ses pupilles se dilatent et tout son corps brûlant frémit. J'ai l'impression qu'il meurt d'envie de me pénétrer mais que, par principe, il me fait languir.

– Je n'ai pas l'habitude qu'on me donne des ordres, Tess.

– Et moi, je n'ai pas l'habitude qu'on me résiste.

– C'est une provocation en duel, mademoiselle Harper ?

– Qui gagnerait, selon toi ?

– C'est ce qu'on va voir.

Décidée à relever le défi et à le faire céder, je récupère dans la poche arrière de son pantalon son portefeuille. J'en extrais un emballage doré de préservatif, que je coince entre mes dents. Je lui lance un regard qui vaut toutes les invitations au monde. Mais Colin n'est pas du genre à perdre le contrôle : il continue de plus belle à jouer avec mon corps, si bien que je finis par haleter, gémir, crier et par en oublier la capote, qui glisse d'entre mes dents. Colin la récupère et me renverse sur la table. Une main posée sur mon épaule me maintient allongée. Impatiente de l'accueillir, j'ouvre les cuisses. J'entends sa ceinture tinter, j'entends son pantalon tomber, j'entends le bruit de l'emballage que l'on déchire… Je suis au supplice…

Prends-moi. Prends-moi vite…

Répondant à ma prière silencieuse, il commence à entrer en moi. Centimètre par centimètre. Alors que je suis en feu.

Pendant que j'ondule sous lui, que j'essaye de l'attirer au plus profond de moi, il prend son temps, histoire de me rappeler qui est aux commandes. Bientôt, il commence à bouger en moi avec lenteur.

Je gémis, de plus en plus fort à mesure que l'intensité de ses coups de reins augmente. En moins d'une minute, je suis en transe. Son sexe dur qui me remplit me mène au comble de l'extase. Colin empoigne l'une de mes chevilles et la pose sur son épaule. Il se met à m'impulser son rythme, progressif, impitoyable, toujours profond. De son pouce humide, il caresse mon clitoris : je recommence à gémir. La sueur perle sur mon bas-ventre, à la base de mes cheveux, sur mon front. Le plaisir possède maintenant tout mon corps et pas seulement mon sexe. Je sens que je vais bientôt jouir et j'essaye de me retenir, juste quelques minutes encore. C'est à la fois dur et délicieux. J'oublie où je suis, ce que Colin me fait, comment on en est arrivé là. Je ne sais plus qu'une chose : que c'est bon, beaucoup trop bon, et que l'orgasme qui me tend les bras va me terrasser.

Aucun homme ne m'avait jamais touchée comme ça avant. Et aucun homme n'était allé aussi profond dans mon intimité. Je suis à la merci de Colin, cet amant hors pair qui à chaque fois me fait franchir un nouveau palier dans le plaisir. Ses grognements d'extase ne font que renforcer mon ivresse.

Comment est-ce que ça peut être aussi bon ?

Chaque fois que son regard croise le mien, j'ai l'impression de lire dans ses yeux que je suis une déesse. Ça me rend d'humeur encore plus sensuelle. Notre corps-à-corps s'intensifie. La tension dans mon sexe est à son comble. Je ne suis plus que gémissements, ondulations, électricité.

Une ultime fois, le sexe impitoyable de Colin s'enfonce en moi, et ce coup-ci je ne peux plus différer : ma jouissance explose, dans mon ventre, dans mes reins. Je pousse un cri, renverse la tête en arrière, crispe mes doigts sur le plateau en acajou de la table. Mes jambes se resserrent autour de la taille de Colin, qui jouit lui aussi avec violence. Son cri est rauque, surpris, douloureux, extatique ; ses spasmes se joignent aux miens… Son buste retombe sur le mien et, lovés l'un au creux de l'autre, nous tremblons de concert. Au milieu de nos soubresauts, mes lèvres embrassent son crâne, sa main caresse ma peau.

– Objectif atteint, monsieur Cooper, soupiré-je une fois que j'ai repris mes esprits.

– Déjà ? demande-t-il en faisant mine de se désoler. Il nous reste encore deux capotes et quelques heures !

– Si tu te montres gentil, peut-être que je t'autoriserais à essayer de battre ton propre record.

– J'y compte bien, dit-il en m'embrassant tendrement.

Colin se retire précautionneusement et, sans que je m'en rende compte, se débarrasse de la capote. Je commence à me diriger vers la terrasse pour récupérer ma robe.

– Qu'est-ce que tu fais ? dit-il en m'attrapant par le bras pour m'arrêter.

– Je me rhabille.

– Hors de question.

– Je vais attraper froid !

– Je te tiendrai chaud, dit-il en m'enlaçant.

– C'est tentant mais…

– Mais quoi ?

– … Tu es certain que si on passe toute la nuit ensemble,

tu ne vas pas regretter ? Encore une fois ?

– Tess, me dit Colin en prenant mon visage entre ses mains, je ne sais pas si je te l'ai dit, mais ce matin j'ai été un vrai con. Je suis désolé : en me réveillant, j'ai paniqué. Je n'aurais pas dû. Tu me pardonnes ?

– D'accord, dis-je avec une petite voix. Uniquement si tu me promets que tu ne recommenceras pas.

– Je te le promets. Et toi, promets-moi que tu ne fouilleras plus dans mes affaires.

– Je te le promets. Et toi, promets-moi... dis-je en réfléchissant comme s'il s'agissait d'un jeu où chacun doit faire à tour de rôle une nouvelle promesse, promets-moi de ne pas penser du mal de moi, quand je serai de retour dans la Maison des Murmures.

– Du mal de toi ? me demande-t-il étonné.

– Oui.

– Je te le promets, si tu me promets... dit-il en faisant mine de se creuser le crâne... de te préserver un peu. Des autres candidats, d'abord ; de la célébrité, ensuite. Être tellement exposée, si vite, ça peut être difficile à gérer.

– Je te le promets... Eh bien, ajouté-je en souriant, ma joue posée contre ses pectoraux en béton, pour une nuit sans attache ni promesse, on fait fort !

– Sans compter que c'est probablement l'aventure d'un soir la plus longue de toute l'histoire des aventures d'un soir.

– Tu vois ? C'est pour ça qu'il faut qu'on arrête de s'engueuler : à chaque fois, ça nous oblige à nous revoir pour nous réconcilier.

– C'est vrai que c'est extrêmement désagréable, dit-il en approchant sa bouche de la mienne.

– Tout à fait atroce, murmuré-je à quelques millimètres de ses lèvres.

– Un supplice, ajoute-t-il en effleurant ma bouche.

– Je dirais même un calvaire, renchéris-je en entrouvrant la mienne.

– Vite, Tess, dis-moi quelque chose de désagréable : j'ai effroyablement envie de me disputer avec toi, confesse-t-il avant de me donner le plus torride des baisers.

Alors que sa langue caresse la mienne, je sens son sexe dur contre mon ventre.

Seigneur.

– Tant pis pour la dispute, tranche-t-il en me soulevant de terre. Je propose qu'on passe tout de suite à la réconciliation.

Et, comme si j'étais Scarlett O'Hara et lui Rhett Butler, Colin Cooper m'emporte vers la chambre.

15
PRIME TIME

Colin

Au petit matin, elle était partie, emportant avec elle son chaos, ses cascades de rires, ses coups de gueule et sa chute de reins à tomber. J'ai trouvé un mot sur la commode noire dans l'entrée.

« *Cher Colin,*

Je te demande de ne pas t'en faire : je connais maintenant la procédure pour réintégrer la maison. Je te demande aussi de ne pas t'inquiéter : j'ai la tête dure, ce n'est pas une vilaine chute ou la méchanceté de Karmen qui réussiront à m'assommer.

Je sais que tu as ton monde et moi le mien, et que même si ces deux univers se croisent parfois, ils sont trop différents pour se rejoindre. J'appartiens au 4e étage et toi, au 7e. Ça ne change rien au fait que je suis contente qu'on ait pu se quitter en bons termes.

Prends soin de toi.

Tess »

J'espère que tu dis vrai, Tess… Et je te souhaite toute la réussite du monde.

Est-ce que je regrette de l'avoir laissée partir ? Non : Tess a raison, nos univers sont trop éloignés. Mais comme elle, je suis heureux de cette nuit apaisée.

Enfin, apaisée…

J'ai quand même récolté un beau suçon dans le cou et une jolie marque de griffures dans le dos. Je souris en les examinant dans le miroir.

Une autre chose que je ne regrette pas, c'est d'avoir signifié son congé à Joshua Pierce. Ceci étant dit, maintenant, il faut que je formalise tout ça par courrier et que je trouve un nouveau bras droit à ma sœur avant qu'elle ne découvre que j'ai viré le sien. Je me fais couler un bain et décroche mon portable.

– Allô Aleesha ?

– Tiens, un revenant ! Comment ça va, mon beau Cooper ?

– Je ne te dérange pas ?

– Un dimanche ? Penses-tu ! Je te signale juste que Kelley est déjà furax contre toi.

– Je te hais, Colin Cooper ! entends-je Kelley crier au loin. Tu es un bourreau de travail ! Laisse ma femme tranquille !

– Hello Kelley ! Désolé pour le dérangement, m'excusé-je piteusement dans le combiné.

– Ça va, elle s'en remettra, m'informe Aleesha. Tu sais bien qu'un sourire de toi suffit à lui faire tout oublier. Qu'est-ce que je peux faire pour toi, mon beau ? C'est un coup de fil pour affaires ou pour le plaisir ?

Aleesha était la meilleure amie de Natalie. C'est l'une des *showrunner* les plus importantes de Hollywood, et aussi probablement l'une des personnes que je préfère au monde.

– Dis-moi, Alee, tu as déjà envisagé une incursion dans le monde merveilleux de la télé-réalité ?

– Oui, quelque part entre le moment où j'ai planifié mes vacances à Tchernobyl et celui où j'ai pris rendez-vous pour ma coloscopie annuelle. Crache le morceau, jeune Cooper.

– OK, je l'avoue : j'ai désespérément besoin de toi.

Une demi-heure, un chèque indécent et quelques flatteries plus tard, Miléna a une nouvelle prod' exé jusqu'à la fin de *Petits Secrets*.

– Tu commences maintenant.

– Non, demain. Aujourd'hui c'est dimanche, je dois faire l'amour à ma femme puis l'emmener bruncher.

– Tu sais que, normalement, je n'autorise personne à me parler comme ça ?

– C'est pour ça que j'abuse avec autant de plaisir de mon pouvoir sur toi. C'est l'avantage de t'avoir connu en culottes courtes.

– Je te signale par ailleurs, à toutes fins utiles pour ton nouveau job, qu'aujourd'hui, c'est les nominations et ce soir le prime…

– Bon courage pour ta journée, en ce cas. Dis à Miléna que je la verrai demain, me lance Aleesha avant de raccrocher.

Ai-je précisé que cette femme est plus dure en affaires que Miléna et moi réunis ?

***

Après avoir passé l'après-midi au Getty Center avec Zach

devant une expo que Tess qualifierait certainement de « chiante », je rentre à la maison, le temps d'avaler quelque chose avant le grand prime. Pendant que je me fais réchauffer les restes d'hier, j'allume la chaîne 22/24 pour voir où est-ce qu'on en est avant le son et lumière de ce soir. J'ai su par Miléna que ma tigresse avait été, sans surprise, nominée à cause de son mauvais caractère, face à un Melvin jugé trop effacé par ses camarades. Je ne sais pas si c'est une bonne ou une mauvaise chose pour Tess. Les autres continuent de la malmener. Je trouve ça dur. Je comprends qu'elle ait besoin de cet argent, mais de là à subir ça… !

De toute façon, ne nous leurrons pas : le public va la sauver. Il adore Tess.

Tout à mes pensées, je réponds distraitement à un SMS d'Amanda.

[Peut-on se voir ce soir ? J'aimerais te parler. Baisers, Amanda]

[Je travaille en début de soirée. Je rentre chez moi vers 23 heures, on s'appelle pendant que je suis en route et on voit. Colin]

Sur l'écran, je contemple Tess assise sur le rebord de la piscine, dans une sorte de une-pièce lamé or auquel il manque visiblement des bouts. Un empiècement recouvre partiellement ses seins, un autre cache son sexe, un troisième dissimule vaguement son nombril… C'est encore plus impudique que si elle montrait tout. Je ne peux retenir un sourire. Ce maillot de bain n'est pas du meilleur goût, certes, mais il faut avouer qu'elle le porte bien. Par contre, j'ai un rictus agacé en observant la grossière parade nuptiale de Devin.

– C'est quoi, au fond, ton genre de mec ? lui demande le bellâtre.

– Je ne sais pas trop si j'ai un genre, tu sais.

– OK. Mais ton dernier mec, il était comment ?

– Brun, dit Tess après une hésitation. La peau mate. Musclé.

– Petit ? lui demande Devin. Moche ?

– Pas du tout ! s'offusque Tess en riant. Environ 1,90 mètre, hyper-beau, style mannequin. Et très classe.

– Alors c'était quoi, son problème ? Il était con ?

– Oh non, pas du tout, répond Tess en haussant les épaules avec une moue charmante. Il était même beaucoup plus intelligent que moi.

J'ai un choc en l'entendant dire ça. Est-ce que réellement je la fais se sentir inférieure à moi ?

– Alors quoi ? insiste Devin. Il te trompait ? Il était méchant ?

– Non, sourit Tess. On ne venait pas du même monde, c'est tout. Ça n'aurait pas collé.

– Ouais. C'est important d'avoir des points communs. Comme toi et moi, précise Devin avant d'éclabousser sa cible avec l'eau de la piscine.

– Hey ! proteste Tess avant de pousser son prétendant dans l'eau.

Incapable d'en voir plus, j'éteins, perturbé.

Est-ce que Tess se sent rabaissée par moi ?

Peut-être que Devin a raison. Peut-être que, contrairement à moi, il saurait la rendre heureuse. Au moins, lui, il la fait rire. Elle n'a pas l'air de le trouver « chiant ». Et elle ne se sent pas jugée par lui. Perdu dans mes pensées, je me rends aux studios pour encadrer le prime et le vote du public.

Vivement qu'Aleesha prenne le relais.

Arrivé sur place, un technicien portant un tee-shirt Slayer m'explique comment la soirée va se dérouler. Un ordinateur comptabilise les votes par Internet. Les votes par SMS arrivent par fax toutes les dix minutes depuis le central téléphonique. Il faut simplement entrer le total dans un ordinateur. C'est ennuyeux au possible, il n'y a presque rien à faire, juste à contempler les chiffres enfler. Je soupire et m'installe confortablement.

– On peut regarder l'émission en direct ? m'enquiers-je.

– Si vous voulez, me rétorque le technicien en haussant les épaules. Moi, ça fait sept saisons que je travaille dessus, alors forcément à force je préfère lire, dit-il en brandissant un exemplaire de *Rolling Stone*.

– Je comprends, oui.

Je suis son exemple et attrape un numéro de *Variety* qui traîne par là. Je commence à le parcourir distraitement. En réalité, je continue de gamberger.

Vers 22 h 05, le technicien m'annonce qu'il doit aller aux toilettes. Il me dit que les derniers chiffres devraient bientôt arriver, qu'il me suffit de les rentrer dans l'ordinateur. J'acquiesce. Effectivement, le dernier fax finit par sortir dès qu'il franchit la porte. Je m'en empare, le contemple : l'avenir de Tess est là, entre mes mains. Je suis le premier de tous les États-Unis à connaître son sort.

Je m'assieds face à l'ordinateur pour entrer le résultat. Je repense à ce qu'elle m'a dit, sur le fait que *Petits Secrets* serait pour elle un tremplin vers autre chose. Je pense à ses problèmes d'argent. À l'hôpital qu'elle doit payer. Je pense à Devin. À elle en train de rire aux blagues de Devin. À elle en train de rire à mes blagues. Je pense à ses yeux. À sa bouche. À cette nuit. À son futur. À mon futur. À ce qui vaut le mieux pour elle. À ce qui vaut le mieux pour moi. Au fait qu'il n'y a pas de nous possible… peut-être. Sûrement, même. Et pourtant…

Les chiffres s'empilent dans ma tête. Les possibilités aussi. Je suis complètement noyé sous les images de Tess.

– Tout va bien ? me demande le technicien.

– Oui, lui réponds-je en pianotant rapidement sur l'ordinateur. On a eu le dernier fax.

– Le verdict est tombé ?

– Ça y est. Je vous laisse transmettre à la régie ? Je dois filer.

– OK patron.

***

Il est 23 h 10 quand j'arrive chez moi, le fameux fax roulé en boule dans ma poche. Dans le couloir, je croise Zach qui monte se coucher.

– Tu as une sale mine, oncle Colin.

– J'ai eu une rude soirée. Tu as regardé le prime ?

– Oui, confirme-t-il. Ça s'est joué à pas grand-chose, hein ? Ça a dû être mouvementé et riche en émotions, là-bas. En tout cas, ça te remontera peut-être le moral de savoir qu'Amanda est passée.

Mince, Amanda ! Je l'avais complètement oubliée !

– N'aie pas l'air désolé, oncle Colin, ajoute Zach avec un clin d'œil appuyé. Elle est arrivée il y a dix minutes seulement et elle t'attend… dans ta chambre.

Après avoir pris congé de Zach, je monte jusqu'à mon étage

et pousse la porte de ma chambre. Je trouve Amanda alanguie sur mon lit king size. Elle est en train de lire et porte ses lunettes. Pour tout dire, elle ne porte *que* ses lunettes. Et ça lui va bien.

– Qu'est-ce que tu lis ? lui demandé-je accoudé dans l'encadrement de la porte à double battant.

– Schopenhauer. Quel misogyne !

J'avance vers elle, troublé par sa nudité. Elle se redresse sur un coude. Sa poitrine est ronde, de taille moyenne, attirante. Je m'assieds à côté d'elle et, avec douceur, lui confisque l'ouvrage du philosophe allemand que je repose sur la table de chevet. Je lui souris avec tendresse et replace l'une de ses mèches derrière son oreille. Elle me rend mon sourire, embrasse au passage le bout de mes doigts.

Je crois qu'il est temps, pour mon entourage et moi, que je prenne enfin les bonnes décisions.

IV

INÉVITABLE

16

S.O.F. : SANS OBJECTIF FIXE

Tess

8 heures du mat'. Je me réveille avec ce que je qualifierais de « pire gueule de bois de tout l'univers ». Est-ce que c'est parce que j'ai bu du champagne toute la nuit pour fêter la fin de l'« aventure » ? Est-ce que c'est parce que la prod' m'a fait faire le tour des clubs branchés de L.A. ? Est-ce que c'est parce que j'ai commis, sous le regard émerveillé de hordes de paparazzis, des frasques à faire pâlir de jalousie Britney Lohan et Miley Hilton ? Pas. Du. Tout.

Une chose à savoir sur l'univers de la télé : une fois les caméras éteintes, plus personne n'en a rien à foutre de vous.

À commencer par votre producteur.

Hier, Pierce était aux abonnés absents. Une de ses assistantes m'a débriefée vite fait à la fin du prime. Du genre : « Tiens, voilà une couverture. Tu verras, les fauteuils du hall d'entrée sont *hypeeeer* confortables. Et bon courage pour la suite, hein ! Ciao ciao ! »

C'est ça ouais, *adios*, bande de chacals. Visiblement, personne n'a trop goûté à mes frasques : le public m'a punie et les studios se sont vengés. Pas d'hôtel de luxe où passer la nuit, pas de voiture avec chauffeur pour me raccompagner à Watts.

Sans doute n'ai-je eu que ce que je mérite ?

Je soupire. Ça ne va pas être facile, le retour à la vie civile. D'autant que le vote a mis les choses au clair : apparemment, tout le monde me déteste. La seule chose qui me rassure, depuis hier soir, c'est la réaction qu'a eue Devin à l'annonce du résultat. Il était effondré. Mon beau gosse blond m'a même escortée jusqu'à la porte et, devant l'Amérique entière, a clamé « C'est toi ma grande gagnante » avant de me prendre dans ses bras. Sans surprise, Karmen, elle, jubilait.

Ma seule consolation, ce matin, est de savoir que je n'aurai plus jamais à me farcir sa tronche au petit déj'.

À part ça, si on dresse le bilan de cette dernière semaine, ce n'est pas si mal : j'ai eu le temps de me faire une ennemie, un ami, de me dégotter un amant qui n'est ni mon ami ni mon ennemi… Franchement, de quoi est-ce que je me plains ?

D'une humeur de chien, je fouille mon sac à main dans l'espoir de trouver de quoi me payer un café. Rien, bien entendu. Je retourne les poches de mon short en jean : *nada*. Je finis par farfouiller dans mon sac de voyage, où sont rangées toutes les fringues que j'avais emportées dans la Maison des Murmures : pas un *cent* en vue, juste mon téléphone portable, que j'ai planqué là en vitesse.

En quittant le show, j'ai découvert une messagerie saturée, inondée d'appels émanant de gens dont j'avais oublié jusqu'à l'existence. Certains sont d'anciens collègues amusés de m'avoir vue à la télé. En majorité, ce sont des messages de sympathie, gentils comme tout, mais rien qu'à l'idée de devoir rappeler tous ces gens, j'ai une crise d'urticaire – j'ai bossé dans un call center, ça m'a vaccinée à vie contre les conversations téléphoniques. D'autres messages sont clairement intéressés. « On » prend de mes nouvelles l'air de rien, « on » me propose un café et « on » en profite pour glisser (au choix) :

1/ qu'« on » a du mal à trouver un job à la télé.

2/ qu'« on » a du mal à trouver un stage à la télé.

3/ qu'« on » est dans une mauvaise passe financière.

Comme si le fait de passer pendant une semaine dans Petits Secrets *avait miraculeusement fait de moi Crésus...*

Je repars comme j'étais rentrée, plus riche néanmoins de 6 000 dollars. Bien entendu, zéro nouvelle de Colin. Un petit SMS, voire un câlin réconfortant à la sortie du plateau, ça aurait été trop demander ? Il s'est perdu en route, peut-être ?

En revanche, ma génitrice, elle, semble avoir soudain découvert l'existence des moyens de communication modernes puisqu'elle n'a pas hésité à me laisser un message mielleux, façon « mère de l'année ». En entendant sa voix pour la première fois en quinze ans, j'ai eu un choc. Ça m'a permis de comprendre que certaines blessures ne se referment jamais.

– Mon petit raton laveur, c'est maman. Juste pour te dire qu'on te regarde tous les jours avec ton beau-père et qu'on te trouve merveilleuse. Maman est très fière de toi et maman va voter pour toi.

Sérieusement, Rose ? Et d'abord : *quel* beau-père ? D'après le peu que je sais d'elle, son carnet de bal est aussi épais que la Bible elle-même. Quand je pense qu'il y a trois jours encore,

Colin me faisait un speech sur la confiance! « *Un concept intéressant, Tess : vous devriez essayer.* »

Mais c'est pas vrai! Je ne pourrais pas penser à autre chose qu'à lui ?

À... Je ne sais pas... Violetta, par exemple ?

Ni une ni deux, je décide de rappeler la seule personne qui compte à mes yeux et qui, elle, doit vraiment se faire du souci pour moi : ma petite mamie d'amour.

– Allô, mamie ? C'est Tess. J'imagine que tu as vu que...

– Ah! Ma petite fille, tu tombes mal.

– Pourquoi ? Tout va bien ? lui demandé-je, inquiète.

– Oui, oui, tout va bien. Ma cheville s'est remise et cette vieille chouette de Bethany s'occupe bien de moi – si « s'occuper » de quelqu'un veut dire l'empêcher de respirer. Mais là, je dois filer, je suis très en retard.

– Mamie, attends, c'est important...

– Désolée ma petite fille, je sais qu'avec ton émission tu ne peux pas appeler souvent mais je dois aller chez Mme Nadler, elle m'attend.

– Chez Mme Nadler ? Mais... Pourquoi ?

– Avec les factures de l'hôpital, je me suis dit qu'il fallait que je me fasse un peu de sous, alors j'ai repris quelques ménages. Oh! bien sûr, je sais qu'à la télé, tu es en train de te faire un nom et que bientôt l'argent ne sera plus un problème. Mais en attendant, je peux quand même nous donner un petit coup de pouce...

Mon cœur se serre.

Il est même pas loin de se briser.

– Justement, mamie, je dois te dire...

– Tu me diras plus tard, mon joli bonbon, d'accord ? Je file.

Je t'embrasse.

Super. Violetta ne sait même pas que j'ai quitté la Maison des Murmures. En plus, l'ardoise de l'hôpital est suffisamment salée pour qu'elle reprenne du service chez cette horrible Mme Nadler.

Elle ne doit surtout pas savoir que je suis presque aussi fauchée qu'elle, ça va l'affoler complètement.

Et puis n'exagérons rien : j'ai quand même les sous de ma cagnotte. Si je me débrouille bien, cette somme suffira à nous maintenir à flot le temps que je trouve un travail. J'espère que mon passage éclair dans l'émission suffira à m'attirer une ou deux propositions bien juteuses… ! Mais si ces propositions n'arrivaient jamais ? Il faut que j'anticipe. Que je trouve un job en attendant, histoire de ne pas claquer tout ce que j'ai gagné dans la maison. Dès demain, je parcourrai les petites annonces.

En attendant, mieux vaudrait que Violetta ne découvre pas que j'ai été dégagée.

Ce qui veut dire que je ne peux pas rentrer chez nous… Comment faire ? Aller chez Kate ? Bonne idée : mon amie possède un clic-clac et c'est la reine des petits boulots qui payent bien.

Hélas ! Kate ne décroche pas. Elle est probablement déjà en cours, ou à la bibliothèque en train de rédiger sa thèse. Et moi, je n'ai nulle part où aller. Je suis en train de tourner comme un lion dans sa cage quand Joshua Pierce sort d'un ascenseur et fait irruption dans le hall.

Pour une fois que je suis contente de le voir, celui-là…

Peut-être qu'il pourra me prêter un dollar pour un café ? Timidement, je lui fais un petit signe de la main avant de remarquer son visage ombrageux.

Ouh la. Il a encore l'air d'une humeur radieuse.

Il avance vers moi. Il tient contre lui une boîte en carton d'où s'échappent toutes sortes d'affaires.

– Monsieur Pierce, bonjour, lui lancé-je avec un sourire.

– Je vous en prie, appelez-moi Josh, me coupe-t-il. Puisque nous sommes dans le même bateau…

Le même bateau ? Comment ça ?

Je lui jette un regard interrogatif, qu'il ne remarque même pas. Il a l'air hors de lui.

– Vous savez ce qui est le pire ? fulmine-t-il. C'est que je suis certain que vous comme moi avons été piégés.

– Piégés ? Comment ça ?

– Eh bien oui ! Votre sortie de la maison, mon licenciement… Tout ça est évidemment lié !

– Votre… licenciement ?

– M'annoncer ça comme ça, en plein week-end où généreusement je fais des heures sup, au détour d'un couloir… grince Pierce entre ses dents. Vous vous rendez compte ?

Euh… Pas vraiment. D'autant que je ne comprends absolument pas de quoi il parle.

– Enfin, conclut-il avec un petit air satisfait, j'ai décidé de vider mon bureau avant que cet enfoiré n'arrive. Je ne lui laisserai pas une autre occasion de m'humilier. Tout ça parce qu'il est blindé de fric…

Je ne comprends rien à son délire ! A-t-il été viré ? Et parle-t-il de… Colin ?

– Je dois y aller, me dit Josh alors qu'un coupé Mercedes conduit par une femme se gare devant l'entrée des studios. Tenez, voici ma carte : appelez-moi.

– Votre carte ? Pour quoi faire ?

– On ne va pas se laisser abattre, non ? me demande-t-il avec une bonhomie forcée. Je vais certainement retrouver du boulot dans la journée et, croyez-moi, je ne vous oublierai pas au passage. Vous vous êtes montrée extrêmement… prometteuse. J'ai vraiment envie d'en voir plus.

Est-ce que c'est une sorte de sous-entendu dégueulasse ? Non, je plane total : après avoir passé la porte, Pierce jette son carton sur la banquette arrière de la Mercedes et roule un patin de tous les diables à la conductrice.

Il faut que j'arrête de me méfier de tout le monde, tout le temps.

C'est donc elle, la fameuse Mme Pierce ? Kate m'avait parlé d'elle, une fois. Visiblement, cette dernière avait fait forte impression sur ma *nanny*. En m'approchant de la porte vitrée pour mieux la voir, je comprends pourquoi.

Mme Pierce a des cheveux châtain foncé qui semblent naturellement épais, brillants et ondulés, et la peau mate. Elle a le visage fin, la bouche généreuse. Elle porte des gants de conduite en cuir et de larges lunettes de soleil Chanel. Elle me fait penser à une actrice d'un autre temps, une de ces femmes fatales à la fois mélancoliques et vénéneuses… Elle lance un sourire à son mari, lui fait signe d'attacher sa ceinture et démarre en trombe.

Je regarde la carte de visite de Pierce. Je repense à ce qu'il vient de me dire. *« Puisque nous sommes dans le même bateau »*… C'est plus fort que moi : je pousse un petit rire.

Non, Joshua Pierce : vous et moi ne sommes vraiment pas dans le même bateau.

Allez, en route ! Il est temps pour moi aussi de retrouver

ma vie. Je vais faire un saut jusque chez Kate, l'attendre sur le pas de sa porte : la suite des événements, on verra bien.

J'attrape mon sac de voyage, mon sac à main, et sors des studios Cooper. Je n'ai même pas de quoi prendre le bus. Imperturbable, je commence à marcher le long de la route. Il n'est pas encore 9 heures et déjà le soleil cogne. Des voitures me dépassent, klaxonnent : visiblement, je fais chier tout le monde.

Et moi, je vous emmerde, tous.

Je redresse la tête, enfile mes lunettes de soleil. Hors de question de m'excuser d'être là, d'exister : je suis comme tout le monde, je cherche juste un moyen de m'en sortir. Comme le disent les Destiny's Child : « *I'm a survivor, I'm no gonna give up, I'm not gonna stop.* »

Une voiture, type break, s'arrête à mon niveau. Derrière le volant, un type d'une quarantaine d'années.

– Mademoiselle, vous avez peut-être besoin que je vous dépose quelque part ?

– Non, c'est bon, réponds-je avec un sourire distant et assuré.

– Vous êtes certaine ? Vous allez galérer, à pied, sur l'autoroute.

J'hésite. Le type a l'air correct. En plus, sur sa banquette arrière est installé un siège enfant.

– Allez, montez, ajoute-t-il, ouvrant la portière côté passager.

Ne soyons pas parano, ce n'est qu'un honnête père de famille en route pour son travail.

Je monte dans la caisse, jette mes affaires à l'arrière.

– Merci, vous me sauvez la vie.

– Pas de quoi, me répond l'inconnu. Où est-ce que je vous dépose, alors ?

– Highland Park, s'il vous plaît.

– D'accord, me dit-il en riant, mais plus précisément ?

– Oh, je m'en fiche… J'ai une amie qui habite dans le quartier, je vais l'attendre dans le premier café sympa…

Merde. J'avais oublié que je n'ai plus une thune.

Frénétiquement, je me mets à fouiller dans mon sac à main au cas où, par miracle, des pièces seraient apparues au cours de la dernière demi-heure.

– Tout va bien, mademoiselle ?

– Oui, oui… Finalement, je vais attendre mon amie en bas de chez elle, voici l'adresse, dis-je en commençant à chercher dans mon téléphone.

– Vous avez besoin d'un peu d'argent ? Pour prendre un café ?

– Non, je vous assure, tout va bien, le rassuré-je.

– J'insiste, me dit l'inconnu en fouillant ses poches. Tenez !

En jaillissent quelques billets de 20 dollars froissés qui atterrissent sur mes cuisses.

Un dollar, c'est de la pitié. Cinq dollars, c'est de la charité. Mais plus de cinquante dollars…

J'ai comme la désagréable impression que ce type essaye de m'acheter.

– Vous êtes… vous êtes gentil mais je ne peux pas accepter…

– Allons, allons, ma jolie, entre concitoyens, il faut s'entraider, non ?

« Ma jolie. » J'aime de moins en moins la tournure que prend cette conversation…

– Je vous assure que ça va, me défends-je en essayant de

masquer l'inquiétude qui pointe le bout de son nez.

– Allez, la belle, ne faites pas tant de manières. Prenez cet argent, vous en avez besoin. Je suis certain que vous trouverez un moyen de me remercier, ajoute-t-il en posant sa grosse main velue de père de famille frustré sur ma cuisse.

Affolée, je regarde autour de moi, impuissante. Une voiture arrive à notre niveau : je plonge mes yeux dans ceux du jeune passager arrière, qui est en train de regarder distraitement par la fenêtre. Mes prunelles supplient : « Aide-moi, aide-moi s'il te plaît. Préviens tes parents. » Mais la voiture nous dépasse sans que l'ado semble m'avoir remarquée. Alors que la main vicieuse remonte lentement en palpant ma peau nue, je réalise que je suis prise au piège. Cette fois, je me suis foutue dans un vrai merdier.

Bordel, qu'est-ce qui m'a pris de monter dans cette bagnole ?

17

RAISON ET SENTIMENTS

Colin

8 heures du matin. J'en suis à quinze longueurs dans la piscine et toujours pas d'apaisement en vue. Toujours pas d'épuisement. Au contraire : le côté hypnotique de la nage laisse mon esprit vagabonder, sans défense. À intervalle régulier surgit la culpabilité. Je ne comprends pas ce qui m'a pris de faire ça à Tess. Ce n'était pas prémédité. Ça s'est joué en seulement deux minutes : durant un instant, il m'a paru parfaitement intolérable qu'elle reste dans cet endroit où elle était malmenée par des gens infects qui ne lui arrivent pas à la cheville. Je ne voulais plus que cette Karmen l'agresse. Tess a beaucoup souffert dans son enfance et elle a beau jouer les durs, au fond d'elle, elle souffre de ne pas être aimée. La moindre marque de gentillesse la fait fondre mais la méchanceté lui crève le cœur.

Et puis il y avait Devin. Il était en train de l'embobiner, c'était clair. Un bellâtre cynique qui avait bien compris l'avantage qu'il pouvait tirer de la naïveté de Tess. On ne tombe pas amoureux en une semaine ! Et pourtant, Devin était en train de lui faire croire qu'il ferait n'importe quoi pour elle, qu'il serait toujours là. Il évoquait même la possibilité qu'ils aient un jour des enfants ensemble ! C'était n'importe quoi.

Il lui aurait brisé le cœur.

Sauf que la question, c'est : comment est-ce qu'elle va faire, maintenant ? Elle a besoin d'argent, d'un travail, d'un plan de carrière. Il faut à tout prix que je l'aide. Je n'ai peut-être pas beaucoup de contacts dans le divertissement mais Aleesha, elle, a un carnet d'adresses bien rempli. Je devrais sans doute organiser un rendez-vous entre elle et Tess…

J'arrive au bout de ma 19e longueur en crawl et m'apprête à faire un demi-tour pour me lancer dans la 20e quand je vois des pieds tremper dans ma piscine. Vernis : rouge sang. Taille : 38. Battements : nerveux.

Ma sœur.

Je remonte à la surface de l'eau, m'accroche au rebord de la piscine et me hisse pour m'asseoir à côté de Miléna qui, avec un sourire contrarié, me tend une serviette.

– On peut savoir ce que tu fabriques, petit frère ?

– De quoi est-ce que tu parles, frangine ?

De la vie en général ? De Tess en particulier ? Ou du fait que, sur un coup de tête, j'ai truqué les votes de ton émission ?

– De Joshua Pierce. J'ai eu, comme tout le monde, ta note de service envoyée hier. Je te confie deux jours – deux jours ! – la gestion de *Petits Secrets*, et toi, tu en profites pour virer mon prod' exécutif ?

– … Et pour embaucher à la place la nana la plus efficace de tout Los Angeles.

– … qui est aussi la plus chère…

– … ce qu'on peut tout à fait se permettre, vu notre premier trimestre. J'ai consulté le président de la compagnie à ce sujet – c'est-à-dire moi-même.

– Ce n'est pas un problème d'argent, Colin !

– Alors c'est quoi, le problème ? Tu n'aimes pas Aleesha, c'est ça ?

– Tu sais très bien que je l'adore autant que toi !

– Impossible : personne n'aime Aleesha autant que moi. Je te rappelle qu'elle a été mon premier amour !

– Tu avais 6 ans, ça ne compte pas, rétorque Mila.

– Ah bon ? Le premier amour ne compte pas ?

Malgré elle, Miléna sourit. Elle adore que je la taquine, ça lui rappelle notre enfance. Elle n'en oublie pas pour autant qu'elle est furieuse contre moi et qu'elle attend une explication.

– Bon, alors, reprend-elle, quelle mouche t'a piqué ? Avec Pierce ?

– Figure-toi que ton cher prod' exé' est celui qui nous a mis dedans en ne faisant pas remonter l'info sur la grand-mère de Tess.

– Quoi ? me demande ma sœur, stupéfaite.

– Je sais, c'est hallucinant. Je l'ai découvert en tombant sur des mails que lui a envoyés une de nos intérimaires pour l'avertir… À la fois, c'est du Josh tout craché : déjà à l'époque, il avait triché à l'examen d'histoire du cinéma.

– Attends, attends… Joshua Pierce est *le* Josh ? Celui avec qui tu partageais ta chambre à la fac ?

– Exact.

– Bon sang, avec sa barbe de hipster, je ne l'ai pas reconnu !

– Il faut dire que tu ne l'as croisé que deux fois : une fois à l'enterrement de maman et l'autre fois à l'enterrement de papa…

– Pourquoi est-ce que tu ne me l'as pas dit avant ?

– Je ne l'ai découvert que vendredi. Et nous avions d'autres sujets à aborder, ce week-end. Des sujets bien plus intéressants.

Je pointe affectueusement son ventre qui commence à s'arrondir.

– Pourquoi tu avais arrêté de le voir, déjà, ce type ? me demande ma sœur chez qui la curiosité est, plus encore qu'un vilain défaut, un mode de vie à part entière. Vous étiez extrêmement copains, non ?

– Josh était pénible, par moments. Il avait toujours quelque chose à prouver. Je crois que je n'avais plus d'énergie pour ce genre de rapports après le décès des parents.

– Tu n'avais plus d'énergie pour *aucun* type de rapports, Colin, me gronde-t-elle tendrement.

Elle fait référence à Meredith, mon ex-fiancée. Elles s'adoraient, toutes les deux. Je peux comprendre pourquoi : Meredith était une fille formidable. Et pendant quelques années, nous avons été très heureux.

– En parlant de ton don pour les rapports humains, glisse Miléna, je viens de voir Amanda quitter ta maison en trombe.

– Et ?

– Généralement, les femmes qui passent la nuit avec Colin Cooper ont l'air béat et heureux au réveil, non ? C'est du moins ce que dit ta sulfureuse réputation de don Juan.

– J'ai une « réputation » ?

– Tu devrais lire *People*, de temps à autre, ça te rendrait service. Toujours est-il qu'Amanda, elle, semblait plutôt contrariée. *Extrêmement* contrariée, même.

– Mila, ne commence pas à fourrer ton nez dans ma vie privée, la préviens-je.

– Tu sais, il y a un très bon moyen de t'assurer que je ne me mêle pas de tes histoires de cul, frangin.

– Ah oui ? Lequel ? réponds-je en tentant de masquer mon agacement.

– Qu'à la place, tu te mettes enfin à avoir des affaires de cœur.

Il est temps de clore cette conversation.

Si on continue sur ce terrain-là, je sais qu'on va finir par s'engueuler. Pas question que je me dispute avec une femme enceinte de trois mois. Encore plus si cette femme s'avère être la pire tête de mule que je connaisse.

Exception faite, bien sûr, de Tess.

Ni une ni deux, je me lève et commence à avancer vers la maison.

– Ne me tourne pas le dos, Colin Cooper, me menace ma grande sœur en m'emboîtant le pas.

– Mila, il est 8 h 20 : je dois prendre une douche et aller travailler.

– Pas avant de m'avoir écoutée : ça fait sept ans, Colin ! Tu ne peux pas continuer à porter indéfiniment ce deuil sur tes épaules ! Tu dois accepter que la vie reprenne ses droits et arrêter de courir d'aventure en aventure. Amanda est formidable, elle est amoureuse de toi et elle veut quelque chose de sérieux…

– … Et c'est exactement pour ça qu'Amanda et moi, on ne couche pas ensemble ! finis-je par crier, exaspéré.

Mila me regarde plusieurs secondes, interdite. Puis elle explose de rire.

– *Pardon* ?

– Tu m'as très bien entendu, Miléna : je ne couche pas avec Amanda Perkins. Je n'ai jamais couché avec Amanda Perkins. Je ne coucherai jamais avec Amanda Perkins.

– Mais… Elle se comporte comme si vous deux, vous…

– Oui ? Eh bien il n'y a rien entre nous. J'y ai songé, bien sûr, mais ça s'arrête là. Et je ne sais pas ce qu'Amanda cherche en laissant entendre à la terre entière qu'elle et moi sommes amants, mais je commence à en avoir ma claque.

– « Natasha Glenville », me rétorque ma sœur en levant les yeux au ciel comme si elle proférait une évidence que j'étais trop bête pour saisir.

Je lui jette un regard interrogatif.

– Mais *si* Colin, tu sais *bien* : Natasha Glenville. Dans *Le Journal de Bridget Jones*. Celle qui tourne autour de Mark Darcy comme un requin, histoire d'éloigner les potentielles rivales. Bridget est tellement certaine que Mark et cette snobinarde sont ensemble qu'elle ne remarque pas que ce dernier la drague. Eh bien, Amanda Perkins est ta Natasha Glenville.

Je regarde ma sœur en écarquillant les yeux puis je finis par éclater de rire et par la prendre dans mes bras, complètement attendri par sa manière de me parler de Bridget Jones avec le même air docte que si elle citait le *Banquet* de Platon.

– Parfois, frangine, j'ai vraiment du mal à croire que toi et moi avons grandi dans la même famille… On est tellement différents !

Miléna rit elle aussi, et de bon cœur. Puis elle redevient sérieuse le temps de me sermonner :

– Mais alors, s'il n'y a rien entre vous, pourquoi est-ce qu'elle a passé la nuit ici ?

– Hier, quand je suis rentré des studios, elle m'attendait. Dans ma chambre. Relativement… dévêtue.

– Oh… Je vois…

– J'ai vraiment hésité à me laisser aller, en la trouvant là, tu sais. Ce serait plus simple pour moi, pour Zach, si je décidais d'enfin me caser, de fonder une famille. Mais j'ai quitté Mer' en prenant un pari fou : celui que l'amour pouvait être bien plus intense que tout ce que j'ai connu jusqu'à présent. Qu'il pouvait être une force qui balaye tout, qui bouleverse nos certitudes, qui nous change à jamais.

– … et visiblement, ce n'est pas ce que tu éprouves pour Amanda, conclut ma sœur.

– Visiblement, confirmé-je.

– Et pour Mer' ?

– J'étais amoureux de Meredith, sincèrement. Elle était ma plus proche amie. Mais très souvent, il y avait cette petite voix dans ma tête qui me disait : « Et si… ? » Et si la femme de ma vie était en bas de la rue ? Si je la croisais le lendemain de mon mariage ? Si je trouvais cette personne avec qui on *sait* ?

– On sait *quoi* ?

– Que chaque jour, chaque seconde, va être une aventure.

– Je ne sais pas si une telle chose existe, Colin, me dit Miléna d'un ton méditatif.

– Si, ça existe. Shakespeare l'a forcément expérimenté pour écrire *Roméo & Juliette*. Fitzgerald l'a éprouvé, sinon il n'aurait jamais rédigé *Gatsby le Magnifique*. Léon Tolstoï l'a connu, de même qu'Albert Cohen, sinon comment auraient-ils pu inventer les personnages d'Anna et d'Ariane ? Et puis, papa aussi a vécu ça. Avec maman. Il l'a aimée chaque seconde de sa vie, il a été follement heureux avec elle.

– Heureux ? s'écrie Miléna, choquée. Colin : il a fini par se tirer une balle !

– Parce qu'il savait que, sans celle qu'il aimait, sa vie était finie, protesté-je.

– Colin, me dit ma sœur, les yeux brillants de larmes, papa était malade, il était *dépressif*. Son geste n'était pas une preuve d'amour : c'était un *symptôme* de sa maladie. Je voudrais tant que tu comprennes...

– Que je comprenne quoi ?

– Que l'amour ne se mesure pas à la somme des larmes que tu verses. L'amour, c'est avant tout rire, bouffer, baiser, s'engueuler, se réconcilier, baiser encore, sortir toute la nuit, vieillir, se voir vieillir, traîner en terrasse, refaire le monde, avoir des enfants, ne plus jamais se sentir seul. Et moi, dit-elle avec un accent de désespoir, je te sens parfois si seul que ça me rend triste...

– Et tu penses, rétorqué-je, piqué, qu'il faudrait que je couche avec Amanda pour être moins seul ?

– Tu caricatures mes propos, se défend-elle.

– Alors dis-moi ! Dis-moi ce que tu espères pour moi !

– Que tu puisses donner tout ce qu'il y a de merveilleux, là, dit-elle en me touchant au niveau du cœur. Pas à moi, pas aux enfants, pas à Zach, pas à tes films – pas seulement en tout cas. Mais à une femme qui illuminera ta vie. Tu dis que l'amour doit balayer toutes les certitudes, et tu as raison :

j'aimerais qu'une femme réussisse à balayer ta certitude que l'amour, c'est rechercher une sorte de double de soi-même. Papa et maman étaient fusionnels, ils ne pouvaient pas vivre l'un sans l'autre, mais ça ne les a pas rendus heureux pour autant ! L'amour dont tu rêves, Colin, l'amour que tu leur attribues, il n'existe pas. Ce qui existe, par contre, et qui se trouve quelque part sur cette terre, peut-être même dans cette ville, c'est quelqu'un capable d'ébranler l'édifice Colin Cooper et de se faire une place dans ton cœur. J'en suis certaine, petit frère.

Pendant une fraction de seconde me vient l'image de Tess, au bord d'une piscine, en train de rire aux éclats. Sauf que ce n'est pas cette piscine-ci. Et que ce n'est pas moi qui la fais rire, mais un autre.

– Bon, me dit ma sœur, devinant à mon air troublé que ça ne sert à rien d'ajouter quoi que ce soit. Et avec Amanda, ça va aller ?

– Oui : on a parlé, je lui ai expliqué que je n'avais pas les mêmes sentiments, que j'avais espéré qu'avec le temps ça viendrait peut-être, mais que je ne peux pas continuer à la faire attendre de cette façon. Elle a été triste, déçue, peut-être même un peu amère mais je l'ai laissée vider son sac jusque tard dans la nuit – c'était le moins que je puisse faire. Ensuite, je lui ai préparé la chambre d'amis.

– OK, c'est une bonne chose. Et sinon, tu as le temps pour un petit dej' ? C'est moi qui invite.

– Non, je voudrais arriver tôt aujourd'hui. J'ai pris du retard sur mes dossiers durant le week-end.

– Ça ne t'arriverait pas si tu ne prévoyais pas de travailler les week-ends… me fait remarquer ma sœur. Bon, Aleesha m'a prévenue qu'elle arrivait à 10 heures : passe à notre étage lui faire une bise, ça lui fera plaisir !

Une fois Mila partie, je prends une rapide douche avant de filer au boulot. Je suis impatient de retourner à *mes* activités : le documentaire sur l'opposition en Russie, ce programme éducatif que j'espère vendre à la télévision nationale…

Normalement, une bonne partie de mon équipe est en tournage aujourd'hui, mais dès demain on va pouvoir recommencer à éplucher les dizaines de notes d'intentions qu'on reçoit chaque semaine, histoire de se mettre en quête d'un futur Pulitzer. Je me demande également comment présenter à Aleesha le fait que je voudrais qu'elle aide Tess à capitaliser sur son apparition dans l'émission.

Je pourrais lui suggérer que ça fait partie de ses fonctions d'assurer la transition entre la Maison des Murmures et le monde extérieur pour les candidats sortants ?

J'ai commis une terrible erreur de jugement en truquant le jeu et je me sens effroyablement mal. Mais ce qui est fait est fait : ce qui compte, maintenant, c'est que je trouve un moyen d'épauler Tess. Pas seulement pour soulager ma conscience, mais également parce que ce que Mila m'a dit m'a fait réfléchir. Quand votre propre sœur vous voit comme un *player* incasable qui privilégie le travail aux relations sociales, c'est qu'il est temps de changer quelque chose. À partir d'aujourd'hui, c'est promis : je m'ouvrirai plus aux autres. Je serai plus généreux, plus patient et plus tolérant.

Et qui est mieux placé que Tess Harper, a.k.a. la femme la plus exaspérante au monde, pour mettre à l'épreuve ces toutes nouvelles qualités ?

18

ET SI… ?

Tess

Colin va probablement tirer une gueule de six pieds de long en m'apercevant. Depuis notre rencontre, j'enchaîne les galères et, à chaque fois, c'est vers lui que je me tourne en espérant qu'il me sauve la mise. Il doit en avoir marre de moi…

Bon, ce coup-ci, je n'ai pas trop le choix : quand l'autre porc a commencé à me tripoter, j'ai dû sauter de la voiture.

En laissant malheureusement mon sac de voyage sur la banquette arrière.

Fini ma robe fétiche, fini ma collection de chaussures, fini mes strings et mes Wonderbra : j'ai perdu tout ce que je possédais. Il ne me reste que mon sac à main, avec dedans mon portable, ma carte d'identité, ma trousse à maquillage, un tampon de secours et la boîte de capotes que m'a refourguée la prod'. Même mes lunettes de soleil H&M ont pris cher dans ma cascade.

Retour à la case départ, donc. Me voilà assise dans l'entrée des studios Cooper, sans aucune idée de ce que je vais faire. Néanmoins, je mesure ma chance : je m'en suis tirée avec quelques bleus et des égratignures.

Quand je pense à ce qui aurait pu m'arriver.

Qu'est-ce qui se serait passé si ce malade avait voulu me poursuivre ? Je frissonne. Je ne dois pas penser à ça. Après tout, tout est bien qui finit bien. Je m'en suis sortie. J'ai eu le bon réflexe.

Mais comment Colin va-t-il voir les choses ? Que va-t-il penser du fait que j'aie fait du stop en short et en débardeur ? Que je sois venue trouver refuge ici ? J'aurais vraiment préféré aller ailleurs mais les studios étaient à seulement 1,5 km et au moins, ici, les gens ne risquaient pas de me foutre à la porte. N'empêche : il est possible que Colin soit furieux.

Réponse dans environ 2 secondes.

La Jaguar de Colin vient de s'engager dans le parking. Son poste crache les Rolling Stones à fond. Colin, lui, semble insouciant et sexy dans sa chemise immaculée, ses Ray-Ban sur les yeux et ses cheveux noirs plaqués en arrière. Il ne sait pas encore que je m'apprête à lui pourrir une fois de plus sa journée.

Il saute de la voiture d'un geste souple. La standardiste, qui se fichait pas mal jusqu'à présent des allées et venues, lève les yeux pour contempler le spectacle en soupirant. Puis elle se rend compte que je regarde dans la même direction qu'elle.

– Quel mec, hein ? me dit-elle avec un clin d'œil complice. Si mon pauvre mari ressemblait un peu plus à ça, il ne serait pas obligé de passer ses journées à regarder des pornos sur le câble, vous pouvez me croire.

Je lui jette un regard super choqué. Je croyais que niveau

réflexions salaces, on ne pouvait pas battre Violetta. Visiblement, j'avais tort.

Colin avance vers la porte en lançant des saluts à ses employés. Il sourit de toutes ses dents incroyablement blanches. On dirait une pub pour Freedent. Ou pour du gel douche. Bref, une pub où un mec trop beau pour être vrai avance vers vous au ralenti. Il franchit la porte, enlève ses lunettes et me jette un regard surpris.

– Tess ? Tu es encore là ? Ça tombe bien, je comptais t'appel…

Il s'interrompt alors que ses yeux se posent sur le sang séché qui macule mon genou, puis sur l'éraflure de ma cuisse, puis sur les cinq marques de doigts sur mon bras, puis sur mon débardeur légèrement déchiré.

– Putain, Tess, qu'est-ce qui t'est arrivé ? dit-il en se précipitant vers moi. Tu as eu un accident ?

Le menton tremblant, je secoue la tête.

– *Quelqu'un* t'a fait ça ?

Il a l'air hors de lui. Et je n'imaginais pas que Colin « Cool » Cooper puisse être hors de lui. En cet instant, ce n'est plus le producteur intello habitué à gérer les situations les plus stressantes que j'ai devant les yeux, mais bien le champion de vale tudo, ce sport de combat où tous les coups sont permis. Un peu impressionnée, j'ai un mouvement de recul.

– Ce n'est rien, Colin, je t'assure…

– Rien ? s'écrie-t-il. Comment peux-tu dire que ce n'est rien. Tess, bon sang…

Il me prend dans ses bras et appuie délicatement ma tête contre son torse viril et musclé. À ce moment, moi qui avais si peur qu'il me rejette ou qu'il m'engueule pour ce qui m'était arrivé, je me mets à pleurer. Toutes les larmes de mon corps.

Non, c'est pas vrai, bordel. Calme-toi, calme-toi…

Je hoquette et renifle comme un gros bébé. En même temps, j'ai l'impression qu'un poids terrible s'envole de mes épaules.

Sauf que si je continue à mettre du mascara sur sa chemise hors de prix, Colin va m'envoyer paître. Il est bien gentil mais sa patience a des limites…

Contre toute attente, mon beau gosse continue de me tenir contre lui. Je peux sentir son odeur d'after-shave et un très léger effluve de chlore. Il ne dit rien, ne recule pas : il attend que je me calme.

Miracle, on dirait que ça marche.

– Ça va mieux ? me demande-t-il en se détachant de moi alors que je sèche mes dernières larmes.

– Oui, bien mieux.

– OK. Montons.

Nous avançons vers l'ascenseur, sous le regard ébahi et ultra-gêné de la standardiste, qui n'aurait jamais cru que Colin Cooper et moi nous nous connaissions. Colin tape son code de sécurité. Direction le 7e étage, dans ce que j'ai baptisé sa « garçonnière ». Une fois que les portes s'ouvrent, Colin fonce directement vers la chambre. Je reste plantée dans l'entrée, un peu empotée, ne sachant pas trop ce que je suis censée faire ou même si j'ai des raisons d'être là.

Il en revient avec à la main une trousse de premiers soins. Il la pose sur la table du salon. Cette même table sur laquelle, avant-hier, il me faisait jouir si fort. Tout était différent, alors. J'étais censée réintégrer la Maison et y rester, je n'avais pas peur de l'avenir, j'avais un but… Je ne me sentais pas si terriblement *fragile*.

Colin avance vers moi et, comme si je ne pesais rien, il me soulève du sol. Il m'emporte vers la table, me pose sur son rebord.

– Maintenant, je veux que tu me racontes exactement ce qui s'est passé, articule-t-il avec calme tout en sortant un spray désinfectant de sa trousse.

– Attends, attends, Colin ! protesté-je. Ça va piquer…

– Ne fais pas l'enfant, me gronde-t-il gentiment. Ça ne fait pas mal du tout.

Il vaporise un peu de désinfectant sur mon genou droit et sur ma cuisse gauche, aux endroits où je suis légèrement amochée. D'appréhension, je tressaille.

Les enfants, eux, ont au moins droit à un « bisou magique »…

– Voilà, dit-il en appliquant un pansement et en le lissant de sa paume chaude. Ça va mieux ?

J'opine.

– Alors maintenant, raconte-moi ce qui t'est arrivé.

– C'est de ma faute, commencé-je à bafouiller. J'ai été conne, j'ai agi sans réfléchir…

– Tess. Tess ! tente de me couper Colin. Calme-toi s'il te plaît, dit-il en passant sa main sur ma joue pour m'apaiser. Dis-moi tout, dans l'ordre.

– Je n'avais pas de cash. Je voulais aller chez ma copine Kate, du côté de Highland Park. J'aurais dû demander à Pierce de…

– Attends, attends, je ne comprends pas bien : quand est-ce que tu voulais aller voir ta copine ?

– Ce matin.

– Et pourquoi tu aurais dû demander à Josh ?

– Je l'ai croisé dans le hall, peu après m'être réveillée.

– Tu veux dire que tu as dormi ici, aux studios ? Mais où ça ?

– Dans le hall.

À son air contrarié, je devine que ce n'est pas ce à quoi il s'attendait.

– Je… n'aurais pas dû ? m'enquiers-je timidement.

– Je ne crois pas que c'est ce qui était prévu, en tout cas, rétorque Colin en prenant une profonde inspiration pour se calmer. Aucune voiture n'est venue te chercher à la fin du prime ?

– Non…

– Personne de l'équipe ne t'a avertie que tu avais normalement droit à un chauffeur pour te reconduire où tu veux – chez Violetta ou chez ton amie Kate, par exemple ?

– Han han, dis-je en secouant la tête.

– Et ce matin encore, tu as croisé Pierce et il ne t'a rien dit ?

– Non, rien.

– OK. Je vois.

Le regard de Colin n'est pas simplement noir : il est de plomb. L'adonis aux yeux revolver sort son portable de sa poche de pantalon.

– Josh, c'est Colin. Je pensais que tu continuerais, comme nous en avions convenu par e-mail, à assurer ton travail jusqu'à l'arrivée de ta remplaçante. Je découvre à l'instant que ce n'est pas le cas. Tu peux donc faire une croix sur tes indemnités. Par ailleurs, s'il était arrivé la moindre chose à Tess Harper par ta faute, je t'aurais tué. De mes mains. J'espère que tu en es conscient.

Furibard, il raccroche.

– Je rêve ou tu viens de menacer un de tes ex-employés sur messagerie ? lui demandé-je. Mais tu es complètement fou, ma parole ! Il pourrait t'attaquer en justice !

– Qu'il le fasse. Je m'en fous. Tu ne comprends pas ? Il était censé veiller sur toi et regarde dans quel état tu es ! Il a déjà de la chance que je ne lui casse pas la gueule. Vas-y, continue : que s'est-il passé, ce matin ?

– Après avoir croisé Pierce, reprends-je, j'ai décidé de me mettre en route. Mais je n'avais pas de cash – certainement pas assez pour un taxi, et pas assez non plus pour un ticket de bus. Alors j'ai commencé à marcher. Et soudain, un type s'est arrêté à mon niveau, a insisté pour que je grimpe dans sa caisse…

– Tu l'as fait ? me demande Colin en retenant son souffle.

– Oui, avoué-je, honteuse.

– Est-ce qu'il t'a touchée ? me demande-t-il en prenant mon visage entre ses mains. Tess, est-ce que cet homme t'a fait du mal ?

– Non, non : il a voulu… Enfin, je veux dire, il a commencé à parler de me donner de l'argent, à me tripoter, à appuyer sur ma tête pour que je le…

Le visage de Colin se brise. Littéralement, sous mes yeux : ses traits remarquables se défont.

– Mais je me suis débattue ! précisé-je. Et j'ai sauté de la voiture avant qu'il puisse me forcer à quoi que ce soit !

– Bordel, Tess…

Il doit me prendre pour une idiote, doublée d'une fille facile.

– C'est de ma faute, dis-je pour m'excuser.

– Qu'est-ce que tu racontes ? Tess, oh ! Tess : non, c'est de *ma* faute. C'était à moi – je veux dire : aux studios – de veiller sur ta sécurité. Toi, tu n'as rien fait. Tu as juste fait confiance à cette saloperie de pervers. Mais je te jure que je vais retrouver cet enfoiré et m'expliquer avec lui…

– Colin, laisse pisser, OK ? J'ai fait la conne, c'est *mon* problème.

– Ton problème ? Bon sang, regarde-toi !

Colin touche mon bras meurtri, où l'empreinte des doigts de mon assaillant laisse maintenant cinq petites traces jaune et violacé.

– Écoute, je n'ai pas besoin que tu répares mes erreurs à chaque fois. Je n'ai qu'à ne pas me foutre systématiquement dans la merde. Mais ce coup-ci, ça va aller, je suis solide.

– Oui, tu es solide, je le sais ! s'emporte-t-il. Est-ce que c'est une raison pour qu'un porc essaye d'abuser de toi ? Le fait que tu pourrais y survivre ?

– Non, mais je n'ai pas besoin que tu me venges comme dans un film de gangsters à la con. Je suis venue te trouver parce que là, maintenant, tout de suite, j'ai besoin d'un coup de main, OK ?

– Je suis désolé, Tess, je n'ai sans doute pas la réaction qu'il faudrait, m'avoue-t-il, désemparé. C'est juste que… je ne supporte pas l'idée qu'on profite de toi ou qu'on te fasse du mal. Je me sens responsable de ce qui t'est arrivé. Est-ce que tu veux au moins que je t'accompagne au commissariat ? me propose-t-il après un bref silence. Je peux rester le temps qu'ils enregistrent ta plainte puis te reconduire.

– Je ne veux pas non plus porter plainte, soupiré-je. Je veux juste…

… rentrer chez moi. Ou rester ici, avec toi.

Mais ni l'un ni l'autre ne sont possibles.

– … reprendre ma vie. Trouver un travail, complété-je.

– Quel genre de travail ?

– Je ne sais pas trop. Mais j'ai le temps de réfléchir. Je me suis fait un peu d'argent grâce au jeu et, au pire, je peux toujours trouver un job de serveuse en attendant.

– Un job de serveuse ? Après être passée en continu à la télé pendant une semaine ? Tu n'y penses pas !

– Pourquoi ça ?

– Tu ignores comment sont les gens avec les célébrités. Si tes fans apprennent que tu bosses dans un resto, ils vont le prendre d'assaut et déclencher une véritable émeute. Sans parler de tous ces types qui se sont fait des films te concernant, ajoute-t-il avec les dents et les poings serrés.

– Tu ne peux pas me protéger de tout.

– Non. Mais je peux au moins t'apporter mon soutien. Te filer un coup de pouce, comme tu me l'as demandé.

– Peut-être que je n'aurais pas dû te demander ça, lui dis-je, amère. Peut-être que j'en attends trop de toi. J'ai perdu le jeu, c'était le choix du public : même en tant que producteur, tu n'y peux rien. Et Violetta qui ne se doute pas que je suis sortie… ! ajouté-je, catastrophée.

– Tu ne l'as pas avertie ? me demande-t-il, surpris.

– J'ai essayé de le lui annoncer par téléphone mais elle n'a rien voulu entendre. Elle est complètement affolée par les factures qu'elle reçoit de l'hôpital…

– Et cette amie, cette Kate, chez qui tu voulais aller t'installer, elle peut t'aider ?

– Elle peut m'héberger pas loin du centre, ce qui est déjà pas mal. J'aurais plus de mal à trouver un job en restant terrée à Watts, sans voiture…

– Voilà déjà une chose qu'on peut faire : tu n'as qu'à t'installer chez moi le temps de te retourner. Tu auras tout ce qu'il te faut à disposition : un ordinateur, une voiture… Et puis je peux te présenter des gens, aussi.

M'installer chez lui ?

Colin doit avoir perdu la tête ! Il ne me supporte pas plus de dix minutes et il veut m'avoir 24/24 heures à demeure ?

Il pense que je ne peux pas me débrouiller seule. Et, vu la situation, je ne peux pas lui en vouloir.

Mais pas question de me transformer en boulet : je me sens déjà assez minable comme ça.

– Quel genre de gens ? le taquiné-je. Des journalistes politiques ? Des auteurs de théâtre ? Des photographes d'art ? Ce n'est pas eux qui vont m'aider à dégotter un contrat de mannequin ou d'animatrice télé.

– Je connais aussi quelques patrons de chaîne, tu sais, me dit-il avec un sourire craquant.

– Ce ne sont pas Géo, Découvertes ou 24/7 News qui vont m'embaucher non plus. Tu es vraiment gentil, Colin, lui dis-je avec douceur, mais je crois que le mieux, c'est que je me débrouille seule sur ce coup.

Je saute de la table et commence à me diriger vers la porte mais Colin me retient en me prenant par la main.

– Pas question, dit-il en m'attirant à lui.

Une fois de plus, j'atterris contre son torse musclé. Colin m'enlace.

– Pourquoi est-ce que tu ne veux pas que je t'aide, Tess ?

– Parce que je ne veux pas être un poids pour toi.

– Un poids ? Mais pourquoi tu dis ça ?

– Regarde-moi, enfin, Colin ! explosé-je.

– Justement : je ne fais que ça, dit-il avec une certaine gravité. Je ne suis pas certain que ça me fasse plaisir, mais le fait est que depuis que mes yeux se sont posés sur toi, je n'arrive pas à les en détourner. Et, bien malgré moi, il semblerait que ce que je vois me plaise…

– Mais je suis un aimant à emmerdes !

– Hey ! Je te défends de dire ça, dit-il en posant un doigt sur mes lèvres.

– Tu le sais aussi bien que moi !

– Disons que tu as un don pour les situations compliquées. Mais moi aussi, à ma manière, j'ai un don pour les situations compliquées. Ça nous fait au moins un point commun.

– Oui, dis-je avec tristesse, et c'est le seul que nous ayons.

– Et si… ? me dit Colin après un silence.

Mais le beau gosse ne finit pas sa phrase.

– « Et si » quoi, Colin ?

– Et si jamais c'était suffisant ? Ce petit point commun-là : on ne pourrait pas s'en contenter ? Juste pour le moment ?

Une part de moi a envie de lui répondre que oui, évidemment, c'est bien assez. Mais une autre part sait que non, ça ne sera jamais suffisant : je veux plus, bien plus. De la vie en général…

… et peut-être même de Colin Cooper en particulier.

Effrayée par cette pensée, je me dégage de ses bras.

– Non, Colin, je crois vraiment que ça ne le fera pas, lâché-je en me précipitant vers l'ascenseur.

Je commence à appuyer frénétiquement sur le bouton d'appel.

– Tu es une lâche, Tess, me lance Colin sans bouger d'un iota.

MOI ? Tess « Buldozer » Harper ? La fille qui n'hésite pas à sauter d'une voiture en marche ?

Je fais volte-face.

– Je suis une lâche ? Et en quoi, je te prie ?

– Tu es pétrie de trouille. Tu as peur de laisser quelqu'un t'aider parce que tu as peur que cette personne, ensuite, t'abandonne.

– Merci pour cette brillante analyse, Dr Freud, ironisé-je. Je ne sais pas ce que j'aurais fait sans vous mais vous pouvez quand même aller vous faire f…

– Et ce n'est pas fini, m'interrompt-il en croisant les bras d'un air satisfait. Tu sais quelle est ta plus grande peur ? Ce n'est pas de t'attacher à quelqu'un qui te laissera tomber : c'est de t'attacher à quelqu'un que *toi*, tu finiras par laisser tomber. Ta plus grande peur, c'est d'être aussi lâche que ta mère, et tu sais quoi ? Tu as peut-être raison car d'après ce que je sais d'elle, tu es en train de te comporter exactement comme elle le ferait.

– Je ne suis pas comme Rose, sifflé-je, hors de moi, et je ne suis certainement pas lâche.

– Si, tu es une poule mouillée, me répond Colin.

– Je – ne – suis – pas – lâche, martelé-je en me ruant sur lui.

Où est-ce que je frappe en premier : au visage ou à l'entrejambe ?

Je n'ai pas le temps de trancher que Colin m'attrape. Enfin, pas exactement… Je dirais plutôt qu'il me cueille, comme une fleur. Et, sans que je l'aie voulu, ma bouche part à la recherche de la sienne.

Ce n'est pas exactement ce que j'avais prévu… Mais c'est certainement plus agréable.

– Tu as plus de cran que je ne l'aurais cru, me susurre le beau brun hors d'haleine en se détachant de mes lèvres.

– Tais-toi, par pitié, tais-toi… dis-je en agrippant ses cheveux.

– Fais-moi taire, m'encourage-t-il.

– D'accord, dis-je en plaquant de nouveau ma bouche contre la sienne. Non, attends : retire ce que tu as dit d'abord, demandé-je en le repoussant.

– Je retire.

– Tu dois le penser, Colin ! Retire *vraiment* ce que tu as dit ! lui ordonné-je en le poussant cette fois de toutes mes forces.

– Je ne pensais pas ce que j'ai dit, Tess, dit-il en m'attrapant pour me calmer. Je voulais juste que tu restes.

– Ah bon ? Tu m'injuries pour me faire rester ? C'est ça, ta technique avec les filles, tombeur ?

– Avec les filles, non. Mais avec toi, c'est la provoc' qui marche le mieux. Contrairement à ce que tu sembles croire, Tess Harper, tu n'es pas la seule à avoir des théories sur les autres. Et moi aussi, je te connais un peu, dit-il en m'attrapant par la nuque.

Il me donne un baiser impérieux. Mon cœur cogne. Adrénaline, rage, désir, passion, tout ça s'emmêle.

Et s'il disait vrai ? S'il me connaissait, au fond ?

Plus énervée qu'autre chose par cette idée, je mords la bouche charnue de Colin Cooper.

Ça t'apprendra à empiéter sur mon jardin secret.

La lèvre inférieure emprisonnée entre mes deux rangées de dents, Colin tressaille. Je jubile : voilà ma vengeance. Il a voulu me provoquer ? En retour, je lui déclare la guerre.

La tendre guerre.

Décidée à reprendre le contrôle sur ce type qui affirme me connaître – et qui, horreur absolue, a peut-être raison – j'introduis ma langue dans sa bouche. La langue de Colin m'accueille, chaude, tendre, pourtant ferme, et visiblement ravie de recevoir un envahisseur. Nos lèvres dansent, collées, serrées mais je n'en oublie pas pour autant mon objectif : faire rendre les armes au milliardaire le plus sexy et le plus arrogant du monde.

Mon bassin s'avance vers le sien. Je me plaque contre lui, intrépide, dominatrice.

Moi, lâche ? Attends un peu de voir toutes les audaces dont je suis capable, Colin Cooper.

Mes mains se glissent dans ses cheveux épais avant d'emprisonner fermement cette soie noire entre mes poings et de tirer dessus. Colin me jette un regard plein de désir et de défi mais aussi, indéniablement, d'amusement.

Ah ouais ? Ça te fait rire ?

– Tu es furieuse, pas vrai ?

– Pas qu'un peu, réponds-je en me détachant de lui.

– Tu m'en veux ?

– Pas qu'un peu.

– Viens là…

Il m'attire à lui et se met à m'embrasser dans le cou, sensuellement, en passant parfois la pointe de sa langue sur ma peau.

Ah ! Seigneur, qu'est-ce que c'est bon !

– Tu vois ? Je peux me faire pardonner. Si tu baisses la garde et si tu te laisses faire…

Me laisser faire ? Jamais.

Et pourtant : ma nuque se renverse en arrière. Mes yeux se révulsent de plaisir. Dans un effort désespéré pour lui résister, mes mains empoignent une nouvelle fois ses cheveux… Je redresse la tête… et commence à embrasser ses joues, la commissure de ses lèvres, sa bouche.

Raté.

Je sens ses doigts pétrir mes épaules, passer dans mon dos, descendre vers mes reins. Sans réfléchir, je tire de part en part sur le col de sa chemise et fais sauter ses boutons. En touchant le sol, ils produisent un tintement léger. Colin me jette un regard intense, sexy, doublé d'un sourire irrésistiblement sûr de lui. Sans hésiter, il se débarrasse de ce qui était, il y a quelques instants encore, une chemise Hugo Boss en parfait état.

R.I.P, jolie chemise.

Il avance d'un pas vers moi, souple comme un félin, et de nouveau m'embrasse avant de me faire pivoter. Il me retourne et me plaque contre son torse musclé. La peau nue de ses pectoraux et de son ventre est chaude, lisse, appétissante. Je sens sa virilité bandée à travers son pantalon. Colin tire sur mon débardeur et fait glisser une bretelle le long de mon épaule. Ses dents titillent mon cou sans vraiment le mordre. Il souffle dans mon oreille, ce qui me met en transe. Des frissons me parcourent.

La pointe de mes seins durcit. Elle darde à travers mon débardeur en coton. Colin s'en aperçoit. Avide, il empoigne entre ses larges paumes ma poitrine et la malaxe. Je me cambre pour l'encourager. Colin tire un peu plus sur l'encolure de mon débardeur et, cette fois, dénude l'un de mes seins. Il pince son extrémité alors que ma respiration se saccade. Je passe mon bras à l'arrière de sa nuque et empoigne la base de ses cheveux. Je veux le tenir, l'attirer plus près de moi encore, faire corps avec lui.

Mon apollon me fait faire un demi-tour sur moi-même. Nos regards se croisent puis se mêlent. Je ne sais pas quoi penser.

Est-ce que je le déteste ? Est-ce que je l'adore ? Tout ce que je sais, c'est que c'est électrique entre nous.

Mais aussi inévitable.

Quatre fois en une semaine : ça ne peut pas être un hasard !

Surtout avec des orgasmes aussi dingues à la clef.

Sans le quitter des yeux, j'enlève mon débardeur. Il se met à lécher ma poitrine frémissante. La pulpe de ses lèvres se referme sur la pointe de mon téton. Tout mon corps se tend. Je reconnais cette sensation… Dans quelques secondes à peine, mon ventre hurlera son envie de l'avoir en moi.

Je suis déjà prête à déclarer forfait.

Mes doigts se referment sur les épaules de nageur de cet homme qui me fait perdre tout contrôle. Je pousse un gémissement de satisfaction – à moins qu'il s'agisse de frustration, je ne sais plus bien.

– Viens là… me susurre-t-il en m'entraînant en direction de la terrasse.

Cette fois, ce n'est pas contre son dos que Colin me plaque mais contre la baie vitrée. Le contact du verre froid sur mes seins, sur mon ventre, me fait tressaillir. J'ai à peine un regard pour la ville qui se déploie sous mes yeux : Colin est déjà en train de me tirer en arrière et de défaire le bouton de mon short, ce qui m'intéresse bien plus que la vue.

Oh oui, par pitié…

De deux doigts habiles, il descend ma braguette. Sa main s'immisce dans mon string. Je soupire d'aise tout en écartant légèrement les jambes. Ma fente est mouillée, avide de caresses : dès qu'il l'effleure, une décharge me foudroie.

– Oh ! C'est bon, gémis-je.

Colin hume mes cheveux, les embrasse, tout en jouant

avec mon clitoris gonflé.

– Tu m'en veux encore ? me demande-t-il au creux de l'oreille.

– Tu es… mille fois… pardonné… hoqueté-je, foudroyée par le plaisir.

Son index s'immisce dans mon intimité pendant que son autre main continue de malaxer l'un de mes seins. Cet homme sait vraiment y faire, on dirait un magicien. Je pousse de longs gémissements. J'en voudrais plus encore… Mais je connais les règles : c'est Colin qui décide. S'il est le plus tendre des amants, il a aussi un sacré penchant pour la domination.

Ce qui n'est pas pour me déplaire…

Ce n'est pas pour autant que j'ai renoncé à mes projets de rébellion – bien au contraire. Histoire de le rendre dingue, je frotte ma chute de reins contre son sexe bandé. Les effets ne se font pas attendre : je le sens durcir de plus en plus contre moi et sa respiration se saccade. Décidée à faire tomber toutes ses défenses, je commence à le caresser avec ma paume à travers le tissu. Son sexe est tellement large… J'en salive d'avance.

Je pivote une nouvelle fois et commence à défaire la boucle de sa ceinture pendant qu'il achève de faire glisser mon short et mon string le long de mes jambes.

– Tu as un corps de déesse, dit-il en caressant l'intérieur de mes cuisses. Ta peau est si douce…

Mais son regard brillant s'assombrit lorsqu'il se pose sur mes égratignures. Colin les effleure du bout des doigts.

Non, pas ça s'il te plaît. Je ne veux plus penser à ça. Je veux que tu m'aides à oublier. À m'oublier.

– Relève-toi, dessape-toi et fais-moi jouir, lui intimé-je.

– Tu me donnes des ordres ?

– Je te donne une chance de te faire pardonner, Cooper.

– En ce cas…

Il ne peut s'empêcher de sourire en se redressant.

Au moins, je l'amuse…

Il se déshabille sans précipitation. Décontracté, il attise même mon désir en me laissant admirer sa superbe anatomie. Je fixe avec envie sa verge dressée et, sans le lâcher des yeux, avance vers mon sac à main pour récupérer la boîte de capotes que Pierce m'a imposée le premier jour de tournage. En me regardant me déplacer nue dans le salon, Colin porte machinalement la main à son sexe.

– Ne commence pas à jouer tout seul, l'avertis-je.

– Et toi, ne me laisse pas comme ça.

– Tu veux un coup de main ? Qu'est-ce que tu me donnes, en échange ? plaisanté-je en m'approchant et en agitant le petit sachet or et noir.

– Ça, dit-il en pressant son pénis contre mon ventre. Et ça, ajoute-t-il en caressant ma fente et en m'arrachant un soupir bruyant.

– OK, nous avons un deal, dis-je en me laissant tomber à genoux, face à lui.

Je déchire l'emballage et sors la capote. J'humidifie mes lèvres et commence à embrasser le sexe de Colin. Je remonte de la base de sa verge jusqu'à son gland. Arrivée en haut, je l'englobe et l'enfonce au plus profond de ma gorge. Je me mets à le sucer, langoureusement, tout en effleurant l'intérieur de ses cuisses. Par moments, je l'attrape par ses fesses musclées et l'enfonce brutalement en moi.

– Tu as… une manière exquise… de me faire comprendre que je suis pardonné…

– Tu n'es pas pardonné, dis-je en me retirant et en lui enfilant la capote.

– Ah bon ?

– Non : tu ne seras pardonné que quand tu m'auras fait jouir, l'avertis-je en me relevant.

– Demande-le-moi poliment, en ce cas, et je me ferai un plaisir de t'obéir, susurre-t-il d'une voix chaude.

– Tu plaisantes, j'espère ? Pas question.

En prenant appui sur ses épaules, je me hisse en hauteur, je passe mes jambes autour de sa taille… puis je me laisse descendre, lentement. *Très* lentement. Mon sexe ouvert touche son gland. Je m'empale sur lui avec douceur alors qu'il me plaque de nouveau contre la vitre.

À chaque centimètre que je gagne, mon beau brun ferme les yeux et laisse échapper un soupir d'extase. Une fois que nous sommes parfaitement emboîtés, je lève un bras et, à tâtons, me mets à chercher l'ouverture de la porte vitrée.

– Tu veux faire ça dehors ? me demande-t-il d'une voix sexy. Avec toute la ville à tes pieds ?

– Tu as tout compris.

– Ça ne te suffit pas, de m'avoir déjà *moi* à tes pieds ?

Avant que j'aie pu réagir à cette vile flatterie, le loquet cède. Colin fait coulisser la porte et avance sur la terrasse : direction la table. Mes jambes toujours enroulées autour de sa taille, je pose mes fesses sur le rebord en teck. Je desserre mon étreinte et m'allonge.

– Tu es si belle. Et si… chiante.

Je lui jette un regard noir auquel il répond par un sourire

aussi désarmant que sexy.

– Tu es la plus belle des emmerdeuses, si tu préfères. Si seulement tu acceptais qu'on s'occupe un peu de toi… !

Tendrement, il caresse ma cuisse, mon mollet, embrasse mon genou amoché puis ma cheville ; il lèche la plante de mon pied, pose ma jambe sur son épaule et commence à bouger en moi. Colin, l'amant doux et sensuel, donne de longs coups de reins, profonds, qui m'arrachent de nouveaux gémissements de satisfaction.

– S'occuper de moi… comme ça ? soupiré-je.

– Par exemple. Ou encore comme ça, dit-il en durcissant le rythme de ses va-et-vient.

Ses hanches ont un mouvement souple, impitoyable. Il entre et sort de mon sexe avec une telle dextérité que je suis clouée à la table. Son pouce stimule mon clitoris : je crie tellement c'est bon.

Parce qu'il est trop beau, parce que sa peau me rend dingue, je m'accroche à lui et l'attire à moi. Il se laisse faire et, bientôt, nos deux ventres cognent en rythme. À moitié couché sur moi, Colin me regarde avec un air de fauve affamé. Son pubis frotte contre le mien et titille mon clitoris. C'est exquis mais je ne veux pas jouir encore.

Au prix d'un effort surhumain, je me dégage, histoire de calmer le jeu, de redescendre un peu. Je me retourne et présente à mon amant ma chute de reins creusée, suppliante. Je pose mes deux mains sur le plateau en teck pendant que Colin m'attrape par les hanches. De nouveau, il s'immisce en moi. En entrant, il lâche un cri rauque qui me rend complètement dingue. Je me cabre et me resserre sur lui.

– Ah ! Tess, c'est trop bon…

Je me redresse légèrement. Il enfouit son visage au creux de ma nuque, parmi mes longs cheveux, et soupire avant de recommencer à me donner des coups de reins, d'abord doux mais qui très vite deviennent sauvages. Son sexe me remplit. Mes gémissements sont redoublés par ses grognements de plaisir. Je pense un instant que rien ne pourra jamais être meilleur… C'est le moment que choisit Colin pour plaquer sa paume contre mon sexe. L'effet désiré ne se fait pas attendre : c'est beaucoup trop bon pour que je me retienne. Encore un dernier coup de reins et j'explose dans un orgasme dont la fulgurance me terrasse. Toute ma tension s'envole, ainsi que ma colère. Je ne ressens rien d'autre que de la gratitude et du plaisir. Je me cambre, mes reins se tendent vers les hanches de mon amant, je crie sans aucune retenue et sens mon sexe se contracter en une série de spasmes… Colin, lui, se fige au creux de moi et pousse un râle profond. Son orgasme explose à l'intérieur de mon ventre. Il pousse au plus profond de moi alors que je retombe, vidée, sur la table.

– C'est bon, oh ! C'est si bon, murmuré-je alors qu'il embrasse ma nuque, mes épaules, mon dos.

Je me retourne et me blottis contre lui. Il s'assied sur l'une des chaises en teck et me prend dans ses bras puissants.

– J'en déduis que tu m'as pardonné ?

– Un peu…

– En ce cas, tu es prête à venir chez moi, le temps que ta situation s'améliore ?

– Ça n'a rien à voir ! me défends-je. Je te veux bien comme amant, Colin, mais pas comme colocataire !

– Je tiens juste à te signaler, tente-t-il de m'amadouer, que j'ai une piscine. Avec des jets massants.

– Ça ne change rien ! ris-je. Je ne te veux toujours pas comme colocataire.

– Tu ne m'as pas compris, dit-il en passant une main entre mes cuisses : je ne veux pas *cohabiter* avec toi dans cette piscine : je veux t'y faire jouir. Encore, et encore, et encore…

– OK, OK, ris-je. Très bien, tu as gagné : quelques jours, le temps de me retourner. Ça te va ?

– Ça me va. Tu n'as rien contre le fait de vivre avec un ado en rébellion ?

– Tu parles de ton neveu ? Non, je n'ai rien contre. Et toi, ça ne te fait pas peur de vivre avec *deux* ados en rébellion ?

– Pourquoi est-ce que tu crois que, toutes ces années, je me suis entraîné au vale tudo ? plaisante-t-il. Pour être prêt en cas de situation extrême. Par contre, je ne veux pas perturber Zach ou qu'il se fasse des idées : ça ne te dérange pas de dormir dans la chambre d'amis ?

– Non, bien sûr, répliqué-je en bondissant sur mes pieds. C'est même mieux comme ça. Après tout, c'est ce qu'on est, non ? Amis ? lui demandé-je, anxieuse.

– Oui, c'est ce qu'on est. Enfin, je crois, ajoute-t-il avec un sourire hésitant.

Et bien espérons que tu aies raison, Cooper.

Parce qu'il va t'en falloir, de l'amitié et de la bienveillance, pour me supporter…

19

DES JOURS ET DES NUITS

Colin

Demain, ça fera une semaine. Une semaine qu'elle fout son bazar partout ; ses cheveux blonds bouchent la douche, ses disques à démaquiller trônent sur le rebord du lavabo, ses petits strings indécents jonchent le parquet de la chambre d'amis… Même Hilda, que Zach a élevée à la dure, se désespère.

– Plus rien n'est à sa place, monsieur Cooper. Je ne vois pas comment je peux continuer à travailler dans ces conditions.

– Tenez bon, Hilda : la semaine prochaine, je vous expédie en vacances, vous et votre mari, en contrepartie. D'ici là, laissez Mlle Harper… s'exprimer.

Pourquoi est-ce que je me montre aussi tolérant moi-même ? Déjà, parce que c'est de ma faute si Tess se retrouve dans un tel pétrin. Mais plutôt mourir que de le lui avouer : j'aurais bien trop peur qu'elle m'en veuille à mort et mette les voiles. Or, sa présence améliore grandement ma qualité de vie, ne serait-ce qu'en influant sur l'humeur de Zach.

Ces deux-là s'entendent comme larrons en foire. Depuis que Tess a débarqué, mon neveu, qui avait le moral en berne depuis sa rupture avec Kim, va beaucoup mieux. Que dis-je : il parle ! Un ado de 17 ans qui exprime ses sentiments, ça tient presque du miracle. Certes, il les exprime avec un maximum de mots d'argot, et sur ce point Tess n'aide pas franchement… Mais au moins, grâce à elle, j'y vois un peu plus clair sur ce qui se passe dans la tête de Zach. À ce titre, le dîner de la veille s'est révélé particulièrement instructif.

– Attends, attends, a attaqué Tess. T'es en train de me dire que vous avez rompu parce que ta meuf s'en va dans quatre mois ? Quatre *putains* de mois ?

– Un dollar, Tess, ai-je dû arbitrer.

Nul n'est censé ignorer la loi.

– Tu trouves ça con ?

– Un dollar, Zach.

– Un peu, que je trouve ça con ! Je trouve même ça maximum crétin. Qu'est-ce qui cloche avec vous, les mecs ?

– Deux dollars, Tess – dont un pour sexisme.

– Mais attends, le plus de temps on passera ensemble, le plus je serai triste quand elle partira à l'autre bout du monde !

– Un dollar, Zach : il va falloir revoir les règles élémentaires de la syntax…

– Ça n'a aucun sens ! m'a coupé Tess. Ça fait déjà deux ans que vous sortez ensemble : tu penses vraiment que quatre mois de plus ou de moins vont changer quelque chose ?

– Exactement, a rétorqué Zach triomphal à son adversaire de débat.

– Tu ne m'écoutes pas : si tu l'aimes, pourquoi tu veux précipiter la rupture ?

– Parce qu'on finira par se séparer de toute façon !

– Mais Zach, a ri Tess, l'amour se termine *toujours*. Parce qu'on se lasse, parce qu'on rencontre quelqu'un d'autre, parce qu'on a eu une engueulade à la con...

– Un doll... Oh, et puis je renonce, à la fin. Vous êtes incorrigibles.

– Ce que je veux dire, gamin, a expliqué Tess d'un ton docte en décrivant des sortes de cercles avec sa fourchette en argent, c'est qu'une histoire d'amour, ça se termine toujours. Les gens vous quittent, c'est comme ça. Plus ou moins gentiment, à plus ou moins long terme. Mais l'amour a une fin. Sauf que le tien, il m'a l'air d'être loin d'être fini !

– Alors quoi ? On continue, elle et moi... Et après, qu'est-ce qui se passe ?

– Toute la beauté de la chose est là, gamin, a déclaré Tess avec un sourire désarmant et lumineux. C'est que personne n'en sait absolument rien.

Zach Cooper, vaincu par K.O.

– Sérieux, a repris Tess, qu'est-ce qui te dit que tout ça ne va pas changer ? Que Kim ne va pas finalement rester ou toi... partir ?

Euh, ça, par contre, non, Tess. Ça n'arrivera pas.

– Tess, je peux te parler un instant en privé s'il te plaît ?

Tess m'a suivi dans le salon.

– Ne donne pas d'espoir au gosse. Tu sais que je suis contre cette idée. Zach est trop immature pour que je le laisse partir loin de la maison pour l'instant. Il ira à la fac en Californie, point barre.

– C'est bien ce que j'essaye de démontrer : toi aussi, en quatre mois, tu vas peut-être changer d'avis. Le laisser s'inscrire à la fac en Europe ou… y apprendre la cuisine.

– Sauf que non, Tess, me suis-je énervé. Justement, je ne vais pas changer ! Contrairement à Zach, j'ai terminé ma croissance. Le gamin a déjà eu assez de mal comme ça à l'accepter : ce n'est pas juste, ce que tu lui fais là.

– Tu as raison, pardon, s'est-elle excusée. C'est juste que je ne voulais pas, moi non plus, perdre espoir.

– Perdre espoir en quoi ? En l'amour ?

– En toi, Colin Cooper, m'a-t-elle lancé avec désinvolture avant de sortir du salon en roulant de son superbe cul.

Bref, je suis dedans, et jusqu'au cou. Cette fille est bien trop maligne pour moi et elle finit toujours par avoir le dernier mot.

– Quand je pense que je croyais qu'Amanda était ta petite copine, m'a confié Zach le lendemain du jour où Tess s'est installée. Alors que tout ce temps, cette bombe et toi… !

Zach est le seul à savoir. J'ai bien essayé de lui cacher la vérité en installant Tess dans la chambre d'amis mais il l'a trop souvent surprise en train de sortir aux aurores de la mienne pour être dupe. Nier aurait été franchement insultant pour son intelligence. Par contre, je n'ai encore rien dit à Miléna, bien sûr. Ni à Amanda qui, voulant qu'on « reste amis », me bombarde de coups de fil pour qu'on se voie. Pour l'instant, j'ai trouvé des excuses, mais demain, c'est les TV Awards, où nous avions convenu d'aller ensemble : pas moyen de reculer. En plus, Amanda a décrété que c'était *ma* soirée et que c'était donc à elle de passer me prendre. Comme ça, au moins, ça fait moins rencard… Sauf que je prie intérieurement pour que Tess ne soit pas dans les parages quand Amanda pointera le bout de son nez : je n'ai vraiment pas envie de faire les présentations.

De toute façon, qu'est-ce que je pourrais bien dire ? « Amanda, voici Tess Harper, la fille avec qui je couche actuellement » ? Je ne vais pas présenter Tess comme une amie, ce serait grossier. En même temps, ce n'est pas non plus ma petite amie, ni la fille avec qui je sors – plutôt celle avec qui je reste enfermé dans la chambre.

Un bruit assourdissant interrompt le fil de mes pensées et me pousse à me lever du fauteuil de mon bureau, où j'étais en train de lire.

Enfin… En train d'essayer de lire, pour être plus précis.

Ça provient de la piscine. Basses puissantes, synthétiseurs vulgaires, vocodeur : pas de doute, quelqu'un écoute du rap à fond dans le jardin.

– Qu'est-ce que c'est que ça ? grondé-je en débarquant.

– Tess m'apprend à danser, oncle Colin ! crie Zach pour recouvrir le vacarme. J'en ai marre de faire tapisserie aux soirées.

– À danser ? Sur cette abomination ?

– Cette « abomination » s'appelle du hip-hop, oncle Colin. C'est un courant qui a près de cinquante ans d'une histoire riche, qui mêle aussi bien expression poétique que sonore ou plastique et qui a joué un rôle déterminant dans notre pratique de la mixité sociale. Je suis déçu par ta vision étroite des choses.

– C'est Einstein, ce gamin, hurle Tess en transe par-dessus la musique tout en continuant à se trémousser en bikini.

– Si seulement il pouvait mettre autant de génie dans ses dissertations d'entrée à la fac que dans l'art de me clouer le bec… grommelé-je.

Une semaine qu'elle vit en maillot de bain. Pas étonnant que je n'arrive pas à me concentrer sur le travail ou la lecture.

À son arrivée, elle s'était acheté quelques fringues dans un grand magasin pas loin, mais rien qui soit assez habillé pour Bel Air, soyons honnête.

– Allez, Tess, suis-moi, décidé-je.

– Pour quoi faire ?

– Tu verras bien. Suis-moi. Et enfile un tee-shirt, s'il te plaît, ajouté-je en lui lançant le débardeur roulé en boule sur un des transats.

Nous nous dirigeons vers le garage.

– Tu conduis ? lui proposé-je en lui passant les clefs de la Jaguar.

– OK, dit-elle en s'installant au volant. Où est-ce que j'vous dépose, m'sieur ?

– Sur Rodeo Drive.

– Qu'est-ce qu'on va faire, sur Rodeo Drive ? T'acheter de nouvelles cravates ?

– Exactement. J'avais prévu de te faire un plan à la *50 nuances*, ce soir.

– Qu'est-ce que t'es bête… dit-elle en rougissant jusqu'aux oreilles. Allez, sérieux : c'est quoi le programme ?

– T'acheter des vêtements. Avec ce tout petit short, tu vas finir par attraper un rhume. Or, j'ai juré de veiller sur toi : je ne peux pas te laisser tomber malade.

– Colin, me dit Tess en levant les yeux au ciel, Rodeo Drive, ce n'est pas vraiment dans mes moyens. Pour mon shopping, je suis plus du genre Venice Beach, tu vois ?

– Oui, je vois, répliqué-je avec un sourire. Mais comme je te l'ai dit, jusqu'à ce que tu retombes sur tes pieds, tu es sous ma responsabilité. Ce qui inclut le gîte, le couvert *et* des fringues décentes.

– Sérieux ?

– « Sérieux », oui.

– Wouhou !

– C'est une nouvelle variante de ton habituel « waouh » ?

Tess laisse s'échapper une salve de gloussements ravis.

Bon sang, qu'est-ce que j'aime ce son ! Son rire me rend dingue.

– OK, me dit-elle hors d'haleine, les joues rosies par le plaisir. En ce cas, tu seras mon conseiller en image : je ne veux que des choses qui te plaisent. Et qui me donnent l'air classe. Et qui en mettent plein la vue à Violetta.

– C'est l'idée, oui, dis-je avec un sourire. Sans compter qu'il va falloir que je te sorte maintenant. De façon tout à fait professionnelle, bien entendu, ajouté-je. Histoire que tu rencontres du monde, que tu surfes sur ta toute nouvelle célébrité… Alors, par quelle boutique on commence ?

– Je ne sais pas trop… hésite-t-elle.

– Avec tous les magazines que tu lis, tu n'as aucune idée de quelle marque te fait rêver ?

– Je t'assure, bafouille-t-elle, je ne sais vraiment pas… Je ne voudrais pas…

– Tess, si c'est l'argent qui t'inquiète, ne t'en fais pas : j'ai largement les moyens. Ton budget, aujourd'hui, est illimité. Et je ne veux pas que ta crainte de trop dépenser gâche ton plaisir, OK ? Tu vois cette carte ? dis-je en brandissant mon Amex Centurion. Il faut dépenser 250 000 dollars par an pour qu'elle soit renouvelée. Je ne peux pas y arriver seul, plaisanté-je, j'ai besoin de toi sur ce coup !

Elle part d'un rire de gorge qui me renverse.

– OK. En ce cas, direction Dior, dit-elle en accélérant.

***

À l'arrière de la voiture, les sacs s'empilent : tailleurs-pantalons de chez Dior, robes colorées de chez Dolce & Gabbana, tenues de cocktail de chez Roberto Cavalli, ensembles élégants de chez Chanel… Les vendeuses de chez Jimmy Choo semblent nous avoir élus « clients de l'année ». Et moi, je pense atteindre le paradis lorsque nous entrons dans la boutique de lingerie Agent Provocateur. Il faut dire que donner son avis durant les essayages n'a jamais été aussi agréable.

– Ça te plaît ?

À chaque fois, j'admire le corps renversant de Tess et j'ai du mal à me contrôler. Lorsqu'on sort du magasin, je dois lutter entre mon instinct, qui me commande de courir jusqu'au *Beverly Wilshire* pour prendre une suite, et ma raison, qui me dit qu'on a encore quelques courses à faire avant de rentrer tranquillement à la maison.

– Allez, suis-moi chez Valentino : il te faut un nouveau sac pour aller avec tout ça.

– Colin, proteste-t-elle, c'est de la folie… Tu vas trop loin…

– Tu as raison : passons d'abord chez Cartier, c'est plus près.

Sur le chemin du retour, Tess joue à me distraire en exhibant un de ses nouveaux corsets.

– Avoue que tu rêves de me voir là-dedans.

– J'avoue. Peut-être que tu pourrais, pour une occasion spéciale ? Par exemple… Ce soir ?

– Ce soir ? Qu'est-ce qu'il y a de spécial, ce soir ?

– Tu verras bien, lui réponds-je, énigmatique.

Pendant qu'elle était chez Valentino, j'en ai profité pour acheter du homard et du champagne. Je pensais qu'on pourrait se faire une soirée films. Déplacer le vidéoprojecteur dans le jardin à la nuit tombée, tendre un drap blanc sur la façade de la villa… Après tout, c'est encore le week-end pour quelques heures ! Mais de retour à la maison, mes plans s'effondrent.

– Pendant que vous flambiez, vous avez tout raté, nous annonce Zach. Les résultats des nominations sont tombés : c'est Devin qui a été désigné face à Beverly.

– Comment ? s'écrie Tess. Mais… C'est impossible ! Devin ? Pas lui ! Et Beverly…

Un pincement de jalousie me serre le cœur en l'entendant s'inquiéter autant du sort de ce bellâtre.

– Je sais, c'est hallucinant ! C'est Karmen qui a passé une sorte d'alliance avec Alex et sa bande : elle voulait faire dégager Beverly donc elle a fait en sorte que cette dernière se retrouve nominée face à un candidat populaire. C'est à la fois complètement tordu et… et complètement brillant.

En tentant de conserver son calme, Tess se dirige vers le pot à gros mots et y glisse un billet de cinq, avant de s'exclamer :

– Salope de raclure de bidet de gros cul de sorcière !

– Il ne te reste que deux dollars de crédit, Tess : tu devrais les utiliser à bon escient, plaisanté-je.

– Je m'en servirai tout à l'heure, devant le prime.

– Tu vas regarder ? lui demandé-je, un peu surpris.

Je croyais qu'on avait des plans, toi, moi, Alfred Hitchcock et ton corset.

– Carrément ! Je ne vais pas laisser Devin sans soutien moral !

– Très bien, grincé-je. Je vais finir de décharger la voiture.

J'avance jusqu'au garage, en grommelant. Ça m'apprendra à être aussi stupide. À quoi est-ce que je joue ? J'aurais pu me douter que Tess préférerait regarder la télé en mangeant des tacos plutôt qu'un film de Hitchcock en dînant de homard. Ce n'est pas de l'habiller avec un tailleur Dior qui va la changer ! Tess et moi, ça ne fonctionne que parce que c'est une parenthèse, une aventure qui ne regarde que nous. Mais dans le « vrai » monde, dans la « vraie » vie, ça ne collerait pas ! Ses manies m'exaspéreraient. Ses « waouh » me feraient honte. Mes vieux films l'ennuieraient à mourir. Elle me reprocherait de ne pas aimer la même musique qu'elle, de ne pas aimer les mondanités, d'être chiant, de trop travailler…

J'empoigne les derniers sacs et réalise que tout ce que je peux lui offrir est là, entre mes mains. Je n'ai rien d'autre à lui apporter. Elle non plus n'a rien à me donner.

Je dois arrêter de me raconter des histoires. Tout ça n'est qu'un agréable flirt, rien de plus.

Je repasse devant la porte du salon, les sacs dans mes mains.

– Colin, qu'est-ce que tu fais ? me demande la bombe sexuelle installée sur le canapé.

– Je vais poser ça dans ta chambre.

– Dans… « ma » chambre ? tique-t-elle.

– Je crois, dis-je en m'approchant pour parler à son oreille, que j'ai besoin d'être seul, ce soir.

– Oh mais non, tu ne peux pas faire ça ! proteste-t-elle à voix basse en m'entraînant dans le couloir. Kim vient dîner, murmure-t-elle. Pour « regarder le show ». Cette tête de mule de Zach a décidé de revenir sur sa décision de ne plus la voir. Je vais enfin la rencontrer ! Et puis, il y a cette toute nouvelle lingerie que m'a offerte un ami grognon et que je brûle d'essayer plus tard…

– Bon sang, Tess ! m'emporté-je. Qu'est-ce qui te prend d'inviter l'ex de mon neveu ici comme si c'était chez toi ? Sans te soucier des projets que j'avais peut-être pour la soirée ?

Tess me jette un regard d'abord blessé, puis résigné.

– Tu as raison, Colin, j'outrepasse mes droits. Ça ne se reproduira plus. Dès que Kate sera rentrée de son séjour à Oslo, j'irai crécher chez elle.

– Arrête, tu sais bien que ce n'est pas ce que je voulais dire…

– Alors qu'est-ce que tu voulais dire, exactement, Colin ? me défie-t-elle, mais toujours à voix basse pour que Zach n'entende pas. Qu'est-ce que tu veux, à la fin ? Ça ne te rend pas heureux, tout ça ? Une belle maison, une bonne journée, un neveu qui t'adore, moi qui…

– Toi qui quoi ? Justement, qu'est-ce que tu espères de tout ça ? lui demandé-je en plongeant dans ses yeux gris.

– Rien, dit-elle en me repoussant. Rien du tout. Et ne t'en fais pas pour ce soir ou pour cette nuit : je te laisserai tranquille. Tu sais quoi ? ajoute-t-elle avant de me planter là. Tu es le seul à te foutre la pression, ici, Colin. Le seul. Moi, je connais le deal et je l'accepte… Alors, ajoute-t-elle joyeusement à l'attention de Zach en revenant s'installer dans le salon, Kim arrive vers quelle heure ? Elle aime la pizza ?

– La quatre-saisons ou la quatre-fromages. Enfin, un truc sans viande, quoi. Et elle sera là dans quarante minutes.

– Très bien, dit-elle en ébouriffant les cheveux de mon neveu. Je vais commander ça.

Je les regarde s'installer tous les deux pour cette soirée sous mon toit à laquelle je ne me sens même pas convié.

***

Trois heures plus tard, je suis en train de travailler seul à mon bureau quand soudain, on frappe à la porte.

– Colin, c'est moi… Tess… Je peux entrer ?

– Bien sûr, réponds-je en refermant mon laptop.

Une part de moi le pense vraiment. Une autre part est franchement en colère contre elle.

Pour avoir ruiné mes plans ? Ou pour n'être pas celle que je voudrais qu'elle soit ?

– Tu travaillais sur quoi ?

– J'étais en train de lire les articles d'un journaliste qui travaille sur les liens entre conflits armés, terrorisme et réchauffement climatique.

– Terrorisme et réchauffement climatique ? me demande-t-elle, sincèrement intriguée.

– Oui, commencé-je à lui expliquer, étonné que ça l'intéresse. Tu as peut-être déjà entendu dire que, dans quelques décennies, certaines terres seront rendues inhabitables à cause de la montée des eaux ?

Elle opine.

– À ce moment-là, il faudra que les millions de personnes qui vivent sur ces terres trouvent refuge ailleurs. Or, si la politique migratoire de l'Occident reste la même qu'aujourd'hui, on court droit à la catastrophe. Notre choix sera d'ouvrir nos frontières ou de déclarer la guerre aux déplacés – ce que, dans une certaine mesure, nous avons déjà commencé à faire.

– Mais… me demande-t-elle surprise. On ne va pas pouvoir accueillir tous ces gens, si ?

– Je n'en sais rien, mais une chose est certaine : on ne peut pas laisser des centaines de millions de gens mourir à nos portes. Par ailleurs, je pense que nos pays sont assez riches pour se permettre de soutenir les réfugiés politiques et climatiques actuels : il faut juste mieux répartir les richesses.

– C'est comme le dit M.I.A. dans *Borders* : « *We're solid, we dont need to kick them.* »

– M.I.A. ?

– Une rappeuse. Ce que je ne comprends pas, c'est : qu'est-ce que le terrorisme vient faire là-dedans ?

– Ça, c'est un peu plus compliqué mais, pour faire simple : tu as entendu parler de la situation en Syrie ?

– Un peu.

– Tout a commencé en 2011. La population mourait de faim et s'est soulevée contre son dirigeant, Bachar al-Assad. Ce dernier a réprimé cette révolte en envoyant l'armée contre son peuple. Or, si le peuple avait faim, c'était à cause d'une sécheresse anormalement longue qui a dévasté le secteur agricole à partir de 2007. Une petite organisation terroriste, Daesh, a profité de ce chaos pour s'implanter en Syrie. Là-bas, Daesh a combattu l'État et a pris le contrôle de puits de pétrole, comme avant en Irak. En gros, la vente de pétrole finance leurs attentats. Et nous, nous sommes leurs clients, car tout notre mode de vie repose sur le pétrole. Aussi, tant que nous ne renoncerons pas aux énergies fossiles et polluantes…

– … nous continuerons de nourrir le monstre. Waouh, c'est dingue : je n'aurais jamais cru que tout était à ce point lié…

– C'est pour ça que j'aimerais faire un film là-dessus, lui dis-je avec passion. Mais ce sujet est tellement complexe : quelle chaîne acceptera de programmer ça ? *Qui* ça intéresse ?

– Moi. Ça m'intéresse, moi, me dit-elle, les yeux brillants, en passant de mon côté du bureau et en prenant appui sur la table. Ce que tu racontes est captivant, et surtout si limpide quand tu l'expliques.

Je souris, troublé, flatté, heureux de me sentir connecté à elle… Mais bien vite, je me reprends.

– Et toi ? demandé-je pour changer de sujet. C'était bien, ton émission ?

– Devin est sorti de la Maison. Je suis triste pour lui, je n'arrive pas à comprendre ce qui s'est passé. C'est comme si les téléspectateurs voulaient voir rester les plus méchants et les plus bêtes. C'est consternant.

– Tu vas… prendre contact avec lui ? lui demandé-je en tentant de masquer ma jalousie.

– Je ne sais pas. Peut-être. Zach a raccompagné Kim chez elle, me dit-elle comme pour changer de sujet.

– Tant mieux pour eux. Tu vas faire quoi, toi ? Te mettre au lit ?

– Ça dépend.

– De quoi ?

– De toi.

Elle plonge ses yeux gris dans les miens. Sa poitrine se soulève à un rythme régulier. Mon pouls s'accélère. Nous sommes seuls dans la maison, j'en ai douloureusement conscience.

Et j'ai douloureusement envie d'elle.

– J'ai trouvé les deux homards au frigo, dit-elle en commençant à déboutonner son gilet en coton beige. Et le champagne. Tu avais des projets avec quelqu'un, ce soir ?

Elle enlève le gilet, qui tombe à ses pieds. Je l'attrape par la taille et la fais glisser sur la table pour la placer face à moi, assise. Ses pieds prennent appui sur le rebord de mon siège.

– J'espérais une soirée au calme avec une femme que j'apprécie énormément. Mais pas facile, dans cette maison bondée.

– Oui. Pauvre Colin : entre Zach, Kim, Hilda et moi, tu n'as plus une seconde d'intimité, dit-elle en enlevant cette fois son débardeur.

Je déglutis en découvrant qu'elle porte le corset que je lui ai acheté cet après-midi. Un corset noir en dentelle et soie, avec un lacet en satin rose bonbon et des tas d'agrafes sur le devant qui rendent le fait de la déshabiller extrêmement compliqué – donc encore plus excitant.

Mes mains remontent le long de ses cuisses, passent sous sa jupe légère et agrippent sa culotte, que j'enlève et balance d'un geste machinal derrière moi.

– Pourquoi ne m'as-tu pas dit que tu avais prévu quelque chose pour ce soir ? me demande-t-elle à l'oreille en posant ses genoux sur ma chaise de bureau et en commençant à me chevaucher.

– Je te l'ai dit. Mais tu n'as rien écouté – comme toujours.

– Tu n'as pas dû le dire assez fort – comme toujours.

– Encore une fois, c'est moi qui ai tort ? demandé-je alors que ma bouche s'apprête à effleurer la sienne.

– Oui – comme toujours, rétorque-t-elle avant de m'embrasser.

20
LA VIE EN ROSE ?

Tess

Colin est en train de dormir. Je me demande à quoi il rêve. J'aimerais me dire que c'est de moi mais je ne me fais pas trop d'illusions… J'ai beau avoir passé une semaine digne d'un conte de fées, ça ne m'a pas rendue idiote au point de croire aux *happy ends* : Colin et moi ne serons jamais comme Kanye et Kim.

Durant mon séjour, j'ai enfin appris toute l'histoire chaotique de Colin Cooper. Je connaissais déjà le lymphome de sa mère, l'accident de sa sœur : je suis désormais au courant du suicide de son père. Dans le genre « abandon », je doute qu'on fasse mieux… Bien entendu, j'ai fini par dire ce que j'en pensais à Colin, et une fois de plus nous nous sommes engueulés.

– « Abandon » ? Mais qu'est-ce que tu racontes, Tess ? Mon père a regardé ma mère souffrir comme tu n'as pas idée durant une année entière, sans jamais se détourner d'elle. Il l'a soignée lui-même, à domicile. Il a été celui qui lui refusait ses shoots de morphine quand elle en avait déjà trop pris et ce, malgré ses pleurs et ses supplications. Il ne l'a jamais abandonnée ! Il a été un roc pour elle.

– Pour elle, oui. Mais pour vous trois ? Ses enfants ?

– Tu sais quoi, Tess ? J'en ai assez de cette discussion. Ce n'est pas parce que ta mère t'a laissée tomber que tu dois projeter tes névroses sur moi !

Bien entendu, il y a eu bouderie. Et, comme à chaque fois, il y a eu réconciliation…

– Tess, excuse-moi, j'ai pété les plombs, je n'aurais jamais dû dire ça. Tu comprends, je n'avais encore jamais discuté de mes parents avec personne, excepté ma sœur. Pas même avec ma fiancée de l'époque…

– Ta… fiancée ?

– Oui, je devais me marier, mais ça ne s'est pas fait. Après la mort de mon père, j'ai compris que je n'aimais pas assez la femme qui allait devenir la mienne – pas comme lui aimait ma mère, en tout cas. Alors je l'ai quittée. Ça a été dur mais, si je l'avais épousée, nous aurions vécu dans un mensonge. C'est mieux comme ça.

Ah ouais ? Eh bien si Colin attend de l'amour qu'il soit à ce point destructeur, alors je suis contente qu'entre nous, ce soit juste une histoire de sexe : ça vaut mieux comme ça.

Si seulement toutes les rencontres pouvaient être aussi simples que celle de Kate et de Sven ! Après des semaines de flirt et une nuit torride, ça a été le parfait amour par Skype interposé. Et il y a quelques jours, Kate s'est envolée pour Oslo afin d'attendre avec sa bombe venue du Nord qu'on lui délivre un nouveau visa. Elle me dit que ça devrait prendre

Pas de réponse. Peut-être qu'il pionce vraiment ? Peut-être qu'il n'a pas entendu ?

C'est ça, ouais.

Merde. Triple merde. Je crois bien que je viens de faire une vraie connerie…

***

Le lendemain matin, c'est le flippe total. Après une nuit en pointillé, je finis par ouvrir les yeux à 6 h 30. Premier constat : Colin n'est pas à mes côtés, ni dans la salle de bains. J'enfile un pyjama et descends à la cuisine. Je trouve Zach en train de se préparer pour le bahut.

– Tu n'aurais pas vu ton oncle ?

– Si, il vient de partir au boulot.

– À cette heure-ci ?

– Tu le connais, dit-il en haussant les épaules. Toujours le premier sur le pont.

Mouais… M'est avis que Colin n'avait pas spécialement envie de se réveiller à mes côtés ce matin…

Et pourtant, il va bien falloir qu'on parle de la connerie que j'ai dite en m'endormant.

Franchement, ça va : j'étais à moitié inconsciente, il était nu contre moi, il m'avait fait jouir trois fois dans la soirée… En plus, pas besoin d'être psy pour savoir que je souffre d'énormes carences affectives : mes mots ont dépassé ma pensée, ça arrive. Nous sommes adultes, nous pouvons surmonter ça.

Toute la journée en tout cas j'essaye de m'en convaincre tout en m'occupant l'esprit. Je me faufile dans la chambre de Zach pour lui piquer un de ses bouquins de Nicholas Sparks mais c'est peine perdue : toutes les trois lignes, les personnages se disent « je t'aime », me rappelant avec horreur mon dérapage de cette nuit. Je réussis fort heureusement à rattraper mon insomnie en sombrant dans le sommeil à intervalle régulier… Mais en début d'aprem', je n'y tiens plus : il faut que je quitte cette maison. J'attrape les clefs du SUV de location et je me mets à rouler dans la ville.

Je vais jusqu'à Venice boire un chaï latte et regarder la mer. Je me balade les pieds dans l'eau, fais des coucous aux surfeurs dans mes nouvelles fringues de bourge sexy. Je ne me reconnais pas, je ne reconnais pas ma vie.

Bon sang, qu'est-ce qui m'arrive ? Ce n'est pas moi, ça. La guimauve, les grands espoirs, les romances à l'eau de rose…

Je devrais agripper l'un de ces surfeurs et aller m'envoyer en l'air avec lui derrière les dunes. Sauf que je ne le peux pas. Parce que je ne fais que penser à Colin. Le sourire de Colin, la fossette de Colin, la barbe de trois jours de Colin sur ma peau. Colin qui vient toujours à ma rescousse, Colin qui me prend dans ses bras musclés quand ça va mal et qui, d'un baiser, peut presque tout réparer.

Bon sang. C'est pas vrai !

Il faut se rendre à l'évidence : ce n'était pas un dérapage, cette nuit. C'est vraiment vrai. Je suis amoureuse de lui. Bêtement, follement, désespérément amoureuse.

Putain, la galère…

Il faut que je lui parle. Que je sache s'il ressent la même chose. Après tout, comme le dit Violetta : « *Il faut être deux pour danser le tango.* » Je ne me serais certainement pas mise à éprouver ces sentiments ridicules s'ils n'étaient pas partagés ! Loin de me rassurer, cette pensée m'affole encore plus.

Si nous tombons tous les deux amoureux, quelque chose me dit que ce n'est que le début des emmerdes…

Sans réfléchir, je cours à la voiture et, comme une dératée, fonce direction Bel Air.

***

Il est 17 h 30 quand j'entre dans le garage. Je constate, soulagée, que la Jaguar de Colin est garée là. Je fonce vers la maison, prête à avoir la confrontation du siècle, mais visiblement je tombe mal. Ou plutôt : j'arrive en pleine guerre des tranchées.

Euh, ce n'est pas exactement ce que j'avais prévu…

À ma gauche : l'oncle, Colin Cooper, dans un smoking élégant qui ferait passer James Bond pour un « tromblon ». Ses épaules sont parfaitement carrées et la large ceinture satinée fait ressortir son ventre divinement plat. Il hurle. À ma droite : le neveu, Zach Owen, dans un slim déchiré aux genoux et un tee-shirt blanc pendouillant, un bonnet en laine sur la tête malgré la température extérieure.

– Tu veux rater ta vie, c'est ça ? Tu n'as plus que quatre jours, Zach : quatre jours pour décider si oui ou non tu vas devenir quelqu'un !

– Je n'en ai rien à foutre, de tes dissertes à la con ! Tu n'as pas à me dicter ma conduite ! Tu n'es pas mon père !

– Zach, interviens-je, postuler ne coûte rien, ce n'est pas comme si ensuite tu ne pouvais pas changer d'avis. Et je suis justement libre ce soir, si tu as besoin d'un coup de main…

– Franchement, Tess, me rétorque sèchement Colin, je pense que Zach a plutôt besoin des conseils de quelqu'un ayant déjà été *accepté* dans une fac, même médiocre. Je te préviens, Zach : si je ne trouve pas ce soir en rentrant les trois enveloppes sur le guéridon dans l'entrée avec, à l'intérieur, les meilleures dissertations de toute l'histoire des candidatures universitaires, tu seras privé de sorties et interdit de visites tout l'été. Cela vaut aussi pour Kim !

Sur ce, Guantanamo Colin part en claquant la porte. Zach, lui, monte les escaliers quatre à quatre et file s'enfermer dans sa chambre. Moi, je reste plantée la, sidérée par la violence de Colin à mon égard, par son mépris. C'est donc ça, l'homme dont je suis tombée amoureuse ? Je ne pense pas, non. J'ai eu un moment d'égarement mais j'y vois plus clair à présent.

Écœurée, je m'approche de la fenêtre et le regarde s'avancer jusqu'au grillage de l'entrée. Lui et son smoking montent ensuite dans une décapotable conduite par une blonde en robe de soirée qui l'embrasse tendrement sur … sur les lèvres ? Impossible d'être certaine, je suis trop loin pour ça.

Mais le connaissant, plus rien ne m'étonne.

Je reconnais la blonde : c'est cette Amanda avec qui il dînait au *Peninsula*. Celle avec qui « il ne se passe rien ».

Et pourtant : avec elle, il va manger au restaurant. Avec elle, il va à ses soirées « tenue correcte exigée ».

Non, je ne pleurerai pas : j'ai déjà été assez humiliée comme ça. Et non, je n'aime pas Colin Cooper : je le déteste. Je déteste tout ce qu'il représente : sa morgue, son égoïsme, son mépris, son étroitesse d'esprit. Je déteste la façon dont il traite Zach. Dont il traite les femmes. Dont il *me* traite.

Je monte à l'étage et commence à préparer ma valise. Je n'y mets rien des affaires qu'il m'a achetées : au pire, j'emprunterai des fringues à Kate si j'en ai besoin. Et puis il me reste encore 3 000 dollars : de quoi voir venir, quand on est comme moi économe. Je sors de la chambre sur la pointe des pieds, vérifie dans le hall que j'ai bien les clefs de chez Kate, pose sur le guéridon le trousseau de la villa et celui de la voiture. Je m'apprête à appeler un taxi. À cet instant, je réalise que j'ai oublié une chose essentielle.

Une dernière chose à faire avant d'éjecter Colin Cooper de ma vie.

V

UN DÉBUT À TOUT

21
VIVRE SA VIE

Tess

Alors que le taxi s'engage sur Roxbury Drive, je commence à flipper sur ma tenue. Certes, quand Pierce m'a proposé de dîner avec sa femme et lui, je me suis dit que la dernière chose dont j'avais besoin, c'était de passer aux yeux de madame pour une briseuse de ménage en puissance. Mais maintenant, je me demande si mon look n'est pas un poil trop effacé. Si ça se trouve, la clientèle de *Chez Maude* est ultra-sapée ? Mon slim noir, mes escarpins bon marché et la chemise d'homme piquée à Kate manquent peut-être d'un peu de… piquant ?

Après tout, j'ai été choisie pour ce job d'animatrice parce que je suis mademoiselle « Prête à tout »…

Je me sens tendue. J'aurais aimé avoir le temps de faire les boutiques avant d'aller à ce dîner mais mon compte en banque est à sec : avant-hier, j'ai reversé quasiment tout l'argent qui me restait de *Petits Secrets* à Violetta pour qu'elle règle ses frais de santé et de loyer.

Et moi, je suis de retour à la case fauchée.

Plus pour longtemps, heureusement. Quand je pense que, dans une semaine tout au plus, je serai animatrice télé, avec un salaire annuel à six chiffres ! Pourtant, même si tout ça s'est décidé en moins d'une semaine, c'est bien réel : les contrats avec Star Channel sont signés, les décors construits, l'équipe recrutée... Bientôt, ce sera le coup d'envoi de *Scandal* !, un nouveau programme hebdo adressé aux 15-25 ans dont je serai la présentatrice.

– Excusez-moi, mademoiselle, me demande le chauffeur de taxi, interrompant le fil de mes pensées. Vous êtes bien la fille de l'émission ? Celle où il faut garder ses secrets ?

– Oui, c'est bien moi, réponds-je, étonnée et un peu embarrassée qu'il m'ait reconnue.

Les chauffeurs de L.A. doivent pourtant en voir défiler, des personnalités autrement plus célèbres que moi.

– Ah, c'est marrant, j'étais pas certain. Difficile de savoir, aussi : vous êtes bien plus habillée dans la vie qu'à la télé, lance-t-il en se croyant certainement très malin. Hey ! Faites pas cette tête, mademoiselle : je plaisantais... Et puis, vous savez quoi ? J'ai voté pour que vous restiez dans la Maison.

– Merci, grincé-je. C'est très aimable.

– Alors ? Qu'est-ce que vous allez faire, maintenant que c'est fini la belle vie ?

– Je vais animer une émission, réponds-je timidement.

J'ai du mal avec mon nouveau statut social. Ce n'est pas facile, quand on a été pauvre toute sa vie, de passer du côté des privilégiés. D'être regardée comme une petite bourge par les chauffeurs de taxi.

– Ah ouais ? Et ça va parler de quoi, votre truc ?

– Du monde de la télé. L'actualité des people, les dessous de la célébrité… Ça passera sur Star Channel. Ça commence bientôt et notre premier invité sera Nikki Santana.

– Santana… L'actrice de X qui avait été candidate de *Qui veut épouser un milliardaire* ?

Et surtout, la nouvelle girlfriend d'un des pontes de la chaîne.

– C'est du passé, tout ça, dis-je en essayant de redorer le blason de la belle comme il me l'a été demandé en brief. Nikki a depuis joué dans une vidéo d'art avec Pharrell Williams et elle vient de passer le casting du prochain Soderber… Waouh ! m'interromps-je alors qu'on arrive à destination. Qu'est-ce que c'est que ça ?

Une horde d'adolescentes et leurs mères attendent de pied ferme devant le restaurant en brandissant des écriteaux « Tess, on t'aime. »

Comment ont-elles été mises au courant que je serais là ?

– Si je peux me permettre, mademoiselle, intervient le chauffeur, je pense que quelqu'un vous a taguée sur Fame Around.

– Fame Around ? C'est quoi ce truc ?

– Une nouvelle appli. Ça sert à localiser les stars. Par exemple, si vous avez croisé une vedette ou si jamais vous savez quel cours de gym elle fréquente, vous l'indiquez là, sur la carte, m'explique-t-il en me montrant l'écran de son Smartphone.

– Sauf que… personne ne savait que j'allais être là ce soir… protesté-je.

À part le chauffeur.

– Dites, m'enquiers-je soudain soupçonneuse. Ce n'est quand même pas vous qui… ?

– Moi ? rétorque-t-il la main sur le cœur. Jamais de la vie ! Je suis chauffeur de taxi à L.A. depuis quinze ans, je sais tenir ma langue. Cherchez plutôt du côté de la standardiste auprès de qui vous avez commandé la voiture, ou encore du côté des serveurs du resto : il suffit qu'ils aient vu votre nom sur le registre de réservation, vous savez. Si ça se trouve, c'est peut-être même le patron de l'établissement qui vous a vendue pour attirer le chaland. Ça se fait beaucoup dans la restauration, j'ai vu un reportage à ce sujet la semaine dernière…

– OK, très bien, l'interromps-je en lui tendant ce que je lui dois. Si vous le dites.

Je commence à savoir ce que ça vaut, ce qu'on voit à la télé…

Dès que je descends du véhicule, la horde pousse des cris surexcités et fonce sur moi. J'essaye de ne pas avoir peur face à cette trentaine de furies et sors mon plus beau sourire.

– Hello, hello, bonsoir à toutes, dis-je en distribuant des saluts de princesse Disney et en m'emparant des calepins tendus dans l'espoir d'une signature, d'un mot gentil.

« Pour Britney, avec toute mon amitié. N'oublie jamais de croire en ta bonne étoile. Xoxo, Tess »

« Pour Cindy. Merci de ton soutien, ma belle ! Je ne serais rien sans toi. Xoxo, Tess »

« Pour Nina, ma nouvelle amie… pour qui je n'ai aucun « petit secret » ! Xoxo, Tess »

En tant que candidate de télé-réalité, je n'ai peut-être pas mérité ma soudaine célébrité, mais si au moins je peux la mettre à profit pour rendre heureuse ces gamines…

Depuis que l'annonce de ma signature avec Star Channel a fuité, la prod' de *Scandal!* a reçu bon nombre de lettres de petites admiratrices. Il semblerait que j'aie la cote chez les 11-16 ans. J'ai entrepris de répondre à toutes : ça m'aide à ne pas penser à…

… *Colin.*

Le prénom serait depuis longtemps devenu tabou pour moi si Pierce arrêtait de mettre Cooper sur le tapis à la moindre occasion. L'argent de Colin, son arrogance, la façon odieuse dont il l'a licencié… Ce sont les sujets de prédilection de mon nouveau boss. Joshua est quelqu'un de chouette, malgré les a priori que j'ai pu avoir le concernant, et visiblement il a Cooper dans le collimateur. Résultat, je n'ai vraiment pas envie qu'il apprenne que Colin et moi, on a couché ensemble.

De toute façon, cette aventure a eu lieu dans une autre vie.

Je me demande quand même ce que Colin a pu faire à Josh pour que ce dernier le déteste autant… Apparemment, il s'agit d'un vieux dossier – Colin et lui se connaissent depuis la fac. Peut-être que ça a un rapport avec le père de Colin, Alvin Cooper ?

– Un homme calculateur, froid, m'a expliqué Joshua un jour qu'il me parlait des studios. C'est triste à dire mais le monde se porte mieux sans lui.

Quelles paroles terribles à prononcer à propos d'un mort ! Alvin Cooper a dû commettre des choses atroces pour que Joshua en parle comme ça.

Ça expliquerait pourquoi Colin est devenu un tel salaud.

Certes, mon ex-amant n'est pas calculateur mais il est froid comme de la glace. J'ai pensé et repensé à la dernière fois que je l'ai vu ; je lui ai cherché toutes les excuses du monde, aucune ne tenait. Même s'il a pété les plombs et m'a parlé comme à une merde parce que je lui ai dit « je t'aime » – ce qu'au passage je ne pensais *même pas* –, il n'était pas obligé de me mettre son autre plan cul, j'ai nommé Amanda, sous le nez.

Qu'il aille se faire voir. Je m'en sors bien mieux sans lui.

Alors que j'enchaînais les galères depuis notre rencontre, me voici enfin dans une phase ascendante. Une semaine sans le voir, et ma vie va déjà bien mieux. Alors non, je ne compte pas le laisser gâcher ça ! Voilà pourquoi je n'ai pas parlé à Pierce de mes séances de galipettes avec son ancien patron.

– Hey, hey, on se calme, les filles, s'exclame d'ailleurs Josh en sortant du restaurant pour venir à ma rescousse. Désolé, s'excuse-t-il en m'arrachant à mes admiratrices, mais Mlle Harper est attendue. Vous la retrouverez bientôt sur Star Channel. D'ici là, n'hésitez pas à la suivre sur Twitter, Instagram et Facebook pour connaître son actualité et recevoir ses conseils mode et beauté !

– Eh bien, lui dis-je en riant alors que nous franchissons la porte de *Chez Maude*, quel agent remarquable tu fais.

– Tu ne crois pas si bien dire : j'ai passé la journée à poster depuis la fan-page à ton nom et à répondre aux commentaires des fans. Mais ça valait le coup : 7 000 *followers* de plus, en seulement vingt-quatre heures. Ceci dit, mon coup de génie, ça a été d'annoncer que tu dînerais là ce soir.

– Attends, c'est toi qui as fait ça ? lui demandé-je, hallucinée.

– Je sais : brillant, hein ? Vu l'attroupement devant le resto, tu peux être certaine d'avoir attiré l'attention de tous les passants. J'imagine que tu dois déjà être en photo partout sur les réseaux… Et ne me remercie pas : tes intérêts sont les miens, ajoute-t-il en me conduisant d'un pas alerte à notre table pendant que j'essaye de masquer ma contrariété.

Bon, OK, Josh a dévoilé ma vie privée sur FB : c'est normal, ça fait partie du job. Je ne vais pas jouer les emmerdeuses pour si peu.

– Tess, je te présente ma divine, ma remarquable épouse.

– Mme Pierce, enchantée, déclaré-je en tendant la main à la magnifique brune.

– Je vous en prie, me répond-elle en se levant avec un large sourire, appelez-moi Edie.

– Je suis un homme chanceux, se félicite Pierce en s'asseyant. Je dîne dans le meilleur restaurant du monde, en compagnie des deux plus belles femmes de l'univers : quand je pense qu'il y a seulement quinze jours, Cooper prédisait ma ruine !

C'est parti…

Edie Pierce a un petit mouvement pincé de la bouche, comme si elle aussi était dérangée par le fait que Josh évoque Colin. Il faut dire qu'elle a dû en entendre parler depuis que son mari a été viré. Elle doit saturer sévère.

– Vous êtes déjà venue ici, Tess ? me demande-t-elle en essayant de changer de sujet.

– Non, j'avoue que c'est une première pour moi.

– *Maude* a ouvert il y a seulement quelques mois mais c'est depuis devenu ma cantine. Tenez, goûtez-moi ça, sourit-elle en me servant un verre de rouge.

– Hum… C'est un délice ! m'exclamé-je en buvant une gorgée. On dirait… qu'il pétille.

– C'est sa minéralité qui donne cette impression. Je l'adore, moi aussi. Je propose un toast : à votre collaboration, à tous les deux !

– Oui, renchérit Joshua, et à la tête que tirera Colin quand il verra que personne n'a besoin de lui pour s'en sortir.

– Josh m'a dit que vous veniez de Watts ? me demande Edie en ignorant son mari alors que nous entrechoquons nos verres. Lui-même a grandi à South L.A., mais il l'avoue rarement.

– C'est vrai ? demandé-je étonnée au producteur. Où ça ?

– Sur Jefferson Boulevard. Mais ne parlons pas de mon enfance : elle a été pourrie – j'imagine comme la tienne… Tout le monde ne peut pas hériter d'une compagnie qui vaut des milliards de dollars.

C'est heureusement le dernier sous-entendu de la soirée qui me rappelle l'existence – ô combien humiliante – de Colin : une fois la commande passée, Josh devient plus cool. J'adore son esprit mordant, même s'il a parfois tendance à dire un peu trop de mal des gens. Et puis, il ne passe pas tout le dîner à cancaner : on en profite aussi pour parler du show. Il me laisse même donner mon avis sur les rubriques.

Décidément, il est bien mieux dans ses pompes depuis qu'il a quitté les studios Cooper. Les conditions de travail devaient être vraiment épouvantables pour le rendre aussi soupe au lait !

– Je verrais bien, chaque semaine, un point beauté sur une star – une célébrité qui a réussi à transformer un de ses défauts en atout. Histoire que nos téléspectatrices comprennent que ce qui compte, c'est la confiance en soi.

– C'est une merveilleuse idée, me dit Edie. Ce serait bien pour une fois qu'une émission sur les vedettes ne serve pas à créer chez les téléspectatrices de la frustration et une mauvaise image d'elles-mêmes…

Une nouvelle fois, Mme Pierce et moi nous sourions. Il y a quelque chose chez cette femme qui me plaît. Pas seulement parce qu'elle est aussi chaleureuse qu'elle est impressionnante ; également parce qu'elle a le regard d'une femme qui a une histoire secrète, une souffrance cachée.

Les gens parfaits m'emmerdent. Je préfère quand ils ont des failles, des aspérités.

– Je suis désolé de vous décevoir, mesdames, mais le manque de confiance en soi est notre fonds de commerce. Ce que nous vendons, à la télé, ce n'est pas seulement un espace pour les annonceurs : c'est aussi un public réceptif. Et c'est avéré : les deux choses qui rendent les femmes réceptives à la publicité sont 1, l'insécurité, et 2, la frustration.

– Josh, tu es tellement cynique ! le gronde Edie en riant. Mais tu as raison, oui, malheureusement nous vivons dans un monde avec des standards de plus en plus aliénants, surtout nous, les femmes. Et mon cher mari n'arrange pas ça, dit-elle en le taquinant tendrement.

– Ma femme, m'explique Josh, a de grandes idées sur le féminisme. Bien sûr, en tant que journaliste, elle écrit chaque mois des dizaines d'articles qui promeuvent discrètement ces fameux standards qu'elle m'accuse d'imposer. Mais bon, la presse écrite, c'est certain, ça fait plus chic que la télé, ajoute-t-il d'un ton plein de reproches avant d'avaler une gorgée de vin.

Ambiance…

Voilà une des choses que je déteste chez les couples : leur manie de laver leur linge sale en public. Au moins, Colin et moi, on a imposé notre histoire de merde à personne ! Edie Pierce rougit légèrement.

– Tu as raison, chéri. Et vous, ne soyez pas gênée, Tess, ajoute-t-elle joyeusement en me prenant la main. Josh et moi adorons débattre, confronter nos idées, nos points de vue. Ça peut surprendre, de prime abord, mais c'est extrêmement stimulant. Josh me pousse à me remettre en question chaque jour.

– Edie a besoin qu'on la déstabilise, qu'on la bouscule, ajoute mon producteur, visiblement calmé. C'est pour ça qu'elle a épousé un type comme moi, qui vient des bas quartiers, et pas un de ses prétendants de l'Ivy League.

Bon. Il semblerait que l'orage soit passé.

– Dis donc, mon cœur, au lieu d'embêter Tess avec nos chamailleries de vieux couple, on ferait mieux de rentrer, tu ne penses pas ? s'enquiert Josh en regardant l'heure.

– Tu as raison, oui, acquiesce Edie, d'autant que la semaine s'annonce bien remplie, avec la soirée de la chaîne qui approche à grands pas… Vous devez être excitée comme une puce, Tess !

Excitée ? C'est le moins qu'on puisse dire. Après-demain, Star Channel organise une fête au cours de laquelle ils annonceront la date de diffusion de la première du show. Visiblement, ça va être dément, et moi je serai carrément le centre de l'attention !

Mais dans le taxi qui me reconduit chez moi, je ne peux m'empêcher de me demander : est-ce que c'est vraiment ça que je veux ? D'une certaine manière, Edie avait raison tout à l'heure : ce genre d'émission est là pour créer de la frustration chez les femmes. J'en sais quelque chose : j'ai vécu ça toute ma vie ! Vouloir plus : plus de robes, plus de produits de beauté, plus de style. Penser qu'avec trois kilos de moins, une nouvelle coupe de cheveux, je pourrais enfin m'aimer. Que je pourrais enfin être celle dont j'ai toujours rêvé.

Et maintenant, voilà que je vais faire ressentir ça à d'autres.

Sauf que si je ne présente pas ce show, quelqu'un le fera à ma place. Et puis, qu'est-ce que je pourrais bien faire d'autre de ma vie, sans diplôme ? Des ménages, comme Violetta ? En ce cas, je n'aurai jamais les moyens de mettre ma grand-mère à l'abri financièrement !

Ce sera différent dans quelque temps. Quand j'aurai mis de l'argent de côté. Et puis qui sait ? Peut-être que *Scandal !* me laissera assez de temps libre pour prendre des cours du soir ? Mais que choisir, parmi toutes les matières proposées ? Quelles qualifications me seraient utiles ?

En entrant chez Kate, je me débarrasse de mes chaussures qui me meurtrissent les pieds. Je m'affale sur le lit. J'ai vraiment hâte que mon amie revienne d'Oslo. Même si ça ne saurait tarder et même si on se *skype* tous les deux jours, j'aimerais bien avoir quelqu'un à qui confier mes doutes.

C'est tellement dur d'être seule, parfois !

C'est dans ces moments-là que j'en veux le plus à Colin. À cause de lui, j'ai baissé ma garde, je me suis habituée au confort d'avoir quelqu'un pour m'écouter. Je me sens comme une petite fille qui, après avoir goûté pour la première fois de sa vie le chocolat, apprend qu'elle n'y aura plus jamais droit.

Enfin, là, j'ai plutôt goûté aux tablettes de chocolat…

Ah non, il ne faut pas que je me mette à penser à son corps ultra-sexy ou à ses coups de reins qui avaient le don de me faire décoller, sinon je vais avoir une insomnie !

Je dois me le sortir de la tête, définitivement.

Après tout, ça devait bien arriver un jour, non ? Je ne suis quand même pas la première à qui un enfoiré brise le cœur ?

22
CLAIR-OBSCUR

Colin

Je tourne en rond dans ma chambre, en essayant de mettre la main sur mon nœud papillon. La maison est un véritable chantier. La femme de ménage est en vacances et ça fait près d'une semaine que je n'ai rien rangé. Ce dont j'ai toujours eu si peur a fini par arriver : mon existence a sombré dans le chaos.

Et cette fois, impossible de blâmer Tess pour ça.

Ma vamp' préférée est sortie de ma vie. Même avec la pire des mauvaises fois, je ne peux plus la rendre responsable de mes malheurs.

Le pire, c'est que je l'ai quasiment mise à la porte, en lui parlant comme je l'ai fait.

Quand elle m'a avoué qu'elle m'aimait, j'étais justement en train de penser à nous, à notre « relation ». C'était la nuit, je la tenais dans mes bras, on venait une fois de plus de jouir ensemble et je me disais : « Il faut que j'arrête de jouer au con, de me raconter que je n'éprouve rien pour elle. » Je me disais que je pouvais enfin me laisser aller à vivre cette histoire. Que j'avais le droit, après tout ce temps, à un peu de bonheur. J'étais *enfin* en train de réaliser que ce n'était pas grave si Tess ne correspondait pas à mon idéal féminin : ça ne m'empêchait pas d'avoir des sentiments pour elle, des sentiments forts.

Et puis, elle a dit ces mots, ces trois petits mots de rien du tout. Et soudain, tout est remonté, comme un flash. Mes parents ensemble, en train de rire, de débattre, de s'embrasser, de se taquiner. La maladie de maman. Papa à son chevet. L'enterrement de ma mère ; mon père seul, enfermé dans son bureau, en train d'écrire des lettres. Sa visite impromptue aux dortoirs de l'université, ce soir de février. La conversation que nous avons eue dans ma minuscule chambre, et dont j'ignorais que ce serait la dernière.

– Le grand secret dans la vie, fils, c'est d'avoir le courage de ses ambitions. La plupart des gens ne s'en rendent pas compte mais ils manquent de courage. Ils bradent leur rêve contre un sentiment de confort. Ils pensent que la sécurité va les aider à s'accomplir mais c'est faux : elle les pétrifie. C'est le danger qui pousse à agir. C'est lui qui nous pousse à nous dépasser. Ta mère a été mon grand péril, d'une certaine façon. C'est mon amour pour elle qui m'a chaque fois amené à voir les choses en grand. Tu sais, fils, avait-il repris après un silence, j'avais ton âge quand j'ai rencontré ta mère. Être ensemble n'avait rien d'évident. Ses parents étaient quakers et les miens, juifs. Elle avait de l'argent, moi pas. Elle avait un fichu caractère, moi aussi. Son entourage lui a conseillé de renoncer à moi, mes amis m'ont prédit une existence misérable si je persévérais… Et pourtant, nous avons été follement heureux. Tu sais pourquoi ?

– Pourquoi, père ?

– Parce qu'être ensemble était la seule possibilité. Pour moi, c'était soit épouser Carrie Miller, soit mourir. Non, fils, ne souris pas ; je ne te dis pas ça pour faire de la poésie... C'est la stricte vérité. Si je te parle de tout ça, d'homme à homme, c'est parce que tu as décidé d'épouser cette petite Meredith. Alors, demande-toi avec courage si elle est tout ce qui compte à tes yeux. Si cette femme est celle qui te poussera à faire mieux, à t'inventer, chaque jour.

– Tu es venu ici pour me convaincre de ne pas épouser Mer', c'est ça ? J'en étais certain, avais-je sifflé. Tu ne veux qu'une chose : que je sois aussi malheureux que tu l'es depuis la mort de mère.

– Tu te trompes, mon garçon. Je ne suis pas venu là pour te dicter ta conduite. Je ne peux pas savoir ce que tu ressens pour cette jeune femme. Tout ce que je peux te dire, c'est que lorsqu'on rencontre la bonne personne, on le sait. Avec certitude.

« On le sait. Avec certitude. ». Ces quelques mots, prononcés par mon père trois jours avant son suicide, me poursuivent depuis sept ans. À chaque rencontre, à chaque rupture, à chaque nouveau corps, je me suis interrogé : est-ce que je sais ? Est-ce que je suis certain ? J'ai passé des années à établir le portrait-robot de ma femme idéale : forte, réfléchie, qui ose vivre à fond sa passion.

Tess est tout l'inverse de ça : elle agit d'abord et réfléchit ensuite. Elle n'a aucun projet précis et pare toujours au plus pressé – c'est d'ailleurs ce qui l'a menée à la télé-réalité. Elle se donne des airs de dur mais elle est fragile comme de la porcelaine. Et pourtant, en sept ans, c'est la seule dont je ne me suis pas demandé toutes les dix secondes si elle était la bonne, si elle était faite pour moi, si mes parents approuveraient… Je n'ai pas *eu* le temps de me poser mille fois cette question. Depuis que j'ai rencontré Tess, ma vie s'est… accélérée. Tout a été plus inattendu, plus intense, plus urgent…

… et surtout, plus joyeux.

Tess me rendait heureux, tout simplement. Le bonheur : c'est comme si j'avais tellement perdu l'habitude de ce sentiment que j'avais été incapable de le reconnaître lorsqu'il s'est présenté à moi. J'ai tout gâché, comme un con.

Non, j'ai tout gâché comme un lâche.

J'ai eu peur de l'amour de Tess. J'ai tout fait pour la repousser, pour la blesser. D'abord en faisant comme si je n'avais rien entendu quand elle m'a dit « je t'aime », puis en lui braillant dessus sans raison avant de partir à ces satanés Awards. Je voulais qu'elle s'en aille. En temps normal, l'histoire se serait arrêtée là… mais quand le maître de cérémonie a annoncé que *La Terre et la Glace* avait remporté le prix, malgré la présence du réalisateur et de sa femme, malgré les sourires d'Amanda, malgré les applaudissements de mes pairs, je me suis senti seul. Parce que Tess n'était pas là pour s'exclamer « Waouh, tu as gagné ! » Parce que je ne pouvais pas la prendre dans mes bras. Parce que, si elle avait été présente, j'aurais eu plus de courage : j'aurais osé dire à cette assemblée que nous ne sommes qu'une bande d'hypocrites, qui primons des documentaires sur l'écologie tout en prenant tous les jours notre voiture pour circuler dans l'une des villes les plus polluées au monde.

Et puis si elle avait été là, j'aurais pu la remercier.

Notre rencontre m'a permis de réaliser que le meilleur moyen de faire du bon cinéma documentaire, c'est de garder les yeux ouverts sur le monde. L'esprit ouvert, le cœur ouvert.

Or, avant elle, j'étais lentement mais sûrement en train de me fermer. Elle a fait voler mes a priori en éclats. Je ne suis plus le même homme depuis que je l'ai rencontrée.

Dès la fin de la cérémonie, je suis rentré précipitamment à la maison pour lui dire tout ça. Lui demander de me pardonner et de tenter le coup. Lui proposer qu'on devienne un « vrai » couple. Mais elle était déjà partie, me laissant une lettre dans l'entrée, à côté des dossiers de candidature pour la fac de Zach. Cette lettre, depuis, je n'ai cessé de la relire, jusqu'à la connaître par cœur.

« Cher Colin,

Je sais que tu as fait ce que tu pouvais pour m'aider alors que j'étais dans une mauvaise passe et je te remercie pour ça, mais je ne peux plus rester. Pas après ce qui s'est passé ce soir. Ta réaction injuste et cruelle m'a fait comprendre que, malgré les espoirs que j'avais pu nourrir, nous étions trop différents. Je suis soulagée de prendre la décision de partir : depuis notre rencontre, j'ai la sensation d'être nulle, pas à la hauteur, stupide. C'est peut-être vrai, peut-être suis-je moins intelligente que toi, mais ce n'est pas une raison pour que j'accepte qu'on me traite aussi mal. Je pars avant d'être trop abîmée par nous deux.

Je te demande une faveur : ne cherche pas à me revoir, ni à me remettre dans ton lit. Je sais bien que je n'arriverai pas à te résister. Déjà que je me sens merdique… ! Si je recouchais avec toi, je n'aurais plus aucun respect pour moi-même.

J'espère que tu comprends,

Tess »

Le pire, c'est que je ne peux que lui donner raison : je suis incapable de lui offrir le quart de ce qu'elle m'apporte. Je la tire vers le bas en la rendant malheureuse.

Elle sera bien mieux sans moi.

Je descends les marches en soupirant. Ce soir encore, je suis censé me rendre à un cocktail organisé en l'honneur du film et de sa récompense. Ces mondanités m'ennuient. J'ai hâte de présenter le documentaire au public, d'assister aux projections qui seront organisées aux quatre coins du monde, mais boire du champagne et serrer la main d'autres producteurs en les écoutant me féliciter pour un film qu'ils n'ont même pas vu et qu'ils n'auront sans doute jamais la curiosité de voir, ça ne m'intéresse absolument pas.

Zach, lui, est allé dormir chez Kim – comme tous les soirs depuis notre fameuse dispute. Il a obéi à mes ordres, a écrit ses dissertations, les a glissées dans les enveloppes laissées sur le guéridon à cet effet et, depuis, il m'évite. Je pense qu'il m'en veut à mort. Pas seulement de l'avoir forcé à postuler pour la fac mais aussi d'avoir laissé filer Tess.

– Bordel, elle avait raison, claironne soudain la voix de ma sœur dans le hall d'entrée.

– Mila, qu'est-ce que tu fiches là ? demandé-je, surpris.

– Moi ? Demande-toi plutôt ce que *tu* fiches là, petit frère. Assis en chaussettes sur les marches de l'escalier, à regarder dans le vide…

– Je réfléchissais tout en enfilant mes chaussures, réponds-je, vexé.

– Quel *multi-tasker* tu fais ! ironise-t-elle.

Miléna vient me rejoindre. Elle s'assied juste en dessous de moi, sur une autre marche. Elle en profite pour défaire le bouton de sa jupe de tailleur. Son ventre s'est franchement arrondi.

– Je sais ce que tu penses : j'ai l'air d'une vache.

– Tu te trompes.

– Ne mens pas, Colin : tu te dis que je suis une vache énorme, sujette à la rétention d'eau.

– Pas du tout : je me dis que tu es plus belle que jamais. Mais que, par ailleurs, je n'aurais jamais dû te confier un double des clefs de chez moi.

Miléna rit.

– Je suis venue te voir…

– Tu as débarqué, corrigé-je.

– … J'ai débarqué parce qu'Amanda m'a prévenue que tu filais un mauvais coton.

Je ressens une pointe d'agacement.

– Amanda et toi parlez de moi dans mon dos ?

– La terre entière parle de toi dans ton dos, en ce moment, mon cher. Depuis que tu as reçu ce TV Award, tu n'es plus que l'ombre de toi-même.

– Qu'est-ce que tu racontes ? Je n'ai jamais autant travaillé que cette semaine. Entre les obligations consécutives au prix et le dossier russe que j'ai enfin bouclé…

– Justement, je te connais, frérot : le premier signe que quelque chose cloche, chez toi, c'est quand tu t'enfermes dans le travail.

– Le premier ? Et quels sont les autres ? m'enquiers-je d'un ton sarcastique.

– Colin, tu veux vraiment que je te prouve que je te connais par cœur ? Que je te récite ta « spirale infernale » ? C'est la même depuis près de dix ans. Un, tu t'enfermes dans le travail.

Deux, tu te mets à un sport extrême. Trois, tu couches avec une fille différente chaque nuit. Quatre,…

– OK, OK, j'ai compris ! la coupé-je. Tu me connais bien, Miléna, et je suis au fond du trou, bravo. Tu vas encore essayer de me psychanalyser ? De me brancher sur ton cours de yoga pour que je trouve mon point d'équilibre ? Parce que si c'est ça, autant t'épargner du temps et de l'énergie : ni ton psy ni ton gourou ne peuvent rien pour moi.

– Non, mais quelque chose me dit que cette mystérieuse nana dont m'a parlé Zach pourrait t'aider à remonter la pente…

– Pardon ? m'écrié-je. Zach et toi avez parlé de T… euh… de la fille que je voyais ? me reprends-je.

– Je te l'ai dit : tout le monde se fait du souci pour toi en ce moment. À vrai dire, depuis que Zach a craché le morceau concernant cette fille, je m'inquiète encore plus.

– Pourquoi ça ?

– Parce que pour une fois, dans ta spirale de destruction, il n'y a pas de coups d'un soir à l'horizon… Zach m'a même dit que cette fille habitait chez vous depuis quelque temps ? Mais qu'elle était partie il y a une semaine ? Aussi, je ne peux m'empêcher de me demander : et si mon petit frère était en plein chagrin d'amour ?

– Ce n'est pas ma vie sentimentale qui pose problème, Miléna, le vrai souci, c'est moi.

– Tu veux bien répéter ? me demande ma sœur en levant un sourcil goguenard. Colin Cooper viendrait-il de se remettre en question ?

– Ça va Miléna, garde tes remarques, grogné-je.

– Je suis désolée, s'excuse-t-elle. Je n'aurais pas dû me

moquer de toi. Mais comprends que je sois surprise : d'un côté, Amanda m'informe que tu déprimes. De l'autre Zach m'avoue que tu voyais quelqu'un. Et maintenant, je te surprends en plein examen de conscience ? Il y a de quoi s'y perdre.

– En ce cas, laisse-moi seul avec mon labyrinthe, OK ? J'ai besoin d'être un peu tranquille.

– Colin, tu *peux* me parler. Arrête de repousser tous ceux qui veulent te tendre la main.

– Tu ne peux rien faire pour m'aider, Mila, dis-je en me relevant brusquement et en fonçant vers la cuisine.

– Je peux essayer ! proteste-t-elle en m'emboîtant le pas.

– Ça ne sert à rien ! Je ne fais que blesser ceux qui font l'erreur de m'aimer. La seule chose à laquelle je suis bon, c'est le travail.

– C'est faux : tu as élevé Zach et tu en as fait un jeune homme merveilleux, équilibré, plein de vie. Tu es un oncle formidable pour mes garçons, et le meilleur petit frère du monde. Même Amanda, dont tu n'as pas voulu, continue d'éprouver pour toi assez de bienveillance pour m'appeler quand elle s'inquiète. Tu t'es montré un ami fidèle pour Ian, pour Aleesha, pour Kelley… Quand vas-tu cesser de te blâmer pour la dépression que tu as faite à la mort des parents ?

– Je ne me blâme pas pour ça…

– Non, mais tu continues de t'en vouloir d'avoir quitté Meredith, m'interrompt ma sœur. Ce qui est fait est fait : tu dois aller de l'avant maintenant.

– Miléna, tu te trompes : je ne m'en veux pas de ma rupture avec Meredith. Je continue de penser que c'était le bon choix.

– Alors, pourquoi est-ce que tu étais assis là, dans cet

escalier, à regarder dans le vide ?

– Parce que ce coup-ci, j'ai vraiment merdé, Mila !

Ma grande sœur me jette un regard interrogatif.

– Je suis tombé amoureux, Miléna. Éperdument amoureux. D'une espèce de tête de linotte avec des jambes interminables qui fiche la pagaille partout où elle passe. D'une femme qui s'exprime moitié en argot, moitié en jurons, et qui passe son temps à me tenir tête. Je suis dingue d'elle, elle m'obsède complètement, et je ne sais pas quoi faire.

– Pas quoi faire ? s'exclame ma sœur. Mais Colin ! C'est la meilleure nouvelle de la décennie ! Est-ce que cette fille éprouve la même chose pour toi ?

– Je le croyais. En tout cas, elle m'a dit qu'elle m'aimait…

– Oh, c'est formidable ! me dit Miléna en m'étreignant.

– Pas tant que ça…

– Ah bon ? Mais pourquoi donc ?

Je sens que je vais me faire passer un sacré savon, moi…

– Miléna, tu jures de ne pas crier ?

– Crier, moi ? Et pourquoi donc ?

– Parce que, grande sœur, dis-je en lui tendant la lettre de Tess, je crois que j'ai vraiment fait n'importe quoi, ce coup-ci.

23
PRÊT À TOUT ?

Tess

Dans ma robe Elie Saab couleur terre de Sienne, j'ai l'impression d'être une princesse des *Mille et une Nuits*. Mon bustier en perles réfléchit la douce lumière des flambeaux qui brûlent sur le toit de l'*Ace Hotel*. Mon jupon est tellement large qu'on dirait que je porte une crinoline. Avant de venir, Edie Pierce et moi sommes allées nous faire coiffer dans l'un des salons les plus branchés de L.A. Nous nous sommes également offert le luxe d'une maquilleuse privée. La femme de Josh est pour sa part spectaculaire dans sa robe rouge Givenchy.

– Waouh ! J'ai l'impression d'être dans un conte de fées. Ces petits-fours, ce *rooftop*, et tous ces photographes qui nous ont mitraillés lorsque nous sommes arrivés en limousine avec Josh… !

– Ce Dom Perignon rosé… complète Edie. Cet orchestre de jazz… J'en ai vu, des soirées à L.A., mais celle-ci est particulièrement réussie.

– « Réussie » ? s'exclame Josh en débarquant avec un large sourire. C'est un véritable triomphe, mon amour, dit-il en enlaçant sa femme et en l'embrassant si fougueusement qu'il manque de la faire tomber.

– Ouh la… J'en connais un autre qui apprécie le champagne, ce soir, s'amuse Edie. Mon cher époux, auriez-vous trop bu ?

– Bien trop, ma chère femme, et ce n'est qu'un début ! Je compte bien boire à ma propre santé jusqu'à plus soif ! Ah, Cooper m'a rendu un sacré service dans le fond. S'il ne m'avait pas viré…

– Josh, le gronde gentiment Edie, essaye quand même de te montrer raisonnable : c'est une soirée boulot.

Le visage de Pierce, quelques instants plus tôt si jovial, se ferme soudain.

– C'est pas vrai ! Tu ne peux pas t'empêcher de te montrer rabat-joie, hein ? Tu sais quoi, Edie ? Lâche-moi la grappe, l'envoie-t-il paître en se dégageant avant de s'éloigner en titubant.

Je jette à Edie un regard choqué. Elle a l'air secoué mais encaisse.

– N'en voulez pas à mon mari, Tess, me supplie Edie. Il n'est pas toujours comme ça. C'est simplement qu'en ce moment, entre le stress de son renvoi et le surmenage lié aux préparatifs de l'émission… il est tout bonnement épuisé !

– Comment Josh et vous vous êtes-vous rencontrés ? lui demandé-je pour chasser le malaise et changer de conversation.

– À la fac, en première année. Mais nous ne sommes sortis ensemble qu'une fois diplômés. Avant ça, j'avais quelqu'un d'autre.

– Oh, oh ! Joshua vous a séduite alors que votre cœur était déjà pris ? Quel tombeur, blagué-je avec une œillade coquine.

– Ça a été un peu plus compliqué que ça… Mais disons que j'ai fini par comprendre que Josh, malgré tous ses défauts, est quelqu'un de fidèle. J'ai traversé des moments durs et, contrairement à d'autres, il a été là pour moi. C'est important de savoir qu'on peut compter sur son partenaire, vous ne pensez pas ?

– Si, réponds-je tristement. Je crois que c'est même tout ce qui compte…

C'est d'ailleurs pour ça que j'ai été folle de croire que j'avais un avenir avec Colin Cooper.

– Et vous, Tess, avez-vous quelqu'un dans votre vie ?

– Non. Je suis libre comme l'air, répliqué-je avec un air tragique avant d'avaler ma dernière goutte de champagne.

– Ça ne va pas durer longtemps, me rassure Edie. J'imagine que ce ne sont pas les prétendants qui manquent, depuis votre passage à *Petits Secrets*. Et avec cette émission, ça ne va pas s'arranger…

– Certes, non, ris-je, mais il va quand même falloir que je me montre un peu plus sélective que par le passé. Voyez-vous, lui dis-je sur le ton de la confidence, j'ai un énorme défaut : en matière de mec, j'ai des goûts de chiotte…

– Je vois, rit Edie.

– Tiens, mais ne serait-ce pas la magnifique, l'indépassable, la brillante Edie Pierce ? nous interrompt un homme ventripotent en smoking.

– Tess Harper, me présente Edie, voici Thurston Lee, le rédacteur en chef du *L.A. Lifestyle* pour lequel je pige régulièrement.

– Mademoiselle Harper, enchanté de faire votre connaissance, s'incline Thurston Lee. Tous les pontes de Star Channel n'ont que votre nom à la bouche ! M'en voudriez-vous de vous confisquer Edie un instant ? Nous avons à parler boutique…

– Pas le moins du monde ! Je n'ai aucune envie d'assister à une réunion de travail en pleine fête, plaisanté-je en poussant Edie vers Thurston.

– En ce cas… me sourit Thurston Lee avant de s'éloigner, Edie Pierce à son bras.

Seule dans la foule, je crains un instant de faire tapisserie mais, au bout de seulement quelques minutes, une demi-douzaine d'inconnus se sont déjà jetés sur moi. On souhaite se présenter, me féliciter, me demander une interview… Je crois que je m'en sors plutôt bien, dans mon rôle de présentatrice vedette : je fais rire les journalistes, tente de retenir les noms des personnes qu'on me présente et flatte les pontes de la chaîne. Soudain, j'aperçois un visage familier.

Lui ! Ici !

Mon cœur bondit. Je prends congé de mes interlocuteurs et fends la foule pour le rejoindre. Il se retourne vers moi, comme au ralenti, et me lance un sourire radieux. Il est encore mille fois plus beau que la dernière fois que je l'ai vu.

– Tess…

– Qu'est-ce que tu fous ici, beau gosse ? lui demandé-je en me jetant dans ses bras.

Devin me serre fort contre sa poitrine de colosse.

– Je ne pouvais pas rater l'occasion de féliciter ma grande gagnante en personne.

– Star Channel t'a invité ? m'étonné-je, ravie. Je suis tellement contente de te voir ! Je ne connais personne, ici.

– Et ouais ma belle, Joshua Pierce m'a envoyé un carton. J'ai dans l'idée que ton boss a bien envie de me compter parmi les invités de votre programme… Ah ! Tiens, s'exclame-t-il en attrapant au passage un petit brun mignon, barbu, dans les 25 ans, doté de lunettes de vue Marc Jacobs. Laisse-moi te présenter quelqu'un. Stefan, voici Tess, Tess, voici Stefan…

– C'est elle ? demande le brun à Devin avec un air canaille. Mon Dieu ! Vous êtes encore plus sublime qu'à la télé, ajoute-t-il en s'emparant de ma main et en la serrant avec chaleur. La fille naturelle de Jessica Alba et de Gisele Bündchen. Votre robe, c'est une Elie Saab ? Elle vous va à ravir. Devin ne cesse de parler de vous depuis qu'il est rentré à la maison !

– Oh ! J'ignorais que Devin vivait en colocation…

Les deux hommes se jettent un regard complice avant d'éclater de rire.

– Tess, Stefan est… C'est mon compagnon. « Je fais tomber les femmes et pourtant j'aime un homme » : c'était ça mon secret. Visiblement, j'ai réussi à bien le garder !

– Oh, mince, je suis désolée, dis-je en rougissant jusqu'aux oreilles tout en riant de ma bêtise. Stefan, j'espère que je ne vous ai pas vexé : j'étais à mille lieues de me douter que Devin était…

« … gay. » Formidable remarque, vraiment. Parce que ça se voit sur le visage, peut-être ?

Parfois, je suis vraiment une cruche.

– Ne vous sentez pas embarrassée, Tess, me rassure Stefan avec un sourire sincère. Devin a tout fait pour brouiller les cartes de son orientation sexuelle. Vous ne pouviez vraiment pas savoir.

– Oui, continue le colosse blond, j'ai même évité de te parler de mon travail parce que j'avais peur que tu te doutes de quelque chose.

– Ton job de barman ?

– Oui. J'exerce mes talents sur North Robertson... À Abbey...

Abbey ? LE temple gay de L.A. ? Pas étonnant que Devin se soit montré si mystérieux ! S'il m'avait donné un tel indice, je lui aurais chipé sa cagnotte en moins de deux.

– C'est vrai que préparer des cosmos dans un bar gay aurait pu mettre la puce à l'oreille de Tess, chéri, le charrie Stefan.

– Tu es tellement plein de préjugés, le rabroue Devin. Il y a aussi des hétéros qui bossent à Abbey.

– Je ne ferais pas confiance à un homme qui se prétend végétarien et qui postule pourtant dans un *steak house*, rétorque Stefan, espiègle. Oups ! Je suis à marée basse. Dis-moi, mon cœur, tu veux boire autre chose ?

– Champagne, lui répond Devin en lui tendant sa flûte vide.

– Et vous, Tess ?

– Avec plaisir, oui. Champagne aussi. Et on peut se tutoyer, tu sais, ajouté-je avec un sourire enjôleur.

– Ça roule, beauté, me rétorque Stefan en s'éloignant.

Nous nous retrouvons seul à seul, son amoureux et moi.

– Waouh, tu vis avec un homme... dis-je en secouant la tête. Quand je pense, gloussé-je, que j'étais convaincue que tu me draguais !

– Mais je te draguais ! rit Devin. Et pas seulement parce que Joshua me l'a demandé, tu sais : si je n'avais pas été avec Stefan, j'aurais vraiment pu craquer pour toi.

– Quoi ? m'exclamé-je, choquée.

« Pas seulement parce que Joshua me l'a demandé » ? Qu'est-ce que c'est que cette histoire ?

– Bah quoi ? se justifie Devin en interprétant mal ma stupéfaction. J'ai eu quelques femmes avant Stefan, tu sais. Bon, moins souvent que je n'ai eu des mecs, je te l'accorde, mais… Mais toi, tu es extraordinaire, mon chou. Et tu mérites tout ce qui t'arrive. Bon, ajoute-t-il d'un ton jovial, j'avoue que je suis un peu déçu : Pierce m'avait promis la finale. Il avait bien vu que nous étions le couple le plus *bankable* de la Maison et il m'avait convaincu de jouer la comédie le temps du jeu. Enfin, je ne t'apprends rien…

– Pierce t'avait promis la finale ? répété-je, ahurie.

– Oui, la veille du démarrage, au *Peninsula*. Il m'a dit qu'il t'avait parlé juste avant… La finale, ça devait être toi face à moi : les amants maudits de *Petits Secrets*. Et puis, tu es sortie de la Maison et toute ma stratégie s'est effondrée. J'imagine que le scénario a dû changer au moment où Karmen t'a poussée dans la piscine…

– Le « scénario » ? Karmen ? continué-je de plus en plus hébétée alors que Stefan se précipite vers nous.

– Devin, chou, devine qui est au bar ? Rose McGowan. Oh ! Il faut absolument que j'arrive à la convaincre de lire mon scénario, sinon j'en mourrai ! Viens avec moi, mon cœur, par pitié : j'ai besoin de ton sourire ravageur pour m'aider à la séduire…

– Ça ne t'embête pas ? me demande Devin en se laissant entraîner. On se voit plus tard, ma belle !

Et, avant que j'aie eu le temps de protester, le beau blond s'évanouit dans la foule. Une nouvelle fois, je me retrouve seule, sauf que ce coup-ci je n'ai aucune envie qu'on se précipite vers moi.

Qu'est-ce que c'était que ce bordel ?

Je dois m'isoler pour réfléchir, d'urgence. Ce que m'a appris Devin change tout ! Le programme était scénarisé ? Joshua a demandé au beau gosse de me draguer, tout en lui faisant croire que j'étais au courant ? Ma chute n'était pas un accident ?

– Mademoiselle Harper ? s'enquiert un inconnu en smoking en s'approchant de moi avec un sourire avenant.

– Excusez-moi, je dois aller parler à quelqu'un, le bousculé-je en me ruant vers la sortie du *rooftop*.

Les phrases de Devin tournent dans ma tête : « Pierce m'avait promis la finale », « il m'a dit qu'il t'avait parlé juste avant »... Pierce a-t-il fait en sorte que je sorte de la Maison car il pensait que je lui serais plus utile dehors ?

Je bouscule les invités en marmonnant : « Pardon ! Pardon ! » Mes pensées vont à toute allure. Si je confronte le producteur, je risque ma place à Star Channel. Mais je ne peux quand même pas bosser avec quelqu'un qui me traite comme son jouet !

Si ça se trouve, c'est lui qui a demandé à Karmen de me pousser à l'eau et ça a dégénéré...

Non, là, je vire parano : Pierce est peut-être prêt à beaucoup de choses pour réussir mais il n'est pas non plus cinglé. Edie me l'a assuré : c'est une personne de confiance, qui a été là pour elle...

... Et moi, c'est en cette femme que j'ai confiance.

Mes tripes ne mentent pas : je peux me fier à Edie Pierce.

C'est à elle qu'il faut que je demande conseil.

Je m'apprête à faire demi-tour et à retourner à la réception pour la trouver quand je rentre en collision avec un énième smoking noir. Instantanément, je suis propulsée en arrière par la violence du choc.

– Outch! m'écrié-je en portant ma main à mon front qui a heurté de plein fouet le nez du type.

– Bon sang! s'écrie-t-il de son côté en se tenant le visage. Je savais que tu étais furieuse contre moi, mais de là à me mettre un coup de tête…

Bordel. Cette voix.

Les yeux écarquillés, je redresse la tête.

Colin ? Qu'est-ce qu'il fait ici ?

Je dois avoir trop bu. Ou on aura mis de la drogue dans mon verre. Que fiche Colin Cooper, le pire snobinard de toute la terre, à une fête organisée par Star Channel ?

Et surtout : pourquoi faut-il qu'il soit aussi sexy en smoking ?

Je tente de ne pas me démonter. Hors de question de perdre la face devant lui à *ma* soirée.

– C'est toi qui ne peux pas te retenir de me faire du rentre-dedans, grommelé-je en palpant mon arcade sourcilière endolorie.

– Que veux-tu ? L'amour fait mal.

Et sur cette réplique exaspérante de désinvolture, Colin me lance son plus beau sourire – celui auquel je n'ai jamais pu résister.

Pas de ça, Cooper : ce n'est pas très fair-play.

– Qu'est-ce que tu veux ? aboyé-je pour lui faire comprendre que je ne vais pas entrer dans son petit jeu.

– Qu'on s'engueule une bonne fois pour toutes.

– Ça ne m'étonne pas, réponds-je avec mépris. C'est bien ton genre, de me traquer dans toute la ville pour déclencher la troisième guerre mondiale. Et après, tu oses dire que c'est moi qui ai un caractère de merde ?

– Hey, calme-toi, m'intime l'irrésistible salaud qui m'a brisé le cœur. Tu ne m'as pas laissé finir : je suis venu ici pour qu'on s'engueule un bon coup et qu'ensuite on passe à autre chose.

– Je suis déjà passée à autre chose, je te signale, rétorqué-je du tac au tac.

– Super, pas besoin de s'engueuler, alors ! plaisante-t-il en m'entraînant à l'intérieur de l'hôtel. On peut passer directement à la scène où tu me pardonnes d'être un crétin.

Il me plaque contre l'un des murs du palier et continue de me gratifier d'un demi-sourire à la fois tendre, ironique, qui me donne envie de me jeter sur lui pour…

Pour le gifler. Ou le couvrir de baisers. Ou les deux. En même temps.

– Dans tes rêves, Cooper. Si tu crois que toi et moi, on va redevenir copains après la façon dont tu m'as traitée…

– Je ne veux pas qu'on redevienne copains, Tess. Tout ce qu'il y a eu avant entre nous, pour moi, c'est fini.

Cette fois, c'en est trop. Il avait vraiment besoin de venir jusqu'à l'*Ace Hotel* pour me dire que nous deux c'était fini ? J'étais au courant, qu'est-ce qu'il croit ?

– Tu es simplement venu pour remuer le couteau dans la plaie, alors. C'est ça ?

– Non, je te l'ai dit : je suis venu pour qu'on s'engueule. Ou, plus exactement, pour que *tu* m'engueules.

– N'importe quoi, m'exclamé-je en me dégageant et en commençant à me diriger vers les ascenseurs pour m'enfuir le plus loin possible de ce salaud. Qu'est-ce que c'est encore que ce plan à la con ?

– Écoute, plaide-t-il en me retenant par le poignet, la dernière fois que je t'ai vue, j'ai été odieux alors que tu ne faisais que proposer gentiment ton aide. Aussi, tu as quinze minutes pour me jeter toute ta haine à la figure, et ensuite on remet les compteurs à zéro. Tu peux utiliser les pires insultes, tous les mots vulgaires du monde… Tu vois ? dit-il en ouvrant grand ses paumes en signe de bonne foi. Je suis venu sans arme. Je n'ai même pas amené le pot à grossièretés avec moi…

– Laisse-moi partir, Cooper, grincé-je en tirant sur mon bras, sans succès. Qu'est-ce que tu veux, à la fin ? Faire un scandale devant tous les gens de la profession ? Tu veux qu'on devienne la risée du monde de la télé ?

– Je m'en fous, du monde de la télé.

– Peut-être que toi tu t'en fous, maintenant que tu as ton Award, mais moi j'ai une carrière entière à bâtir ! répliqué-je en le repoussant. Ce dont je vais me charger de ce pas en retournant voir mes collègues et amis !

– Tes collègues ? C'est donc vrai, ce que m'a dit ma sœur ?

– Ça dépend : que t'a-t-elle dit exactement ? rétorqué-je, pincée.

– Que tu étais la nouvelle recrue de Star Channel, pour un talk-show sur les dessous de la célébrité. Que c'était Joshua Pierce qui t'avait recommandée.

– Ça va, Cooper : je sais très bien ce que tu penses de Pierce. Si ça peut te rassurer, il ne te porte pas non plus dans son cœur.

– Non, non, tu fais fausse route ! proteste Colin. Certes, j'ai eu des différends avec Joshua sur ses méthodes de travail lors de son passage chez nous, mais ça ne m'empêche pas d'être heureux pour toi ! Heureux ? Qu'est-ce que je raconte : je suis fier de toi, Tess. Regarde tout ce que tu as accompli en à peine plus d'une semaine… !

« Fier » ? Parce que je deviens animatrice d'une émission de potins adressée à la génération Y et produite par son pire ennemi ? Il doit se moquer de moi. Ce doit être… un genre de blague cruelle. Ce type de show est tout ce que Colin déteste !

– C'est quoi ton problème, Cooper ? Tu as perdu la tête ? Tu t'es mis au crack ?

– Les deux, Tess. Les deux… souffle l'ensorcelant milliardaire tout en se penchant vers moi.

Il est devenu fou, ma parole !

Pourtant, mon cœur ne peut s'empêcher de battre la chamade : même cinglé, Colin Cooper m'attire comme un aimant. J'ai beau savoir maintenant quel crétin snob et prétentieux il est, mon côté midinette ne peut s'empêcher de croire que je peux le changer, qu'il vaut mieux que ça, que je vais lui ouvrir les yeux sur qui je suis vraiment…

Qu'est-ce que je suis en train de faire ?

Sa bouche est à seulement un centimètre de la mienne.

Et lui ? Qu'est-ce qu'il est en train de faire ?

– À quoi est-ce que tu joues ? murmuré-je en essayant une ultime fois, mais sans grande conviction, de me libérer de son étreinte.

– Tu l'as dit : je suis drogué. Complètement accro à toi, Tess. Et je suis fou, aussi : fou de toi. Je ferais n'importe quoi pour effacer la façon dont je t'ai traitée la semaine dernière et que tu reviennes.

– Oui ? Sauf que tu ne le peux pas, le défié-je.

– Tu as raison, je ne peux pas changer le passé. Mais je peux changer la façon dont je me comporte avec toi. Je *veux* changer.

– Et comment tu comptes t'y prendre ? lui demandé-je, moins cinglante que je l'aurais souhaité.

– Déjà, j'aimerais que tu viennes avec moi en Europe. Grâce à l'Award, *La Terre et la Glace* va être diffusé un peu partout dans le monde, il faut que j'aille présenter le film…

Je le savais ! S'il croit que je vais le suivre, c'est qu'il a vraiment perdu la boule. Y a pas marqué « Geisha portative », ici, à ce que je sache.

– Si j'ai bien compris, tu me proposes de renoncer à *mes* projets pour te suivre comme un petit chien ? Quelle offre alléchante !

– Mais c'est pas vrai ! rit-il. Ce que tu peux être chiante ! Je viens ici pour te dire que je t'aime, et toi tu continues de chercher la petite bête ?

Pardon ?

Pour une fois, je reste sans voix pendant un long moment.

– Tu… Tu as dit quoi, là ? finis-je par articuler.

– Je t'aime, reprend-il avec une voix rauque, sexy en diable. Je suis amoureux de toi, Tess, et ça ne m'effraye plus de te le dire. Je te veux. Je veux tout ce que tu as à m'apporter. Je suis prêt à tout pour être avec toi.

– Tu… Tu le penses vraiment ? demandé-je, incrédule.

– J'ai *déjà* commencé à changer pour toi. La preuve ! rit-il. J'ai séché un cocktail chiant à mourir rempli d'intellos pour venir faire la fête chez Star Channel : jamais l'ancien Colin Cooper n'aurait fait ça.

– Non, c'est vrai, dis-je en esquissant un sourire.

Je suis sous le choc. Est-ce que c'est possible ? Est-ce que vraiment Colin m'aime ?

– Ah ! Enfin. Elle sourit ! s'exclame Colin, aux anges. Excusez-moi, monsieur ? demande-t-il en interpellant un vieux monsieur en costume pied-de-poule qui passe dans les couloirs de l'hôtel avec sa femme. Avez-vous déjà vu quelque chose de plus radieux que le sourire de cette jeune femme ?

– Colin, gloussé-je, qu'est-ce que tu fais ?

– J'apprends à être léger, Tess. Et ça, c'est grâce à toi, ajoute-t-il avant de se pencher sur moi et de me donner le plus langoureux, le plus brûlant des baisers.

Je me laisse aller contre ses lèvres, que j'embrasse avec ferveur, avec adoration. Colin Cooper m'aime ! Il est venu ici pour me le dire !

Décidément, cette soirée a tout du conte de fées.

– Et pour ta tournée ? lui demandé-je entre deux mordillements de lèvres. Comment est-ce qu'on va faire ?

– Toi, quand tu as une idée en tête, tu ne l'as pas ailleurs… répond-il le souffle haletant, sans cesser de m'embrasser. Que dirais-tu de venir me rejoindre les week-ends ? Paris, Lausanne, Rome, Berlin…

– Oui ! m'écrié-je en me jetant à son cou. Oui, oui, oui !

– Parfait, dit-il en me faisant tournoyer dans les airs. Quelque chose d'autre pour faire plaisir à mademoiselle ?

– J'ai bien une idée… dis-je en me mordillant la lèvre.

Je me colle contre lui et cherche sa bouche, fiévreusement, histoire de lui faire comprendre que je n'aurais rien contre un peu… d'intimité.

– C'est encore ta passion des couloirs d'hôtels qui parle ?

plaisante-t-il. Mais c'est pas possible ! Les 5 étoiles ont sur toi un véritable effet aphrodisiaque !

– Tu exagères, ris-je en lui donnant une tape sur l'épaule. Je te rappelle qu'au *Peninsula*, c'est toi qui as essayé de…

– De te baiser dans le couloir ? murmure-t-il à mon oreille avec une voix tellement virile que j'ai du mal à me maîtriser. C'est parce que je ne pouvais pas attendre une minute de plus. Mais comme tu sais, j'ai changé, ajoute-t-il en m'entraînant vers les ascenseurs. Je suis devenu un vrai gentleman.

– Et que font les gentlemen, dans ce genre de situations ? m'enquiers-je.

– Ils prennent une chambre avec vue, me rétorque mon flegmatique milliardaire.

Alors que nous descendons vers la réception, Colin ne cesse de m'embrasser, de se détacher de moi et de me regarder, émerveillé, puis de fondre sur mes lèvres pour m'embrasser encore. Dès que les portes s'ouvrent, il m'entraîne vers le *desk* en courant. Nous arrivons devant l'hôte d'accueil essoufflés et impatients comme deux jeunes mariés avant leur nuit de noces.

– Bonjour, auriez-vous une suite disponible ? demande Colin au réceptionniste. La plus grande, la plus belle qui soit.

– Nous n'avons qu'une seule suite de libre, monsieur, lui répond ce dernier d'un air vaguement réprobateur.

Ce doit être notre empressement qui lui déplaît.

Certaines personnes n'aiment pas l'amour.

– 60 m² avec terrasse, cuisine, minibar, salle de bains… commence-t-il à décrire.

– Ça te convient ? l'interrompt Colin.

– J'ai déjà partagé une douche pourrie dans un motel minable avec toi, gloussé-je. Je pense qu'une suite fera l'affaire.

– Ça nous va, on la prend pour cette nuit, annonce-t-il au réceptionniste.

– Très bien, je vais demander à un chasseur de venir chercher vos bagages, monsieur.

– Ne vous en faites pas, on se débrouille. Quel étage ?

– 12e étage, monsieur.

– Parfait.

Colin et moi retournons main dans la main aux ascenseurs. Une fois que les portes se referment sur nous et que l'appareil commence son ascension, Colin ma plaque contre la paroi et vient coller ses lèvres douces, chaudes, contre les miennes. Il caresse ma joue de sa paume virile et souffle à mon oreille :

– Je veux le dire encore.

– Alors dis-le, l'encouragé-je, émue et aussi étonnamment excitée.

– Je t'aime, Tess. Tu es la femme la plus incroyable que je connaisse.

Je fais volte-face et me colle dos à lui, entre ses deux bras puissants et protecteurs.

– Dis-le encore.

– Tu es merveilleuse. Tu es cinglée, certes, mais tu es quand même merveilleuse. Et je suis fou de toi.

– Oh ! Colin, je t'aime tant, soufflé-je, bouleversée, avant de me retourner pour l'embrasser avec passion.

Alors que les portes de l'ascenseur s'ouvrent, Colin me soulève du sol. Mes jambes s'enroulent autour de ses hanches, il me porte jusqu'à notre suite. En chemin, nos langues continuent de danser. À tâtons, Colin insère la carte magnétique dans la serrure : le verrou s'ouvre.

– Pour une fois, on va avoir toute la nuit devant nous, remarqué-je.

– Je crois qu'on va avoir bien plus que ça, Tess, me dit-il en souriant alors qu'il me fait franchir le seuil. Avec un peu de chance, il se pourrait même qu'on ait toute une vie…

Et sur cette spéculation qui me donne le vertige, qui me noue le ventre de peur d'être déçue, trompée, abandonnée, mais qui fait aussi battre mon cœur plus vite et plus fort que jamais, Colin referme la porte de la suite sur nos corps enlacés.

Colin continue de me porter à travers la suite. Nous dépassons le coin bar, contournons le salon et remarquons à peine le décor contemporain, façon « loft new-yorkais », de la chambre. Il me pose sur le lit *king size* et s'accroupit face à moi.

– Que tu es belle… soupire-t-il en passant sa main dans ma chevelure et en enlevant une à une toutes les épingles qui retiennent mon chignon.

Une fois mes cheveux lâchés, il me lance un regard qui signifie « attends-moi là », puis se relève. Il va à la sono, cherche quelque chose dans l'iPod de l'hôtel puis lance une playlist jazz. Il tamise un peu les lumières de la suite. Je le regarde faire, des étoiles plein les yeux et le cœur enfin léger. Je suis émue, nerveuse, impatiente. Lorsqu'il revient vers le lit, d'instinct, je me relève.

– Tourne-toi, m'intime-t-il d'une voix suave.

J'obéis dans un sourire et lui présente mon dos.

– Dégage tes cheveux, continue-t-il à mon oreille, ses deux mains chaudes posées sur mes épaules nues.

Je ramène ma crinière d'un seul côté. Tout d'abord, Colin penché par-dessus mon épaule passe un doigt sur l'arrondi de mon décolleté. Puis, lentement, il commence à défaire les agrafes de mon bustier. Lorsque l'étreinte du tissu se desserre, je prends une profonde inspiration. Colin jette négligemment le bustier à perles sur le lit. Je sens ses lèvres se poser délicatement au creux de ma nuque. Ses mains glissent le long de mes épaules. Leur toucher est doux comme de la soie. Au moment où elles se posent sur mes seins, ma tête se renverse en arrière. Je pousse un immense soupir.

– À toi de me le redire, m'encourage-t-il en refermant ses paumes sur ma poitrine.

Ses mains commencent à me caresser, doucement, en dessinant l'arrondi de mes seins. Pouces et index se referment sur les pointes de mes tétons et les pincent légèrement. Ma respiration s'intensifie. Mon bras se soulève et cherche à tâtons sa nuque. Je l'empoigne et ramène sa joue contre ma joue. Je sens contre ma peau les poils drus de sa barbe de trois jours et son souffle excité au creux de mon oreille.

– Je t'aime, avoué-je sans aucune pudeur. Je suis folle de toi.

Les mains agiles de Colin repassent dans mon dos et défont les deux boutons de mon jupon, puis sa fermeture éclair. Le tulle tombe au sol en faisant entendre un léger bruissement. Colin m'attrape par la main, m'aide à enjamber le jupon puis, comme si nous dansions, me fait faire un demi-tour sur moi-même. Il admire mon corps perché sur mes hauts talons, mes jambes gainées dans des bas nacrés rattachés à une culotte en satin rose poudré. Son regard est intense, perçant ; je sens sa caresse sur moi. Une de ses mains se pose sur ma gorge et commence à descendre lentement le long de mon buste. Il s'agenouille devant moi. Il effleure mon ventre, les contours de ma taille, mon sexe. Tout mon corps frémit. Ses doigts font sauter les attaches de mes jarretières. Sa main se plaque contre mon entrejambe et malaxe mon sexe par-dessus le satin. C'est délicieux. Je pousse un gémissement en fermant les yeux.

Colin m'aide à dégager mes pieds de mes stilettos avant de faire précautionneusement rouler mes bas le long de mes jambes. Ses gestes sont précis, mesurés, d'un calme électrisant. Une fois que je suis nue, il se redresse, pose une main sur ma taille, l'autre sur ma nuque, puis m'attire à lui pour me donner un baiser torride. Sa langue diabolique caresse la mienne, ses dents emprisonnent ma lèvre inférieure. Ma peau est parcourue de délicieux crépitements. Mes tétons sont dressés, mon sexe ouvert. Mon excitation est totale : il le sent. Il en joue. Une nouvelle fois, il immisce une de ses mains entre mes cuisses et presse sa paume contre mon sexe trempé. Ma bouche se décolle de la sienne pour que je puisse haleter. Je pivote et le pousse de tout mon poids. Il tombe assis sur le lit. Je pose un genou sur chaque côté du matelas. Je le chevauche.

À mon tour de te mettre à nu, Colin.

En plongeant mes yeux gris dans son regard noir comme la nuit, je défais son nœud papillon. Je m'empare du col de sa veste et fais glisser cette dernière le long de ses épaules musclées. Mes mains passent derrière son dos et défont les attaches de sa ceinture de smoking en soie noir. Je dégage ensuite sa chemise de son pantalon et commence à la déboutonner d'un geste agile. Mes doigts filent à toute vitesse le long de la boutonnière jusqu'à ce que les pans de coton blanc s'ouvrent, dévoilant la peau brûlante de leur propriétaire, ses muscles dessinés, sa discrète toison qui habille des pectoraux parfaits et sa fine colonne de poils bruns qui encadre le nombril. Mes mains effleurent ce corps, émerveillées. Mon nez s'approche du cou de Colin pour sentir son odeur virile, légèrement boisée. J'ai l'impression de le voir pour la première fois. Ses mâchoires carrées, sa bouche charnue, son nez parfaitement droit, ses sourcils épais. La finesse de ses traits, l'assurance de son sourire, l'intensité de ses yeux de fauve. Il est tellement beau ! D'une façon totale, absolue, douloureuse.

Et cet apollon, ce dieu vivant, m'aime ?

Un sourire éclot au ralenti sur sa gueule d'ange déguisée en mauvais garçon. Ses yeux pétillent. On peut y lire le désir, le bonheur, l'envie de prolonger cet instant, l'urgence de me posséder.

Oui, il m'aime.

Colin m'attrape par la taille et me renverse sur le lit *king size*. Son bassin appuie contre le mien. Ses hanches sont prisonnières de mes cuisses fuselées. Il m'embrasse tout en caressant mes cheveux éparpillés sur le couvre-lit.

– Tu n'as pas froid ? me demande-t-il avec douceur.

– Pas tant que tu me tiens chaud. Reste contre moi.

Il sourit, secoue la tête d'un air amusé, puis commence à me donner de petits baisers, légers comme des ailes de papillon. Un sur l'épaule, un sur la clavicule, un entre mes deux seins… Sa bouche pulpeuse se pose sur mon téton. Mes doigts empoignent ses cheveux. Mes cuisses resserrent leur étreinte. Colin sort sa langue et commence à titiller la pointe de mon sein, qui durcit instantanément. Je halète. Ses dents s'en mêlent, augmentant mon plaisir. Ma poitrine entière est tendue, gonflée, avide. Mes mains se sont crispées autour de ses cheveux épais et soyeux. La langue de Colin descend lentement jusqu'à mon nombril. Je pousse un gémissement alors que l'étau de mes cuisses se desserre. L'index de mon amant parcourt lentement le dessin de ma fente humide. À ce contact, un léger spasme me secoue. Je peux presque sentir le sourire satisfait de Colin malgré son visage enfoui dans ma toison.

Mon amant commence à me manipuler. Complètement échauffée par notre longue et romantique séance d'effeuillage, je ne mets pas un dixième de seconde à décoller. Instantanément, je pousse de longs soupirs, qui se transforment bien vite en gémissements. Sous ses doigts experts, je tremble, je bouge mon bassin, imprime un léger va-et-vient. Colin empoigne mon sein d'une main et de l'autre, il glisse ses doigts en moi. Le pouce encore posé sur mon clitoris, il me pénètre profondément du majeur et de l'index. Je suis en extase. Je suis au supplice. Je ne veux pas qu'il arrête ; pourtant, j'ai envie de caresser moi aussi son sexe. Je l'imagine large, bandé, gonflé de son désir pour moi… Je voudrais le sentir contre ma paume, tellement puissant.

Je pousse un cri d'extase. Je suis brûlante comme jamais, déjà prête à jouir. Colin le sent. Une étincelle sauvage passe dans son regard. Je sens que mon désir l'électrise. Que la chaleur de mon sexe l'appelle. Il se relève et défait son pantalon, qu'il enlève en même temps que ses chaussures et ses chaussettes. Il fait ensuite glisser son boxer Calvin Klein.

Gagné !

Sa virilité est face à moi, dressée, dure, impressionnante. Irrésistible. Je me redresse et, assise sur le rebord du lit, l'emprisonne dans ma bouche. Ma langue parcourt sa verge pendant que j'aspire, que je suce, que je mouille son gland de ma salive. Sa peau est si douce ! Colin gémit, m'attrape par les cheveux. Je sens son corps se tendre. Il répète mon nom : « Tess, oh ! Tess… » Sa voix suave me rend complètement folle. Je me retire, lui jette un regard provocant puis remonte le long du lit et ouvre les draps. Je lui fais signe de venir s'allonger avec moi.

– Attends, me demande-t-il en retrouvant soudain ses esprits. Tu as des capotes sur toi ? Parce que moi, je n'ai pas pris mon portefeuille ce soir, juste ma CB et mes clefs de voiture, dit-il en désignant sa veste de smoking.

Merde. Putain de merde.

OK, je prends la pilule depuis que j'ai 14 ans et j'ai fait un test juste avant de partir en isolement pour le jeu. Mais Colin, lui ? Après tout, pas plus tard qu'il y a dix jours, je l'ai vu partir sous mon nez avec une autre femme…

– Je suis sous contraceptif oral, lui annoncé-je en me glissant sous les draps, un peu échaudée. Et je suis clean. J'ai fait toute une batterie de tests avant de rentrer dans le jeu et il n'y a eu personne depuis… depuis toi, lui avoué-je à contrecœur, humiliée d'avoir tout de suite été fidèle à cet homme indécis.

Mais tout ça ne compte plus, maintenant. Désormais, il est avec moi, et avec personne d'autre.

Il s'allonge contre moi.

– J'étais clean avant notre première nuit, me dit-il. Je fais le test environ une fois par mois depuis que je donne mon sang.

– OK, super, réponds-je avec un peu d'humeur, mais si tu as couché entre-temps avec Amanda…

– Avec Amanda ? me demande-t-il en levant un sourcil étonné. Oh ! Tu pensais que…

Il rit, m'attrape par la taille, roule sur le dos et me fait pivoter de façon à ce que je me retrouve à califourchon sur lui.

– Non, Tess, non ; je n'ai jamais couché avec Amanda, je te l'assure. Je lui ai juste demandé de m'accompagner à ces stupides Awards parce que j'avais peur. Peur de ce que j'éprouvais pour toi. Mais aujourd'hui, je n'ai plus peur, m'affirme-t-il en se redressant sur ses coudes pour m'embrasser.

Nous nous retrouvons face à face, buste contre buste. Ses lèvres sont à seulement quelques millimètres des miennes.

– Depuis toi, il n'y a eu personne d'autre, m'avoue-t-il. Jamais je n'aurais pu. Pas avec l'effet que tu me fais, dit-il en attrapant ma main et en la posant sur sa verge toujours raide. Je crois bien que je suis tombé amoureux de toi dès notre première nuit.

Cette déclaration me foudroie. Littéralement. Un spasme électrique descend le long de ma colonne, jusqu'à mon ventre, mes cuisses, mon sexe. Quelque chose en moi s'ouvre, comme jamais avant. Je me sens légère, libérée d'un immense poids qui m'oppressait depuis toujours. Sans y réfléchir, je presse ma bouche contre celle de Colin et, avec douceur, m'empale sur lui. C'est divin ! Lèvres jointes, nous poussons ensemble un soupir de soulagement alors que s'enfonce en moi sa virilité. Je suis consciente de chaque détail de mon corps et du sien : l'intensité de nos souffles, les battements de nos cœurs, le sang chaud qui pulse dans nos veines. Centimètre par centimètre, je laisse Colin gagner du terrain. Jamais la lenteur n'a été si exquise. Lorsque nous ne formons plus qu'un, je me mets à bouger sur lui, d'abord imperceptiblement, puis en accélérant la cadence. À chaque va-et-vient, la pointe de mes seins érigée, excitée, frotte contre son torse : cela cause des frissons dans mon dos, dans ma nuque. Entre mes jambes, c'est le feu d'artifice. L'impression d'être remplie, satisfaite et en même temps frustrée… Je ne pourrai jamais être assez proche de lui, assez *à* lui.

Nos bouches, la pointe de nos nez, se frôlent, se touchent. Nos mains s'agrippent, nos doigts s'entremêlent. Je sens les muscles d'athlète de Colin bandés par le plaisir, bandés par l'effort de soutenir mon poids. Une main en appui sur le matelas, l'autre posée sur ma taille, il accompagne mon mouvement. Nous sommes complets. Parfaitement emboîtés.

C'est donc ça, faire l'amour ?

Une intensité érotique incroyable se dégage de nos regards qui se cherchent, de nos souffles à l'unisson, de nos peaux accordées. Nous appartenons l'un à l'autre. Nos corps sont en fusion. Je sens le plaisir grandir au creux de moi. J'ai l'impression qu'aucun homme avant ne m'avait pénétrée si profondément. Je me sens possédée par Colin, physiquement et spirituellement. Malgré mon envie de laisser ma tête aller en arrière, je résiste et ne détache pas mes yeux des siens. Je ne veux pas lui cacher ma bouche humide, mes joues rougies, mon regard flou et hébété par le plaisir. Colin m'aime : je veux lui donner tout ça.

Mon ventre se contracte et se resserre autour de lui alors que je pousse un long gémissement. Au creux de moi, le plaisir irradie. C'est désormais lui qui bouge : je me suis figée. Il vient à ma rencontre, soulevant son bassin à une allure impitoyable.

– Colin, gémis-je, stupéfaite. Colin, je t'aime.

Mes doigts se contractent autour des siens. Je pousse un cri. Mes pupilles se dilatent.

– Je t'aime aussi, Tess, soupire-t-il avant de plaquer sa bouche contre la mienne.

C'est le détonateur : sans prévenir, mon orgasme part comme une fusée. Il explose en moi en mille fragments merveilleux et s'éparpille en autant de cris. Des larmes me montent aux yeux alors que je gémis mon plaisir. Colin, lui, halète, en me donnant un coup de reins plus profond que les autres, puis un deuxième, et soudain son regard se floute, s'absente : lui aussi jouit, l'air surpris, comme s'il ne s'attendait pas à un tel plaisir. Nos orgasmes se mêlent, s'accrochent l'un à l'autre, dialoguent ensemble, se prolongent…

Puis nous retombons sur le lit, d'abord emmêlés, puis côte à côte, avant de nous retourner sur nos flancs et de nous regarder dans les yeux. Colin pose une main sur ma hanche. Il me sourit, l'air un peu échevelé. Il est beau. Il a sur le visage une forme d'innocence, de naïveté, que je ne lui avais encore jamais vue.

Brusquement, sans que je sache pourquoi, un rire se met à pétiller dans ma gorge. Il me chatouille, me titille : il veut sortir. C'est plus fort que moi : je le laisse s'échapper. Il remplit la chambre, rauque, gigantesque.

– Qu'est-ce qui t'arrive ? me demande Colin, amusé.

Je tente de lui répondre que je ne sais pas, que je suis heureuse, que c'est comme ça, mais je ne peux pas : mon rire prend toute la place.

– Tess, qu'est-ce qu'il y a de drôle ? se marre à son tour Colin, intrigué.

– Je… Je ne sais pas… C'est… Sans raison… Je te jure… hoqueté-je, hilare.

Colin me regarde amusé, toujours en souriant. Consciente du grotesque de la situation, je ris de plus belle. D'un coup, ça le prend lui aussi. Mon fou rire s'empare de lui et se met à le secouer à son tour. Sans que nous sachions l'un et l'autre pourquoi, nous rions en chœur, épuisés, vidés, idiots, heureux. Bref : follement amoureux.

24
UNE NOUVELLE VIE

Tess

– … Et c'est tout, la liste est finie. Comme tu vois, je ne suis pas sortie avec beaucoup de mecs…

– Oui, mais tu as eu des amants.

– J'ai eu des amants, confirmé-je. Pas tant que ça, le rassuré-je, mais suffisamment pour ne pas mourir idiote.

– Et tu n'as jamais été amoureuse avant ?

– Non, ça, c'est une première, dis-je en souriant.

C'est le beau milieu de la nuit et ça fait au moins trois heures que Colin et moi sommes allongés sur ce lit, à alterner orgasmes et confidences. Notre enfance, notre adolescence, nos familles, nos rêves déçus et ceux qu'on espère encore réaliser : j'ai l'impression que nous savons enfin tout l'un de l'autre. *Presque* tout, comme je m'apprête à le découvrir…

– Tess, il y a une chose importante que je dois te dire. Peut-être que tu vas mal le prendre mais je ne peux pas te le cacher à ce stade de notre relation, ce serait malhonnête.

– Dis-moi, Colin. Tu peux me faire confiance.

– OK, dit-il en se redressant. Alors voilà, je me lance : j'ai failli me marier, il y a longtemps.

– *Quoi* ? m'exclamé-je en me relevant à mon tour.

– J'ai été fiancé, à la fac. Elle s'appelait Meredith. Nous étions jeunes, amoureux, nous avions des visions similaires de la vie… Bref, je lui ai demandé de m'épouser.

– Et… Qu'est-ce qui s'est passé ? lui demandé-je, sidérée par cette information.

– Durant nos fiançailles, ma mère est tombée malade, ça a différé le mariage. Puis ma mère est morte et mon père s'est suicidé quelques mois plus tard. Et là, j'ai rompu.

Je l'observe, tout en tentant d'assimiler ce qu'il vient de me dire.

Quelle triste histoire. Et puis… Il a failli se marier ?

– Pourquoi ? lui demandé-je avec un pincement de jalousie. Pourquoi as-tu rompu ? Tu ne l'aimais plus ?

– Pas vraiment… me dit Colin d'un ton hésitant. Non, je ne peux pas dire que je ne l'aimais plus : je crois que je ne l'aimais pas *assez*. Pas assez en tout cas pour que notre relation survive à cette double épreuve. L'épouser aurait été une terrible erreur.

– Comment a-t-elle pris la nouvelle ? demandé-je, curieuse de me faire une idée de cette femme.

– Mal. Mais, ajoute-t-il sur le ton léger de la plaisanterie, j'en ai trop dit pour ce soir. Si je te livre tous mes secrets avant qu'on dorme, qu'aurai-je à te raconter au réveil ?

– Ne crois pas que tu vas te défiler comme ça, protesté-je en riant. Tu ne dois rien me cacher maintenant que nous sommes ensemble !

– Je le sais, Tess, déclare-t-il, solennel, en m'embrassant. Et je te promets qu'un jour, je te dirai tout sur Meredith. Mais pas maintenant. Ce n'est pas facile pour moi d'aborder cette période de ma vie : elle est encore douloureuse et un peu effrayante. Tu vois ce que je veux dire ?

J'acquiesce en lui posant une main sur l'épaule. Oui, je vois bien. Je sais ce que c'est quand le passé vous hante, toujours dans un coin de votre œil, et que sa simple évocation suffit à vous blesser.

– Bon, alors, on peut fermer le dossier « ex » pour ce soir, je pense, décrète joyeusement Colin. Passons à plus important : et cette émission, alors ? En quoi ça va consister ? Ils te payent bien, te traitent bien ? Tu veux que je relise ton contrat ? Pierce ne t'embête pas trop ?

Je repense à ce que Devin m'a raconté sur Pierce et sur *Petits Secrets*. Peut-être qu'au lieu d'interroger directement mon boss cyclothymique, je ferais mieux de démêler ça avec l'homme étendu à mes côtés ? Après tout, peut-être est-ce à cause de ça que Colin l'a viré.

– En parlant de Pierce, ça tombe bien que tu abordes le sujet parce que j'ai quelques questions à te poser…

– Attends un instant, me dit Colin en fronçant les sourcils. C'est ton portable ou le mien qui vibre ?

– C'est le tien, affirmé-je. Le mien n'est jamais sur silencieux : j'aime trop ma sonnerie Sia.

Bah quoi ?

– Je vois, sourit-il en se levant et en allant chercher son iPhone dans la poche intérieure de sa veste de smoking.

J'en profite pour mater son cul parfait, bombé à souhait, avec deux petits creux symétriques là où les muscles se contractent. Alors qu'il vérifie sur l'écran le numéro entrant, son expression s'assombrit.

– Allô ? Will ? Qu'est-ce qui se passe ? demande-t-il en décrochant. Hum, hum. Hum, hum. Hum, hum. OK, j'arrive tout de suite.

– Qu'est-ce qu'il y a ? m'enquiers-je, inquiète, une fois qu'il a raccroché.

– Ma sœur. Elle vient d'être admise au Cedars-Sinai. Elle a été réveillée en pleine nuit par des contractions.

– Des contractions ?

– Oui, elle est enceinte. Elle en est à son quatrième mois.

– Bon sang ! Ça va aller ? Ce n'est pas trop grave ?

– Son mari dit que ce n'est rien, mais il veut la rejoindre à l'hôpital et n'a personne pour garder les garçons.

– OK, je t'accompagne, dis-je en me levant à mon tour et en renfilant ma culotte.

– Tess, j'adorerais t'avoir à mes côtés, je te l'assure, dit-il en mettant son pantalon, mais j'ai aussi envie que tu rencontres ma famille dans un contexte un peu plus… favorable.

– Je le sais, idiot, dis-je en me tournant pour qu'il m'aide avec les agrafes de mon bustier, mais je peux au moins t'accompagner en voiture chez eux, histoire que tu n'aies pas à faire le trajet seul. Ensuite, je rentrerai chez Kate dormir un peu.

– Beaucoup, dit-il en m'embrassant dans le cou.

– Pardon ?

– Tu rentreras chez Kate dormir beaucoup. Tu dois être en pleine forme ce soir.

– Pourquoi ? Qu'est-ce qui se passe, ce soir ?

– Il se passe que c'est notre premier rendez-vous galant.

Rendez-vous galant ? Genre resto plus ciné, comme dans les comédies romantiques ? Je suis tellement excitée à cette perspective qu'en arrivant chez Kate, j'ai du mal à trouver le sommeil. Je finis heureusement par m'écrouler à 7 heures et par me réveiller 6 heures plus tard, pile à l'heure pour commander japonais au resto d'en bas.

– Tu te rends compte ? expliqué-je à Kate par Skype interposé tout en dévorant mes makis. Lui que je ne croyais pas capable de s'afficher avec moi a débarqué à une soirée blindée de chroniqueurs mondains pour me faire sa déclaration ! N'importe qui aurait pu nous voir, nous entendre, nous *instagramer*, mais il a pris le risque, juste pour me dire qu'il m'aime.

– Waouh ! s'exclame mon amie sur qui je commence visiblement à déteindre… Je n'en reviens toujours pas. Colin Cooper : pour moi, ce type est une légende, un mythe dont j'ai entendu parler aux studios, dont j'ai vu la photographie en couverture de *GQ*, et maintenant, c'est ton…

– … c'est mon mec, oui, complété-je.

Nous gloussons comme deux ados.

– Le plus dingue, pour moi, c'est de m'imaginer la Tess que je connais dire qu'elle a un mec, me charrie Kate. Où est donc passée la prédatrice qui me disait que les hommes sont tout juste bons à prendre et à jeter ?

– Peut-être qu'il y a une ou deux exceptions… concédé-je avec une fausse magnanimité.

– Une ou deux seulement ? me répond mon amie faussement horrifiée. Mais alors, ça veut dire que… si tu as Colin et moi Sven… Il ne reste *rien* pour les autres filles ?

Nous partons d'une nouvelle salve d'éclats de rires.

– On va se faire des dîners de couples !

– Et des vacances ensemble !

– Vous n'aurez qu'à passer nous rendre visite quand vous serez en Europe : la famille de Sven a une maison charmante dans les Lofoten.

– Waouh, Kate, c'est complètement dingue, m'extasié-je une fois de plus. Est-ce que tu penses que je devrais tout lâcher pour le suivre durant cette tournée ?

– Non, me répond mon amie après réflexion. Tu as bien fait de lui dire que tu as aussi ta vie. Il faut garder une certaine indépendance, dans un couple.

– C'est toi qui dis ça ? me moqué-je. Tu peux me rappeler au bout de combien d'heures de relation tu as décidé de suivre Sven à Oslo ?

– Pour moi c'est différent, proteste-t-elle. Une thèse, ça peut se rédiger de partout. Et puis c'est provisoire : dans quelques jours seulement, je serai rentrée.

Elle a raison. Je sais qu'elle a raison.

Star Channel est ma chance de subvenir seule à mes besoins et à ceux de Violetta. Je ne peux quand même pas renoncer à ça ! Même si cela veut dire accepter de m'en remettre à Joshua Pierce… L'ancienne Tess aurait tout de suite fait un esclandre en apprenant la vérité sur lui. Mais la nouvelle Tess doit arrêter d'agir impulsivement pour commencer à peser le pour et le contre.

Si Colin est prêt à devenir spontané, je dois apprendre à devenir plus réfléchie.

La nouvelle Tess doit aussi apprendre à faire des concessions, et à s'ouvrir, et à demander de l'aide… Autant dire que la liste est longue.

Mais ce soir, je ferai tout ça à la fois en sollicitant l'avis de Colin à propos de Joshua.

– Tiens ! m'exclamé-je en jetant un œil à l'iPhone prêté par Star Channel qui trône sur la table basse. Un SMS de Colin ! Ce doit être le lieu de rendez-vous pour ce soir. Ou peut-être qu'il annule ? m'assombris-je. Bon sang, tu crois que c'est ça ? Qu'il va annuler ?

– Bon, alors, Tess, tu te détends tout de suite. Tu respires par le ventre, tu ouvres ton diaphragme, sinon tu vas nous faire une crise de tétanie.

– J'ose pas ouvrir son texto, gémis-je.

– Ouvre ce texto, Tess.

– Je ne peux pas.

– Ouvre le texto !

– Je t'assure, j'y arrive pas…

– BORDEL, TESS, OUVRE CE FICHU TEXTO !

Je lui obéis et lis à haute voix :

[Ne grignote pas trop cet après-midi : je t'emmène dîner. 19 heures ? Je passe te prendre.]

– Te voilà rassurée ? Je peux te laisser, maintenant ?

– Oui, ça marche, dis-je, penaude. On se reparle bientôt. Et embrasse ton Sven des neiges pour moi !

– Je n'y manquerai pas. Et toi, reste cool, OK ?

Je ferme le clapet de mon MacBook Pro – lui aussi prêté par Star Channel – et tape sur le clavier de mon iPhone.

[Ça roule !!!]

Puis, histoire de ne pas passer pour une cruche, j'efface deux des trois points d'exclamation. Je résiste également bravement à la tentation de saupoudrer ma prose d'*emojis*. J'hésite à ajouter que je l'aime, que je suis dingue de lui, que je rêve de sa peau et de ses mains sur moi… Mais comme il ne l'a pas fait de son côté, je laisse tomber.

Est-ce que son absence de mots d'amour veut dire qu'il doute ? Il a dû, comme moi, passer la journée à réfléchir à l'impact que va avoir notre relation sur nos vies. Il ne faut pas se leurrer : ça va être un sacré changement, pour nous deux. Sans compter qu'on ne va pas échapper aux gros titres du genre « Tess Harper, prête à tout pour séduire le producteur de *Petits Secrets.* »

Oh la la, c'est pas vrai, il faut vraiment que j'arrête de me prendre la tête pour un rien ! C'est ridicule : dans maintenant cinq heures, mon prince charmant va sonner à ma porte pour m'emporter dans son carrosse et, quoi qu'en disent les rageux, nous serons heureux pour l'éternité.

C'est ça, oui. Et moi, je suis cette cruche de Cendrillon…

***

Quand 18 heures sonnent, la quasi-totalité de ma *to do list* est cochée.

Shampooing : fait. Soin : fait. Brushing : fait. Hydratation : au top. Manucure : parfaite. En bonus : après deux heures de *tutos* coiffure, le chignon flou torsadé option tresse africaine n'a plus aucun secret pour moi. Théoriquement, du moins.

Je décide donc de me lancer dans mon maquillage. Si je fais vite, je devrais même avoir le temps de *streamer* un épisode de *Pretty Little Liars* en me sifflant un petit verre de chardonnay… Mais lorsqu'on sonne à la porte, je panique.

Colin ? En avance ?

Je n'en suis qu'à la CC Crème et, pour tout dire, je ne me suis pas encore décidée sur ma tenue. Celle d'hier est évidemment trop habillée, les autres sont trop décontractées… J'ai toujours l'option slim noir + talons, et j'ai, je crois, un débardeur lamé qui traîne quelque part, mais j'avoue que jamais ma robe fétiche ne m'a autant manqué qu'en ce moment.

Je jure que si je remets un jour la main sur le salaud qui m'a pelotée puis m'a piqué mes fringues, je lui arrache les ongles.

Dans le short éponge qui me sert de tenue d'intérieur, je trotte jusqu'à la porte et jette un coup d'œil par le judas.

Merde. C'est bien ma veine.

Joshua Pierce est sur mon palier, avec un air légèrement renfrogné qui n'augure rien de bon.

Bon, restons calme. Je dois m'en débarrasser au plus vite. Et surtout, faire comme si de rien n'était.

Pas question que je tente d'éclaircir quoi que ce soit avant d'avoir tout raconté à Colin. Je ne suis plus seule à prendre les décisions, à présent.

– Josh, dis-je en lui ouvrant, quelle surprise… !

– Je peux entrer ? me demande l'intéressé en franchissant le seuil sans même me laisser le temps de répondre.

Vas-y mon grand, fais comme chez toi…

– Qu'est-ce qui t'amène ici ?

– Je voulais vérifier que tu allais bien. Tu as disparu si vite, hier !

– Oui, quelque chose m'est tombé dessus… Une urgence…

– Ah oui ? En tout cas, ça y est, sache que c'est officiel : on prend l'antenne demain.

– Demain ? demandé-je en panique. Tu veux dire : le demain d'après aujourd'hui ?

– Pourquoi ? Tu avais plus important à faire, peut-être ?

Oui : une grasse mat' avec l'homme de mes rêves.

– C'est juste que… Ça fait un peu court, comme délai, pour se préparer.

– Relax, ma belle. Tu n'as quasiment rien à bosser de ton côté, juste à te pointer au studio à l'heure. J'ai une armée d'auteurs qui bûchent sur tes fiches et qui s'occupent des invités. Ils vont y passer la nuit s'il le faut mais demain, on sera prêts pour prendre l'antenne à 12 h 10. Tu n'auras qu'à lire le prompteur ; le reste, c'est du gâteau. Et puis, c'est excitant, non ? Tu n'aimes pas ça ? L'adrénaline pure ?

– S… Si, réponds-je poliment.

– Tu as l'air crevé, ma beauté. Tu as veillé tard hier ?

– Oui, j'avoue, j'ai fait quelques excès… concédé-je.

– Oui, moi aussi. Je crois que j'avais un peu forcé sur le champagne.

– Je crois aussi, oui, ne puis-je m'empêcher de confirmer avant de rougir. Enfin, je veux dire… C'était tendu, entre Edie et toi, à un moment.

– Oui, c'est parfois compliqué avec Edie, admet Josh en s'installant tranquillement dans un des fauteuils de Kate sans que je le lui aie proposé. Les journalistes de presse, dans le fond, ce sont tous les mêmes : ils méprisent les gens de télé comme toi et moi. J'imagine que tu sais ce que c'est…

– Moi, je trouve ta femme merveilleuse et tout sauf snob, déclaré-je sur la défensive.

– Tu as peut-être raison, Tess. Peut-être que c'est juste moi qui me suis montré parano à la fête. Je viens de traverser une période de stress intense et je crois qu'hier j'ai lâché un peu trop de vapeur d'un coup. Tu m'en veux ?

Décidément, impossible de savoir si Joshua est un gros blaireau ou juste un type un peu bourru. Son humeur est tellement changeante !

À la fois, il finit toujours par reconnaître ses torts.

– Non, c'est pardonné.

– Tant mieux ! se réjouit-il avec un large sourire. Je n'ai pas envie qu'un malaise entre nous vienne gâcher ma joie d'avoir coiffé au poteau ce connard arrogant de Cooper. Imagine : lancer, quelques jours seulement après qu'il m'ait licencié, mon *propre* show sur les coulisses de la télé-réalité… ! Je suis certain qu'il ne pense qu'à ça, depuis une semaine.

Je n'arrive pas à réprimer un soupir agacé.

– Colin n'a pas que ça à faire, Josh… Ouvre les yeux ! Jusqu'à hier, il ignorait tout du projet, et je ne suis même pas certaine qu'il sache pour l'instant que tu en fais partie!

– Comment tu sais ça ? me demande Joshua Pierce d'une voix froide et acérée comme le métal.

– Parce que, dis-je en rougissant, acculée à avouer la vérité à Pierce. Colin et moi sommes… Nous sommes proches, Joshua.

Si Colin est prêt à assumer notre relation, je dois en faire de même.

Je prends une grande inspiration.

– On est ensemble.

– Je le savais, siffle Josh. J'en étais certain… !

Son visage se convulse de rage. Il passe par toutes les teintes, du bleu au violacé en passant par l'écarlate. On se croirait un 4 Juillet en plein bouquet final.

– J'étais au courant, qu'est-ce que tu crois ? se reprend-il. Votre petit flirt poussé dans les couloirs du *Ace* n'est pas passé inaperçu. Quelqu'un de la chaîne est venu m'avertir que tu te donnais en spectacle. Mais bon, puisque tu m'avoues honnêtement ce qu'il y a entre vous, ça prouve bien que tu n'es pas comme lui. On peut te faire confiance, à toi, au moins. C'est juste ce mec qui t'a embobinée…

– « Embobinée » ? Josh, c'est trop fort, commencé-je à protester. Tu te rends compte de ce que tu racontes ?

– Écoute, m'interrompt-il, moi, je dis ça pour toi. Après tout, tu peux coucher avec qui tu veux. Mais je n'ai pas envie que ma présentatrice vedette se mette en arrêt maladie dans dix jours parce qu'elle aura sombré dans une dépression.

– Dans une dépression ? reprends-je, incrédule. Josh, tu délires complètement !

– Réveille-toi, Tess ! Je connais Colin depuis douze ans : jamais il n'a eu de relation avec une femme. C'est un tombeur, qui multiplie les aventures : qu'est-ce qui te fait croire que ce sera différent avec toi ?

– Tu racontes n'importe quoi ! m'emporté-je. Colin m'a tout dit de son passé. Tu sembles oublier qu'il n'a pas toujours été un célibataire endurci ! Il a même été fiancé ! Si tu le connaissais aussi bien que tu l'affirmes, tu le saurais !

– Oui ? Eh bien, tu aurais dû la voir, sa fiancée, quand il a rompu avec elle. Est-ce que tu savais qu'il était parti la veille du mariage ? Alors que la plupart des invités, dont les parents de la mariée, avaient déjà atterri à LAX pour assister à la cérémonie ? Je le sais, j'étais là ! Mais tu sais qui n'était pas là par contre ? Colin Cooper.

Je blêmis. Il a quasiment abandonné sa fiancée devant l'autel ?

– La seule fois où Cooper a failli s'engager, continue Pierce, c'était avec une fille de la haute, blindée de fric, et il s'est dégonflé à la dernière minute. Tu crois vraiment que pour une petite starlette qui fait la une de *Closer* il va changer ? C'est un *player* et tu le sais aussi bien que moi, dit-il en brandissant sur son Smartphone des photos d'un tapis rouge où on voit Colin tenir Amanda par la taille. Regarde ces photos, Tess : elles ont été prises il y a une semaine. Depuis combien de temps est-ce que vous êtes « ensemble », lui et toi, exactement ?

Les larmes me montent aux yeux.

– Sors d'ici tout de suite, sifflé-je. Casse-toi, tu m'entends ? Casse-toi immédiatement !

– Pas avant de t'avoir fait ouvrir les yeux, Tess, gueule Josh en bondissant de son fauteuil.

Il prend appui sur les accoudoirs de mon siège et plante ses yeux dans les miens. De beaux yeux gris foncé, surmontés de deux sourcils broussailleux froncés par la colère. Josh semble furieux, oui. Mais aussi… honnête.

– Tu es en train de tout foutre en l'air : notre émission, ta carrière, ton contrat avec Star Channel… Tout ça pour ce type que tu connais à peine ?

– Je l'aime, Joshua, lâché-je, bouleversée. Et il m'aime aussi, il me l'a dit…

– Ah oui ? Alors s'il t'aime, comment se fait-il que le *L.A. Daily News* lui prête une liaison avec cette Amanda Perkins, avec Jessica Biel, avec sa coach sportive… Avec à peu près toutes les femmes de la ville sauf toi ?

– Il me l'a dit ! suffoqué-je. Hier, il est venu pour moi… !

– Ah oui ? Et t'a-t-il fait sa déclaration d'amour sur le *rooftop*, devant tous mes invités, ou t'a-t-il entraînée à l'écart, afin d'être certain que personne ne vous voie ? A-t-il voulu retourner à la soirée avec toi après ou a-t-il préféré te troncher dans une chambre ? Et a-t-il passé la nuit avec toi ou a-t-il trouvé un prétexte pour s'enfuir au petit matin ?

Je garde mes mains plaquées sur mes oreilles et demande à Josh, en boucle : « Pourquoi fais-tu ça ? Pourquoi fais-tu ça ? » Le producteur, constatant que je ne suis pas loin d'avoir une crise de nerfs, se radoucit et retourne s'installer dans son fauteuil, face à moi.

– Tess, tu n'es pas la seule que Colin a trahie. Tu n'es pas la dernière à qui il brisera le cœur. Mais tu nous as nous, Edie et moi. Tu as ta famille, tu as tes amis. Et tu as cette émission qui n'attend que toi. Tu sais ce que je vois, moi, quand je te regarde ? Une jeune femme merveilleuse, pleine de ressource, promise à une brillante carrière. Je te vois telle que tu es…

Je me mets à sangloter, épuisée, cherchant à faire taire cette voix qui hurle dans ma tête que Pierce a raison.

– Tu oublies que je suis le seul à connaître ton véritable secret, Tess : « J'ai été acceptée dans plusieurs facs prestigieuses mais j'ai refusé de les intégrer. » Tu es comme moi : audacieuse, un franc-tireur. Pas comme Colin, qui n'est qu'un sale enfant pourri gâté qui se sert de toi comme d'un objet sexuel…

– Tu te trompes, Joshua, dis-je en essuyant courageusement mes larmes. Colin a des sentiments pour moi.

– C'est donc par amour pour toi qu'il a truqué le jeu pour te faire sortir, Tess ? Réveille-toi à la fin ! Ce n'est qu'un manipulateur qui veut t'utiliser pour son plaisir !

– Qu'est-ce que tu as dit ? demandé-je d'une voix blanche.

– J'ai dit que Colin avait truqué les résultats du jeu. Tu peux vérifier auprès des autres de l'équipe : c'est lui qui était aux studios ce soir-là pour superviser la soirée. Comme par hasard, dix minutes avant la fin des votes, tu menais avec 67 % des voix – c'est ce que disent tous les relevés. En seulement dix minutes les votes par SMS auraient suffi à renverser la vapeur ? Quelqu'un a entré les mauvais chiffres dans le logiciel de comptage et je suis certain que c'est Colin. D'ailleurs, je peux te le prouver… dit-il en sortant de nouveau son téléphone et en lançant un appel.

– Tu mens, dis-je en secouant la tête, en état de choc, ça n'est pas possible.

– Je suis au contraire le seul à te dire la vérité, dit-il toujours en cherchant à joindre son correspondant.

– Tu mens ! hurlé-je, cette fois en bondissant hors de mon fauteuil. Va-t'en maintenant, laisse-moi ! Si Colin te trouve ici en arrivant, je te jure que…

– Écoute, me dit Pierce en raccrochant, l'air navré, et en se relevant, je comprends que tu sois bouleversée. Sache que je ne t'en veux pas : je mets ta réaction sur le compte du stress post-traumatique. Après tout, tu viens d'échapper de justesse à un pervers narcissique de la pire espèce. Tu ne sais pas ce que tu dis, tu as besoin de repos… Mais je suis prêt à te parier que, si c'est Cooper que tu attends, il ne viendra pas ce soir.

– Tu te trompes, il sera là dans quarante-cinq minutes.

– Dans quarante-cinq minutes ? rit Pierce. OK, Tess, j'attendrai au bar d'en bas. Quand ton Cooper t'aura plantée et que tu voudras avoir la preuve de ce que j'affirme, tu viendras me trouver. Moi, je ne bouge pas : je veux être là pour ma nouvelle équipière.

– Va-t'en, supplié-je une dernière fois, à bout de force. Par pitié…

Je pousse Joshua, qui se montre cette fois docile, vers la sortie.

– À tout de suite, Tess, ajoute-t-il avant de quitter l'appartement de Kate. Je serai en bas de l'immeuble. Je ne vais nulle part, moi. Je ne t'abandonnerai pas.

25
CLASSÉ EX

Colin

– Tiens, mais ne serait-ce pas Colin Cooper, l'homme le plus occupé du monde ? s'exclame Ian en me voyant débarquer dans sa salle de garde. Je n'arrive pas à croire que tu sois là, en chair et en os : ça fait des jours que je désespère d'avoir de tes nouvelles !

– Je sais, je n'ai pas été un très bon ami, ces derniers temps… m'excusé-je en donnant une accolade à l'infirmier.

– Tu es tout pardonné. Mais qu'est-ce que tu fiches ici ? Un SMS aurait suffi.

– J'étais à l'étage, ma sœur a été admise cette nuit.

– Miléna ? Il lui est arrivé quelque chose ? s'inquiète Ian.

– Ne t'en fais pas : elle a eu des contractions, mais rien d'anormal pour un début de deuxième trimestre. Comme elle est classée « grossesse à risques », on l'a placée sous monitoring. Les médecins veulent s'assurer qu'elle ne s'agite pas trop…

– OK, cool. C'est juste qu'en te voyant ici en pleine journée, un jour de semaine, je me suis dit que ça devait être grave : Colin Cooper qui déserte le bureau…

– Oui… réponds-je en souriant. Tu sais, je n'ai pas vraiment été un bûcheur exemplaire ces trois dernières semaines.

– Tu as été plus distrait que d'habitude, de manière générale et ce, depuis cette nuit au *Peninsula.* Si je ne te connaissais pas aussi bien, je dirais même que tu es amoureux…

– Pour tout te dire, c'est un peu à cause de ça que je suis passé te voir. Tu as le temps de déjeuner ?

– Vite fait alors : je dois être à 15 h 30 à une audition.

– Une audition ? Mais c'est formidable ! Pour quelle pièce ?

– *Oncle Vania.*

– Ah ! Tchekhov… Ça se présente bien ?

– J'ai passé les deux premiers tours. Là, c'est le dernier round. Je suis un peu nerveux… Déjeuner avec un ami me fera du bien.

– Rassure-toi, je suis certain que tu seras génial. Des ribs, ça te tente ? Ensuite, je te déposerai à ton audition.

– Ça roule.

***

À 14 heures, Ian et moi sommes repus, en train de déguster un café bien noir.

– Tu as donc tout raconté à Miléna ?

– Oui, je suis passé aux aveux hier, avant de débarquer à la fête. Mais je l'ai tenue au courant des dernières évolutions ce matin en lui rendant visite.

– Et elle l'a bien pris ?

– Ma sœur ? Elle adore Tess depuis le début. Elle a juste été un peu vexée que je ne me confie pas plus tôt. Mais elle a déjà mis tous les publicistes de la boîte sur le coup, ils planchent sur une stratégie. Parce que dès qu'on va savoir que le producteur sort avec l'ex-candidate, ça va devenir chaud pour mon matricule et celui de Tess… Je pense que la presse people va s'en donner à cœur joie.

– Ça t'inquiète ?

– Moi ? demandé-je avec un sourire béat. Pas le moins du monde. Je crois que je n'ai jamais été aussi détendu et heureux de ma vie.

– Mec, me dit Ian en me donnant une tape virile sur l'épaule, je suis super content pour toi. Depuis la première nuit, j'ai senti que ton histoire avec cette fille allait changer ta vie. Mais ça ne me dit toujours pas pourquoi tu viens de dépenser – Ian s'empare de l'addition – 47 dollars et 99 cents en ribs pour une histoire que tu aurais très bien pu me raconter après-demain au match des Lakers ?

– C'est parce que j'ai une chose à te demander, Ian.

Je sors la petite boîte de la poche de ma veste de costume et la pose sur la table. Je la fais glisser jusqu'à Ian qui s'en empare et l'ouvre. Ses yeux s'agrandissent, ses pupilles se dilatent, sa mâchoire tombe.

– Oui ! Je le veux, Colin ! s'écrie-t-il finalement avec une moue à la Marilyn Monroe. Oh, je ne savais pas quand tu me ferais ta demande, j'ai tant espéré, continue-t-il sur le même mode.

– Arrête de faire le crétin, Ian, lui ordonné-je en riant. Cette bague n'est pas pour toi : elle est pour Tess.

– Je m'en doute, dit-il en reprenant son sérieux. C'est bien ce que je pense ?

– Je crois. Je ne sais pas. Ça me paraît dingue mais… Ça te paraît dingue, à toi ?

– Un peu, avoue Ian. Tu comptes lui faire ta demande quand ?

– Je n'y ai pas encore réfléchi. Comme je pars bientôt en Europe, je devais avant récupérer la bague dans le coffre de la banque afin de la mettre dans mes bagages. Je devais également obtenir l'accord de ma sœur : après tout, ce bijou est dans la famille depuis des générations. Mais elle me l'a cédé avec plaisir.

– Ce n'est quand même pas la bague que tu avais offerte à ton ancienne fiancée, j'espère ?

– Non, mais pour qui tu me prends ? m'offusqué-je. Non, je ne l'avais pas offerte à Mer'. Sans doute parce que je savais qu'elle n'était pas « la » femme de ma vie.

– Tu as donc la bague parfaite, la fille parfaite, le consentement de ta grande sœur, et maintenant, tu veux… ?

– Que tu sois mon témoin, lui demandé-je un peu embarrassé. Je n'ai pas beaucoup d'amis, Ian : je suis plutôt quelqu'un de distant, j'en ai conscience. Je ne montre pas assez aux gens ce qu'ils représentent pour moi. Mais ces dernières années, tu as été la personne dont l'optimisme m'a le plus aidé. Je t'admire, tu es tout ce que je ne suis pas : tu es dévoué, patient, curieux des autres. Tu sais écouter et tu donnes toujours de merveilleux conseils. Tu cumules un travail qui sauve des vies avec ta passion pour le théâtre… Tu ne perds jamais la foi et ne recules devant aucune difficulté.

– Tu aurais pu te contenter d'un simple : « Mec, t'es mon meilleur pote. Veux-tu être mon témoin ? », Cooper. Ça aurait marché aussi.

– Tu veux dire que tu acceptes ?

– À ton avis, crétin ? Bien sûr que j'accepte. Tu sais que j'adore parader en costard et faire des discours. Maintenant, si tu veux bien m'excuser, dit-il en se levant et en attrapant son blouson, *Oncle Vania* m'attend.

– Moi avec Tess, toi avec *Elena*… Tout est bien qui finit bien, non ?

***

Après avoir déposé Ian, je rentre à la maison faire le ménage. Puisque Hilda est en vacances, il faut bien que quelqu'un s'y colle… Je sais que Tess ne s'offusquerait pas de l'état de la villa mais je veux que tout soit parfait pour sa première nuit chez moi. Enfin… pour sa première nuit *officielle* chez moi. Je termine à 17 h 40, un peu en sueur, le tee-shirt collant. Je fonce sous la douche puis enfile mon plus beau tuxedo. Je regarde l'écrin, hésite à le prendre puis me raisonne : il est trop tôt.

Nous avons tout le temps devant nous.

Un peu à contrecœur, je remets l'écrin dans le tiroir de la table de chevet. Je fouille dans le dressing pour en sortir la robe Saint Laurent que j'ai achetée ce matin pour elle. Je récupère dans la chambre d'amis, qui n'a pas bougé depuis son départ, une des paires de chaussures qu'elle y a laissées. Ça y est, je suis prêt.

Je suis heureux et prêt.

J'ai hâte de me retrouver avec elle sur la terrasse de chez *Geoffrey's*, de lui faire goûter les oursins, de l'écouter me parler de sa future émission et de tous ses nouveaux collègues que je ne connais pas encore… J'ai hâte que commence enfin notre vie ensemble.

J'ai hâte que commence ma vie.

Bien entendu, je ne suis pas ravi qu'elle travaille avec Josh, mais Tess sait se défendre – tout comme les dirigeants de Star Channel. Et puis, ce n'est plus pareil à présent : elle est protégée par le droit du travail et non par les règles d'un jeu télé.

Je termine d'attacher ma montre Cartier en jetant un coup d'œil discret à l'heure. 18 h 09. Je descends les escaliers en sifflotant, attrape les clefs de la Jaguar, ouvre la porte… et m'arrête net, figé par la stupeur.

Qu'est-ce qu'elle fiche ici ?

Au premier coup d'œil, je ne me rends pas compte que sept ans ont passé : elle a toujours ce front noble, cet air mystérieux, ce teint pâle et ces longs cheveux noirs. Mais autour de sa bouche, de petites rides sont apparues, qui lui donnent l'air un peu amer. Elle porte des lunettes de soleil Chanel et d'élégants gants de conduite en cuir.

– Qu'est-ce que tu fais là ? m'exclamé-je, trop surpris pour être poli.

Elle a un sourire gêné.

– Je peux entrer ?

– Ce n'est vraiment pas le bon moment, je dois filer… commencé-je à protester, secoué.

D'un geste lent, théâtral, elle enlève ses lunettes, découvrant un coquard violacé.

Un coquard ? Qui lui a fait ça ?

Et surtout, pourquoi faut-il qu'elle débarque à ma porte, maintenant, après toutes ces années ?

– Juste un instant, Colin.

– Très bien, soupiré-je en m'écartant. Entre, Meredith.

Elle franchit le seuil tout en me jetant un regard amusé.

– Il n'y a bien que toi et ma mère pour vous obstiner à m'appeler de ce prénom poussiéreux.

– J'ai toujours préféré ton prénom « poussiéreux » à ce surnom affecté que te donnaient nos amis, « Edie ».

– *Nos* amis sont devenus *mes* amis, si tu te souviens bien. Ils ne t'ont jamais pardonné ce que tu m'as fait subir. Mais je ne suis pas là pour régler de vieux comptes, se radoucit-elle. Est-ce que je peux entrer ?

– Eh bien, expliqué-je, gêné, pour tout te dire, tu tombes assez mal, Mer'…

– Edie, insiste-t-elle en avançant vers le salon. C'est Edie Pierce, à présent.

– Pardon ? m'exclamé-je, stupéfait.

Meredith fait volte-face.

– Suis-moi, Colin. Je crois qu'il est temps que nous ayons une petite conversation, toi et moi.

VI

EMBRASSE-LA, IDIOT !

26

LES GRANDES FILLES NE PLEURENT PAS

Tess

Je suis dans la salle de bains de Kate, en train d'essayer de réparer les dégâts qu'a causés Josh. Avec mes yeux rouges et mes traces de mascara, j'ai l'air d'un raton laveur qu'on aurait photographié sans enlever le flash ! Je me sens moche. Merdique et moche.

Merdique, moche et complètement déprimée.

Il faut que je me reprenne. Colin sera bientôt là. Plus que trente minutes et il passera me prendre pour notre premier rencard. Je ne vais quand même pas laisser Joshua Pierce se mettre entre moi et l'homme le plus sexy de la terre !

Qui se trouve être également l'homme que j'aime. Le tout premier homme que j'aime.

Je suis amoureuse ! Rien que d'y penser, ça me redonne le sourire. Moi, Tess Harper, la pire des cyniques, suis raide dingue croc love d'un type qui – cerise dans le Neruda – est lui aussi dingue de moi.

Franchement, il n'y a pas de quoi tirer une gueule de six pieds de long.

Allez, un peu d'entrain ! On lance Lykke Li sur l'ordi, on sautille jusqu'à la penderie et on enfile son top en lamé, le tout en chantant à tue-tête.

I I follow
I follow you deep sea baby
I I follow
I follow you dark doom honey.

Comme Violetta me l'a enseigné, bouger la tête en rythme a deux vertus : redonner du peps aux cheveux mous et chasser les idées noires. De toute façon, Pierce ne m'a raconté que des conneries. Enfin… Peut-être pas *que* des conneries : Colin a bien rompu ses fiançailles il y a sept ans, mais ça ne veut pas dire qu'il soit incapable de s'engager. Il attendait juste de rencontrer la bonne personne ! Quant à cette histoire de vote truqué, c'est du délire. A-t-on jamais vu un producteur saboter sa propre émission ? Et puis, jusqu'à preuve du contraire, c'est Pierce et personne d'autre qui s'est fait virer. Et c'est lui qui a « scénarisé » le jeu, depuis le premier jour !

Quand je pense que demain, il va falloir prendre l'antenne avec cet enfoiré… Je vais devoir ravaler ma rage. Une demi-saison : c'est tout ce qu'il me faut tenir. Une fois que j'aurai fait mes preuves à l'écran, je trouverai du travail ailleurs. Je suis certaine que Colin sera d'accord pour me filer un coup de main.

J'ai tellement hâte qu'il arrive ! J'entends mon portable vibrer sur la table basse du salon. Je sors en trombe de la chambre et me précipite dessus, tout en me défonçant au passage le petit orteil dans un pied de chaise qui traînait par là.

Putain de bordel de merde !

OK, je suis peut-être un peu tendue !...

J'attrape mon Smartphone : c'est lui ! Il est peut-être déjà en bas et me demande s'il peut monter ? Et moi qui ne suis même pas encore habillée... Mais je m'en fiche : il peut très bien me voir telle que je suis.

C'est-à-dire moins « prête à tout » que « pas prête à temps »...

En souriant, j'ouvre son SMS.

[Tess, je suis désolé, je vais avoir du retard. Je ne peux pas te dire combien de temps précisément. Je te tiens au courant. Je t'embrasse.]

Mon sang se glace. Je connais par cœur ce genre de SMS : ils sont la première étape qui mène au lapin. D'ici vingt minutes suivra un autre texto où Colin m'annoncera qu'il a tout fait pour être là, mais que définitivement c'est impossible, que je ne dois pas lui en vouloir, qu'il m'expliquera... Non, non : je ne dois pas commencer à paniquer. Ce n'est pas parce qu'un producteur manipulateur a décidé de jouer les apprentis sorciers avec mes sentiments que je vais le laisser faire : j'ai confiance en Colin. Il a des tas de défauts mais ce n'est pas un salaud. Jamais il n'aurait joué avec moi comme ça.

« Réveille-toi ! résonne encore la voix du producteur à mes oreilles. Je connais Colin depuis douze ans : jamais il n'a eu de relation avec une femme. C'est un tombeur, qui multiplie les aventures. » « La seule fois où il a failli s'engager, c'était avec une fille de la haute, blindée de fric, et il s'est dégonflé à la dernière minute. Tu crois vraiment que, pour une petite starlette qui fait la une de *Closer*, il va changer ? » « Tu n'es pas la seule que Colin a trahie, Tess. Tu n'es pas la dernière à qui il brisera le cœur. »

Sauf que Pierce a tout faux ! Comment Colin, qui est obsédé par l'idée de faire le bien autour de lui, pourrait-il intentionnellement blesser quelqu'un ?

Peut-être que ce n'est pas intentionnel ? Peut-être qu'il ne peut juste pas faire autrement.

Je sais à quel point cet homme a souffert : il a d'abord perdu sa mère, puis son père, puis sa sœur… Peut-être qu'il n'est plus capable de s'attacher ? Qu'au moment de s'engager avec quelqu'un, il préfère fuir plutôt que de prendre le risque d'être blessé ?

Je me fais vraiment des films pour rien : il n'y a qu'une seule façon d'en avoir le cœur net.

Je souffle un grand coup, m'assieds sur le canapé et l'appelle. Une sonnerie, trois sonneries, cinq sonneries… Au moment où sa messagerie se déclenche, je raccroche. Je tente de maîtriser la panique qui fond sur moi et essaye sur le fixe de la villa. Trois sonneries, cinq sonneries, huit sonneries… Je réessaye sur son portable. Cette fois-ci, je laisse un message.

– Colin, c'est moi, Tess. C'est idiot mais… Ton SMS était tellement vague… Je me fais du souci, j'ai peur qu'il te soit arrivé quelque chose. Un genre… d'accident ? Rappelle-moi dès que tu le peux. S'il te plaît.

Le ton de ma voix est plaintif, anxieux. J'espère que ça ne va pas l'agacer ! Je mets le téléphone en mode « sonnerie », histoire de ne pas rater l'appel de Colin. Je n'ose pas finir de m'habiller : aussi idiot que ça puisse paraître, j'ai peur que ça me porte la poisse. Les minutes passent : cinq, dix, quinze… Mon téléphone reste désespérément silencieux. Je me sers un verre, lance une série sur l'ordi… Mais je n'ai la tête ni au chardonnay, ni à *Pretty Little Liars* : je ne pense qu'à mon téléphone, qui ne sonne pas, et à Colin, qui semble avoir disparu. Je respire profondément, par la bouche, en dilatant mon diaphragme, comme j'ai appris à le faire au théâtre. À ce qu'il paraît, ça calme. Je me concentre sur cet exercice de longues minutes. Mais alors que l'horloge de mon Smartphone se met à indiquer « 19 h 01 », je craque complètement : j'ai soudain la terrible certitude que Colin ne viendra pas.

Comment peut-il me faire ça après tout ce qu'on a vécu, tout ce qu'on s'est dit ?

Je ne devrais pas être étonnée. Je sais pourtant comment sont les gens. Un jour, ils pensent « blanc » et l'autre, « noir ». Un jour ils promettent « Maman reviendra pour toi », et le lendemain ils ne se souviennent même plus de votre date de naissance !

Je me lève et vais balancer dans l'évier mon chardonnay. Les pensées tournent à toute allure dans ma tête. Je sens une immense colère pointer le bout de son nez. Colin n'est décidément qu'un pauvre connard plein aux as ! Un gamin en costume de marque, comme tous ceux de Bel Air. Il s'est fait un petit frisson en tirant son coup avec une *bad girl* de Watts, et maintenant il me laisse tomber sans même avoir le courage de me le dire en face ?

Toute à ma rage, je repose mon verre un peu trop brutalement sur l'évier : le pied casse. Il ne m'en fallait pas plus : je me mets à sangloter. Même pas foutue de vider un verre correctement ! Alors de faire en sorte que l'homme le plus courtisé de Los Angeles tombe amoureux de moi… Je m'agenouille au milieu des débris et commence à les ramasser –

en me coupant, bien entendu. Jamais l'avenir ne m'a semblé aussi sombre. J'avais une armure, avant Colin, pour supporter ma vie : il me l'a enlevée et voilà que je me retrouve sans défense pour faire face à la dureté du monde. Je ne vais pas réussir à m'en sortir ! Je ne me relèverai pas de cette trahison : j'y ai trop cru, la douleur est trop forte. J'ai l'impression qu'on m'arrache le cœur à main nue.

Comment vais-je survivre à ça ?

Au prix d'un effort inhumain, je me redresse, jette les débris de verre à la poubelle et me rends à la salle de bains pour mettre un pansement sur mon entaille. En allumant la lumière, je surprends mon reflet dans le miroir et ce que je vois me plonge dans la détresse la plus absolue… avant de me révolter contre moi-même.

Qu'est-ce qui me prend ? Je suis plus forte que ça, normalement !

OK, j'ai le cœur brisé, mais est-ce que c'est une raison pour tout remettre en cause ? Hier encore, je pouvais vivre sans Colin : rien n'a changé aujourd'hui. S'il est resté le même salopard égoïste, je suis toujours la même Tess, moi aussi.

Celle qui a l'habitude d'être déçue par les gens. Celle qui s'est jusqu'à présent relevée de toutes les trahisons.

En tentant de me reprendre, j'avance jusqu'au lavabo.

Mettre un pied devant l'autre : c'est tout ce que j'ai à faire pour l'instant.

Je désinfecte ma coupure et enlève les petits éclats qui restent à la pince à épiler. Une fois de plus, je respire par le ventre. Je dois reprendre le contrôle de la situation. Joshua Pierce avait raison, depuis le début. Il connaît tellement bien Colin, et depuis tellement plus longtemps que moi, qu'il savait que ce dernier ne viendrait pas. Il a probablement dit vrai également sur le vote que Colin a truqué.

Si ça se trouve, c'est parce que Josh l'a découvert qu'il a été viré…

Ces gens de la télé ! Ils sont tous aussi pourris les uns que les autres ! Au moins, contrairement à Colin, Pierce a besoin de moi. Il ne *peut* pas me laisser tomber la veille de la première du show. Et moi, quel que soit mon état d'abattement, je ne dois pas renoncer non plus : cette émission, c'est tout ce qu'il me reste.

Quand Colin me verra à l'antenne demain, comme si de rien n'était, il comprendra qu'il ne m'a pas détruite.

Je redresse le menton, avale un quart de Lexomil, enfile mon jean posé sur le rebord de la baignoire et mes escarpins, attrape mon sac à main et mes clefs dans l'entrée, claque la porte et descends au bar d'en bas, où Pierce a dit qu'il m'attendrait. Alors que je dévale les escaliers, je me rends compte que je ne sais pas du tout quelle attitude adopter en franchissant la porte. Bafouée ? Contrite ? Indifférente ?

Qu'est-ce que je ressens exactement ?

Je marche jusqu'au coin de la rue et entre chez *Jeanette* en essayant d'accrocher un sourire neutre sur mon visage. En voyant l'expression que prend Josh, je comprends que ce n'est pas la peine de jouer la comédie : il me regarde comme si j'étais une malade en phase terminale. J'avance vers lui, m'assieds sur un tabouret.

– Une tequila pour la demoiselle, commande-t-il.

Le barman pose un verre devant moi et le remplit du breuvage odorant. Je m'en empare et le vide, cul sec.

– Une autre, demandé-je en grimaçant à l'employé avant de me tourner vers Josh. Je te préviens, je n'ai pas du tout envie d'entendre que tu m'avais prévenue. Et je refuse de parler de Cooper.

– Entendu, me répond-il en me tendant mon verre et en s'emparant du sien. En ce cas, je propose simplement un toast : à *Scandal !*, et à une longue et fructueuse collaboration entre nous.

– Tchin, dis-je avant d'avaler une lampée de tequila.

Mes mains ne tremblent plus, mon regard ne cille pas ; je sens que je suis redevenue moi-même. Au loin, 19 h 15 sonnent. Je ne vais pas m'effondrer de nouveau, la journée de demain est bien trop importante. Alors, pour tenir le coup, c'est bien simple : je m'accroche à l'idée que chaque minute qui passe me rapproche un peu plus du moment où j'aurai oublié Colin Cooper.

27
COMMENT TE DIRE ADIEU ?

Colin

Ça fait déjà dix minutes que Meredith, tel un fantôme, est apparue sur le pas de ma porte ; dix minutes qu'elle m'a annoncé que, depuis la dernière fois que l'on s'est vu, elle est devenue Mme Pierce ; et surtout, dix minutes que j'aurais dû partir à mon rendez-vous avec Tess si je voulais être à l'heure.

Je sais que je fais mes débuts dans la catégorie « petit copain » et pour l'instant on ne peut pas dire que je m'en sorte très bien...

Une part de moi voudrait bien planter Meredith là et filer retrouver la femme que j'aime, mais une autre, superstitieuse, se dit qu'il faut que j'affronte une bonne fois pour toutes le passé afin de m'en libérer. Histoire d'être enfin l'homme que Tess mérite. La façon dont j'ai traité Meredith il y a sept ans était inacceptable : sa présence dans mon salon est peut-être une opportunité de faire amende honorable. Et puis il y a tant de questions sans réponses : comment Joshua a-t-il pu omettre de m'informer, lorsque nous nous sommes revus il y a un mois, que Meredith était maintenant son épouse ? Pourquoi Merry ressent-elle soudain le besoin de venir me trouver ? Et puis, qu'est-ce que c'est que ce coquard ? Qui l'a frappée ? Au lieu de m'expliquer tout ça, Mer' regarde dans le vide en sanglotant et c'est un crève-cœur de la voir dans cet état. Elle est d'une pâleur extrême. Elle ressemble à ce poème de Pavese : *« La mort viendra et elle aura tes yeux »*… Je frissonne.

– Edie ? osé-je comme si je m'adressais à une enfant malade. Edie, je sais que tu vas mal, je veux dire : je le *vois*. Mais, à moins que tu me dises ce qui t'amène ici, je vais devoir partir : je suis attendu. Tu comprends ?

– Tu ne peux pas partir, Colin ! s'exclame-t-elle soudain. J'ai besoin de toi !

Enfin ! Elle parle !

Au moins, il y a du progrès… Mais hélas, maintenant, je sais que je vais devoir rester avec elle jusqu'à ce qu'elle m'explique tout. Qui sait combien de temps ça va prendre ? Rapidement, j'envoie un SMS à Tess pour l'avertir.

[Tess, je suis désolé, je vais avoir du retard. Je ne peux pas te dire combien de temps précisément. Je te tiens au courant. Je t'embrasse.]

Au moins, la visite de Meredith sera l'occasion de tout raconter à Tess de cette relation, dans les moindres détails. Hier, nous avions laissé le sujet en suspens…

– Qui t'a fait ce coquard, Meredith ? C'est Joshua ?

– Tu dois me trouver tellement pathétique… murmure-t-elle en se cachant le visage.

– Meredith, dis-je en jetant mon portable sur le canapé avant de contourner la table basse pour la prendre délicatement par les épaules, tu dois aller voir la police. Si ton mari te frappe, tu ne dois pas laisser passer ça !

– Contrairement à ce que tu sembles croire, je ne suis pas venue pour te demander de me sauver, Colin, s'énerve-t-elle en me repoussant.

– Alors, *pourquoi* ? Pourquoi te présenter à ma porte après toutes ces années ? Qu'est-ce que tu attends de moi ?

Elle plonge ses yeux dans les miens. Sa crise de larmes est passée.

– Si je suis venue, c'est pour Joshua, m'avoue-t-elle. Pour l'aider.

– Si tu veux me parler de son licenciement… la préviens-je.

– Son licenciement ? Oui, il y a quelques jours, j'aurais adoré en parler avec toi, en effet. Mais nous avons largement dépassé ce stade, Colin.

– Comment ça ?

– Ce qui arrive à Josh est bien plus grave qu'un licenciement, siffle-t-elle, folle de rage. Et c'est entièrement de ta faute !

– Entièrement de ma faute ? répété-je, ahuri. Comment ça ?

– Sacré Colin Cooper, toujours à mille lieues de comprendre ce que vivent les gens… crache-t-elle avec mépris. Est-ce que tu te doutais seulement qu'alors que nous sortions ensemble, Joshua, ton colocataire, un de tes meilleurs amis, était amoureux de moi ?

– Tous les garçons de la fac étaient amoureux de toi, Meredith, temporisé-je.

– Certes. Mais je n'ai pas épousé « tous les garçons de la fac », juste Josh, me fait-elle remarquer. Tu n'es même pas un peu curieux de savoir comment c'est arrivé ?

Pour être honnête, je suis surtout pressé d'en finir et de retrouver Tess.

Mais je vais écouter Meredith jusqu'au bout : je lui dois bien ça.

– Quand tu as pris la décision de ne pas venir à notre répétition de mariage, j'ai vraiment cru que j'allais faire une bêtise. Tu ne m'as pas seulement brisé le cœur, Colin : tu m'as *humiliée*. Devant 150 personnes. Savais-tu que ma mère a insisté pour qu'on dîne comme si de rien n'était parce que mon père et elle avaient payé *la moitié* de ce traiteur ? J'ai dû avaler mon velouté de cèpes à la poutargue et mon sashimi de Saint-Jacques devant tous ces gens à qui je faisais pitié. Nos amis, notre famille… Tes sœurs…

– Je suis désolé, Mer', m'excusé-je, le cœur serré. J'ignorais que…

– Laisse-moi finir, m'intime-t-elle. Sans Joshua, je serais morte de honte et de chagrin. Mais il a été là. Bien que je t'aie préféré à lui, il ne m'a pas laissée tomber. Je lui en ai été follement reconnaissante. Et, avec le temps, ma gratitude s'est transformée en un sentiment plus profond. Malheureusement, tu étais toujours là, entre nous. Josh avait été tellement habitué à ce que tu l'évinces…

– À ce que je l'évince ? Mais… Mer'… Je n'ai jamais essayé d'évincer Joshua ! protesté-je.

– Ah oui ? Et la bourse Robert Flaherty : tu ne lui as pas intentionnellement volée, peut-être ?

– La bourse Flaherty ? Qu'est-ce que tu racontes ? Si j'ai obtenu cette bourse, ce n'était pas pour enlever quoi que ce soit à Josh…

– Tu n'avais pas besoin de l'argent ! me coupe-t-elle, indignée. Joshua, lui, n'avait rien ! Il venait de la banlieue sud ! Alvin et Carrie t'auraient payé n'importe quelle école et même un appartement près du campus si tu l'avais voulu, mais non : il a fallu que tu décides de tout financer grâce à cette bourse !

– Je devais réussir par moi-même, expliqué-je, désolé. Je ne voulais rien demander à mes parents. J'ai mûri depuis et je connais mieux le monde, je n'ai plus la même naïveté qu'à l'époque : si c'était à refaire, je laisserais cet argent à quelqu'un qui en a plus besoin que moi. Mais ce n'était pas une bourse sociale, précisé-je : elle avait pour but de récompenser le travail d'un étudiant de premier cycle et, en ce sens, on ne peut pas dire que je l'ai volée…

– Il fallait toujours que tu sois le premier !

– Mon but n'a jamais été d'être le premier, juste de faire un métier que j'aime de tout mon cœur et ce, le mieux possible.

– Ta fichue passion t'a rendu égoïste, intransigeant, inhumain ; c'est à cause de ça que tu m'as quittée. Je n'étais pas assez bien à tes yeux !

– Tu te trompes, Mer', la calmé-je. Je n'ai jamais pensé que tu n'étais pas assez bien pour moi.

– Alors pourquoi ? me demande-t-elle aux abois. Pourquoi m'as-tu abandonnée comme ça ?

– J'ai fait une dépression, Meredith ! Je me suis noyé dans le travail pour que personne ne le remarque !

– Mais ne remarque *quoi* ?

– Que leur mort m'a détruit ! Qu'à l'intérieur de moi, tout était en ruines ! Mais depuis, reprends-je avec optimisme, une femme a tout réparé. Comme Joshua t'a réparée, toi.

– Je te défends de parler de Josh et de moi ! Tu ignores tout de notre histoire ! Tu ne te rends même pas compte que c'est à cause de toi que Joshua m'a frappée ! Tout allait bien dans nos vies avant que tu ne réapparaisses !

– Que je ne réapparaisse ? Meredith, ce que tu me dis n'a aucun sens : c'est Joshua qui est venu travailler dans mes studios ! la raisonné-je.

– Il ne pouvait pas refuser une si belle opportunité de carrière ! objecte-t-elle. *Petits Secrets* est sans doute l'émission de télé-réalité la plus populaire du pays. Mais il ne pensait pas que tu allais t'amuser à la produire à sa place et à l'humilier à tout bout de champ !

Je suis stupéfait par le discours de Meredith : jamais je n'ai voulu humilier Joshua, ni ces dernières semaines, ni lorsque nous partagions une chambre à la fac. Jamais je n'ai voulu lui voler quoi que ce soit non plus. Par ailleurs, je ne pensais pas qu'à l'époque, Joshua me considérait comme un de ses meilleurs amis. Certes, nous étions bons camarades, mais jamais je ne me suis réellement ouvert à lui.

– Meredith, je suis vraiment désolé pour ce que je t'ai fait subir en partant de façon aussi brutale et pour la manière dont, visiblement, je continue de te blesser ou de nuire à ta vie privée. Je ne voulais pas humilier Josh, ni en remettant en cause ses méthodes de travail, ni en le licenciant : j'ai agi dans le meilleur intérêt de ma compagnie.

– Quel hypocrite tu fais ! Tu n'as pas triché, sans doute, toi aussi ? En faisant sortir Tess ?

Une impression de malaise m'envahit. Comment Meredith est-elle au courant de mon secret ? Et surtout, pourquoi parle-t-elle de Tess de façon si… familière ?

– Qu'est-ce que Tess a à voir dans cette histoire ?

– Tu es tellement aveugle ! Tess est au cœur de cette histoire ! Depuis qu'il t'a revu, Joshua perd pied : c'est pour ça qu'il a été violent avec moi !

– C'est donc bien lui qui t'a fait ce coquard… déclaré-je d'une voix grave.

– Je te défends de le juger : Joshua est fragile mais c'est quelqu'un de bien. Malgré ton besoin de l'écraser, il n'a jamais cessé de t'admirer. Bien après que tu m'aies abandonnée, il continuait de refuser qu'il se passe quoi que ce soit entre nous. Mais quand il est devenu clair que tu lui avais tourné le dos à lui aussi…

– Très bien, admettons : Josh est super et je suis un salaud, coupé-je court. En quoi Tess est-elle mêlée à tout ça ?

– Tout ce que Josh veut, c'est se venger de toi et du mal que tu nous as fait. Tess est l'instrument par lequel il compte t'atteindre. Son obsession est devenue tellement forte que même à moi il refuse de parler ! Je crois qu'il fait une rechute… C'est pour le protéger de lui-même que je suis venue te prévenir, et aussi pour veiller sur Tess : c'est une fille bien et être amoureuse de toi est déjà suffisamment difficile comme ça. Elle ne mérite pas de se retrouver en plus mêlée au plan de Josh.

– Écoute-moi, Meredith, c'est très important, dis-je en tentant de conserver mon calme malgré mon cœur qui cogne dans ma poitrine, mes oreilles qui bourdonnent, mes sueurs froides. De quoi parles-tu exactement ?

C'est pas vrai, c'est un cauchemar, c'est pas possible...

– Je ne le sais pas exactement, Colin, m'avoue Mer'. Même à moi, Joshua ne parle plus depuis quelque temps... Il est devenu complètement obsédé par Tess : il passe son temps à la pister sur Facebook, Fame Around et Twitter, il collectionne les photos d'elle qui paraissent dans la presse...

Je me précipite sur le canapé pour m'emparer de mon portable : je dois prévenir Tess de toute urgence.

Merde : deux appels en absence, suivi d'un message de sa part.

J'essaye instantanément de la rappeler mais ça sonne dans le vide. J'écoute son message, qui date d'il y a une demi-heure.

« Colin, c'est moi, Tess. C'est idiot mais... Ton SMS était tellement vague... Je me fais du souci, j'ai peur qu'il te soit arrivé quelque chose. Un genre... d'accident ? Rappelle-moi dès que tu le peux. S'il te plaît. »

Sa voix n'est pas normale. Elle a l'air vraiment anxieuse. Les mains moites, je réessaye encore, et encore, avant de laisser un message.

– Tess, c'est moi. Je vais me mettre en route, mais s'il te plaît écoute-moi : reste chez toi, n'ouvre à personne, ne réponds à aucun coup de fil si ce n'est les miens, OK ? Méfie-toi tout particulièrement de Joshua Pierce. Je t'expliquerai quand je serai là. Je t'aime.

Je fonce vers la sortie, Meredith à ma suite.

– Tu as parlé de rechute, tout à l'heure, lui demandé-je en ouvrant la porte du garage. Une rechute de quoi ?

– Il y a quelques années, Josh a eu un... un épisode de ce genre, m'avoue-t-elle. Il s'était convaincu que je ne t'avais jamais oublié, que j'avais encore une liaison avec toi, que quand on était ensemble on se moquait de lui... Il s'est mis à être violent avec moi et à menacer de te tuer. Nous avons vu un thérapeute, qui a parlé de décompensation psychotique, de paranoïa... Josh a été traité avec des médicaments et, six mois plus tard, tout était rentré dans l'ordre.

Je regarde Meredith, son visage tuméfié : si Josh a pu faire ça à sa propre épouse, que va-t-il faire à ma Tess, qui est devenue l'objet de ses fantasmes malsains ? Sans un mot de plus, je mets le contact et démarre en trombe.

Si Pierce a touché ne serait-ce qu'un seul de ses cheveux, je le tue.

28
CAUCHEMAR ÉVEILLÉ

Tess

Timidement, j'ouvre un œil. Instantanément, une douleur lancinante me prend au crâne.

Outch.

Je referme les paupières en serrant les poings puis, lentement, tente de me redresser. Je me sens fébrile, poisseuse ; je tremble.

Où suis-je ? Qu'est-ce qui se passe ?

Oh, merde. Non, non…

Prise d'une violente nausée, je cours à la salle de bains, qui est malheureusement fermée à clé. Je m'empare de la première chose qui me tombe sous la main, à savoir une corbeille à papiers, et vomis dedans.

Qu'est-ce qui m'arrive ?

Après avoir rendu tripes et boyaux, je me sens un peu mieux. Je commence à examiner le décor dans lequel je suis plantée, vêtue simplement d'un débardeur et d'une culotte : un grand lit défait, une télé écran plat, un mini-bar, un bureau avec deux chaises, une poubelle en métal, une salle de bains attenante… Aucun doute : je suis dans un hôtel.

Et je n'y suis pas seule.

Dans la salle de bains, la douche coule. Quelqu'un est là, avec moi, et j'ignore complètement qui. J'essaye de me rappeler ce que j'ai fait de ma nuit, mais je n'y arrive pas. La seule chose dont je me souvienne, c'est d'être descendue retrouver Josh au bar, d'avoir bu une première tequila puis d'en avoir commandé une autre… Et à partir de là, c'est le noir total.

Ce n'est quand même pas Joshua avec qui j'ai passé la nuit ?

Impossible : même bourrée un max, jamais je n'aurais couché avec Pierce. D'une, je ne mélange pas sexe et travail : la seule fois où je l'ai fait, par ignorance, c'était avec Colin – et il n'y a qu'à voir où ça m'a menée. De deux : je ne suis pas du tout attirée par Pierce et ses humeurs en dents de scie – que j'aie un gramme ou six dans le sang ne changerait rien à ça. De trois : j'apprécie énormément Edie – et quand bien même : je ne suis pas du genre à me taper un homme marié.

J'ai donc dû terminer ma pathétique soirée avec un client du bar… Mais comment se fait-il que je ne me souvienne de rien ?

Angoissée, je me lève et tangue jusqu'à la fenêtre. Je jette un coup d'œil derrière les rideaux, espérant que la vue me dise quelque chose, mais c'est loin d'être le cas. Je ne sais même pas dans quel coin de la ville je me trouve !

– Tiens, tu es réveillée, ma belle ! retentit une voix derrière moi que je ne reconnais que trop bien.

Lui ? Impossible !

Et pourtant, lorsque je me retourne, l'homme en train de m'enlacer est bien Joshua Pierce.

Je crois que je vais de nouveau vomir…

D'autant que sans que je m'y attende, Joshua m'embrasse à pleine bouche : j'avais déjà la nausée en le voyant apparaître, me voilà avec un haut-le-cœur.

– Légère gueule de bois, hein ? me demande-t-il en souriant. Va te doucher, et ensuite je t'emmène petit déjeuner. Je ne sais pas toi, mais moi, après tout ce sport, je suis affamé.

– Ce… sport… ? demandé-je, ahurie.

– Ne fais pas ta modeste, me susurre Josh en m'embrassant dans le cou. Jamais on ne m'avait fait prendre un pied pareil, et tu le sais bien. Mais l'heure n'est plus aux roucoulades, claironne-t-il soudain. Tout à l'heure, c'est la grande première et j'ai besoin que tu sois pro malgré ce qui se passe entre nous.

C'est pas vrai ! J'ai donc bien couché avec lui ?

Je suis une vraie conne. Doublée d'une sacrée salope.

– Mais… Josh… Et Edie ? lui demandé-je, décidément bien incapable d'aligner plus de trois mots.

– Edie ? répète-t-il, furieux. J'ai passé la nuit à te dire que je t'aime, que j'allais faire de toi une star, et toi, tout ce que tu trouves à faire, c'est de mettre ma femme sur le tapis avant même le premier café ? Tu es vraiment une putain de…

Mais Josh ne finit pas sa phrase : il s'interrompt et se radoucit, sans que je comprenne pourquoi, augmentant ainsi mon sentiment de peur, de confusion et de malaise.

– Va prendre ta douche, OK, mon amour ? me demande-t-il. Et essaye de t'arranger un peu : l'idée, c'est que tous les paparazzis de L.A. nous voient en train de manger des pancakes ensemble, d'accord ? Aujourd'hui, c'est le grand jour.

Le grand jour, tu parles ! C'est surtout le pire jour de toute ma vie. Comment puis-je présenter cette émission maintenant que j'ai couché avec Josh ? Comment puis-je continuer à évoluer dans cet univers plein de faux-semblants après que Colin m'ait menée en bateau ? Tout ça est en train de me détruire.

Jamais avant je n'avais couché avec quelqu'un qui me dégoûte. En temps normal, je baise pour prendre mon pied et pas pour me punir ! D'ailleurs, une part de moi refuse de croire que ça ait réellement eu lieu. Et puis, pourquoi n'en ai-je absolument aucun souvenir ?

– Josh, qu'est-ce qui s'est passé exactement, hier ? Après que je sois venue te rejoindre au bar ? Je ne me souviens de rien.

– Ce qui s'est passé ? Tu as eu envie de te taper un vrai mec pour changer, voilà ce qui s'est passé.

Josh a d'abord l'air incroyablement satisfait de sa réflexion de beauf mais, en constatant mon air hagard, il devient rouge de colère.

– Tu ne te rappelles réellement pas ? Tu veux que je te rafraîchisse la mémoire ? me demande-t-il d'un air menaçant. J'imagine que même dans ton quart-monde de South L.A., tu as entendu dire que les téléphones à plus de vingt dollars étaient équipés de caméras, de nos jours ? Tu veux voir comme elles sont performantes pour les films classés X ?

Le salaud. Il nous a filmés.

– Si tu crois que je vais te laisser me faire chanter… sifflé-je.

– Te faire chanter ? me répond-il, amusé. Qui parle de te faire chanter ? Je ne vais certainement pas me servir de cette vidéo où l'on te voit en train de raconter en long et en large ta nuit avec Colin à l'hôtel *Peninsula* et où l'on peut en prime t'admirer en reproduire tous les détails avec moi. Pour tout te dire, je vais même l'effacer… mais plus tard, quand tu auras honoré ta part du contrat.

Bordel, Pierce, qu'est-ce que tu mijotes ?

– Quel contrat ? demandé-je, les dents serrées.

– Mais… Le contrat qui te lie à Star Channel, enfin ! Rien n'a changé depuis hier, Tess, me dit Pierce en me donnant un rapide baiser sur la joue. Ce n'est pas parce que nous avons couché ensemble que nous ne pouvons plus être collègues : je compte toujours sur toi, pour l'émission. Il te suffit de présenter *Scandal !*, juste cette fois, et cette vidéo disparaîtra.

– Seulement aujourd'hui ? demandé-je, suspicieuse. Ensuite, je pourrai démissionner et personne ne verra jamais ce fameux film ? Tu me laisseras tranquille ?

– Parole de scout, jure-t-il. Allez, va te laver : l'heure tourne. Il est malheureusement trop tard pour les pancakes mais on devrait pouvoir te trouver du café et un donut chez Star Channel. Je t'attends en bas.

J'ai du mal à croire que c'est tout ce que Pierce attend de moi, mais quel autre choix ai-je que de lui obéir ?

– Ça marche, lui réponds-je d'une voix mécanique en attrapant mes fringues puis en m'engouffrant dans la salle de bains.

Je tourne le loquet de la porte et entends Josh ramasser ses affaires dans la chambre. Je me sens piégée, salie, déboussolée… Mais je ne peux pas prendre le risque de laisser Pierce diffuser une vidéo où je couche avec lui : cela détruirait Edie et briserait le cœur de Violetta. Je dois donc faire ce qu'il a dit. Ainsi, peut-être que personne ne saura jamais rien de cette nuit…

J'ouvre la douche à fond. J'entends la porte de la chambre d'hôtel claquer. J'entre dans la cabine, laisse l'eau chaude couler longuement sur moi. Puis, comme une forcenée, me mets à frotter ma peau, comme si ma vie en dépendait.

29
M. I. A.

Colin

Après avoir quitté Meredith, j'ai foncé chez Kate : Tess n'y était pas. J'ai essayé une nouvelle fois de l'appeler, sans succès. J'ai commencé à faire le tour du quartier, bars, restos, boutiques ouvertes passé 20 heures : rien. J'ai tenté en vain de joindre Joshua Pierce sur son portable, puis j'ai ensuite harcelé ma sœur pour avoir l'adresse du producteur, mais Miléna n'a pas décroché. Je suis allé au bureau fouiller dans les fichiers du personnel avant de conduire comme un dératé jusqu'à Mulholland : Joshua n'était pas chez lui, et Meredith non plus.

Toute la nuit, j'ai tourné dans le labyrinthe de rues cauchemardesque qu'est Los Angeles. J'ai écumé les bars, les clubs, les soirées branchées, en espérant que quelqu'un aurait aperçu Tess. Quand le soleil s'est levé, je n'étais toujours pas plus avancé.

Désespéré, les traits tirés, je glisse ma clef dans la serrure. Je vais aller au commissariat signaler la disparition de Tess, mais avant je dois informer Zach de la situation et prendre certaines mesures. Qui sait si Pierce ne va pas ensuite s'en prendre à lui ? Je m'engouffre dans le salon. Zach et Kim sont installés sur mon canapé, en train d'avaler leur petit déjeuner.

Kim est là. Tant mieux.

– Oncle Colin ! rougit Zach en me voyant arriver.

D'un geste brusque, il ferme son laptop. Je ne suis pas vraiment d'humeur à jouer les chaperons et à contrôler ce que ces gamins regardent sur le Net : nous avons plus grave à régler.

– Les enfants, il est arrivé quelque chose : j'ai été mis au courant qu'un employé mécontent de son licenciement avait proféré des menaces me concernant. Ce n'est sans doute rien, juste un coup de sang de sa part, le rassuré-je en essayant de sourire, mais dans le doute je préfère être prudent. Kim, penses-tu que tes parents seraient d'accord pour que Zach dorme chez toi quelque temps ?

– Pas de problème, Colin, me répond la jeune fille.

– Je vais aussi demander à une société privée, avec laquelle j'ai souvent travaillé, de veiller sur toi, *kiddo*, expliqué-je à mon neveu. Je ne veux pas que tu le vives comme une intrusion, sache que si j'avais le choix…

– Un garde du corps, carrément ? me demande mon neveu, incrédule. Oncle Colin, qu'est-ce qui se passe ?

Dois-je lui mentir ? Zach a 17 ans, c'est un jeune homme intelligent, réfléchi et courageux. Il a le droit de savoir ce qui se passe réellement.

– Il est peut-être arrivé quelque chose à Tess. Elle est introuvable et je vais devoir prévenir la police, mais en attendant…

– Qu'est-ce que tu racontes ? m'interrompt Zach en écarquillant les yeux.

– Ce n'est peut-être rien, peut-être qu'elle a juste eu envie de respirer, temporisé-je, mais elle n'est pas rentrée de la nuit à son appartement, où nous avions rendez-vous, et elle ne décroche pas son téléphone.

– Mais… Oncle Colin… bégaye Zach.

– Je sais que tu l'apprécies énormément et je ne veux pas que tu t'inquiètes : je ne laisserai rien lui arriver. Va au lycée comme tous les jours. Prends quelques affaires avec toi. Reste avec Kim. L'agent de sécurité vous attendra à la sortie des cours.

– Oncle Colin ! proteste mon neveu.

– Oui, je sais, Zach, m'emporté-je, avoir un garde du corps n'est pas très « swag » ou quel que soit le terme que vous utilisez en ce moment pour dire « cool » mais…

– ONCLE COLIN ! crie Zach, cette fois suffisamment fort pour que j'en reste bouche bée.

Kim profite de mon silence pour rouvrir le laptop. J'aperçois la page Twitter de Tess.

TessHarper@ScandalousTess – 9 min : Retrouvez-moi sur Star Channel à 12 h 10 pour une première émission EXPLOSIVE, avec en prime un ÉNORME scoop sur #PSEA. *Stay tuned !*

TessHarper@ScandalousTess – 12 min : @JoshuaPierce TOUT À L'HEURE TOUT À L'HEURE TOUT À L'HEURE TOUT À L'HEURE ! #Scandal!#StarChannel#Excited

– Kim, demandé-je, il faut que je sache, c'est très important : peut-on savoir d'où ont été postés ces messages ?

– Non, mais si Tess en est bien l'auteure et qu'elle prend

l'antenne dans moins de quatre heures, cela veut dire qu'elle est peut-être déjà aux studios où se tourne cette nouvelle émission ?

Kim a raison : Tess doit déjà être en train de revoir ses fiches avec les rédacteurs et journalistes de l'émission. Je dois foncer chez Star Channel !

Je sors de la maison, monte dans la Jaguar garée sur le parvis et démarre en trombe. Je me pose mille questions : que s'est-il passé après que Tess m'ait laissé son message ? Où avait-elle disparu ? Est-ce qu'au moins elle va bien ? J'ai hâte d'avoir les réponses mais, à cause du trafic, il me faut une heure pour arriver aux locaux de la chaîne.

– Bonjour, je viens voir Tess Harper, demandé-je essoufflé à la réceptionniste après avoir fait irruption dans le hall.

– Qui la demande ?

– Colin Cooper.

La réceptionniste regarde les registres.

– Désolée, monsieur Cooper, vous n'êtes pas sur la liste.

Elle est donc bien ici !

Si Tess est aux studios, ça veut dire que Pierce ne doit pas être loin. Même si elle va bien, je dois au moins l'avertir que le producteur trame quelque chose !

– Je sais que je ne suis pas attendu mais il faut que je la voie. Je suis son… son ami.

– Son ami ?

– Je veux dire : son fiancé.

Ce n'est pas un mensonge : juste une légère anticipation sur la réalité.

– Oh, très bien ! me répond affable la réceptionniste entre

deux âges. Un instant, je l'appelle, dit-elle en décrochant son poste fixe.

– Que se passe-t-il, Esther ? gronde une voix que je reconnais tout de suite.

Pierce.

– Ce monsieur est le fiancé de Mlle Harper et désirerait…

– Fiancé ? sourit Pierce en avançant vers nous. Je ne crois pas. Je crois même que Tess t'a dégagé de sa vie, Cooper. Elle ne t'en a rien dit ? Peut-être n'en a-t-elle pas eu le temps : entre sa nouvelle carrière et son nouvel amant, elle n'a plus une minute à perdre avec toi. Mais je t'assure qu'après la nuit qu'on vient de passer, elle et moi, je doute que tu sois encore son fiancé…

Pierce me sourit, suffisant. Il ignore sans doute que j'ai parlé à Meredith.

– Toi ? lui ris-je au nez. Tu essayes de me faire croire que Tess aurait couché avec toi ? Tu as peut-être récupéré Meredith dans mon sillage, Josh, mais ne va pas t'imaginer que tu pourrais un jour avoir Tess : cette femme déteste les minables.

À en croire l'expression de Josh, ma remarque a été plus redoutable encore qu'un poing dans la figure.

– Sécurité ! se met-il à hurler. Sécurité !

Trois colosses en costumes noirs surgissent.

Je peux neutraliser deux d'entre eux mais pas trois, c'est physiquement impossible.

– Veuillez reconduire M. Cooper à la porte, demande Pierce à ses agents en jubilant. Et veillez à ce qu'il ne remette pas les pieds ici : il importune Mlle Harper, qui doit se concentrer avant le grand direct. Sur ce, je vous laisse. Bonne journée, Coop', ponctue cet enfoiré avant de s'engouffrer dans le couloir, et j'espère sans rancune !

L'un des trois gorilles pose une main menaçante sur mon épaule.

– Monsieur, il va falloir y aller maintenant.

Que faire ? Tenter le tout pour le tout en lui mettant mon poing dans la gueule ?

Non, ces trois types ne font que ce pour quoi ils ont été embauchés. Ils ne sont pour rien dans la folie de Pierce.

Je vais être obligé de trouver un autre moyen pour entrer.

***

Trois heures plus tard, Kelley, la copine d'Aleesha, sort enfin de son vieux fourgon pourri, à deux rues du hangar où se tourne l'émission.

– Kelley ? Qu'est-ce qui t'a pris tant de temps ?

– Déjà, retrouver mon vieux pass m'a pris des plombes. Ensuite, ça n'a pas été facile de le reproduire avec ta tronche dessus. Si tu crois que j'ai l'habitude de jouer les faussaires ! Je suis maquilleuse, moi, pas graphiste !

– Mais le résultat est convaincant ?

– Un peu, ouais, me dit-elle en brandissant le pass que je lui ai demandé.

Kelley bosse en free-lance pour tous les gros studios de L.A. : j'étais certain qu'en bidouillant un peu, elle pourrait me faire entrer à Star Channel par la grande porte.

– Voilà ton sésame, « Travis Taylor ». Ça, ce sont tes outils de travail, ajoute-t-elle en me tendant plusieurs lourdes mallettes de maquillage. Maintenant, entre dans ma fourgonnette et enfile ça.

Elle me tend un tee-shirt moulant qui fait hyper minet ainsi qu'un jean slim noir.

– Le déguisement, c'est vraiment indispensable ?

– Ton joli costard en Fresco ne te donne pas exactement la gueule de l'emploi, mon joli. D'une, il pue le pognon. Tu sais combien ça gagne, un maquilleur, par an ? T'as vu dans quoi je roule ? La taille de l'appart' dans lequel je vis ? De deux, je suis désolée : ce genre de sapes marche peut-être pour diriger le monde en faisant tomber les gonzesses, mais de là d'où je viens le costard, c'est réservé pour les mariages et les bar-mitsvas. Allez, me secoue-t-elle, enfile tes nouvelles fringues, prince Cooper, et file faire ce que tu as à faire… Quelle que soit cette chose, d'ailleurs.

– Tu sais que je ne peux rien te raconter, pas vrai ?

– Mon petit doigt me dit que je préfère en savoir le minimum. Pour le badge, même si la sécu te coince et te passe au chalumeau, tu ne dis pas que ça vient de moi. Sinon, je t'assure que même toute ta fortune ne suffira pas à te refaire ta gueule à l'identique, *capisce* ?

– *Capisce*, acquiescé-je en souriant.

J'ai toujours trouvé le franc-parler de Kelley et son caractère bien trempé revigorants.

La maquilleuse me regarde m'éloigner avant de s'exclamer :

– Attends, Co… euh, Travis !

Elle court vers moi en brandissant le bonnet de laine qu'elle porte contre vents et marées.

C'est-à-dire même en plein mois de mai à Los Angeles.

– Tiens, mets-toi ça sur le crâne.

Je complète mon accoutrement de Travis Taylor, maquilleur attitré de Mlle Harper et, avec mon matériel, tente une nouvelle percée dans les studios. Heureusement, le géant à la porte ne me reconnaît pas ! Je tente de m'engager dans le couloir sans passer par la case « Esther de la réception » mais, manque de pot, cette dernière me remarque.

– C'est pour quoi ? s'écrie-t-elle alors que je me faufile et tente de gagner le couloir où Josh a disparu quelques heures plus tôt.

– Je suis… Travis, dis-je en évitant de tourner complètement mon visage vers elle. L'un des maquilleurs de *Scandal !*. Je dois être sur le registre mais sinon, voici mon badge…

Je fais deux pas vers elle pour lui présenter mon sésame. Plus j'avance, plus Esther me regarde avec suspicion, jusqu'au moment où elle me reconnaît tout à fait. Sa bouche s'ouvre en grand. J'ignore si elle va protester ou carrément hurler… Mais elle semble se raviser, elle me fait un large sourire et s'écrie :

– Travis, bien sûr ! Je ne vous avais pas reconnu avec ce… bonnet. Vous êtes en retard, le direct a commencé il y a cinq minutes. Tenez, voici votre laissez-passer pour qu'on ne vous embête pas *jusqu'au plateau 7* où se trouvent Mlle Harper et surtout *M. Pierce.*

Soit Esther n'est pas insensible à mes charmes, soit elle ne peut pas saquer Pierce.

Toujours est-il que la réceptionniste me fait un clin d'œil appuyé, auquel je réponds par un regard débordant de gratitude.

Ni une ni deux, je fonce à travers les couloirs, en essayant de ne pas me faire remarquer et en cherchant le fameux plateau 7. J'arrive finalement devant la porte en question. Le signe « on air » est allumé. J'entre précautionneusement – un maquilleur parmi tant d'autres, prêt à faire un petit raccord aux animateurs au beau milieu de la coupure pub. Je n'ai pas de plan précis : je ne veux pas compromettre la carrière de Tess ni ruiner cette émission à laquelle elle semblait tant tenir quand elle m'en a parlé à la fête. Je veux simplement m'assurer qu'elle va bien et la mettre en garde au sujet de Pierce, afin qu'elle sache où elle met les pieds.

Je remarque d'abord Joshua, sur son trente-et-un, assis dans l'un des deux fauteuils clubs blancs qui trônent au centre du plateau. Je mets du temps à reconnaître Tess, à côté de lui, tant elle semble éteinte, hagarde. Ses cheveux ont été exagérément crêpés. Le maquillage fige son visage d'habitude si expressif. Elle fixe le prompteur et lit comme un robot.

– Joshua Pierce, vous êtes le producteur de cette émission mais vous avez tenu à être aussi notre premier invité, pourquoi donc ? demande-t-elle d'une voix morne.

– Pour vous expliquer ce que j'ai à cœur de faire avec *Scandal !*, répond-il, plein d'emphase. C'est-à-dire montrer le show-business dans toute sa réalité. Ses paillettes et ses réussites, certes, mais aussi ses magouilles. J'en ai été personnellement victime en me faisant récemment renvoyer de *Petits Secrets*, et vous aussi, chère Tess, je crois savoir que vous en avez fait les frais… ?

Il fait allusion au fait que j'ai truqué le jeu.

Un doute affreux m'assaille : Tess était-elle dans le coup depuis le début ? A-t-elle fait semblant de me pardonner uniquement pour pouvoir se venger du mal que je lui ai fait ? Si ça se trouve, en apprenant que j'ai truqué le jeu, elle a perdu toute confiance en moi. C'est de ma faute, je suis trop con : j'aurais dû être honnête lorsque je suis venu lui avouer mes sentiments. Mais j'avais bien trop peur qu'elle me rejette et j'ai choisi de différer la vérité.

Ça ne m'a pas avancé à grand-chose de mentir puisque je suis là, à contempler la femme que j'aime en train de tenter de ruiner l'empire que ma famille a construit.

Sauf que Tess ne rebondit pas sur la remarque de Pierce : elle se contente de le fixer en clignant des yeux avant de poser son regard gris fumé sur les cameramen, puis le décor.

Peut-être qu'elle doute ? Qu'elle n'est pas certaine de vouloir provoquer ma ruine ?

– Que se passe-t-il, Tess ? reprend Joshua avec bonhomie. Vous avez le trac ? C'est normal, c'est la première. Peut-être qu'on peut passer une petite vidéo le temps que vous recouvriez vos esprits… ? déclare-t-il en lui jetant un regard appuyé.

Tess semble revenir sur terre et se remet à lire le prompteur avec une voix mécanique.

Soit c'est la pire présentatrice que la terre ait jamais portée, soit quelque chose cloche, parce que la fille que l'Amérique entière contemple n'est pas la Tess que je connais.

– Josh, vous affirmez avoir été renvoyé injustement de *Petits Secrets*, pouvez-vous m'en dire plus ?

Sa voix chevrote. On dirait qu'elle est terrifiée, qu'elle est à deux doigts de pleurer. Je veux bien que certaines personnes aient du mal à se retrouver sous le feu des projecteurs. Mais pas Tess Harper. Si elle est entrée dans ma vie, c'est parce que tous les directeurs de casting des studios Cooper se sont accordés pour dire que la caméra l'adore. Si aujourd'hui elle est au bord des larmes et qu'elle tremble, qu'elle parle avec difficulté, qu'elle jette des regards désemparés à l'équipe technique, ce n'est certainement pas dû au stress du direct mais à quelque chose d'autre.

Et vu ce que Meredith m'a dit, je n'ai pas besoin de chercher longtemps le responsable : il est là, sous mes yeux, en train de torturer la femme que j'aime.

Je ne sais comment Josh a réussi à contraindre ma Tess à participer à sa petite mise en scène destructrice mais une chose est claire : elle est terrorisée par ce type. Je ne peux pas le laisser continuer.

– Colin ? s'exclame Tess alors que je surgis sur le plateau.

Elle semble soulagée et inquiète à la fois. Josh, lui, se lève de son fauteuil alors que je l'entends tenter un faible : « Ah, une petite interruption qui n'était pas prévue au programme ! » Il voulait du spectacle ? Je vais lui en donner. J'avance vers le producteur et, sans hésiter, lui colle mon poing dans la figure. Il tombe par terre. Lorsqu'il se redresse, sonné, c'est pour me menacer.

– C'est trop tard, Colin. Tu ne pourras pas empêcher la vérité d'éclater.

– Ça tombe bien : je ne veux plus rien cacher, à quiconque, lancé-je avec décontraction.

Je prends place dans le fauteuil club qu'il occupait quelques secondes plus tôt et fais signe à Tess de se rasseoir, comme si de rien n'était.

Ne t'en fais pas, mon amour, je sais ce que je fais. Enfin… à peu près.

Il ne me reste qu'une seule solution : passer aux aveux et assumer mes responsabilités devant l'Amérique entière. Et devant celle que j'aime plus que tout au monde. En espérant que cette dernière au moins pourra me pardonner.

– Bonjour. Je m'appelle Colin Cooper et je suis le codirecteur des studios Cooper. Le grand public me connaît peu. J'œuvre dans l'ombre et, la plupart du temps, je travaille sur des projets obscurs qui n'intéressent personne pendant que ma sœur et associée produit toutes ces émissions que vous aimez tant, à commencer par *Petits Secrets entre amis*. J'adore mon travail et, jusqu'à il y a peu, il suffisait à me combler. Mais cela a changé le jour où ma sœur Miléna est tombée enceinte et que j'ai dû la remplacer au pied levé sur *Petits Secrets*.

3, 2, 1… Go!

– Et là, j'ai merdé, avoué-je après avoir pris une grande inspiration. Je suis tombé amoureux d'une candidate. Éperdument amoureux. À vrai dire, je suis tombé amoureux d'elle la veille du premier prime, quand je ne savais pas encore qui elle était. Le lendemain, quand je l'ai vue sur mon écran de télé, en micro-short, maquillée comme une voiture volée, j'étais encore amoureux. À vrai dire, à chaque fois que je la vois, je retombe amoureux. C'est plus fort que moi. Et je fais des bêtises. Alors oui, j'ai truqué les résultats de *Petits Secrets* pour qu'elle parte plus tôt, parce que j'étais jaloux de Devin et que je voulais qu'il cesse de promener ses mains dans ses cheveux. Je l'ai fait. Et j'avoue, je n'ai jamais été aussi heureux que depuis que Tess a quitté cette émission et s'est installée chez moi, dis-je en lui prenant la main. Aussi ai-je du mal à regretter mon acte. Pourtant, je tiens à m'excuser, auprès du public, mais surtout auprès de Tess : j'aurais dû te faire confiance. D'ailleurs, je te faisais confiance, au fond :

c'est en moi que j'étais incapable de croire. Mais tu as réussi à changer ça. Grâce à toi, plus jamais je ne commettrai une erreur aussi stupide.

Un silence de mort règne sur le plateau. Même Josh semble médusé par ce qui est en train de se passer. Que ressent Tess en ce moment ? Est-ce qu'elle m'en veut ? Est-ce qu'elle va réussir à me pardonner ? Elle me scrute d'un air indéchiffrable.

– Colin, déclare-t-elle enfin. Truquer le jeu, c'est tellement… indigne de toi… déclare-t-elle, choquée.

Je baisse les yeux, honteux.

– Oui, c'est indigne, reprend-elle. Et c'est pour ça que c'est la chose la plus romantique que tu aies jamais faite.

Je relève la tête, étonné, et la regarde sans comprendre. Elle me sourit.

– Ben oui, idiot ! Tu ne cessais de me faire sentir que je ne serais jamais assez parfaite pour ton univers parfait : au fond, tu refusais de prendre notre relation telle qu'elle est, c'est-à-dire avec ses défauts et ses faux pas. Maintenant, je sais que nous avons le droit à l'erreur, que nous pouvons trébucher ensemble et nous relever. Que je n'ai pas besoin de me transformer en petite amie parfaite pour que tu m'aimes.

Elle dit tout ça en riant et, de nouveau, c'est ma belle Tess que j'ai devant moi. Ma Tess fantasque, vivante, avec qui tout est tellement plus intense et joyeux. Je comprends alors l'évidence : je veux passer le reste de mes jours à entendre ce rire. Je veux passer le reste de ma vie à le provoquer. Je veux que nos enfants héritent de ce rire rauque, vibrant, profond. Je veux épouser cette femme.

– Pierce, il te fallait un scoop ? Le voici, dis-je en m'agenouillant solennellement devant la fille la plus sensationnelle, exaspérante, belle, sexy, intelligente et drôle que la terre ait jamais portée.

Je sors de la poche de mon jean l'écrin que j'avais fourré là, sentant qu'il pourrait m'être utile, puis l'ouvre, dévoilant la bague que mon arrière-grand-père avait jadis offerte à mon arrière-grand-mère, avec des intentions similaires aux miennes.

– Tess Harper, demandé-je en tentant de maîtriser l'émotion dans ma voix. Voudrais-tu faire de moi le plus heureux des hommes ? Accepterais-tu de m'épouser ?

30
CENDRILLON, LES CONTES DE FÉES ET MOI

Tess

Alors que Pierce tente encore de se remettre du poing qu'il s'est pris dans la gueule, je jette des coups d'œil affolés à Colin. Que fait-il ? A-t-il perdu la raison ? Il est en train de tout dévoiler à la télé ! Notre rencontre avant le jeu, notre nuit d'amour… Même le fait qu'il a triché en me faisant sortir ! C'est d'ailleurs perturbant d'imaginer M. Parfait en train d'enfreindre les règles par amour. Je souris en pensant qu'il est définitivement moins chiant que je me l'étais imaginée lors de notre première journée ensemble, à Watts.

Ça tombe bien car celui-là, je ne me vois pas vivre sans lui.

La réciproque est vraie, apparemment. Il m'aime : il ne cesse de le répéter, devant l'Amérique entière. Mon cœur bondit de joie à chaque fois qu'il le dit, au point que je ne pense même plus à Josh (qui n'est de toute façon pas de taille à lutter) ou à cette satanée vidéo (qui pose pourtant problème) : je n'ai d'yeux que pour Cooper, ses yeux noirs, ses cheveux bruns, sa gueule d'ange.

Et ses poings d'acier, qui mettront K.-O. tous les salauds qui tenteront de me faire du mal.

– Truquer le jeu, c'est tellement... indigne de toi ! me moqué-je. Oui, c'est indigne... Et c'est pour ça que c'est la chose la plus romantique que tu aies jamais faite. Tu ne cessais de me faire sentir que je ne serais jamais assez parfaite pour ton univers parfait : au fond, tu refusais de prendre notre relation telle qu'elle est, c'est-à-dire avec ses défauts et ses faux pas. Maintenant, je sais que nous avons le droit à l'erreur, que nous pouvons trébucher ensemble et nous relever. Que je n'ai pas besoin de me transformer en petite amie parfaite pour que tu m'aimes.

Heureusement, d'ailleurs. Parce que sinon, on aurait été mal barrés...

Je m'attends à un baiser fougueux, ce qui serait quand même la moindre des choses vu la magnanimité dont je fais preuve en lui pardonnant mais, à la place, Colin parle de scoop et s'agenouille devant moi.

Mince. J'ai raté un épisode ou quoi ?

– Tess Harper, me demande-t-il de sa voix magnifique, grave, qui me colle des frissons, voudrais-tu faire de moi le plus heureux des hommes ? Accepterais-tu de m'épouser ?

Hein ? Quoi ? Comment ?

On peut faire rewind, là ? Je ne suis pas certaine d'avoir bien compris la question.

Mes yeux vont de Colin à la bague, de la bague à Colin. Je ne sais pas s'il est sérieux ou s'il est en train de se lancer dans la plaisanterie la plus cruelle du monde. Une nouvelle fois, je fixe la bague. C'est une merveille, avec une monture en or rose, une pluie de brillants et un immense solitaire rose délicatement taillé en fleur.

Elle est trop belle pour moi !

– Tess Harper, ajoute Colin, intimidé par mon silence, je jure de chérir chaque jour passé avec toi, de ne plus jamais te mentir ni te faire souffrir. Je te promets de te laisser me tenir tête et de me remettre en question quand tu me le demanderas. Je t'autoriserai même à mettre la musique au volume que tu veux. De toute façon, je crois que je ne serais plus jamais capable de vivre sans ton vacarme et ton désordre, déclare-t-il en souriant, penaud.

Tout ça est bien trop beau pour moi.

Je panique : je ne pense pas pouvoir. Je ne pense pas être à la hauteur. Même dans mes rêves les plus fous, je n'avais osé espérer vivre une histoire pareille. Si jamais je lui disais « oui », et que demain il changeait d'avis ? Après tout, c'est ce qu'il a fait à Meredith ! Il faut que j'arrête de planer : Colin n'est pas fiable. D'ailleurs, je ne sais toujours pas où il était hier soir alors que nous avions rendez-vous !

Je lève mes yeux vers lui pour qu'il comprenne : je ne peux pas accepter. C'est alors que son regard plonge dans le mien, ce regard qui le premier soir m'avait déshabillée sans vergogne et qui brille d'un feu indomptable. Je comprends alors que je me suis leurrée si j'ai pensé un instant que je pouvais faire une croix sur ce regard-là : je suis foutue, piégée, pieds et poings liés, prisonnière de ce type. Si jamais je le perdais, jamais je ne m'en remettrais ! Moi qui n'ai jamais eu le sentiment d'avoir une véritable famille, une véritable maison : la voilà, ma famille ! La voilà, ma maison !

Le seul endroit au monde où je me sente à ma place, c'est dans les bras de Colin Cooper.

OK : tant pis pour la fiabilité, pour la sécurité et le long fleuve tranquille.

– Oui, réponds-je en tombant à genoux face à lui. Oh, oui, oui, je t'épouserai, Colin Cooper. Joshua avait raison depuis le début : je suis prête à tout – prête à tout pour être avec toi…

La main tremblante, l'air soulagé et follement heureux, Colin passe la bague à mon doigt puis se noie dans mes yeux. Il a un air gamin, ému, un peu perdu. Il regarde autour de lui les assistants de prod' et les cameramen qui nous applaudissent, comme s'il cherchait quoi faire ensuite. Un des techniciens lance :

– Embrasse-la, idiot !

Colin s'exécute. Lentement, il prend mon visage entre ses mains et me donne le plus beau, le plus profond, le plus romantique des baisers. Je crois un instant que mon cœur va lâcher. Alors que les applaudissements redoublent, des sifflets et des « hourras ! » s'élèvent. Sans que je m'en rende compte, mon prince charmant me soulève du sol et, sous les bravos, m'entraîne hors du plateau de tournage. Nous filons à travers les couloirs sans cesser de nous embrasser et passons devant Esther, la réceptionniste quinqua qui doit être au bord de la syncope. Mais une fois sur le parking, devant la Jaguar, alors que Colin me repose par terre, je fonds inopinément en larmes : j'avais oublié un ou deux détails importants qui peuvent ruiner les meilleurs contes de fées.

– Tess, qu'est-ce qui se passe ? s'inquiète Colin.

– C'est… Josh… avoué-je.

– Nous en avons fini avec Pierce, me rassure mon snobinard sexy – pardon : mon fiancé.

– Nous n'en aurons jamais fini avec Pierce, hoqueté-je. Tout ça par ma faute. Et maintenant, j'ai peur que tu ne puisses jamais me pardonner…

– Hey, ma belle : quelles que soient les raisons de ton inquiétude, sache que je t'aime, que tu vas devenir ma femme et que rien au monde ne pourra changer ça.

– Tu veux dire que tu me pardonnerais même si… même si j'avais couché avec Pierce ? lui demandé-je après avoir pris mon courage à deux mains.

Colin a un mouvement de recul horrifié avant de se reprendre.

– Oui, je te pardonnerais. Je serais malheureux, en colère, certes, et je voudrais que tu m'expliques ce qui t'a pris, mais je serais toujours dingue de toi. Tess, ma Tess, me rassure-t-il en me prenant dans ses bras alors que je pleure toutes les larmes de mon corps, je n'ai jamais cru que notre amour serait facile ou de tout repos. Mais je sais que sans lui, la vie n'a aucun sens.

– Pierce dit que nous avons couché ensemble cette nuit et qu'il a fait une vidéo, gémis-je contre Colin, mais moi je n'en ai aucun souvenir ! J'ai peur, j'ai l'impression de devenir folle : je m'en veux à mort d'une chose que je ne me rappelle même pas avoir faite. Je me dégoûte…

Colin se détache soudain de moi. Il est pâle comme la mort. Je devine dans son regard de… la rage ?

Non, c'est de la peur. Colin a peur de ce que je viens de lui avouer.

– Tess, mon ange, je ne veux pas que tu t'affoles mais, si possible, j'aimerais bien que tu te fasses examiner par un médecin. Tu as pris une douche, ce matin ?

– Oui mais… Un médecin ? Pour quoi faire ?

– Certains hypnotiques, m'explique Colin, ont pour effet de supprimer la mémoire à court terme. Avais-tu des nausées en te levant ? Des maux de tête ? m'interroge-t-il, toujours en affectant le calme.

– Hypnotiques ? De quoi parles-tu, Colin ? demandé-je, angoissée.

– Du Rohypnol, du GHB… Ce genre de produits.

Je comprends soudain où Colin veut en venir.

– Oh non, non, Colin, tu te trompes ! Tu fais fausse route, lui dis-je en écarquillant les yeux. Je n'ai pas été… Je m'en souviendrais, si jamais Josh m'avait…

… *violée.*

Le mot refuse de sortir de ma bouche. Colin lui-même l'a soigneusement évité. Me reviennent en mémoire ma confusion de ce matin et ma sensation d'avoir été salie.

C'est impossible. Impossible.

Malgré moi, les larmes jaillissent de nouveau. Je devine la douleur de Colin, mais il encaisse et reste fort, pour moi.

– Ça va aller, mon amour, dit-il en me berçant contre lui. Je suis avec toi, maintenant, plus personne ne te fera jamais de mal, je te le jure, ça va aller, je t'aime, je t'aime…

***

Les agents de police laissent finalement Colin entrer dans le bureau où l'inspectrice, 35 ans environ, a fini de prendre ma déposition. Nous nous étreignons avec intensité. L'inspectrice nous sourit.

– C'est donc lui, votre super petit ami ?

– C'est mon… mon fiancé, avoué-je en rougissant et en montrant la bague.

– Félicitations ! s'exclame-t-elle. Je vous laisse un peu d'intimité, en ce cas. Je reviendrai dès que j'aurai les conclusions du médecin qui vous a examinée, mademoiselle Harper.

– Chérie, me demande Colin dès que la policière a franchi la porte, est-ce que ça va ?

– Je ne sais pas, réponds-je. Je me sens… confuse.

– Est-ce que tu sais ce que la police prévoit de faire pour arrêter ce maniaque ? Ils refusent de me dire quoi que ce soit.

– Je ne sais pas encore quelles mesures ils vont prendre mais j'ai confiance, ils ont été si gentils avec moi…

À cet instant, la commissaire frappe et refait son entrée.

– J'ai une nouvelle qui va vous soulager tous les deux : le kit de viol révèle que Mlle Harper n'a eu aucun rapport ces dernières vingt-quatre heures, ce que les preuves annexes semblent confirmer. Je pense que ce Joshua Pierce a voulu vous jouer un méchant tour, un canular qui risque de lui coûter cher : jugez plutôt.

La commissaire nous fait signe de nous asseoir, ouvre un laptop et y branche une clé USB.

– Voici ce que nous avons récupéré lors de la perquisition au domicile de Pierce.

Une vidéo démarre où l'on me voit, dans la chambre d'hôtel de cette nuit, assise sur le lit, habillée. J'ai l'air… franchement ivre. Voire pire. Joshua me questionne.

– Allons, maintenant, sois gentille : dis-moi tout.

– Tu veux vraiment savoir ? ricané-je bêtement alors que mes paupières sont lourdes et ma voix extrêmement pâteuse.

– Oui, dans les moindres détails.

– OK, tu l'auras voulu, Jossy, dis-je en me relevant et en titubant à travers la pièce. La première fois que je l'ai vu, c'était au bar de l'hôtel *Peninsula*.

– Et… ? m'interroge le producteur.

– Et je me suis comportée en véritable emmerdeuse.

Sur ce, je m'effondre sur le lit et commence à ronfler comme un sonneur.

– Qu'est-ce que… Qu'est-ce que ça veut dire… ?

– Pour l'heure, nous pensons que M. Pierce vous a intentionnellement droguée dans le but de vous extorquer des informations et de vous faire chanter, mais que son plan a échoué : vous avez sombré trop tôt dans le sommeil comateux qu'induit le GHB.

– Du GHB ? m'exclamé-je en me relevant brusquement. Joshua m'a donc bien donné la drogue du violeur ? Mais alors…

– Alors je vous rassure, me calme la commissaire : M. Pierce ne s'en est pas servi à des fins sexuelles contre vous. Le GHB induit une levée des inhibitions et peut donc agir comme un « sérum de vérité ». C'est une drogue commode car elle est inodore, incolore et qu'elle disparaît de l'organisme après douze heures. La victime ne se souvient généralement pas de ce qui lui est arrivé, ce qui l'empêche de porter plainte. L'inconvénient du GHB pour l'agresseur, c'est que le produit est très compliqué à doser : une goutte de trop et l'euphorisant se transforme en sédatif. En gros : dès le moment où vous vous êtes endormie, Joshua Pierce n'a rien pu tirer de vous.

– Il m'a quand même touchée pour me déshabiller, murmuré-je. Afin de « simuler » notre nuit d'amour.

– Et pour ça, il sera inculpé d'agression sexuelle. Ajouté

à la détention de stupéfiant, à la séquestration, à la tentative d'extorsion et au refus de se soumettre aux forces de l'ordre.

– Et Edie – pardon : Meredith ? m'inquiété-je. Sa femme ?

– L'enquête nous permettra de déterminer son implication, mais il sera retenu en sa faveur qu'elle a prévenu M. Cooper ici présent, même si c'est la police qu'elle aurait dû alerter.

– Quand même, dis-je, je m'étonne : comment Joshua a-t-il su que je serais seule chez moi ?

– Il a joué son va-tout. Son épouse l'avait averti qu'elle allait tout dévoiler, il savait que votre fiancé serait bientôt au courant : il a foncé chez vous, profitant du fait que M. Cooper était accaparé par Mme Pierce. La suite, vous la connaissez.

– Quelle folie ! frissonné-je.

– Ça, ce sera à la justice de le déterminer, mais tout, dans l'attitude de M. Pierce, semble au contraire indiquer une grande rationalité. Il a agi froidement, avec calcul, et sera sévèrement condamné pour ça. Il ne reverra pas la lumière du jour avant longtemps, croyez-moi.

– Je préfère néanmoins, jusqu'à sa comparution devant un juge, te savoir à l'abri, me dit Colin en m'enlaçant. Qui sait s'il ne sera pas libéré sous caution avant le procès ? J'ai réservé sous un faux nom une chambre d'hôtel à Big Sur. Nous y serons dès ce soir.

– Je vous ferai savoir quand le ministère public présentera M. Pierce devant le parquet, mais vous devriez pouvoir profiter de Big Sur pendant une bonne semaine, mademoiselle. Reposez-vous, prenez des forces : ce que vous avez vécu est traumatisant. Vous ne vous en rendrez peut-être pas compte tout de suite – souvent les victimes, spécialement celles qui ont été droguées, mettent du temps à réagir à l'agression. Vous avez été entre les mains d'un maniaque et, bien que vous ayez réussi à vous en sortir sans atteinte physique, le dommage moral n'est pas à sous-estimer. M. Cooper, je compte sur vous pour veiller sur votre fiancée : elle a du cran mais elle mérite qu'on s'occupe d'elle.

– Croyez-moi, je le sais, la rassure Colin tout en me coulant un long regard éperdu d'amour. Et je vais prendre bien soin d'elle.

Lorsque nous sortons main dans la main du commissariat, encore bien secoués par ces montagnes russes émotionnelles, je découvre Hilda en train de charger des valises dans le coffre de la Jaguar de Colin.

– Hilda ! dis-je en me précipitant vers elle pour l'aider. Attention, vous allez vous faire mal au dos.

– Baliverne, ma petite, me répond la femme de ménage : je rentre de vacances, je suis en pleine forme. Maintenant, mon petit, c'est à *vous* de vous reposer… et de faire en sorte que celui-ci également prenne un peu de repos ! Sérieusement, M. Cooper, essayez de profiter de ces quelques jours pour débrancher, vous allez nous faire un ulcère…

– Je vous rassure, Hilda, lui répond Colin en m'entourant de ses bras, je ne compte pas travailler d'un iota. J'ai bien mieux à faire – par exemple, me consacrer à ma merveilleuse fiancée.

– En tout cas, Hilda, ajouté-je, c'est gentil à vous d'avoir préparé nos bagages.

– C'est tout naturel, mademoiselle. Quant au jeune Zach, il est bien installé chez Mlle Kim. Je vais profiter de ces dix jours pour me mettre au service de Mme Miléna : avec la grossesse, elle doit avoir besoin d'un coup de main.

– Excellente idée, dit Colin en attachant sa ceinture de sécurité. Embrassez ma sœur pour moi !

– Tu n'aurais pas dû mentir à Hilda, le taquiné-je alors qu'il prend la direction de l'autoroute.

– Lui mentir ? Quand lui ai-je menti ?

– Quand tu lui as dit que tu ne travaillerais pas.

– Mon amour, je te jure que je ne compte pas...

– Tatatatata, l'interromps-je. Je *veux* que tu travailles. OK, peut-être pas ce soir, ni demain... Mais le monde a besoin de tes films, Colin. Les écosystèmes menacés, les espèces exterminées, les populations en guerre ont besoin de tes films. Puisque je vais être ta femme, je veux que tu saches que je te soutiens à 200 %.

– C'est vrai ? me demande mon fiancé, le regard brillant de reconnaissance et d'amour.

– Bien sûr ! Comment pourrait-il en être autrement ? Je ne t'aime pas que pour... ça, tu sais, lui susurré-je en faisant remonter ma main le long de sa cuisse. Je t'aime aussi pour ton intelligence et ton engagement.

Colin rit en enfilant ses lunettes de soleil. Il a l'air plus heureux que jamais.

– Et moi, je t'aime pour absolument tout ce que tu es, Tess Harper. Pour ton humour, ton impertinence, ta force, ta fragilité parfois, tes colères et tes sourires...

– Qui aurait cru que ça se finirait ainsi ? le taquiné-je.

– Se finir ? Mais enfin ! Ce n'est que le début, mon amour !

Il accélère, me faisant pousser un « Wouhou ! » de tous les diables.

Il a raison : notre bonheur ne fait que commencer.

***

– Pourquoi personne ne m'avait prévenue que le paradis se trouvait à seulement cinq heures de route de Los Angeles ? demandé-je en sortant de la piscine à débordement avec vue sur l'océan.

– Parce que personne n'avait envie de voir débarquer une nouvelle Ève dans le jardin d'Éden, me dit Colin en reposant le story-board qu'il est en train de consulter et en m'ouvrant ses bras.

Je m'allonge sur lui. La température de ma peau rafraîchie par la nage contraste avec la sienne, chauffée par le soleil. Il rit, proteste, puis m'embrasse.

– Que penses-tu de mes annotations ?

– Comme toujours pertinentes, madame Cooper.

– *Future* Mme Cooper. Continue de m'appeler mademoiselle tant que c'est encore possible, s'il te plaît.

– J'ai tout de même une question concernant ta remarque sur la séquence dix-sept… J'ai peur que ce ne soit pas clair si le réalisateur la coupe au montage.

– Ah, je te préviens, je ne discuterai boutique qu'avec un Mai Tai.

– Aussitôt dit…

Pendant que je m'allonge sur mon transat, Colin prévient le room service. Le soleil décline, tombant lentement sur la mer. Dans moins d'une heure, il aura disparu sous la ligne d'horizon.

– Quand j'étais petite, commencé-je à lui raconter, je pensais que le soleil était un immense ballon rouge qui chaque soir allait dormir dans la mer.

– Normal : quand tu étais petite, tu étais déjà merveilleuse. Où voudrait dîner la femme parfaite, pour son dernier soir au paradis ?

Quand je pense que demain, nous serons rentrés à L.A !

– Ici, dans la chambre.

En fait de « chambre », il s'agit d'une maison privative du *Post Ranch Inn*. Ici, on profite des joies de l'hôtel sans le côté impersonnel ; on a le nez dans les pins, à flanc de montagne, face à la mer… J'ai l'impression, après onze jours passés ici, que Colin, moi et le groom qui m'apporte chaque soir mon Mai Tai sommes les derniers humains au monde…

– Très bien, on dînera sur la terrasse, alors. Fruits de mer…

– … champagne…

– … jacuzzi extérieur…

– … feu de bois… Colin, c'est affreux ! Comment renoncer à cette vie ?

Colin passe ses bras autour de moi.

– Tout ce qui nous attend est plus fabuleux encore, Tess, j'en suis certain. Et puis, nous ne resterons pas longtemps à Los Angeles : j'ai différé la tournée promo de *La Terre et la Glace* le temps de savoir ce qui allait arriver à Pierce, mais maintenant qu'il est en détention préventive, nous pouvons partir.

– Je me demande comment c'est, l'Europe.

– Il y a des endroits beaux comme ici et d'autres plus surprenants encore.

– Tu dis ça pour me faire marcher…

– Attends un peu de voir Londres, Paris, Soleure, Bruges, Florence, Vienne !

– Qu'est-ce que j'ai fait pour te mériter ?

– Tu m'as passé un savon, pourri la vie, kidnappé, menacé…

– … Et toi, tu m'as prise de haut, fait expulser du jeu, couru après pour mieux reculer…

– On est aussi cinglé l'un que l'autre, déclare-t-il avec son irrésistible voix chaude et suave. C'est pour ça qu'on est fait pour être ensemble.

Alors que la bordure du soleil rouge sang se pose sur celle, brumeuse, de l'océan, Colin s'assied sur le rebord de mon transat. Il se penche vers moi. Nos lèvres puis nos langues se joignent pour un baiser plus brûlant que l'astre lui-même.

– Mmmm… soupire Colin. Ta bouche a ce petit goût salé de l'air marin. C'est délicieux.

– La tienne a le goût du lait de coco, remarqué-je. Aurais-tu bu un Daiquiri en bossant, pendant que j'avais le dos tourné ?

– Peut-être bien… Tu vois ce que tu as fait de moi ? J'étais un *workaholic*, et maintenant j'ai des comportements de patron dépravé.

– Est-ce que le fait que je t'aide dans ton travail fait de moi ton employée, patron dépravé ? demandé-je en minaudant.

– Tout dépend.

– Dépend de quoi ?

– De ce que tu penses des promotions canapé…

En riant, je le goûte une deuxième fois, puis une troisième, et une quatrième. Nous léchons, mordillons les lèvres de l'autre, tout en jouant au chat et à la souris. Féline, je me redresse et empoigne la nuque de Colin, qui en représailles se saisit de mes mains et les maintient dans mon dos. Nous nous chamaillons comme des gosses, certes – mais nos jeux n'ont rien d'innocent.

– Regarde dans quel état tu me mets, fait semblant de me gronder mon fiancé.

Je caresse sa verge raidie qui tend le tissu de son maillot de bain, extrêmement excitée et aussi fière de mon coup.

– Je ne vois pas où est le problème : tu es bien plus sexy comme ça.

– Et si jamais le groom frappe pour t'apporter ton Mai Tai ? Comment je fais, moi ?

– Tu as raison, en effet. Bien : j'imagine qu'il existe une manière simple de régler le problème…

Je me lève du transat, me poste face à Colin et, tout en lui jetant un regard de braise, fais tomber le haut de mon bikini triangle.

– Ça n'arrange absolument rien à mon état, ce que tu fais là, ma belle, m'avertit Colin, amusé.

– Ah bon ? Et si je fais ça ? demandé-je en posant un genou sur le rebord du transat, entre ses cuisses, en me penchant légèrement vers lui.

Je m'empare de sa main et la porte à ma poitrine dorée par le soleil, gonflée par le désir, dont les mamelons glacés par l'eau sont durs et sensibles.

– Je crois que c'est encore pire, m'avoue-t-il avec des yeux fiévreux.

– Si je fais ça ? dis-je en portant l'un de ses doigts à ma bouche et en passant ma langue dessus suggestivement.

– Tu aggraves ton cas… et le mien.

– Et là ? Ça va mieux, si je te touche là ?

Joignant le geste à la parole, je m'agenouille face à lui. Son sexe bandé aiguise mon appétit : je n'ai qu'une seule hâte, lui enlever son maillot de bain. Ce que je m'empresse d'ailleurs de faire… mais seulement après avoir caressé à pleine main la bosse dure à travers le tissu. Colin soupire, à la fois d'extase et de frustration.

– Tu veux me tuer, c'est ça ?

– Ou te faire jouir dans ma bouche, j'hésite encore, déclaré-je en tirant sur l'élastique de son maillot de bain.

À ces mots, le beau brun est parcouru d'un spasme de désir qui tend un à un tous les muscles sculptés de son magnifique corps : épaules, pectoraux, abdominaux, cuisses. Au moyen de discrètes contorsions, il m'aide à le débarrasser de son maillot. Je me mords la lèvre de désir en découvrant la virilité dressée de mon apollon.

Chaude et humide, droguée par onze jours de sexe loin de la civilisation, dopée au désir de mon mâle alpha, je meurs d'envie de piloter ce corps parfait, de l'amener au plaisir. Je veux lui faire gémir mon nom ou, mieux encore, lui arracher des insanités. Lentement, j'englobe son sexe dur dans ma bouche profonde et soyeuse puis commence à le sucer.

La plupart des hommes ne savent pas recevoir une fellation : ils se laissent aller comme de gros pachas pendant qu'on s'affaire là, en bas. Très vite, on s'ennuie et la caresse sexy vire à l'exercice de style. Mais Colin Cooper n'est pas un homme comme les autres : pendant que je lui prodigue la divine caresse, il joue à se soumettre ou, au contraire, à me dominer, à me donner le pouvoir ou à le prendre. Tour à tour immobile et actif, il tire parfois sur ma crinière en donnant des coups de reins et en susurrant des paroles tendres. Ou alors c'est l'inverse : il caresse amoureusement mes cheveux mais les mots qu'il prononce sont des obscénités. Il sait me faire comprendre qu'il est à moi, que je suis à lui, que ce qui nous unit n'appartient à personne d'autre. Il a le don de creuser le vide entre mes reins avec ses gémissements, ses soupirs, ses encouragements.

Et de sentir quand ce vide-là doit être comblé.

– Tu sais quoi, mon ange ? me demande-t-il en gémissant. On commandera un autre Mai Tai, plus tard : je n'ai finalement pas envie de me calmer tout de suite.

Au prix d'un effort surhumain, le beau brun se soustrait à ma caresse délicieuse. Je lis sur son visage un mélange de frustration et de détermination qui ne fait qu'augmenter mon désir.

– Et si moi, j'ai envie de mon Mai Tai ? minaudé-je. Pour le verser sur ton ventre et le lécher sur ta peau ?

– Si tu veux vraiment jouer à ça, il reste du champagne dans le frigo, me fait-il remarquer en me renversant sur le transat.

– Et si malgré ça, c'est un Mai Tai que je veux ?

– Alors il faudra que tu me supplies pour l'avoir, me répond-il avec une moue insolente en passant sa main entre mes cuisses frémissantes.

Je me cambre alors que sa paume épouse la forme de mon sexe. Mes yeux se ferment puis se rouvrent pour regarder d'abord le ciel, puis l'horizon, puis l'homme sublime qui défait les deux petits nœuds de mon monokini. Je détaille son front noble, ses mâchoires volontaires, ses yeux intransigeants, son sourire exigeant ; je m'extasie de la finesse de ses traits. J'empoigne ses cheveux noirs comme l'ébène et doux comme de la soie puis laisse mes mains glisser jusque sur son dos. Mes doigts peuvent sentir rouler ses muscles puissants sous sa peau hâlée. Pendant ce temps, il m'embrasse le ventre et les seins. Il me lèche, me mordille, me goûte, teste la température de ma peau.

Suis-je assez chaude pour vous, M. Cooper ? Assez suave ?

Cet homme aussi raffiné qu'impétueux semble le penser : il immisce enfin ses doigts dans mon sexe, m'arrachant un glapissement. Alors qu'il me jette un sourire satisfait, aussi angélique que démoniaque, une lueur animale passe dans ses yeux. Ma tête se renverse en arrière au moment où sa bouche pulpeuse se referme sur mon sexe. La douce langue de Colin appuie sur mon clitoris, caresse mes petites lèvres, descend jusqu'à mon ouverture puis remonte. Elle trouve ensuite son lieu de prédilection et son rythme. Elle commence à me travailler, impitoyablement. Je ne suis que soupirs, désir, plaisir, contractions et relâchements. Je couine ou gémis selon l'intensité de la caresse. Surtout, je me sens m'ouvrir de plus en plus, comme si en moi existait un espace infini. Quelques mots m'échappent et s'ils ressemblent à des suppliques, ce n'est certainement pas pour que Colin m'apporte un Mai Tai. Ce que je veux, c'est qu'il comble mon vide, qu'il devienne mon plein.

Je veux ne faire plus qu'un avec lui.

Douce illusion : l'amour n'est jamais qu'un voyage, une quête pour fusionner. La tentative y est tout aussi importante que le résultat, si ce n'est plus. Mais le résultat, avec Colin, tient parfois du miracle : quand il entre en moi, j'ai pendant un instant le sentiment d'une parfaite complétude… Jusqu'au vertige. Tout se fige…

Puis c'est le déferlement des serments, des exigences, des morsures et des griffures, des coups de reins furieux et des baisers tendres. C'est l'amour comme une chute libre, comme un grand huit, où tout semble à la fois suspendu et accéléré, fluide et accidenté. C'est des gestes dont je ne sais pas si ce sont les siens ou les miens, c'est nos deux peaux qui ne forment plus qu'une. C'est un affrontement et une réconciliation, c'est une course égoïste et généreuse, alliant le grandiose à l'éphémère.

C'est la passion. C'est la vie même.

Le ciel danse et tremble autour de nous. Nos corps sont devenus le centre de l'univers. Je halète : Colin gémit. Il souffle dans mon oreille : je pousse un râle. Il s'enfonce : je m'ouvre. Action : réaction. Jamais nous ne sommes aussi dépendants d'une personne que lorsqu'elle nous fait l'amour. Mais ce n'est pas la dépendance du drogué avec son produit, du maître avec son esclave : c'est celle de la balance avec l'équilibre, de l'univers avec l'infini, du yin avec le yang. C'est deux corps et la façon dont, ensemble, ils vont créer une mécanique parfaite. D'ailleurs, j'entends nos cœurs battre, non à l'unisson mais en rythme. Je marque le temps et Colin, le contretemps. Lorsque je jouis enfin, c'est pareil : je pousse un cri qui monte jusqu'au ciel, auquel Colin répond par un autre cri. Mon orgasme a déclenché le sien, son orgasme se traduit par des mots d'amour, ces mots d'amour entraînent mes larmes de bonheur…

Action : réaction.

Après mille serments déraisonnables, notre course éperdue s'achève enfin. Nos deux corps reposent l'un contre l'autre, tremblants et épuisés. Colin se faufile derrière moi pour me prendre dans ses bras. Il observe un silence bienheureux.

– Colin… ?

– Hmmm ? me répond-il d'une voix endormie. Qu'est-ce qu'il y a, mon ange ?

– Promets-moi que ce sera toujours comme ça. S'il te plaît.

– Je ne peux pas te promettre ça, Tess, me murmure-t-il à l'oreille. « Toujours », ça n'existe malheureusement pas. Mais ce que je peux te promettre, par contre, c'est de t'aimer chaque seconde qu'il me reste à vivre.

– …

– Je voudrais bien faire plus, tu sais, me raisonne-t-il, mais je n'ai que mon existence à t'offrir.

– OK, dis-je en souriant et en me blottissant contre lui. J'imagine que je peux me contenter de n'avoir « que » ça.

– Que ça ? Attends un peu, petite peste : je vais m'occuper de ton cas, me gronde Colin en me grimpant dessus. Viens par là, m'ordonne-t-il alors que je glousse et ris.

– Non, Colin, non, par pitié !

Je commence à m'enfuir : mon amant me poursuit, me rattrape et, sans que je sache qui de nous deux a poussé l'autre, nous tombons enlacés dans la piscine. Le crépuscule se fait autour de nous. Une chouette dans un arbre hulule. Au loin, un groom chargé d'un Mai Tai frappe à une porte, sans succès.

Peut-être que « toujours », ça n'existe pas, mais notre amour ressemble quand même drôlement à l'éternité.

31

ÉPILOGUE - QUELQUE CHOSE DE BLEU

Tess

Avez-vous remarqué comme certaines journées commencent de façon parfaite ? On se réveille déjà coiffée, les joues roses, d'une humeur radieuse. La maison sent bon le café chaud, les oiseaux chantent. On a l'impression d'avoir eu l'exacte dose de sommeil. Le monde nous appartient.

D'autres fois, on se réveille à l'arrache, après une insomnie, et pour ne rien arranger on enchaîne les galères. C'est ce qui m'arrive depuis ce matin.

– C'est épouvantable ! Regardez-moi, je suis affreuse ! gémis-je.

– Affreuse, affreuse… Tout de suite les grands mots… Tu as déjà été mieux, je te l'accorde, nuance Violetta avec son tact légendaire.

– C'est vrai que tu n'es pas… euh… Je veux dire : tu restes très belle, m'enfonce Kate en croyant me rassurer.

– C'est juste que la maquilleuse a voulu faire… ressortir tous les aspects de ta riche personnalité, tente Kim.

– T'as l'air de ma tante Edna. Ma tante Edna, qui était oncle Edgar le jour et transformiste la nuit, m'achève Kelley.

C'est bien ma veine : il fallait que la pire maquilleuse du monde soit celle que j'ai choisi d'embaucher. Le jour de mon mariage !

– Kelley, par pitié ! supplié-je. Je sais que tu n'es pas en service mais j'ai vraiment besoin que tu répares ce désastre !

– OK, relaxe, ma belle : je prends le relais. Assieds-toi. Toi, Kim, va voir si Zach n'a pas besoin d'aide avec ses boutons de manchette. Violetta… Allez donc vous resservir un gin tonic. Kate : montre à Violetta où Colin cache son gin. Miléna… Va-t'en, tout simplement : tu sais que je t'adore mais ton ventre prend dix fois trop de place. Aleesha, embrasse-moi puis attrape cette *to do list*. Vérifie que tout a bien été coché.

– Pffff, pourquoi c'est toujours moi qui me tape les tâches ingrates ?

– Parce que tu es une maniaque de l'organisation et du contrôle. Mais que je t'aime malgré ça.

Aleesha semble réfléchir à ce que dit sa compagne puis tombe relativement d'accord avec elle. Elle attrape la liste et sort. La chambre d'amis, transformée en boudoir de la mariée, se vide. Ne restent plus que moi, Kelley et ses pinceaux.

– Qu'est-ce que tu veux ?

– Quelque chose de naturel. Qui ne me vieillisse pas de vingt ans.

Kate, ma demoiselle d'honneur, se glisse discrètement dans la chambre pendant que Kelley se met à œuvrer.

– Tu devrais voir les garçons, Tess ! Ils sont si mignons !

– Qu'est-ce qu'ils fabriquent ?

– Sven et Zach essayent de comprendre comment attacher des boutons de manchette – sans grand succès. Ian en est à son deuxième whisky sour, grâce aux bons soins de Will…

– À cette heure-ci ?

– Oui, ils sont nerveux comme tout. On dirait que ce sont eux qui se marient !

– Will, je peux comprendre : Miléna est une bombe à retardement, elle peut accoucher d'une seconde à l'autre. Mais quelle est l'excuse de Ian ?

– C'est à cause de la fille qu'il a amenée, Sierra : je crois qu'elle lui plaît vraiment.

– Elle n'est pas trop effrayée par cette maison de fous ?

– Elle porte un pentacle et écoute du hard-rock : elle doit être mille fois pire que nous.

Kate et moi pouffons, comme si nous étions en plein dîner de filles…

… et pas à moins d'une heure de mon mariage.

– Le traiteur est arrivé ? m'inquiété-je.

– Aleesha a mis Zach sur le coup. Il est en train de faire sa loi en cuisine.

Je souris. Depuis que Zach a commencé son stage au mois de juillet, il est encore plus tyrannique qu'avant sur les fourneaux. Ça semble fonctionner : le chef du resto gastronomique où il bosse depuis deux mois, *Providence*, lui a annoncé avant-hier qu'il le prenait en apprentissage.

Voilà qui ne va pas aider son couple… Kim s'envole hélas dans une semaine à peine : ces deux-là vont avoir un mal fou à se quitter. Mais je ne suis pas inquiète : ils se retrouveront pour Halloween, quand Kim viendra passer ses vacances en famille.

C'est dans seulement deux mois. Pourtant, tant de choses seront déjà différentes…

Tout d'abord, Miléna aura accouché. Enfin… Je l'espère ! Elle est censée être à terme dans deux semaines, mais les jumeaux ça arrive toujours un peu plus tôt, non ? En tout cas, je la plains ! Une hyperactive comme elle, qui n'a plus le droit de se déplacer… ! C'est pour elle que nous avons décidé de nous marier à Los Angeles, mais dès demain nous nous envolerons pour Manarola : nous sommes tombés tellement amoureux de ce village lors de notre passage en Italie que Colin a décidé d'y acheter une maison. Nous voilà donc les heureux propriétaires d'une ravissante bicoque rose foncé à flanc de falaise et d'une méthode Assimil pour apprendre l'italien.

Buongiorno, mi chiamo Tess Cooper.

Sans prévenir, Colin déboule d'ailleurs dans la chambre, surexcité, ignorant les protestations de Kelley.

– Tess, regarde ! s'exclame-t-il, fou de joie en brandissant une enveloppe.

– Colin ! s'énerve la maquilleuse. Tu ne sais donc pas que ça porte malheur de voir la mariée avant la cérémonie ?

– Fascinant… ironise Colin. Nous avons eu Descartes, Spinoza, Kant, et pourtant, il reste encore au XXIe siècle des individus instruits, doués de raison, qui sont pourtant capables de superstition.

– Ignore-le, Kelley, pouffé-je. De toute façon, ça va, le

pire est évité : je ne suis pas habillée. Ne va pas t'imaginer, Colin Cooper, que tu verras ma robe avant la cérémonie !

– Tu sais, moi, les robes, de toute façon… dit-il en m'attirant à lui grâce à la ceinture de mon peignoir. Je te préfère tellement sans qu'avec…

– Vous êtes encore plus insupportables ensemble que séparément, grommelle Kelley en nous laissant. On dirait un monstre à deux têtes.

Alors qu'elle referme la porte du boudoir, nous éclatons de rire. Puis je regarde Colin, dans son magnifique costume bleu pétrole, avec sa chemise éclatante, son teint hâlé, ses yeux perçants. Cet homme sublime sera donc mon mari dans… Dans environ vingt minutes ?

– Tu es belle à en mourir, me dit mon fiancé.

– Tu n'es pas mal non plus, réponds-je. Bon, alors, qu'y a-t-il dans cette enveloppe qui ne pouvait pas attendre la fin de la cérémonie ?

– Tu ne vas pas me croire mais, malgré ses notes catastrophiques, Zach a été accepté à UCLA !

– Quoi ? Comment ? demandé-je, incrédule.

– C'est visiblement sa dissertation d'entrée qui l'a sauvé, m'explique Colin, les yeux brillants de joie. Je ne t'avais rien dit avant parce qu'il avait été placé sur liste d'attente mais il y a eu un désistement… et il va aller à la fac !

Merde, chiotte, putain. J'avais oublié l'existence de ces foutues dissertes.

– Mon cœur, j'ai quelque chose à t'avouer… commencé-je timidement. Ça m'était sorti complètement de la tête mais est-ce que tu te rappelles le soir des TV Awards ? Il y a environ quatre mois ?

– Tu veux dire : le soir où j'ai compris que je t'aimais ? Le soir qui a changé ma vie entière ? Vaguement, se moque mon futur époux avec un flegme irrésistible.

– C'est aussi le soir où tu t'es comporté comme un parfait imbécile avec moi, mais ça, curieusement, tu n'en fais pas mention, le taquiné-je. Bon, bref : avant de t'écrire ma lettre d'adieu…

– … lettre hautement utile, comme nous pouvons le constater aujourd'hui…

– … Avant de t'écrire cette lettre, à laquelle j'aurais peut-être dû me tenir, rétorqué-je, j'ai écrit les dissertations de Zach.

– Tu as fait QUOI ?

Aïe.

– Cette histoire de candidature prenait des proportions déraisonnables ! me justifié-je piteusement. D'un côté, Zach avait raison de refuser que tu diriges sa vie. De l'autre, tu avais raison de souligner qu'il était stupide qu'il se ferme des options avant la rentrée. Alors, j'ai décidé de vous filer un coup de pouce. Zach n'aurait pas cédé, de toute façon ! Et puis, c'est de ta faute : si tu ne m'avais pas traitée en potiche, je n'aurais pas eu besoin de te prouver quoi que ce soit !

– Et qu'est-ce qu'on fait, maintenant ? me demande Colin en croisant les bras. Je ne vais quand même pas encourager la triche !

– Exactement : oublie UCLA. C'est ton rêve, mon amour, pas celui de Zach. Tu as vu comme il est heureux, le gosse, depuis qu'il peut faire enfin ce qu'il aime ?

– Tu n'as qu'à intégrer UCLA à sa place, suggère Colin avec malice en m'enlaçant.

– Moi ? Rester assise des heures en amphi ? J'espère que tu veux rire ! J'ai trop besoin d'action. Et puis, tu sais, lui déclaré-je avec suffisance en me levant pour aller me regarder dans le miroir, je n'ai pas attendu UCLA avant d'être prise dans une université prestigieuse.

– Comment ça ? me demande le reflet de Colin dans la glace.

– Je ne t'en avais jamais parlé avant de peur que tu ne sois trop impressionné, continué-je sur le même mode, mais c'était censé être ça, mon secret, dans le jeu : que j'avais été prise à Brown, Sarah Lawrence et UCLA et que j'ai refusé d'y aller. Et puis à la dernière minute, Pierce m'a convaincue de mentir…

Je grimace en prononçant le prénom de ce psychopathe. Heureusement qu'il croupit derrière les barreaux, celui-là ! J'ai plus de peine pour Edie, qui a fait une sévère dépression nerveuse durant le procès. Je suis passée la voir à la maison de repos quand Colin et moi sommes revenus d'Europe, j'espérais qu'une visite lui ferait du bien, mais ça n'a que contribué à raviver d'horribles plaies. D'ailleurs, dès qu'elle ira mieux, elle partira vivre à Montréal histoire d'oublier toute cette sordide affaire.

Pauvre femme ! Elle était si belle, si brillante… Joshua l'a détruite. Je ne suis pas certaine qu'on puisse se relever d'une expérience pareille. De mon côté, j'ai enfin cessé de faire des cauchemars. J'ai vu un thérapeute, bien sûr, mais surtout j'ai pu compter sur Colin.

Colin, qui me regarde ébahi en ce moment même.

– Tu… Tu as dit « non » à Brown ?

– Eh bien quoi ? dis-je en haussant les épaules. Je n'avais pas assez d'argent pour y aller de toute façon.

– Eh bien aujourd'hui, de l'argent, nous en avons, me dit mon fiancé en m'enlaçant par-derrière alors que je recoiffe une mèche de mon chignon. Si jamais c'est ce que tu veux.

– C'est pas vrai ! le titillé-je. Tu n'oseras donc jamais me la poser, cette foutue question ?

– Quelle question ? me demande-t-il d'un air suspicieux.

– « Tess, voudrais-tu venir travailler avec moi aux studios ? Tu es la meilleure communicante que nous ayons jamais eue. »

– Ça te plairait ? me demande Colin avec un sourire ravi. Je n'osais pas te proposer parce que les studios, c'est mon rêve et celui de mes parents : je ne voulais pas t'imposer quoi que ce soit. Mais rien ne pourrait me rendre plus heureux. Et puis, c'est vrai que tu es la meilleure communicante que nous ayons jamais eue ! Les journalistes t'adorent. Quant aux programmateurs, ils te mangent littéralement dans la main.

– Hélas, je suis au regret de devoir te dire non, Colin, l'informé-je.

– Ah, répond-il, déçu. Tant pis.

– Mais non enfin ! m'énervé-je en faisant volte-face. Ce n'est pas comme ça que tu es censé t'y prendre ! Si je dis « non » à ta première offre, tu me fais une contre-proposition. Tu ajoutes 8 % à mon brut, tu parles d'un éventuel intéressement, tu me promets mon propre bureau et surtout du terrain. J'adore le terrain.

– 4 %. Pas d'intéressement. OK pour le bureau. Et crois-moi, du travail de terrain, ce n'est pas ça qui manquera. Deal ? me demande-t-il en me tendant la main.

– 6 % et nous avons un deal, conclus-je en m'emparant de sa main.

À cet instant, Zach frappe à la porte.

– Désolé de vous interrompre, les amoureux, mais…

– Oui, oui, je sais, l'interromps-je : cérémonie, mariage,

invités. On arrive. Par ailleurs, trouve-toi quelqu'un pour t'aider avec ces fichus boutons de manchette !

– Euh... Il y a un petit changement de programme, nous informe notre futur chef étoilé. Je crois que Miléna a perdu les eaux...

– Comment ? m'écrié-je. Là, maintenant, dans le jardin ?

– Ne panique pas, me dit Zach. Rien ne change ou presque : une ambulance est en route, je vais mettre Will et Miléna dedans. Vous, vous grimpez dans votre limousine et vous vous rendez sur le lieu de la cérémonie, comme prévu. Kate s'occupera de nous – après tout, c'est elle, la *nanny* attitrée de cette histoire. Et puis elle a Sven pour l'aider.

– OK, OK, respiré-je, le souffle court.

– Prête ? me demande Colin en me tendant le bras.

Une dernière fois, je me regarde. Dans une housse noire se trouve ma robe Elise Hameau, dénichée à Paris. Une robe en mousseline de soie, un peu seventies, au tombé fluide romantique, avec un très beau décolleté en dentelle dans le dos – bref, une robe très loin des strass de la télé. Bien plus Kate Moss que Miley Cyrus, quoi. Difficile de reconnaître en moi la « pouffe » de *Petits Secrets* !

– Il y a beaucoup de paparazzis, devant la maison ? demandé-je.

– Une tonne, m'avoue Zach.

– En ce cas, je crois bien que j'ai une idée pour les semer...

***

Grâce aux gyrophares de l'ambulance, il nous faut seulement quatre minutes pour rejoindre la plage privée où va se dérouler la cérémonie. Les journalistes, eux, se sont laissés prendre à mon piège : ils ont suivi la limousine qui conduisait Miléna et Will à l'hôpital. Nous sommes tranquilles !

– Viens avec moi, toi, ordonne Ian en arrachant littéralement mon fiancé de mes bras.

– Et toi, enlève ce peignoir et enfile ça, m'ordonne Kate en me tendant ma robe alors que je reste planquée dans l'ambulance.

Tous les invités sont déjà installés sur des chaises en osier. Ils font face à la mer. Le « côté de la mariée » détonne par rapport au « côté du marié » – disons qu'entre les amis d'enfance, les ex-collègues et les copines de Violetta, on différencie très bien ceux qui ont grandi à Bel Air de ceux qui ont un casier judiciaire.

– Allez, ordonne Kate aux convives en surprenant mon coup d'œil anxieux, on se mélange ! Il n'y a pas de « côté de la mariée » et de « côté du marié », dans cette cérémonie. Un peu de mixité, que diantre !

Le temps que tout le monde joue aux chaises musicales, je souffle un grand coup.

– On y va ? me demande-t-elle.

– Attends, lui demandé-je, paniquée. Je suis comment ?

– Toi, tu es ma bombe, me réplique-t-elle, l'air attendri. Et, comme je l'avais prédit, en un passage télé, tu as mis le monde à tes pieds. Alors ? Qui avait raison ?

Avant que j'aie le temps de répondre, le Canon de Pachelbel fait entendre ses premières notes. Tremblante mais sachant que Kate me suit de près, je commence à avancer jusqu'à l'allée centrale laissée par les invités. Au bout du chemin, à seulement huit mètres de là, se trouve Colin, l'homme de ma vie. Le beau Colin, l'insupportable Colin, l'irrésistible Colin. Colin, l'inconnu troublant qui m'avait confié, avant de s'enfuir de ma chambre d'hôtel, qu'il cherchait le grand amour.

Qui aurait cru que c'était ce que je cherchais aussi ?

Qui aurait cru que ce grand amour, c'était moi ?

Mon cœur bat la chamade. Ma gorge s'étrangle d'émotion. Je n'ai aucun mal à ignorer tous les regards braqués sur moi : je n'ai d'yeux que pour l'apollon qui m'attend, souriant et confiant, au bout du chemin. Le soleil orangé de la fin de journée nous berce de sa douce lumière. J'arrive sous la tonnelle, attrape le bras de Colin qui me regarde avec des yeux brillants, vibrants d'émotion.

– Alors, comment tu la trouves ? lui murmuré-je discrètement alors que le notaire qui doit nous unir commence à réciter son texte. Ma robe ?

– Nous sommes réunis ici aujourd'hui pour unir cet homme et cette femme par les liens sacrés du mariage, déclame l'homme de loi alors que j'attends le verdict de Colin en me mordillant nerveusement la lèvre.

– Elle est… Waouh ! me répond-il discrètement. Et aussi moins compliquée que ce à quoi je m'attendais. Je crois par ailleurs n'en avoir jamais vu d'aussi belle. Bref, elle est parfaite, comme toi.

J'étouffe un rire contre ma paume alors que le notaire, choqué par notre manque de sérieux, nous jette un regard noir.

Ben quoi ? Ce n'est quand même pas de ma faute si mon mari me fait rire.

Qui a dit qu'un mariage devait forcément être solennel et

ennuyeux ? Certainement pas moi ni Colin : depuis notre rencontre, nous avons inventé continuellement nos propres règles. Ensemble, nous avons compris qu'il n'existe qu'un seul moyen de vivre son propre conte de fées : c'est de l'écrire, à deux.

FIN

Extrait

LUI RÉSISTER… OU PAS !

Phoebe P. Campbell

1
UNE RENCONTRE… PERCUTANTE !

– Vous commencerez par dresser les tables. Chacune d'entre elles est dirigée par un serveur responsable qui vous dira quoi faire, explique Marc de Vauchère, le traiteur français embauché pour le mariage.

Nerveuse, je jette un œil au petit groupe des serveurs expérimentés, pantalon noir, chemise et veste blanches, qui se détache de notre foule d'extras, jupe ou pantalon noir et chemise blanche. Je prie pour que le quinquagénaire souriant soit le responsable de la table 9, à laquelle je suis assignée.

Pitié, pas le grand maigre qui nous regarde de haut.

Pour payer mes études de droit, j'ai fait de nombreux petits boulots, dont celui de serveuse, mais j'ai toujours travaillé dans des cafés ou des restaurants, jamais comme extra et encore moins à un mariage de milliardaire !

– Je vais y arriver…

La fille à ma droite me jette un coup d'œil inquiet. J'ai dû murmurer un peu trop fort, sous l'effet du stress. J'ai cette habitude depuis mon enfance, mais heureusement j'ai appris à le faire à voix basse… En attendant, ma méthode de coaching personnelle est peut-être un peu surprenante, mais elle a fait ses preuves ! Mes encouragements à moi-même fonctionnent toujours. Sourcils froncés, je me concentre pour ne rien oublier de ce que nous explique le traiteur.

– Après les rafraîchissements et la collation pour les proches, il y aura la cérémonie. Que les intimes. Vers 18 heures, les invités arriveront et c'est à ce moment-là que les choses sérieuses commenceront. La journée sera longue, mais je compte sur vous jusqu'à 22 heures. Ensuite, l'équipe de nuit prendra le relais. En piste, tout le monde !

Vêtu de sa tenue de chef, Marc de Vauchère, malgré son statut de star des fourneaux, est visiblement stressé par l'enjeu. Une centaine d'invités, tous plus prestigieux les uns que les autres, vont se presser au mariage du célèbre milliardaire et amateur d'art, Théodore Henderson, et de sa fiancée, une certaine Clara… dont les sculptures commencent à faire parler d'elles.

Autant dire que la presse est sur les dents et que le moindre ratage serait une catastrophe.

Je n'aurais pas dû penser à ça…

Vu la situation de mon compte en banque, je ne peux pas me permettre de faire une mauvaise impression. En plus, c'est Tessa, ma meilleure amie, qui m'a refilé ce contrat à cause de son poignet foulé. Si je me fais virer, elle risquerait elle aussi de se faire rayer de la liste de son agence de recrutement, où elle a fait des pieds et des mains pour entrer.

Bien, pas de pression, surtout.

– J'ai survécu à cinq ans de fac de droit, c'est pas une réception qui va me faire peur, murmuré-je pour m'encourager.

Je me rends dans le parc, où ont été installées les tables rondes, juste à côté de la piste de danse en parquet ciré abritée par une gigantesque tonnelle croulant sous les roses blanches. La beauté des lieux me coupe le souffle. Tout est incroyable, à la fois démesuré et d'un chic discret : la demeure sublime, le parc arboré entretenu avec goût, les installations romantiques du mariage… Dans chaque détail transparaissent le luxe et le glamour, jusqu'aux délicates sculptures en origami qui décorent chaque table. Rien à voir avec mon univers habituel.

Arrivée auprès de la table que je suis censée dresser avec mes collègues du jour, je constate que, manque de bol, mon responsable sera malheureusement le grand échalas mal embouché que j'espérais éviter.

Et merde.

– Qui est Olivia ? lance-t-il sans même lever les yeux de la fiche qu'il tient entre ses doigts.

– Moi, monsieur, fais-je en avançant d'un pas, plaquant sur mes lèvres un sourire que j'espère désarmant.

– Tu as bien travaillé en restaurants ? me demande-t-il alors, me toisant d'un air sceptique.

– Oui, monsieur, durant mes deux années…

– OK, m'interrompt-il, remettant sa fiche dans sa poche et se détournant de moi. Tu vas en cuisine prendre un plateau de rafraîchissements et tu vas dans la suite de la future mariée.

– Bien, fais-je à mon tour, sans plus de cérémonial.

– J'espère pour toi que tu n'as pas bidonné ton CV !

Mais c'est qu'il est charmant...

– Je ne l'ai pas fait, monsieur.

Puis je file vers les cuisines, au sous-sol de l'immense bâtisse.

***

L'émotion de la future mariée est si palpable qu'elle en est contagieuse. Malgré la nuée de maquilleuses et de couturières qui s'agitent autour d'elle, elle a ce regard amoureux et ce sourire doux, reconnaissables entre mille... Précautionneusement, je pose mon lourd plateau sur le guéridon prévu à cet effet, ne pouvant m'empêcher d'admirer la robe de grand créateur. D'ailleurs, je ne suis pas la seule à être sous le charme. Un grand métis très bien habillé et une ravissante brune couvent la mariée du regard. Sa mère (d'après leur ressemblance) a les yeux brillants de larmes. J'en éprouve un petit pincement au cœur : vu comment s'est terminée ma dernière relation, ce n'est pas demain la veille que j'aurai moi aussi la chance de porter une robe blanche.

Bon, on se concentre.

Attentive, je dispose verres, boissons et autres amuse-bouches comme on me l'a recommandé. Aussitôt, la mère de la mariée vient chercher des coupes de champagne, tandis que la jolie brune file se changer. Du coin de l'œil, alors que je m'apprête à m'éclipser, je l'aperçois derrière son paravent qui peine à remonter la fermeture de sa robe.

Je fais quoi ?

Quelque chose dans l'expression de son visage me décide : la pauvre a l'air vraiment coincé.

– Vous voulez de l'aide ?

– Oui, merci ! fait-elle aussitôt, visiblement soulagée.

Je m'approche et retire délicatement le tissu gris fumé pris dans les dents du zip, puis remonte ce dernier.

– Ne bougez pas, murmuré-je. Voilà ! Ça aurait été dommage de l'abîmer, elle est très belle !

Et en effet, la robe lui va parfaitement, soulignant son corps mince avec élégance.

– Oui, je ne me voyais pas remplir mon rôle de témoin avec une robe ouverte dans le dos, réplique-t-elle, le sourire retrouvé.

– Vous auriez pu détonner, en effet. Mais là, vous êtes parfaite, fais-je, souriant à mon tour.

– Merci. Vous devez me trouver empotée, j'imagine que vous avez dû assister à plusieurs mariages de ce style… Au fait, je m'appelle Jane, ajoute-t-elle avec spontanéité.

Sa simplicité me surprend.

– Olivia, fais-je à mon tour. En fait, c'est le premier mariage auquel j'assiste et je ne suis serveuse qu'occasionnellement, pour payer mes études de droit.

– Jane ! appelle soudain la mariée, de l'autre côté du paravent.

Je souris à la jeune femme.

– Allez-y, la future mariée ne doit pas attendre.

Puis, discrètement, je m'éclipse, mon plateau vide sous le bras.

Je devrais déjà être retournée en bas.

Instinctivement, je me mets quasiment à courir dans les couloirs, prenant les virages au plus serré, comme si gagner quelques dixièmes de secondes pouvait changer quoi que ce soit au fait que…

– Ouille !

Le choc manque de me faire perdre l'équilibre, mais une main ferme me rattrape. Mon plateau en argent tombe sur la moquette épaisse du couloir dans un bruit mat. Je lève les yeux, plaquée contre le torse d'un inconnu en smoking bien plus grand que moi.

Oh... mon...

Ce qui me frappe d'abord, ce sont ses yeux, d'un bleu presque turquoise, rieurs... qui éclairent un visage parfait, au teint doré, aux cheveux blond foncé, dans lesquels j'ai immédiatement envie d'enfoncer les doigts. La peau est rasée de près, la bouche charnue esquisse un sourire moqueur, qui vient adoucir l'angle viril du menton. Autour de ma taille, des mains, grandes et fermes, qui ne m'ont pas lâchée. Je suis enlacée par le plus bel homme qu'il m'ait jamais été donné de rencontrer sur cette planète... Et j'ai probablement l'air de la pire cruche de l'univers ! Par pur réflexe, je referme la bouche. Je sens mes joues devenir cramoisies et m'éloigne aussitôt, m'accroupissant pour récupérer mon plateau, à défaut de ma dignité.

– Pardon, veuillez m'excuser, vraiment, balbutié-je, avec une voix enrouée que je ne reconnais pas.

– Ne vous excusez pas, j'ai connu carambolage plus désagréable, me répond-il, un sourire dans la voix.

Une voix chaude, un peu rauque, qui fait naître un frisson au creux de mes reins. Je me relève, sans plus oser lever les yeux sur lui. C'est alors que je réalise qu'il n'est pas seul.

OK, c'est la réunion des bombes atomiques du mariage ?

Derrière le blond sublime, deux bruns ténébreux – dont un que j'identifie comme étant le futur marié – qui semblent très amusés par mon embarras.

Super...

– Veuillez m'ex... Euh... Je dois retourner... en bas, expliqué-je pathétiquement, le visage brûlant.

Lamentable.

Je me retiens de courir, tandis que je sens sur ma nuque comme un léger courant électrique. Je ne peux pas m'empêcher de lancer un dernier coup d'œil en arrière.

Son regard bleu turquoise me coupe de nouveau le souffle. Resté derrière ses deux comparses, il s'est retourné en même temps que moi, sourcils froncés. Un sourire illumine son visage. Mes doigts tremblants manquent de laisser échapper mon plateau. Encore. Je me force à détourner les yeux, avant de dévaler les escaliers à toute vitesse, fuyant plus que je ne me presse.

***

C'est la fin de l'après-midi. J'ai à peine eu le temps d'avaler un en-cas. La centaine d'invités commence à arriver dans le parc. Les robes de grands couturiers se mêlent aux smokings, plusieurs langues étrangères résonnent entre les différents groupes... Et toute la brigade des serveurs circule, les bras chargés de plateaux, proposant champagne, cocktails et amuse-bouches.

C'est sûr, à la fin de la journée, je ne sentirai plus mes bras... ni mes pieds.

Quoi qu'il en soit, pour le moment, il me semble que je m'en tire bien. Soudain, on entend quelques notes de musique. Machinalement, je me retrouve à fredonner *Unchained Melody*, avant de me reprendre rapidement. « Ne soyez pas discrets, soyez transparents », comme nous l'a martelé tout l'après-midi le très sympathique et chaleureux Garrett, notre responsable de table…

Bientôt, une salve d'applaudissements retentit : les mariés viennent de rejoindre leurs invités, accompagnés de leurs intimes. Machinalement, je cherche des yeux l'homme aux yeux bleus… mais la foule se masse autour du couple, m'empêchant d'apercevoir qui que ce soit.

Bon, en même temps : discrète et transparente je suis.

***

– Merci, Olivia !

Surprise, je reconnais alors la jeune femme brune que j'ai aidée à s'habiller et qui vient de me prendre une coupe.

Jane.

Lui rendant son sourire, je poursuis mon travail, concentrée. Bien m'en a pris car je remarque alors le regard de Garrett posé sur moi. Je lui adresse un discret signe de tête et il détourne aussitôt les yeux, avec une expression agacée.

Vraiment chaleureux.

– Fermeture éclair… sympa… études de droit…

Les bribes de la conversation attirent mon attention. Je constate alors que Jane et le grand métis parlent de moi. Jane me fait un clin d'œil, comme pour me rassurer.

Il a dû lui demander pourquoi elle m'appelait par…

Lui !

Juste derrière Jane, le canon aux yeux turquoise m'observe. Mon cœur fait aussitôt une embardée et, de peur de perdre totalement mes moyens, je me détourne, au bord de la panique.

C'est indécent d'être beau à ce point !

Si au moins je ne l'avais pas rencontré en lui rentrant dedans, j'arriverais à garder une contenance, mais là, c'est peine perdue. Comme si ce choc me faisait réaliser ma fatigue, je retourne auprès de ma table pour y déposer mon plateau et demander à un collègue de me relayer. Garrett, sans pitié, m'envoie alors en cuisine, pour aller chercher d'autres amuse-bouches. Je serre les dents, pense à mon prêt étudiant et m'exécute, les mollets douloureux.

***

– Tu ne vois pas qu'il n'y a pas assez d'espace entre chaque verrine ? souffle Garrett, à voix basse.

Il me lance un regard excédé, avant de repousser mon plateau.

– On n'est pas dans un pub, ici, c'est un autre niveau, on ne fait pas n'importe quoi !

Je sens que la fatigue a sérieusement émoussé ma patience et je me mords les lèvres pour ne pas lui répondre, espaçant rapidement les verrines. Inutile de lui dire qu'en cuisine, c'est le coup de feu et que personne n'a eu le temps de m'expliquer les règles du dressage dans un cinq étoiles…

– Pourquoi c'est toujours moi qui récupère les pires serveurs ? La prochaine fois, je demande à lire les CV avant la répartition, grommelle mon responsable. C'est n'importe quoi, ta manière de faire le service !

Cette fois, c'en est trop, j'ouvre la bouche pour m'expliquer.

– C'est votre comportement qui n'est pas digne du standing de ce service, si vous voulez mon avis, fait alors une voix rauque, avant que je ne puisse dire quoi que ce soit.

Stupéfaite, je lève les yeux et réalise que l'homme mystérieux se tient debout devant notre table. De turquoise, ses beaux yeux rieurs sont devenus bleu glacier. Si le ton est resté courtois, la température a subitement chuté. D'ailleurs, mon responsable bat immédiatement en retraite.

– Veuillez m'excuser, monsieur, vous avez raison. Le stress aura eu raison de moi.

– Vous devriez sans doute vous accorder une pause, dans ce cas, rétorque aussitôt l'homme au regard de plus en plus réfrigérant.

Garrett se fige, puis il tourne la tête vers moi et paraît alors comprendre quelque chose. Médusée, je le vois qui hoche la tête, à l'attention du mystérieux invité.

– Vous avez encore une fois raison, monsieur. Veuillez m'excuser. Olivia, je vous laisse prendre le relais.

« Vous » ?! Quoi ? Je suis chef de table ?

– Je suis le témoin de Théodore Henderson, me fait alors le sublime blond, en me tendant la main.

Confuse, je bredouille des remerciements en répondant à son geste. Le contact de nos épidermes provoque une véritable déflagration en moi. Sa peau est douce, fraîche… et son regard redevenu charmeur.

Je craque.

– Alors quiconque vous causera des ennuis aura affaire au marié en personne, plaisante-t-il, tandis que le jeune couple s'approche de nous.

Oh mon Dieu, je vais me retrouver au milieu d'un gang de milliardaires !

La panique m'envahit peu à peu, mais mon sauveur s'éloigne pour rejoindre ses amis, d'une démarche souple et assurée. Je réalise que mes jambes tremblent. Profitant de ce qu'une autre serveuse approche, je lui cède ma place en prétextant un besoin urgent.

Besoin d'un moment de calme, surtout !

– Bonne chance pour vos études de droit, Olivia ! me lance encore cet homme, avec un dernier regard rieur.

Je réussis à sourire, comme si tout était parfaitement normal. Comme si mon prénom prononcé par cette voix délicieusement rauque ne me faisait pas frissonner. Je l'entends qui complimente la mariée et celle-ci qui le questionne à mon sujet, mais la réponse se perd dans le brouhaha des conversations…

***

Ses longs cheveux roux ramassés sous un foulard, allongée devant *Mission impossible*, Tessa se redresse pour me faire de la place et rajuste la bande autour de son poignet endolori, tandis que j'envoie valser mes escarpins, en poussant un soupir de soulagement.

– Je suis vannée ! gémis-je en me laissant tomber près de ma meilleure amie et colocataire.

– Je connais ça, commente Tessa, en short et débardeur, l'air d'avoir passé sa journée entière dans la même position. Tu veux que je t'apporte une bassine d'eau froide pour tes pieds ?

– Tu es adorable, mais je n'ai même pas la force pour ça…

Je suis au-delà de la fatigue. À 22 heures, quand l'équipe de nuit est arrivée, je n'en pouvais plus depuis déjà une bonne heure. Heureusement, après l'intervention du témoin du marié,

Garrett ne m'a plus adressé un seul reproche… et le traiteur nous a assuré qu'il était content de nous tous.

– Et sinon, il y avait des beaux mecs ? me demande mon amie.

– Pas remarqué, trop de travail, répliqué-je, laconique et un brin malhonnête.

Pour Tessa, les hommes sont la première motivation à faire quelque activité que ce soit. J'essaie de ne pas encourager ce penchant, qui lui a déjà valu quelques mésaventures amoureuses. Et puis quel intérêt de lui parler d'un type, certes incroyablement beau et charmant, mais dont je ne connais même pas le prénom et que je ne reverrai certainement jamais ? Mon amie soupire ostensiblement.

– Tu ne sais pas profiter de la vie. C'est tout l'intérêt de ce job : mater les fesses des mecs.

– Mais il n'y a vraiment que ça qui t'intéresse, c'est dingue, fais-je, en souriant.

– C'est faux, réplique-t-elle avec une grimace comique. J'aime aussi quand ils ont de belles mains.

Je lâche un léger rire, passe machinalement ma main sur ma joue, geste que je fais toujours quand je suis épuisée, puis réalise que mes yeux se ferment tout seuls.

– Je vais me coucher, j'en peux plus.

– Bonne nuit, mon chou, me lance Tessa, sans détourner les yeux de l'écran.

***

Blottie sous ma couette, des yeux turquoise flottent un instant derrière mes paupières closes…

Mieux vaut l'oublier, on ne fait vraiment pas partie du même monde.

Éditions A Addictives

Déjà parus dans la collection « Adult Romance »

Phoebe P. Campbell
Tes ordres sont mes désirs – volumes 1 à 3
Promets-moi ! Au mariage du milliardaire
Oui, je le veux ! Au mariage du milliardaire
Lui résister… ou pas – volume 1

Anna Chastel
Toute à toi

Olivia Dean
À lui, corps et âme – volumes 1 et 2

Emma M. Green
Cent facettes de Mr Diamonds – volumes 1 et 2
Toi + Moi – volumes 1 à 3
Coffret *Toi + Moi*
Jeux interdits
Jeux insolents

Megan Harold
Tout pour lui – volumes 1 et 2
Sublime-moi !

Kate B. Jacobson
Aime-moi. Corps et âme
Révèle-moi – volumes 1 et 2

Lucy K. Jones
Mr Fire et moi – volumes 1 et 2
Envoûte-moi !
Encore !

Nina Marx
Soumets-moi ! – volumes 1 à 3
Diamonds Private Club
Prétentieux, insolent, mais irrésistible – volumes 1 et 2

June Moore
Déshabillez-moi ! – volumes 1 et 2
Étreinte – volumes 1 à 3

Heather L. Powell
Je te veux – volumes 1 et 2
Le Jeu du milliardaire

Hannah Taylor
Désire-moi ! – volumes 1 et 2
Je suis à toi

Déjà parus dans la collection « Comédie »

Rose M. Becker
Le Bébé, mon milliardaire et moi
Désirs & Désastres
Sex Friends, et plus si affinités

Eva M. Bennett
Sex Friends, Chloé et Alistair
Sex Friends, Lucy et Arthur

Lola Dumas
Lui, moi et le bébé

Emma M. Green
Call me Baby – volumes 1 et 2
Call me Bitch
Bliss. Le faux journal d'une vraie romantique – volumes 1 et 2

Emma M. Green et Felicity Stuart
Love me if you can
Kiss me if you can

Mina Shepard
Je t'aime... toi non plus
Mon milliardaire, mon mariage et moi

Chloe Wilkox
Prête à tout ?

Déjà parus dans la collection « Suspens »

Olivia Dean
Tous ses désirs – volumes 1 et 2

Megan Harold
Juste toi et moi – volumes 1 et 2

Lisa Swann
Dark Fever. Sublime mais dangereux
Possédée
Adore-moi ! – volumes 1 et 2

Lindsay Vance
Kidnappe-moi

Chloe Wilkox
Ordonne-moi ! – volumes 1 à 3

Déjà parus dans la collection « Midnight »

Amber James
Moonlight. Bloody Lily – volumes 1 et 2

Alice H. Kinney
Dark Light. Vampire Brothers

Sienna Lloyd
Mords-moi !
Mords-moi ! Captive du vampire – édition augmentée avec textes inédits

Chloe Wilkox
Soul Lights – volumes 1 et 2

Déjà paru dans la collection « Désirs »

Amber James
Contrôle-moi
Emprise

Déjà paru dans la collection « Les intégrales »

Nina Marx
Rock You. L'intégrale de la trilogie *Soumets-moi !*

À paraître dans la collection « Adult Romance »

Emma M. Green
Prends garde à moi ! – volume 1 (juin 2016)

Kim Grey
Ma vie, mes rêves et lui (juin 2016)

Megan Harold
Coffret *Tout pour lui* (juin 2016)

Phoebe P. Campbell
Lui résister… ou pas – volume 2 (juillet 2016)

À paraître dans la collection « Comédie »

Juliette Duval
Tout ça, c'est la faute du chat ! (juin 2016)

À paraître dans la collection « Suspens»

Lisa Swann
Résiste-moi ! (juillet 2016)

À paraître dans la collection « Rainbow »

Stuart Evans
Roméo & Jules (juin 2016)

À paraître dans la collection « Les intégrales»

June Moore
Étreinte (juillet 2016)

Auteure : Chloe Wilkox

Edisource

100, rue Petit, 75019 Paris

Imprimé par FINIDR – Lipova cp. 1965 – 73701 Cesky Tesin, République tchèque

Dépôt légal : mai 2016 – Achevé d'imprimer : avril 2016

ISBN : 978-2-37126-105-1

Réf. contrats : ZCLA_001, ZCLA_002, ZCLA_003, ZCLA_004, ZCLA_005, ZCLA_006